ANGELA CARTER

THE INFERNAL DESIRE MACHINES OF DOCTOR HOFFMAN

霍夫曼博士的魔鬼欲望机器

[英] 安吉拉·卡特 著 叶肖 译

南京大学出版社

目 录

引　言　　　　　　　　　1

楔　子　　　　　　　　　1

第一章　困兽之城　　　　7

第二章　午夜凶宅　　　　43

第三章　大河之民　　　　82

第四章　欲望杂耍　　　　119

第五章　情色旅行　　　　157

第六章　非洲海岸　　　　190

第七章　混沌时间　　　　225

第八章　城　　堡　　　　264

引　言

"爱是梦幻与现实的混合，爱是母液，孕育出一切不可思议，前所未有之事；爱是一棵大树，爱人在这棵树上发芽结蕾，绽放出玫瑰一样的花朵。"小说第一章中，令人如痴如醉的玫瑰开满战火纷飞的城市。玫瑰仿佛呼出香水，连巨石建筑都醉了；玫瑰甚至能唱出五音阶歌谣，歌声却在鼻孔内响起。想象何等瑰丽！小说的结局，主人公德赛得里奥身上礼服的胸袋上插着白色丝帕，上面沾着斑斑血迹，仿佛一朵盛开的玫瑰。可以说，《霍夫曼博士的魔鬼欲望机器》是一部不折不扣的魔幻诡谲、奇思妙想的大全。

小说的开局令人想到普鲁斯特："一切我还记得。没错。一切我还完完整整地记得。"可仅仅几页之后，读者又读到："到底怎么开始的，我已经记不清了。"记忆中布满人类的缺陷，梦幻和现实融为一体，难分彼此。读着这样一个故事，或任何其他类似的故事，读者对故事的叙事又能信上几成？《霍夫曼博士的魔鬼欲望机器》中，故事出自德赛得里奥之口。此君是名政客，一位可敬的历史人物，向读者讲述故事时已是一位古稀老人。德赛得里奥回忆起自己的青年时代，和几乎已被遗忘于那个时代的霍夫曼博士。霍夫曼博士是科学家，能够批量制造幻象，按照自己的意志改变现实表象。

博士仿佛一位天神,"或许真的无所不能"。在一座南美大都市(没有给出具体名称),博士操纵起时间和空间,大玩起看似充满诗意,实则阴险恶毒的游戏,全城陷入紧急状态之中。"我时常会瞥一眼手腕上戴的手表,却发现手表的指针变成一束长势旺盛的常青藤,有时是忍冬花。"这种力量实在是集破坏性和诱惑性于一身,商业因此全黄了,政府管制面临严峻挑战,政府高官们个个咬牙切齿,与霍夫曼博士势不两立。战火迅速在两个极端间燃烧起来,一端是理性,另一端是想象。这是一场权力追逐和嫉妒心所驱使的战争,更可以说是霍夫曼博士和部长之间的战争。无论是博士,还是部长,他俩控制着整部小说,两人在小说中的特殊地位令两人称谓的第一个字母都要大写。难道读者阅读的是一部维多利亚时代社会现实主义小说的余绪?不!这部小说的景观全然不同。

部长征召了一名叫德赛得里奥的小公务员,这个德赛得里奥有一半印第安血统,面对博士创造出的巴洛克般浮华艳丽的幻象,德赛得里奥根本不为之所动,甚至感到有点儿"烦"。看来,要追踪博士的下落,这个德赛得里奥是个理想人选。"那是我二十四岁生日的前一天。下午,璀璨的焰火中,城里的大教堂飞上了天。"过不了多久,城里的一切都将和大教堂一样被大火吞噬。德赛得里奥发狂地爱上了博士的女儿,既美丽动人,又难以捉摸的阿尔贝蒂娜,他踏上一段危机四伏的旅程,命运峰回路转,希望时隐时现,就像他追求的阿尔贝蒂娜一样。叙事一轮又一轮拖延下去,场景换了一处又一处,从英国式海滩小镇到原始部族,再转换入昔日文学中的典型场景——萨德式、斯威夫特式、卡夫卡式,可德赛得里奥梦寐以求的性高潮却迟迟不肯到来。

《霍夫曼博士的魔鬼欲望机器》描绘出欲望所催生出的种种暴虐形象，也为自己贴上了"英国战后小说"的大标签。这部小说出版于1972年，是卡特的第六部小说。今时今日，给卡特带来名望的是她重写的一系列经典童话故事，以及她生前创作的最后两部长篇作品，《马戏团之夜》(1984)和《明智的孩子》(1991)。这两部小说中，卡特对两个人物的描写，马戏团中的空中飞人和音乐厅中颇善于惺惺作态的小明星，为她赢得了满堂彩。然而，可以这样说，《霍夫曼博士的魔鬼欲望机器》才是卡特留下的真正经典，却也是未得到应有评价的经典。在今天这个虚拟时代，再回过头去看看小说中异彩纷呈、技艺精湛的形象表演，方才体会到，这是一部走在了时代前头的作品。

小说将三部不同的机械，爱情、叙事、社会结构完全拆解，再把所有零件组装到一起，在一瞬间同时完成了对三者的解析。小说中，我们读到了幻想，读到了散发着颓废气息的绚烂，也读到了拼贴和戏仿，什么科幻、惊悚、后现代、流浪、寻根文学、历险故事、色情文学，外加种种政治和社会理论，统统一锅烩。无论就小说形式，还是就其语气和技巧而言，《霍夫曼博士的魔鬼欲望机器》都是一次飞跃，其意义之重大只怕作者本人也始料未及。（卡特每出版一部新作品，就为她的创造力刷新定义。）就读于布里斯托尔大学时，卡特专攻中世纪文学。她曾说过："作为一名中世纪文学研习者，我学会了读出作品中的多层含义。"《霍夫曼博士的魔鬼欲望机器》中，读者不单可以读到其他文学作品，更可以读到视觉艺术。不过，所有这些并非静默地躺在作品表层之下，等待发掘，而是直接构成了作品的有机体，构成了小说时明时暗，闪烁不定的外壳。想确定这部小说受了谁的影响吗？卡夫卡？斯威夫特？坡？马拉美？弗洛伊德？《圣经》？电影？萨德？莎士比亚？超现实主义？蒲柏？普鲁斯特？读者会发现，小说似乎把整个文学和视觉文化都吞落了肚，从乔叟到卡尔维诺，从米勒到法斯宾德，从笛福到福柯。

或许，《霍夫曼博士的魔鬼欲望机器》太超前了，又怎能让批评界舒坦？用卡特自己的话说："我意识到，小说可以让人发挥出无限的潜能。那以后怎么样了呢？就我的亲身经历而言，那就意味着……我再也养不活自己了。那是我蒙尘之始。之前，我是颇为人们所看好的年轻女作家；之后，再也没有谁愿意搭理我了。"卡特之前的五部小说为她赢得了数个文学奖项，那五部小说中，卡特淋漓尽致地展现出 20 世纪 60 年代所特有的现实主义风格，决然面对床头灶尾的沉闷琐事，华丽的言辞中充满对秩序的挑战。翻开那几部小说，满纸皆是酒吧、聚会、堆积的脏衣服，处处可见小商店、城市道路、公园。正是借助于这些描写，卡特揭示出自大狂、性奴役，以及表象之下的超现实，社会和性操纵遍布其间，比比皆是。对于这一切的描写，卡特不输于任何一位现实主义者，她说道："我从不反对现实主义，可现实主义也有类别之分。我想说的是，我向自己提出的问题与现实有着密切联系。"

凭着一笔毛姆文学奖奖金，卡特 1969 年去了日本，在日本完成了《霍夫曼博士的魔鬼欲望机器》的创作。据苏珊·鲁宾·苏莱曼介绍，卡特三个月就完成了《霍夫曼博士的魔鬼欲望机器》的初稿。三个月时间里，她一直住在一座孤岛的渔村里，整座岛上只有她一个欧洲人。"我一直在学日语，可总也学不会。于是我试着睁大眼睛观察，以理解周围的一切。不由自主地，我开始了一场符号解释的入门训练。"不管怎么说,当卡特从日本归来时,无论是她的小说,还是她的人生,都已经全然不同。"在日本,我才领悟到什么叫作女人,我的思想愈发极端。"日本归来后,卡特创作了数部极具实验性的短篇小说,日后收入她的第一部短篇小说集《花火》(1974)。《霍夫曼博士的魔鬼欲望机器》也正式出版,这部小说中,已可以清晰地看到卡特日后作品的影子,如《新夏娃的激情》和《马戏团之夜》。尽管如此,应当指出,《霍夫曼博士的魔鬼欲望机器》依旧是卡特在创作形式上最大胆的一次尝试。

恶魔博士霍夫曼代表着卡特作品中一再出现的男性自大狂权威。所有此类人物中,霍夫曼的失败来得最晚,却也最为彻底。博士的名字让人想到 E. T. A. 霍夫曼,19 世纪一位极具权威的日耳曼浪漫作家,曾出版《霍夫曼故事集》。卡特的故事中,魔法父亲和美丽而危险的女儿是对《霍夫曼故事集》的戏仿。或许,卡特的故事中还能看到另一个霍夫曼的影子——亨里希·霍夫曼,德国心理分析学家和诗人,曾出版哥特风格的儿童伦理诗集《蓬头彼得》(1845),其中的作品甚为怪诞,却又让人难以释手。博士的女儿,美丽而捉摸不定的阿尔贝蒂娜,可以说是普鲁斯特笔下阿尔贝汀的镜像,也就是《追忆似水年华》中男主人公的爱欲对象。还有个阿尔贝汀,出自 1868 年的一部小说,作者是挪威艺术家兼作家克里斯蒂安·克洛格,小说的主题是卖淫。由于描写过于写实,这部小说问世不久就被列为禁书。

关于引经据典,就说这么多吧。20 世纪 80 年代,卡特在接受采访时说:"自从《魔幻玩具铺》开始,我就努力让小说读起来有趣味。要是你没那个爱好,大可不必把我的小说当成系统来读。"

《霍夫曼博士的魔鬼欲望机器》中,圆润的叙事将常见与罕见糅合到一起,既紧紧抓住读者,又延续了说故事的优秀传统。故事的每一章仿佛都是一部观看欲望的拉洋片机器,其中所见所闻既充满诱惑,又令人胆战心寒。每一章的故事既伸向未知的未来,与此同时又在重复着已知的从前(这正是小说最出彩之处)。换而言之,就是在遍地回声的古老文学景观中开拓出新的领地。可以说,在娱乐读者这个问题上,《霍夫曼博士的魔鬼欲望机器》不可谓不全心全意。小说既希冀达到超脱,与此同时又扎根实地。小说中,有关幻想的一切,从廉价到富丽,从低俗到高雅,都被无情分解。无论是都市或是神话王国,也无论是美国上流社会的乡村别墅,或是英国海滨小镇空无一人的后街背巷,无论我们身处何方,超现实怪诞距我们只有一步之遥,只要我们愿意睁开眼睛去看。同样的故事,同样体格健壮、心灵坚毅的社会中坚,我们还可以看到魅力、恐惧和释然,看到性、死亡和生存。

作为权力的讨论,《霍夫曼博士的魔鬼欲望机器》中不断出现眼睛的形象,一再出现与视觉有关的种种观念。日复一日,年复一年,所谓文化媒介为我们带来欺骗、期望和满足,而这些同欲望的本质有着什么样的内在关联?这就是小说要呈现的对象。小说不仅审视如火的激情所带来的创造/毁灭力量,同时也审视延续和生存。上述的一切都引起小说的兴趣,然而小说尤其关心的是激情和权力之间的关系。恰如读者从小说中所读到的,激情和权力的结合推动叙事滚滚向前,在厌倦和魅力、许诺和推延间不断转换。

这部叙事"机械"中,何为纯洁?何为淫荡?卡特的作品中,纯洁和淫荡的关系总是富于讽刺意味。《霍夫曼博士的魔鬼欲望机器》的一大成就就是松开了色情文学的束缚，向读者展示，所谓色情文学也不过是文学的一个类别，仅此而已。《霍夫曼博士的魔鬼欲望机器》问世后不久，卡特出版了她研究萨德的专论《萨德式女性》(1979)，其中观点可谓饱含智慧。《霍夫曼博士的魔鬼欲望机器》这部小说，一定程度上，也可以说是卡特的所有小说中，她在探讨所谓"理性女性特征"的一部。卡特认为，女性沦为各种幻想的奴隶，这些幻想有社会方面的，有性别方面的，也有权力方面的。女性要么是"和蔼可亲的自动人"，要么是"阴险恶毒，面目可憎，部分是机械，部分是植物，剩下的部分充满兽性"；女性仿佛与世无争，实际上带着可恶的面具。《霍夫曼博士的魔鬼欲望机器》中，读者看到的是一个光芒夺目又难以下定论的阿尔贝蒂娜，上面关于女性的种种成见都难以呈现阿尔贝蒂娜的万分之一。

可即便是阿尔贝蒂娜，进入神话国度也意味着肉体上受辱。在《萨德式女性》中，卡特明白表达出对神话的看法："……所有神话女性，从以圣洁为世人赎罪的圣女，到医治伤痛，慰藉心灵的母亲，都不过是些中听的废话。在我看来，中听的废话就是神话的最佳定义。"《霍夫曼博士的魔鬼欲望机器》中，男主角和他的爱人一样，都被赋予了多变的色彩，可以随环境之变而改变自身。与此同时，卡特也打破了镜中欲望游戏的神话色彩，让男主角去承受成为欲望对象的种种痛苦。《欲望杂耍》一章中，德赛得里奥遭到一群摩洛哥杂耍演员轮流施暴，施暴开始时，眼睛的力量仿佛一根根无形的绳索，把德赛得里奥紧紧捆住，动弹不得。

德赛得里奥身上有一半印第安血统，他的先人身份卑微，从事着根本无需"颜面"的工作。自始至终，德赛得里奥是个局外人，也正是局外人的身份令他可以幸存下来，在个人身份问题上始终保持多变性和可塑性。可小说最后，德赛得里奥成为定格于历史之中的人物，一座雕像，一个老态龙钟、面无血色的政客。卡特是个坚定的社会主义者，始终坚信小说自有其道德功能，艺术离不开政治。小说的结局带着阶级战争的语调，这场战争既打赢了，也打输了。《霍夫曼博士的魔鬼欲望机器》的真正胜利在于，它带来了一种全新的小说，过去是，将来依然是。这是一部有着可变外形的小说，将各种文类杂糅到一处，最后根本无法分类。小说糅合了诗歌、半吊子艺术，还有道德伦理；半是虚构，半是论说，最重要的是，本身非常优美。（望着心爱的阿尔贝蒂娜，德赛得里奥不是说过吗："即便她说教我也不在意，因为她很美。"）小说中，性高潮的那刻一拖再拖，叙事仿佛出自《一千零一夜》中说故事的山鲁佐德之口。小说充分借鉴了"流浪故事的形式，此类故事中的人物浪荡四方，所到之处总有人同他探讨人生和哲学……这是对理想社会的追求，带着典型的18世纪色彩，却也教会了我们看清自己所处的社会"。小说引发读者提问，劝谕读者理智，问题既可以指向决定或限制读者身份的种种结构，也可以指向想象的种种方式和潜能。

何谓真假？如何生活？艺术有何作为？对于这一系列问题，《霍夫曼博士的魔鬼欲望机器》充满好奇。浪漫到令人眩晕，优美到难分敌我，同时又不乏严谨缜密的哲学沉思，精巧之程度超出想象。这部小说既是"挑战死神的双人爱情筋斗"的信徒，同时又是它的仇寇，正因如此，方才永恒。时至今日，虚拟时代正崭露头角，转过头去，再看安吉拉·卡特四十年前已预见到的"瞬间王国"，小说更展现出与当今世界无比密切的关联。

阿里·史密斯

霍夫曼博士的魔鬼欲望机器

楔　子

一切我还记得。

没错。

一切我还完完整整地记得。

打仗那会儿，我还年轻，城里到处鬼影绰绰。现如今，一切都静了下来，影子啥时候该落，该怎么落，人人心里都有数。我老了，出名了，有人说，该写本回忆录，把那场大战记录下来。毕竟，不管怎么说，一切我还记得。我该把支离破碎的记忆搜刮出来，再梳理清楚，原原本本，从头讲起。我这一辈子乱得像个线团，如今，我得从这团乱线中抽出最初的那根线头，一针一针织出那个当初的我，年轻力壮，阴差阳错就成了英雄，然后一天天走向衰老。

首先，请允许我介绍一下我自己。

我的名字叫德赛得里奥。

我住在城里，那会儿，我们的对手，魔鬼博士霍夫曼把城里搞得鬼影绰绰，就是要把我们大家都给逼疯。城里的一切，一切的一切，都走了样。知道吗，霍夫曼博士根本就是在跟人类理性打一场全面战争。我可绝不是夸夸其谈，战争的代价极其高昂，比我预料的更高昂。那时我还年轻，喜欢横眉冷对身边的人和事，对所谓的"人性"并没有多大兴趣。可不管怎么说，我成了英雄，后来听人说，我成了全人类的大救星。

年轻那阵儿，其实我并不想做英雄。那时，我住在城里，城里到处透着股子邪气，就是战争刚开始的那段日子。说起那段日子，嗨，简直就是个大迷宫，绕得人眼花缭乱，什么都可能出现，但凡能想得到，就能看得见。可真叫个乱！花样层出不穷，语言根本难以表达其万一。那通乱劲儿……真让人心烦。

那段日子不单混乱不堪，更可以说是精力过剩，仿佛想要什么就能得到什么，一切愿望都能实现。至于我嘛，只有一个愿望：让这一切停下来吧！

我之所以能成为英雄，原因只有一个：我挺过来了。我之所以能挺过来，就是因为面对如潮水般袭来的魅影，我根本就做不到举手投降。我根本没法加入魅影，同魅影打成一片，也根本没有办法像周围的人那样，把现实抛到九霄云外，走上自我迷失的不归之途，最后在非理性的一通狂轰滥炸之下粉身碎骨。我的血太冷，心肠又太硬。

年轻那会儿，古埃及人曾是我崇拜的目标。在审美方面，古埃及人追求一种无缺憾的姿态，他们不但实现了自己的目标，更把自己的艺术推向完美巅峰，每个形象都保持同一个完美的姿态，身体朝一边侧立，双臂朝相反的方向摆动，双脚似乎在一步步远离观众，肚脐总是正对着观众眼睛的位置。这是古埃及人举国上下一致首肯的姿态，一摆就是整整两千年。那时，我是甄别部部长的机要秘书，部长大人一心要终止这场荒诞不经的表演，把城市送回明礼识体的轨道。我和部长有一个共同点：我俩都喜静不喜动。不过,与部长不同,我总认为,"静"可欲而不可得。我始终认为,完美,就其本身而言,终究是镜花水月,海市蜃楼。不管什么样的妖魔鬼怪,任它狐媚妖娆,颠倒众生,也不能令我的心为之所动,因为我知道,这一切都不是真的。当然,那会儿,无论看到什么都变了形,走了样,镜子只有碎了,才能反射出影子。其实也不出奇,因为所有的镜子都被敲碎了。

部长派出甄别部的警察四下活动,把所有的镜子都敲碎了,因为镜子中传播的影像实在是无法无天。镜子中原本就隐藏着另一个我,另一个世界,于是乎,原本轮廓分明的当下世界中,镜子成了一道道裂缝,一个个孔洞,从里面爬出各式各样的妖魔鬼怪,如同一缕缕轻烟,消散得无影无踪。这些妖魔鬼怪就是霍夫曼博士的游击队,是乔装打扮的士兵,看似虚无缥缈,却又无处不在,无孔不入。

大家尽了全力:外面的,别进来;里面的,别出去。围着城市竖起一座高墙,高墙顶上立着布满倒刺的铁丝网,就是要把现实之外的一切隔绝在外面。可没过多久,铁丝网上就挂满了一具具腐尸,都是想出城的人,可甄别部那帮警察偏偏小心过了头,说什么就是不让人出城。于是乎,人们前赴后继,死在铁刺之上,倒也证明了他们曾经多么真实。如果说,我们大家正困于围城之中,敌人其实并不在高墙深沟之外,而在之内,就在我们所有人的心中。

可我熬了过来,因为我知道,有些东西铁定不是真实的。有一次,我就见到了我那个死鬼老妈,可我就是不信。老妈一只手里紧紧攥着一串念珠,双眼盯着身上裹尸布的折缝,嘴里念念有词。当年,老妈躲进修道院,说什么要为自己赎罪,直到老死,身上那块布也是修道院的修女给她裹上的。有时候，霍夫曼博士的手下拿我寻开心，把我办公室外面的名牌换成别人的名字，例如，沃尔夫冈·阿玛德斯·莫扎特，又例如，安德鲁·马维尔。可我就是不信。那帮家伙，总是拿我心中的英雄来搞我，我心中的英雄个个都是玲珑剔透、才智超人之辈。我知道那帮家伙的意思，不就是想说，我这个人乱得像没叠的床褥吗？那点小把戏，但凡长了眼睛的，都能看出来。至于部长大人，该拿他同谁相比呢？弥尔顿？列宁？贝多芬？米开朗基罗？部长不像是个人，倒更像一条数学定律，明晰、坚固、统一而和谐。部长是我仰慕的对象，令我想到弦乐四重奏。霍夫曼博士所营造出的五光十色的幻象对部长大人同样无效，不过其背后的机理与我大不相同。

至于我自己，为什么能免受蛊惑？原因是我对周围的东西有着自己的一套定义，之所以如此，完全是出于欲求的不满与幻想的破灭。有些东西凑巧就成了现实，而我那套定义又凑巧和凑巧成为现实的东西对上了号，真是无巧不成书。于是，我穿越时空，逆流而上，翻山越岭，漂洋过海，穿过森林，来到一座城堡前。接着……

不能跳着说！还是按部就班，把整场战争从头讲起吧，一直讲到战争结束。一想到她，我心中便感到无法停息的疼痛，可无论有多痛，还是要把这部回忆录写完。她是我故事的女主角，魔法师的女儿，一个令一切言语黯然失色的女人。我之所以要写下这一页页文字，全是为了纪念她……哦！生命的奇迹！她的芳名叫——阿尔贝蒂娜。

过不了几个月，我的寿命也该到头了。脱下这身臭皮囊，人真的有什么东西可以在死后永垂不朽吗？要是能信这些东西，我就开心了，就能对自己说，就要与爱人重逢了。如今，阿尔贝蒂娜只能活在我的记忆中，也只有想象之笔才能描绘出她的模样。试问天底下哪个爱人不是如此？至少部分如此吧！我还能看见她的倩影，如同一幅接一幅的影像，闪烁于欲望的万花筒中，令我叹为观止，却看不出任何关联。正所谓，有其父必有其女，这一点绝对错不了。所以，我一定要记下那场对抗她父亲的战争，再把它献给她这个女儿。

五十年前的今天，阿尔贝蒂娜永远地闭上了双眼。哦！那双眼睛！是我心中永不枯竭的泉眼，情感从那儿汩汩而出。一直以来，我都盘算着，在她去世五十周年那天拿起笔，记下当年发生的一切。今天，这个宿愿终于付诸行动了。这么多年过去了，命运之风把我的生命之舟吹上政客的航线，我的精神之帆早已残损破旧，已被命运之风刮走大半，不知飘向何方。有时候，回首自己的来路，一切仿佛发生在一瞬间，恰如一枕黄粱，仿佛一切都是阿尔贝蒂娜的父亲霍夫曼博士精心设计出来的。我的生命中，万物皆平等，无高下之分。玫瑰轻轻摇曳，飘落一片花瓣，仿佛听到了阿尔贝蒂娜的声音而喜不自禁，浑身战栗，投下长长的倩影，竟同阿尔贝蒂娜那妙不可言的话语一样意味深长。

这倒不是说对阿尔贝蒂娜的思念已让我的回忆融结在一起，而应该说，她那个早已入土的父亲霍夫曼博士到头来还是胜过了我，虽然只是战术性的胜利。到头来，博士还是逼我看到了现实以外的另一个世界，那里的一切不过是同一个欲望的辐射。我的欲望就是临死前同阿尔贝蒂娜再见上一面。

想当年，在那场关乎天地万物生死存亡的象棋大战中，我吃掉了阿尔贝蒂娜父亲的皇后，却把咱俩都将死了。与阿尔贝蒂娜再见上一面的欲望已燃尽了我生命中的一切，为了它，我什么也不顾了，可到头来还是什么也做不了。这该死的欲望，永远无法成为客观事实，还有谁更清楚？除了我自己。

结束阿尔贝蒂娜生命的，正是我自己！

别以为我要讲的是个爱情故事，或者是凶杀故事。你将读到的是一场流浪冒险，甚至可以说是一场富于英雄主义色彩的冒险。想当年，我可是个大英雄，可现在老了，再不是当年故事中的那个"我"了。当然，翻开历史书，还是可以读到我当年的事迹。一个人还没有盖棺，定论就上了历史书，也算是咄咄怪事吧。历史书总是把人变成婊子，供后世消遣。一旦我把自己的自传写完，我这个婊子也就算尽忠职守了。那时，我将永远固定在昨日的时间中，就如公共场所为我竖立的塑像，屁股骑在马背上，目光祥宁，凝视着下方的人行道。如今，我人老朽了，心悲凉了，失去了阿尔贝蒂娜，注定要在一个暗淡无色、单调乏味的世界中活受罪，仿佛生活在一张用达盖尔银版法照的褪色老照片中。因此——

我，德赛得里奥
眼中饱含热泪
把我的所有回忆
献给
阿尔贝蒂娜·霍夫曼

第一章 困兽之城

到底是怎么开始的，我也记不清了。没人记得清，就算是部长也记不清了。不过，我还记得，战争开始时，我那黑暗的童年已经结束好多年了。（那日子总算到头了，真是老天开眼！）修女埋了我妈妈，又帮我捧上了铁饭碗。我成了政府中的一名小办事员，自己租了间屋，屋里有一张床、一张桌子、一把椅子、一个单头煤气灶、一架衣橱，还有一把咖啡炉。房东太太不算老，对我要多热情有多热情。日子过得有点儿枯燥，可我已经心满意足了。我估计，自己是最早发现城市有异样的几个人之一，我注意到，东西的影子微微有点儿偏斜，一种奇特又陌生的感觉渗透到身边的一切中。瞧，我有的是时间观察。霍夫曼博士从细微处入手，逐步发起攻势。有时候，糖入口会微微带点儿咸味；有时候，有那么一扇门，在大家眼里从来都是蓝色，发生了数次变化，开始时很细微，几乎察觉不出来。接着，刹那间，门变成了绿色。

市场的水果摊位上，在苹果和橙子的包围中，也出现了一些稀奇古怪的玩意儿。比如说，样子像菠萝，色泽和肉质却像草莓；又比如，看上去像是核桃，吃起来却有焦糖的甜味。不过，大家依旧一句话就打发了过去：这年头，进口的稀罕果子越来越多了。

自从部长上任以来，市场繁荣，贸易激增。那会儿，他还是经贸部部长，至于迁任甄别部部长则是以后的事儿了。部长从来都是高效率的楷模，有段时间，我在经贸部帮忙整理档案，之后也曾直接协助过部长的工作，工作内容是把拼词图中的空格填满。部长和我都喜欢这样打发时间，搞得我俩走得很近似的，其实根本没有那回事儿。不过，只要部长一升官，我总能紧随其后。他很欣赏我帮他拼词时的样子，只见我带着他在迷宫般的黑白格子中填上字母，上上下下，迅捷如风，满脸不在乎的神情。我想，部长肯定不知道，之所以我拼起词来迅捷如风，全是因为，我根本就不在乎拼出来的结果是什么。

变化之前，城市是什么样子？那时，城市看上去永远都不会有变化。

变化前，这座城市坚固、乏味，却也不无友好之处。这座城市因商业而兴起，处处是繁荣景象，浑身上下散发着浓烈的男性气息。有些城市是女性，需要有人去爱；也有些城市是男性，要么让人抬头仰视，要么与人讨价还价。这座城市就像个穿毕叽裤的男人，一屁股坐在带扶手的皮靠背椅上，周身上下就透着一个字——俗。这个男人裤兜里有大把钞票，肚子里塞满了各种好吃的。回顾历史，这个男人兜了一个大圈子，才取得今天的成就：富裕的布尔乔亚，对什么都心满意足，什么也不能在他心里掀起哪怕是最微小的波澜。年轻那会儿，他奴隶也贩过，皮条也拉过，枪炮也卖过，杀人越货的事儿也没少干过。他就是个流氓无赖，一个在欧洲混不下去，不得不远走他乡的痞子。可今天，看他在欧洲人面前那副趾高气扬的嘴脸！这座城市建在河流两岸，河口连接着大海，日日夜夜感受着海潮的涨落。在城市的贫民窟，还有码头附近，依旧涌动着各种肤色——黑色、棕色，还有许多东方人的面孔。这些人住的地方，那叫一个脏，简直成了一道特殊的风景。至于缔造城市的先驱们，他们都住在城郊，房子带着漂亮的阳台。对于城里的脏乱差，他们总能做到——眼不见，心不烦。

现如今，这座城市发达了，可丑陋依旧，外加那么点儿神经质，从来不敢扭过头，目光越过垫得厚实、熨得笔挺的肩头，向后方望上一眼，唯恐会望到棕黄色的群山，向着北方延绵。群山总是令他想到广博的内陆，对于所有在此地落脚没有多少年的人来说，一想到那片内陆，一种难以言表的恐惧就从心底油然而起。"土生土长"这个词在这里是决不能说出口的。尽管如此，城里有些建筑还是有些年头的，可以追溯到殖民时期，幢幢都气派非凡：大教堂、歌剧院，还有一座座石质记功碑，记载一个个昔日的"功勋"。如今很少有人为了那些昔日的"功勋"操过心，尽过力。不过，我身上还有部分印第安血统，还可以自我解嘲，纵然脚下的城市埋藏着万千罪恶，祖先的血液早已洗尽了我身上的罪孽。

没错，我身上有部分印第安血统。我妈妈来自一个身世清白的中欧移民家庭。她做什么营生？娼妓，而且是最低廉的那种，自然少不了去贫民区。我也不知道自己的爸爸是谁，可我的脸上烙下了他的基因。出于礼貌，同事们总是避开我的血统问题，因为有虔诚的白人修女为我担保。尽管如此，年轻那会儿，我对什么都提不起热情。我知道，有些东西自打我出生之时起就被剥夺了。

攒够了钱，我就去歌剧院。歌剧那种调调简直不属于人生，自然对我的胃口，我尤其喜欢莫扎特的《魔笛》。那是五月的一个晚上，我又去看《魔笛》，坐在楼上的包厢位上，沉醉于莫扎特所营造出的神圣幻觉中。那是完美，却也是毒药，是我为自己炮制的一剂毒药，我始终难以分清，眼前的一切都是虚幻。就在这时，我留意到，正对着舞台的前排观众席上亮起一阵微弱的闪光，稍稍带点儿绿色，透着几分诡异。我把身子向前倾了倾，舞台上，帕帕基诺（《魔笛》中的人物）敲响了钟，钟声仿佛触发了什么机关，剧场中凭空冒出一大群孔雀，只只都盛开满屏，接着粗着嗓门发出令人难以忍受的嘶鸣声，完全淹没了舞台上的音乐声。我当时就觉得烦透了，一股火苗子从心底往上蹿，每当谵妄迷乱降临之际，我的第一个反应就是——烦！我看了看四下，身边的每个人都带了顶孔雀绿的无边软帽，屁股上晃动着一把流光溢彩的大扇子。当时，我有没有摸摸自己的屁股，确定下自己是不是也套上这么一套行头？我也记不清了。或许，我清楚地知道，感觉上的缺陷禁止自己跟周围人一起疯，一起颠，虽然我向来对孔雀的外表美甚是心仪。身边的一切开始乱七八糟，一只只孔雀嘶声鸣叫着，上蹿下跳，仿佛错乱了的彩虹。没一会儿，安全幕就落了下来，这种情形下，歌剧肯定是演不下去了。这不过是霍夫曼博士发起的第一波暴动。回家路上，我憋了一肚子气，嘴里念叨着我的莫扎特。第二天早上，霍夫曼博士开始真正火力全开，炮火猛攻。

当时，没人知道霍夫曼博士如何改变了现实的性质，那个秘密要到很久以后才揭晓。所有人都被打了个措手不及，霎时间，城里乱成了一锅粥。每个人的大脑中，形形色色的幻象以惊人的速度流动。当局宣布进入紧急状态，内阁召开特别会议，会议地点在海上一艘小船里。海上狂风暴雨，参加会议的部长们几乎从头吐到了尾，财政大臣更被一阵风吹到了海里。我的上司，部长，真可谓神勇，只见他逐波踏浪，一把揪住他的顶头上司，把他拖回船上。财政大臣身上居然一点儿都没有湿,开会的地方其实一滴水都没有。自打那以后,内阁就委任部长全权处理当前的紧急事态。没过多久,部长就只手遮天,成了城市的实际统领。

下面是霍夫曼博士制造幻象的基本原理。想想看,一座城市吧,本质上,它就是一座时间的仓库,里面堆放着一段段废弃的时间。这些时间属于城市昔日的居民,那些在城市中生活过、工作过、梦想过,最后倒毙街头的男男女女。废弃时间不断生长,犹如意志顽强的有机体;它缓缓舒展,犹如泥沼中绽放的玫瑰;它又没有办法消逝,于是,城市的往昔被胡乱存放在城市的不同层面之中。举个例子,这儿有条旧巷子,巷子旁边的大路是新开的,可在大路的地基底下,在深深的地层中,掩埋着更为古老巷道的尸首。或许,那底下的巷道自城市诞生之日就已经存在,是整片地区的老祖宗。凭借着强大的动力,霍夫曼博士发出一波又一波震荡波,在原本不可更易的时空公式表面震出一道道裂口。时空公式虽然没有正式的官方权威版,却是人们感知城市的基础。如今,它裂了,天知道从裂缝中会爬出什么鬼东西。

城里一片大乱,人们纵欲狂欢,什么都不在乎了。昔日那些自鸣得意的大马路,还有让人肃然起敬的广场,霎时间变得犹如魔法森林般变幻不定。那些幻影究竟是什么?昔日亡灵的阴影,还是活的生命的再造?或者,复制自我们根本就不可能认知的东西?不管怎样,如今它们侵入到活人的世界中,因为霍夫曼博士把这个世界的维度大大拓宽了。想想看,石头居然会开口说话!我坚信,那些不散的阴魂其实都是东西,甚至可能是思想,只不过幻化出了人形。或许,它们有思考的能力,可它们并不存在。也唯有如此假设,方能解释我的情况。我不单不否认有鬼怪,更亲眼看到了。有时，那些东西冲我鬼哭狼嚎，有时又冲我啾啾阴笑，可我就是不信。

城市时时都在变幻，叫人眼花缭乱。如今，它已落入转瞬即逝的王国中。云雾垒成宫殿，又瞬间崩塌，有那么一会儿露出熟悉的仓库，紧接着又被别的什么新奇的景象所取代。一群印度教徒正在念经，突然间柱子也跟着念起经来，接着嘭的一声，爆得四分五裂。哦不，它们变成了街灯，夜幕降临时，街灯又变成静默的花朵。巨大的头颅带着西班牙征服者的头盔，在风中冉冉升起，犹如绘了油彩的风筝，脸上写满忧郁，飘过咯咯笑的烟囱。没有什么东西能维持一秒钟，城市再也不是人类用心劳作的产物了，它成了随心所欲的梦幻园。

林荫道上走来一群窃窃私语的乞丐，身上的袍子又长又宽，补丁落补丁，脖子上的念珠一圈又一圈，头上缠着破布条，手中的木杖上缠着各种颜色的飘带。这些乞丐说打山里来，到城里来避难，如今唯有靠卖灵符咒语谋生了。买符咒的都是那种啥都信的人。据说，符咒可以镇住家里的妖魔鬼怪，让它们不再捣蛋，比如说，把牛奶变酸，或者藏在火炉里，吞掉火苗，让炉子生不起火。不过，这些乞丐的现实状态本身就极度可疑，随时会被甄别部发射的雷达波锁定捕捉。这时，他们就会发出一声尖叫，凭空消失得无影无踪，只剩下那个买符咒的人还站在原地，伸出的手上还攥着几枚硬币，两眼瞪着虚空。有时候，乞丐们卖的符咒会跟乞丐一起消失，哪怕买家把符咒藏在自己的神龛中也不能留住。可也有时候，符咒不会消失。

符咒究竟是什么做的？这个问题引发种种猜测，有的粗浅，有的深奥。有时候，那些贩卖符咒的幽灵肯定是在坚硬的木头上刻画出粗糙的图形,因此符咒不会跟幽灵一起消失。可真要是这样,如何才能把虚无缥缈的利刃刺进木头中呢？那可是从活生生的树上剜下来的血肉组织。显然,这些幽灵鬼怪有能力对自然物质加以改造,打造某种形状,表达某种意义。一时间,民众的盲目恐惧上升到了顶点,简直已到了疯狂谵妄的地步,只要那个人的相貌显得离现实远了点儿,有那么一点儿透明的味道,或者相反,离现实太近,近到了让人起疑心的地步,立即就会引起一阵喧嚣骚乱,嫌疑人常常被撕成碎片。我还清楚地记得一场骚乱,一个男人从一辆婴儿车中抢走婴儿,重重地摔在地上。那个男人的解释是:婴儿脸上的笑容"生气太重了"。

第一年即将结束时,再没人敢预言,早上睁开眼睛会看到什么,因为睡眠中别人的梦无声无息地侵入到寝室之中。尽管如此,睡眠依旧似乎是个人隐私的最后庇护所,睡眠的时候,至少还知道自己在做梦。相比之下,梦醒时分倒更像是虚幻,或者说,是梦境所衍生的脆弱附庸。在幽灵鬼怪的持续冲击下,现实的纤维已经被磨得十分纤细,其物质基础已被掏空了大半。清晨,一睁开中了邪、着了魔的眼睛,往日的回忆身上裹着床单,脸上跃动着挑逗的神情,正站在床边等着同你打招呼。通常,那些回忆都来自别人的过去,可当它向你打招呼,说"早上好"时,却丝毫没有不自在的样子,仿佛与你熟透了。夭亡的孩子穿着睡衣,一边向你走来,一边叫着你的名字,伸手去揉揉眼睛,仿佛要驱走浓浓的睡意,却窸窸窣窣落下一阵坟墓中的积尘。不单逝者重返阳间,失踪的下落不明者也冒了出来,被情人抛弃的人常常会抵御不住诱惑,伸出双臂去拥抱不忠的情人,这也最令部长头痛。他担心,说不定哪天,哪个男人就会让幻影怀上孩子,从此将出现一代新的生物——人鬼杂交。要真是那样，城市的混乱可真要登峰造极了。我倒是不大在意！自己不也是个杂交的鬼魂吗？总而言之，我们身边冒出来的大多数东西都陌生得很，却又往往能勾起我们方方面面的回忆，仿佛它们是已忘却的回忆的回忆。

空间感大受其害。房舍建筑、城市景观已全无比例可言，有时膨胀到巨大的尺度，看了叫人胆战心惊，有时又无限重复下去，真是让人心烦。与这幅巨人国街景相比，街景中的东西更是让人不安。时常会看到，不少女人列队走在火车站拱顶大厅中，慷慨地向世界献出自己珍珠般白皙的裸体，乌油油的头发梳得一丝不乱，在脑袋后面挽上一个世纪末样式的发髻，手里撑着小巧的遮阳伞，满脸澄澈安定的神情，倒像是漫步在巴黎市郊的布洛涅森林中。女人们不时停下脚步，举起手，敲敲身边再也不动弹的蒸汽机车，脸上写满不凡的见识，仿佛是赛马主人轻拍自己的爱马，看它状态如何。空中的飞鸟也好像都着了魔，有的长到美洲豹一般大小，还多出一对翅膀，连性情也变得像美洲豹一般凶残。麻雀长出了利爪，拔出孩子的眼睛。曾经有个倒霉蛋，饿得皮包骨头，在排水沟里的残梦乱象和残渣剩饭里挑挑拣拣，一群椋鸟呼啸着猛扑下去，把他身上剩下的最后一点儿血肉啄了个精光，只剩下一副白骨。家鸽踱着方步，从虚幻的人行道一直踱到窗台上，仿佛是穿着羽衣的疯子，脾气更是暴得像吞了火药，一会儿念叨着恶毒的打油诗，一会儿又放开嗓门，发出一阵阵嘶哑的笑声；有时蹲在烟囱顶，大段大段地背诵着黑格尔。一飞到半空，鸟儿就会忘记飞行的原理和技能，摔到地上。每天早晨，人行道上都布满了死鸟，东一簇，西一堆，仿佛深秋的落叶，又有点儿像棕黄色的残雪，被风吹成一堆堆的样子。有时，河水倒流，发狂的鱼儿高高跃起，噼噼啪啪地摔落到河两岸的人行道上，挺着肚子扭上一会儿，然后就张大嘴，缺水窒息而亡。那段时间，立体错视画也可以说是登了峰，造了极，画中的东西不单在外形上，更在各个方面都"生动"了起来。大都会美术馆里，斯塔布画中的马齐声嘶鸣起来，晃晃脖子上的鬃毛，迈着优雅的小碎步，从画布上走下来，到公园里去啃草皮去了。提香画中的巴克斯也活了，圆滚滚的身上只缠了几条葡萄藤，溜溜达达进了间酒吧，搞起了酒神狂欢。

诗情画意的变异为数不多，更多时候，虚幻的屠杀流血成河，把排水沟里的水都染红了。此外，还要考虑现实扭曲对心理的累加效应，再加上生活全乱了套，日子日益艰辛，身边的东西被一样样剥夺，焦虑在人们心底扎下根须，长出一片浓密的忧郁，仿佛每个人都陷入虚幻之中，一圈圈打着转儿向下掉，谁也别想逃出来。许多人亲手结束了自己的生命。

商业和贸易完蛋了，工厂全关了门儿，整厂整厂的工人丢了饭碗，空气中总是漂浮着一股腐败的气味，因为所有的公共服务部门已彻底散了架。一场伤寒夺走了许多人的生命，街头巷尾充斥着流言蜚语，说接下来就是霍乱，甚至更可怕的东西。城里只有一种交通工具能获得部长的批准，那就是自行车，因为骑自行车的人一刻也不能走神，自然就不会去胡思乱想。粮食储备一天天减少，部里的警察实行严格的配给制，希冀局面能尽可能久地撑下去。可那些刁民嘴里没有一句真话，虚报自己和自己供养的人的需求，冲砸商店，连偷带抢，市面上充斥着霍夫曼博士伪造的面包券，可刁民们还是一个劲儿往政府手里塞，满脸心安理得。自打部长宣布封城以来，城外乡村的消息就全部来自警察部门言简意赅的报告，剩下就只有流言蜚语了，说什么有些农民能疏通关节,通过检查站卫兵的盘查,为城里捎来几笼小鸡,一两篮蔬菜。

霍夫曼博士已经彻底摧毁了时间,往日用来约束时间的器具,如今成了他手中的玩物。我时常会瞥一眼手腕上戴的手表,却发现,手表的指针变成了一束长势旺盛的常青藤,有时是忍冬花,只要我一看,立即就肆无忌惮地翻滚扭曲起来,遮住整个表面。钟表是霍夫曼博士最喜欢捉弄的对象,这样他就可以让所有人明白,完整统一的时间结构已经分崩离析了。光明和黑暗的区分还在,可除此之外,就再也没有什么其他区分了。就算钟表没有被破坏,每只的时间都不一样,也没人把它们当回事儿了。有时,往昔的日子一连几天霸占着城市,百年前旧街道的影像淹没了今天真实的街道,我穿行于此前从未见过的大街小巷,全凭记忆才能回部里上班。看上去,眼前这些街道同大地一样坚不可摧,可只要霍夫曼博士哪个部下玩腻了,摁下一个按钮,这些街道就会立马消失得无影无踪。

盗窃、纵火、强奸、抢劫飙升到了天文数字,无论在肉体之上,还是在之下的层面,夜晚离家出门都极度危险。其实,就算是待在家里也没有什么安全可言。爆发过两场疑似鼠疫,到了第二年年初,来自外界的消息完全断绝了,霍夫曼博士把所有的无线电信号都屏蔽了。渐渐地,一层厚重的孤独感落在城市之上,城市生长出,也可以说生长成一种苍凉之美,那是一切希望都破灭之后的美。面对如此之美,不禁让人肝肠寸断,潸然泪下。谁会相信,这座城市居然也会这样美!

有些时候,尤其是傍晚时分,阴影越拉越长,橘黄色的落日余晖中仿佛蕴藏着不寻常的意味。屋宇楼舍渐渐隐没于灰暗之中,时而有一两幢被夕阳点燃,散发出柔和、坚定、祥宁的光芒,仿佛涂上了一层蜂蜜。夕阳在天空中映射出绚烂的色彩,天空成了一片历经千锤百炼后,薄如蝉翼的金箔,就像某些古代绘画的底色。这座命运多舛的城市中,高高低低的形体此刻全然失去了纵深,融合成一块巨石,令笼罩在城市上空的那种纯然人工的色彩愈发强烈。此时此刻,我们,也就是说,城里为数不多的多少还能区分出真实和虚幻的人,感到一阵阵犯晕,仿佛正立于魔法悬崖边,摇摇欲坠。大家不由自主屏住呼吸,几乎可以说在等待,仿佛在我们眼前,幕布正缓缓上升,重大事件即将上演。大家一动不动,等待着那石破天惊一刻的到来,可内心又感到一股股乱流。大家明白,这首崭新的时空交响曲才刚刚奏响序曲,接下来,我们所熟悉的一切还要承受至为猛烈、至为深重的打击。我认识的所有人中,只有一个人敢大声说,自己一刻也没有过这种大难临头的感受。这个人就是部长。

部长一生坚信经验现实,他的信念从来没有过哪怕是最轻微的动摇。部长是这个星球上存在过的最坚硬的物质打造出来的,脸上是一副恒久不变的严峻和坚毅,任凭光怪陆离的魅影在他眼前明了又暗,来了又去,他的面色丝毫不为之所动,一秒钟也没有。在我看来,部长的工作从根本上说就是在思想四周筑起一道高墙,霍夫曼博士似乎就是在可思议和不可思议的边界地带布置起幻想武器。那些边界地带总是隐藏在暗夜之中,关于它们的具体位置,引发了一轮又一轮的争论。

部长发话:"好吧,霍夫曼制造出病毒,让我们的心灵长出毒瘤,让幻想细胞不受控制地疯长。既然如此,我们就一定要,也一定会,找出对抗病毒的药方。"

部长其实也不清楚霍夫曼博士究竟是怎样做的,不过了解在与日俱增,这是再明显不过的了。部长本人没有哪怕是一丁点儿的迷信,可到头来也不得不干起驱魔捉鬼的事儿,他能做的也就是把那些妖魔鬼怪从中了邪的街道上赶走。部长手上有一大堆高科技设备可用,可最后发现,还是要用上中世纪对付巫婆神汉的法子。我从来都不愿意走过 C 号现实测试室的门口,里面总是传出烤肉的气味,搞得我恶心反胃。我琢磨,难道部长束手无策,于是把笛卡尔的那句千古名言改成"我痛,故我在"?测试基于以下原理:在极端混乱的棘手案例中,就要用火来审判了。要是那东西经历了焚化炉的烈焰依旧不死,显然不是真实的产物;相反,如果烧成了一团灰,至少可以证明他曾是个真正的人。到了第二年年底,大部分其他设备,比如说雷达,都失去了作用。甄别部警察宣布,焚化炉成功地把几个霍夫曼博士的手下烧成了焦炭,可我并不相信他们说的话。那些警察,个个穿着长长的黑色皮外套,一直拖到脚踝,腰上扎着皮带,头上的宽边呢帽压得很低,脚上的高帮皮靴擦得锃亮。看他们那副凶神恶煞的样子,总会在我心中引起一连串不舒服的联想,简直像是从某个犹太人的噩梦中集体征召来的。

战争初期,我们设计出的反制武器是甄别雷达,这种雷达又融合了激光技术,不单可用于防御,更可用于打击。甄别雷达的工作原理是:幽灵物质要为感官感知,它的分子结构中一定布满了向外投射的尖锐突起。科技人员在部长的办公室里建造了一个幽灵原子的模型,就是用几把毛刷子临时搭起来的四方体。根据设计者的设想,雷达波扫过幽灵身上长出的尖刺时,会感到擦痛,发出一声尖叫,虽然人耳听不到,总部的雷达屏幕却能立即显示出来，于是自动引发激光，把讨厌的幽灵轰得灰飞烟灭。有那么一段时间，大约是在战争第一年的后半段，每天都能消灭整连的幽灵战士，部长的脸上挂起了淡淡的笑容。可霍夫曼博士的科研部门肯定迅速调整了最初的分子结构，到圣诞节时，总部的雷达屏幕渐渐沉寂了下来，隔了很长时间，雷达波才会扫中某个幽灵的尖锐突起，听到一声尖叫。显然，这些幽灵都已经是过了时的旧货，比如说，某个脑袋变成帽子的男人，很可能只是用作诱饵。真正的妖魔鬼怪越来越肆无忌惮，在大街上群魔乱舞，鬼哭狼嚎，却只是偶尔才能被甄别出。部长脸上的笑容僵硬了，咱们的物理学家们（个个都有着三星级的现实状态评分，外加老约伯那样的忍耐力）最终拿出了新的幽灵原子模型，以适应其在结构上的改造。新模型是个由许多面镜子构成的球体，犹如一滴反光的泪珠。研究小组的负责人是德罗索梅尔博士，他向部长和我介绍道，幽灵的新分子结构必定像水滴一样聚拢到一起。

就在这个关口上，德罗索梅尔博士疯了，事先没有一点儿预兆，可一旦爆发起来却极度夸张，极度骇人。他把物理实验室炸上了天，里面装着他研究工作的所有记录，四名辅助研究人员，还有他自己。我觉得，德罗索梅尔博士的精神崩溃并不是霍夫曼博士用什么秘密机关造成的，不过，我越来越觉得，霍夫曼博士或许真的是无所不能，法力无边。我怀疑，德罗索梅尔博士不知不觉中受到了现实的过剂量辐射，结果理智被摧毁殆尽。这场灾难之后，我们彻底丧失了防御手段，迫不得已，部长越来越依赖于甄别部警察那些原始陈旧，而且越来越残忍的手段。部长本人一直在监督着一项工程，他坚信，只要工程完工，将最终把我们从霍夫曼博士的魔爪下拯救出来。一谈到这项工程，部长那双一向冰冷、怀疑的眼睛就会流露出一丝笑意，很小心，很谨慎，却透露出一个大救星的自信。

部长正着手建造一个庞大的计算机中心，利用该中心生成一套系统程序，可以计算出任何一个物体的内在连贯性，对其加以认证。部长认为，所谓真实，其标准就是：任何一件真实的事物都是限定的，要判断其身份，就是看这件事物与其自身的相似程度。部长的逻辑推理可以说无比缜密，要说有什么致命缺陷，就是他这个人有点儿经院学究的习气。部长坚信，城市就是缩微的宇宙，其中的事物各有限量，不同事物的组合亦有限量，可以制成一张表格，在表格中列举出所有在逻辑上说得通，可为人们所辨别的形式，对其加以计量，组成概念框架，最终形成清单。借助于信息获取系统，这张清单可以随时获取，凭之对任何现象加以验证。于是乎，部长一头扎进这项几乎可以说是超出人力之外的任务中，收集起世间每一件真实存在事物的资料，将其编入电脑程序中。任何东西只要曾经存在过，哪怕只是转瞬即逝，其资料也要输入电脑，绝对不能有疏漏。因此，任何一件事物，无论看上去多么恢诡谲怪，只要曾经存在过，就可以对照清单，在全部世界历史中检索查找，然后对其可能性加以评级。如果该事物被评为"可能"级，接下来又有无限繁琐的程序，以确定其"可能性"究竟有多高。

有时候，部长会跟我聊起政治，他的政治哲学与前古典时期的对位音乐不无相似之处，都在静穆中透着庄严。部长向我描述起自己理想中的社会：人人各安其位，各谋其政，各式各样的制度环环相套，统辖这一切的是一种伟大的"礼制"。部长把自己的政治理论称为"头衔和功能"论：每个人都牢牢掌握着某个头衔，由此决定了他在社会上的位置，整个社会被视为一个环环相套的圆，处于不断的变化运动之中，却又没有丝毫的变异。这样的社会中既不会有动乱，也没有什么可以谋夺，无论是头衔、等级、角色，或是其他什么东西。城市在绝对的和谐中周始循环，生生不息，不断发散出透明澄澈的光辉。城市中，一切早有定数，某位统治者的离世为这首天国交响曲的一章画上休止符；紧接着，又一位统治者登基，又奏响新的一章，新旧乐章在形式构成上没有任何差别。部长特别喜欢巴赫，觉得莫扎特太闹腾了。说实在的，要论面色阴沉，不苟言笑，就算是同昔日大清的官僚相比，部长也不遑多让。

部长可算是地球上最理性的人，可在当前的形势下，他充其量也就是个巫医，下定决心要消灭一切妖魔鬼怪。其实，那些也不是真正的妖魔鬼怪，只不过是一个人（这个人很可能是有史以来最伟大的物理学家）制造出来的幻影。说一千，道一万，这根本就是一位百科全书派学者与一位诗人间的对决，霍夫曼博士虽然是位科学家，可他用自己强大的知识，让人们看到了以往看不到的东西。话虽然这样说，大家还是觉得，霍夫曼博士最终的目的还是要统治全世界。

部长在计算机房度过了一个又一个不眠之夜，由于工作过度，他面色灰暗，皮肤松弛，一向保养很好的双手也因为疲劳而颤抖起来，但他身上似乎有着使不完的力量。然而在我看来，纵然部长能编织出一张网眼极其细密的巨网，可除了海量的无形幻影，他什么也不会网到。部长一直不肯承认，即便是鬼魅也可以在感觉中异常坚实，那些东西不单看得见，摸得着，甚至可以跟你亲亲嘴，让你吞下肚，或者串成一串，扎成一束，插进花瓶做摆设。

我们身边光怪陆离、千变万化的奇景其实跟活人一样复杂，一样会跑会跳，可在部长眼中，这一切的一切不过是由各种灰色调组合成的波纹表面，色彩贫乏暗淡，就像死尸一样。可也多亏了部长贫乏的想象力，他才能把整座城市看成一个真实存在的拼词游戏，认为总能找到游戏的答案，迟早有那么一天。那些日子里，我一直陪在部长身边，不知为他煮了多少壶茶（部长从来只喝"原味"的茶，既不加糖，也不加柠檬），帮他清空了多少装满烟蒂的烟灰缸，不时帮他换巴赫，以及其他前古典时期音乐家的唱片。部长工作时需要一刻不停地放着这些唱片，音量不能大，帮助他集中精神。我身处战争的中心，可依旧对一切兴味索然。有时候，我死去的妈妈会来看我；有时候，我办公室门口的铭牌会波动起来；梦境变得愈发离奇怪诞，就算是我，也对睡眠渐渐逼近的步伐产生了一种不寒而栗的感觉。可不管怎么样，我对身边的一切就是提不起一丁点儿的兴趣。

我觉得，自己仿佛是在看一部电影，部长理所当然是电影中的主角，那位一直没有露面的霍夫曼博士是大反派，这场电影一演起来就没完没了，真是叫我烦透了。我对正反双方都没什么同情，虽然我佩服他们，可所有一切在我眼中就是一位幻想家的工程，不但虚假，效率还很低下。可有个奇异的幻象一直不肯舍我而去，搞得我隐约有些不安，这个幻象由头到脚、里里外外都透着异样。那是一个女子，每次我见到她，她都是老样子，没有丝毫变化。每晚，躺在床上，就在似睡未睡之间（如今，这种状态已变得如同瓦格纳的歌曲一样审美疲劳），一准会见到那位年轻女子。她身上披了件薄如轻纱的睡衣，无论在色泽上，还是在质地上，都像是罂粟花的花瓣。睡衣挂在她身上，掩盖不住下面的胴体，那几乎是透明的胴体,露出里面的骨架,就连最精密的结构,最纤细的骨节也一目了然。原本应该跳动着心脏的地方燃烧着一团火焰,又像是一团舞动着的红飘带。女子轻轻晃动,仿佛三伏天的空气,从来不开口说话,也从来没有笑容,一动不动,只有那由不可思议的物质构成的躯体在微微晃动。每晚,临入梦前,她必定造访。如今,我已知道,那些幻象其实是由众多符号构成的语言。(当初我也曾这样怀疑过,只不过那时候还不肯接受罢了。)这是我读不懂的语言,却也正因为读不懂而觉得有趣。其实任何一个鬼魅都是一个符号,悸动着令人毛骨悚然的信息。然而,只有这个女子,这个肉体如玻璃般透明的女子,隐隐向我揭示出一切秘密的真相。那是吞噬了我们所有人,令我们所有人胆战心惊、惊恐莫名的秘密。

那女子呆在我身边,披着猩红色的轻纱,在空气中轻轻晃动,直到我入睡。偶尔,她会用唇膏在布满灰尘的窗户玻璃上写上一行字,向我发出指示。一天夜里,她留下两个字——"去爱"。隔了几天,她又草草写下"不要想,只要看"。不久之后,她又留下警告:"一想就会迷失。"这些话时时萦绕在我心头,整天待在我脑子里,搞出一阵阵痒痒的感觉,仿佛眼睛里吹进了沙粒,着实搅得我意乱心烦。我也见过鬼魂,比如说有只又肥又大的白猫头鹰就自称是我妈妈,蹲在我屋里的壁炉沿上,时而祈求我的宽恕,时而又祷告起来。可眼前这个女子同那些滑稽可笑的鬼魂全然不同,可以说,她是一具透明的骸骨,也可以说,她是由人骨拼成的神奇花束。这女子属于第三类存在,这类存在中有天使,有会说话的狮子,有长着翅膀的飞马。这是一类神圣的魂灵,过不了多久就会降临于城市之上。有时候,整座城市上上下下一片宁静,等待着圣灵的降临。其实，圣灵本身也只是传令官，带来超凡大帝即将驾临的消息。到那时候，我们都会匍匐在这位大帝的脚下，成为他的子民。

我们知道对手的姓名，知道他以优异的成绩从国立大学理学院毕业，一直具体到某月某日。我们知道，他父亲是位银行家，是位谦谦君子，对神秘学略有涉猎；他母亲喜欢给贫民区的贫民施粥派汤，还办缝纫学校，帮助妓女改过自新。我们居然还发现（令部长有那么一点点尴尬），我妈妈有一次悔过的念头又发作了起来，就去了那位女士办的缝纫学校，亲手为我缝制了一套法兰绒小内衣。多么动人的一幕！只不过那套内衣我只穿了一天，线就全部爆了，以此来象征我妈妈的悔过倒也正合适。我觉得，那件事虽然是偶然，却也在我和霍夫曼家族间扯上了一点联系，就好像，一个阴雨的午后，一列开往乡村的列车上，我遇到了霍夫曼博士的某位阿姨，还同那位女士聊了几句天气。我们知道霍夫曼博士的曾曾祖父踏上了这片土地，同样可以具体到某月某日，那是1867年9月18日。霍夫曼博士的曾曾祖父是个小贵族，不过家财相当有限，为了躲避一些不方便启齿的麻烦，他离开自己的故土，一片狼群出没的斯拉夫山区。后来，一场大战把那片山区从法律上化为虚无，那是什么战争来着？普法战争？也可能是别的什么战争。霍夫曼博士出生时，他父亲用占星图占了一卦，又给了接生婆一大笔钱，足足有好几千块。我们了解到，青年霍夫曼上大学预科时曾卷入同性恋丑闻，也了解到，他父亲花了不少钱才把丑闻给平息下去。部长单独辟出整整一个数据库，专门存储霍夫曼博士的资料，我们甚至探查到，霍夫曼博士小时候都得过哪些病，其中有两次部长觉得尤其重要。一次是霍夫曼博士7岁时患上脑膜炎，另一次是 16 岁时有过一次歇斯底里发作。

二十多年前，霍夫曼博士已成为大学物理学院的著名教授。一天，学校当局跟博士说了几句好听的，又赠送给博士一件厚礼，就是照顾他日常起居的随从，然后就请他收拾东西滚蛋。博士一把火烧掉了自己的笔记，往帆布袋里装了一套牙刷，几件衬衫，几套内衣，还有几本从他父亲的神秘学藏书中精挑细选出来的古籍。博士搭了辆出租车，来到中央火车站，买了张去山区度假地的单程车票，走上列车将要停靠的月台，在月台售货亭买了一包进口香烟，一网兜柑橘。据一位搬运工的目击报告，博士吃了一个柑橘；据另一位搬运工的目击报告，博士进了男厕所，然后就再也没有人见过他了。博士消失得如此迅捷，甚至连报纸都发了他的讣告。

真实之战爆发之前的那几年中，曾有个自称门多萨的剧团老板在乡下各地的市场和狂欢节之间来回巡游，谋一份并不阔绰的生计。其实，所谓剧团也就是拉洋片儿，里里外外就门多萨一个人，外加一部放映机，可它能放映出活动的三维影像，看过的人无不震撼于影像与现实的高度相似。门多萨发了，最后带着自己的剧团来到首都，参加圣灵降临节的集市。此时，他的放映技术又长进了，能带着观众在时间中旅行。观众脱下自己的衣服，穿上剧团提供的各个时代的戏服，穿戴停当，剧场的光线暗下来，门多萨在屏幕上放映出各种古旧的新闻片，有时也放早期的无声喜剧片。这些影片中留有空位，观众可以加入进去，成为影片中的一个人物。我曾同一个男人交谈过，那个男人幼年时曾通过这种方式目睹了萨拉热窝的暗杀案。那个男人说，那天下着大雨。所有在场的人都犹如一部巨型钟表中的零件，每隔一会儿就会动一下。这个叫门多萨的剧场老板肯定是霍夫曼博士的某个早期门徒，甚至可能是霍夫曼博士派出的探子。霍夫曼教的本科生中就有个叫门多萨的，中途退学了，据说是因为心理不稳定。一天，一群醉汉点燃了门多萨住的棚户，棚户烧塌了，把门多萨压在了下面。门多萨全身严重烧伤，没过几天就死在一处不为人知的慈善医院，死的时候身边就只有慈悲为怀的修女。有一个细节将门多萨同霍夫曼博士的联系毫无疑问地确定了下来，临去世前，门多萨嘴里不停地唠叨着："看吧，霍夫曼效应就要来了！"那一刻，门多萨躺在硬邦邦的木板上，整张脸被一层又一层的棉布包裹得严严实实，嘴里念念有词，直到呼吸停止。一位年长的修女清楚地记得那一刻。如今，门多萨死了，再也不可能找到了，部长甚至怀疑，有条红鲱鱼可能就是门多萨的鬼魂。

德罗索梅尔博士建立起了幽灵原子的模型，同样，部长也为只闻其名、未识其人的霍夫曼博士建立起了试验性模型。从这位科学家的学术记录可以看出，人类知识没有哪个分支是霍夫曼博士不精通的。我们知道博士痴迷于神秘学，知道博士的身高，知道他穿多大码的鞋子，戴多大码的帽子和手套，最爱抽什么牌子的雪茄，最爱用什么牌子的古龙水，最爱冲什么牌子的茶。最后建立起来的模型显示，博士是个天才，又是个超级狂人，一心要夺取绝对权力，为此无所不用其极。部长说，霍夫曼博士是撒旦的化身，可我对自己的上司实在是太了解了，又怎么不会从他的话中嗅出那么一丝酸味？霍夫曼博士拥有如此强大的力量，简直可以把整个世界都颠个个儿，用起自己手中的力量时，霍夫曼博士又显得那样举重若轻。当然，这并没有影响到我对部长的钦佩，而是恰恰相反。我这个人胸无大志，没有一丁点儿包袱，部长的形象自然在我心中留下极深的印象。部长就像是浮士德，却找不到魔鬼与自己结盟。其实，就算部长找到了魔鬼，也不可能相信魔鬼的结盟誓约。

部长拥有浮士德的一切欲望，然而，他除去经验事实外什么也不肯相信，无异于斩断了自己的翅膀。有些时候，我也喜欢沉思，会觉得浮士德其实是普罗米修斯神话的另一个版本，不过加入了些变形罢了。普罗米修斯甘冒天神的怒火盗取火种，为此而受到惩罚，我实在看不出获取知识本身有什么过错，无论谁为之付出多么高昂的代价。虽然我是政府的一员，可在霍夫曼博士与部长的争斗当中，我不会选边站。有时候我甚至会有这样的念头：霍夫曼博士不是浮士德，而是个彻头彻尾的普罗米修斯。浮士德不过是搞些小把戏就心满意足了，可看看我们身边的浮影幻象吧，有时候真觉得它们是从真实的烈焰中锻造出来的。当然，这些念头不足为外人道。不过，你一定要意识到，这场大战中的交战双方同样伟大，部长拥有一颗坚硬的心，其坚硬程度已超过自然的限度。唯因有这样一颗心，部长才能屹立不倒，也唯因他有惊人的恒心和毅力，方能把城市守到现在。

说真的，部长已成为城市的化身，成为围绕着城市的一堵看不见的高墙，在他身上浓缩了城市的一切抵抗。部长的一举一动无不染上庄严和沉重，他不断地说："不许投降！"我无法否认部长身上的庄严，甚至对他万分钦佩。至于我自己，毫无图谋可言。

对城市的围困进入了第三个年头，粮食储备几乎已见了底。一场霍乱横扫城市东郊，留下累累白骨，一个星期收到三十宗斑疹伤寒的病例报告。甚至连甄别部警察部队也开始松懈起来，隔三差五就有人偷偷溜进部长的办公室，告自己同事的密状。我的房东太太不见了，谁也不知道她去了哪儿，肯定是不知道死在什么地方了，整幢房子就剩下我一个人。警察每天忙着平息暴乱，刚开始时用催泪瓦斯，接着就是真枪实弹了。夏天到了，到处都是晃得人睁不开眼的阳光，湿漉漉的空气中散发着恶臭。那个夏天，到处能闻到血腥味和大便的恶臭味，到处都能看到绽放的玫瑰。从来没有哪个时候像那个夏天，玫瑰大放异彩，攀爬到一切地方，花朵中几乎滴淌出浓郁的香味，熏得人如痴如醉，就连砖石建筑也仿佛喝醉了酒一样。五官感觉混合到了一起，有时，玫瑰发散出五步阶曲调，音量虽然不高，飘进耳朵里却扎得耳膜一阵阵刺痛。那是玫瑰的深红色唱出的曲调，却在鼻孔里响起。清晨，一轮淡日升上天空，散发出香橼的气味，时明时暗，闪烁不定，仿佛一千把小提琴在齐奏。夜半，天空中偶尔有绿色的雨点飘落，舌尖上泛起青苹果的酸涩。

那是我 24 岁生日的前一天。下午，在一片璀璨夺目的焰火中，城里的大教堂飞上了天。

大教堂可谓城里最伟大的民族丰碑，体量巨大，建筑风格无比纯洁，有着严肃文艺复兴风格的立面。一直以来，霍夫曼博士都想把大教堂变成别的东西，比如说供男人寻欢作乐的妓院，又比如说收藏船艄雕像的停尸所，甚至是屠宰场，可大教堂始终岿然不动。没办法，霍夫曼博士最后只好用焰火把大教堂炸上天。部长和我站在窗口，望着天空中的闪光，教堂的拱顶轰然而起，仿佛一柄着了火的巨伞，然后在午后的晴空中瓦解成无数碎片。我心中稍稍有点儿遗憾，这一幕要是在半夜上演就更好了，肯定更加精彩。我望了一眼部长，两行泪水正从他双眼中滑落，柏辽兹的音乐骤然席卷而来，我和部长站在奇幻的交响乐中，等待着最高潮一刻的到来——死亡。死神降临时，犹如上演了一场取人性命的马戏表演。

晚饭时分，我从墙缝里抠出点儿蒲公英，拌拌吃下了肚。蒲公英已经开始开花了。我又拿出自己一周定量四盎司的代咖啡，煮上一壶。然后，我现在还记得，读了一会儿书，读的是亚历山大·蒲柏的《夺发记》。只翻了几页，睡觉时间到了，她又来了。我冲她笑了笑，这还是头一次，她没有反应。接着，我就睡着了。第二天一清早，我醒了，可又知道自己肯定还没有走出梦境，身下的床此刻变成了一座孤岛，四周是一望无际的湖水。

夜幕渐渐挂上天空，尽管我知道，外面应当已经破晓了，公鸡叫个不停。外面指的是梦境之外。梦境之中，湖水在我身边微微荡漾，夜晚的黑暗吞没了水面的色彩，小岛上长满了松树，微风从树梢间沙沙穿过。除此之外，再没有别的动静。我在等，梦境中仿佛有什么在命令我，等，直到永远。我从未感到如此孤寂，仿佛整个世界只剩下我一个生灵，而所谓整个世界，其实也只剩下这座湖水环绕的孤岛。

突然间，一样东西引起我的警觉，湖面上有什么东西正在向我靠近，可我的孤独感丝毫没有为之而减缓。看得出，那是只活物，可又仿佛没有生命。恐惧骤然袭上心头，我不禁浑身战栗起来。那一刻，我一定在惊恐中侧耳倾听，仿佛在倾听不知名的野兽用尖牙利爪在玻璃上划擦的声音。恐惧是人类最古老、最强烈的情感，对未知的恐惧是人类最古老、最强烈的恐惧。我害怕。小时候，我就尝过了害怕的滋味。那时候，我躺在床上，无法入睡，黑暗中，听着布帘另一头妈妈的喘息，嚎叫，仿佛一只母老虎。有时候，我真以为妈妈变成了野兽。可现在，我心中的恐惧比小时候有过之而无不及。

那东西越来越近，我认出是只天鹅，黑天鹅。实在无法形容这只天鹅有多丑，可又是那样神奇，那样不可思议。天鹅脑袋上，两只毫无生气的眼睛紧紧贴在一起，流露出一种无心的邪恶，没有一丝光彩。邪恶通常不是应该燃烧着夺目的火焰吗？它那纤长的脖子全然没有天鹅通常所有的优雅，而是愚蠢地晃来晃去，一会儿这边，一会儿那边，仿佛一根长水管。现在能看清它的喙了，是无香味玫瑰的那种猩红色，又带点儿粉色，四周环绕着一圈白色，形状宽扁，活像只大铲子，只会在烂泥地里拱虫子泥鳅之类来吃。毫无疑问，黑天鹅在向我游来，恐惧感也向我袭来。最后，黑天鹅距离我只有几码，波动的湖水中，它终于停了下来，伸展开一双巨大的翅膀，仿佛撑起了一把报汛的巨伞。

那是我从未见过的黑夜，轻柔鸟羽下的绝对黑夜，黑得仿佛吞噬了所有光线，暗得仿佛连意识都开始熄灭。黑天鹅把长颈向后弯曲，好像随时准备发出致命一击的毒蛇，张开喙，唱了起来。黑天鹅一开口，我就知道，它时日无多了，又知道，面前不仅是只黑天鹅，同时也是名女子，因为从天鹅喉咙中流淌出的是撩人心扉、让人心跳加速的女低音。天鹅的歌声没有歌词，狂野中浸透着哀伤，像弗拉明戈音乐一样富于节奏和旋律。曲调的音阶我闻所未闻，又像是柏拉图的终极理式，一切音乐的共同始祖。四下更加阴暗，天空中看不见的太阳投下最后一缕光线，照亮天鹅跳动的喉咙，和上面的一道金环。金环上刻着一个名字——阿尔贝蒂娜。如同夏日骤雨，梦境说走就走了。

屋里荡漾着混浊的光线，公鸡不叫了，我睁开眼，可还没有全醒。刚才的梦在我心中挂满蛛网，我像往常一样去办公室，一路上对身边的一切视而不见。部长正在查看邮件，这会儿，他正仔细研究着一封信，信封上的邮戳显示，信寄自北郊一个还算靠得住的生活区。部长轻声笑了起来，对我说：

"霍夫曼博士的特别代表约我吃饭。"部长一边说，一边把信递给我。"马上测试一下。"

这封信经过了计算机的无数测试，又送到了真实测试实验室，从一号室到二号室，再从二号室到三号室。好在送三号室之前，我们留下了一份影印件。测试结果是：这是一封货真价实的信。

我陪部长一起去会面，我的职责很简单，就是随身藏一部小录音机，把部长和霍夫曼博士代表说的每个字都录下来。部长叫我先回趟家，换套像样的衣服，再打上条领带。必须承认，我最向往的其实是能吃顿好的，这年头，想吃顿好的越来越不容易了。看得出来，部长可没有吃东西的胃口，霍夫曼博士要不是觉得自己稳操胜券，断然不会发出这次邀请。

会面的餐厅既奢华，又不惹眼。餐厅里的所有员工都有着无可挑剔的真实评级，甚至连厨房里打下手的也不例外。我和部长坐在酒吧里，等着客人的到来。酒吧里光线暗淡，十分隐秘，四下都是昂贵的奢侈品，散发出强烈的金钱气味。任外面掀起多么狂暴的幻影风暴，我们也丝毫不会受到打搅，因为所有的窗子上都挂着厚厚的窗帘。抿了一口杯中的杜松子酒，部长一会儿看看腕上的手表，一会儿又轻轻踱着脚。我注意到，部长从来不会同时看手表和踱脚，真有意思。或许，他这个人太过专一了，浑身上下都紧绷绷的。部长脸上的肉跳动了一下，然后用刚刚抽完，还没有熄灭的烟头再点上一根烟。接头人一进来，我和部长就知道，没错，就是这个人，因为所有的关系立刻混成一片。

　　酒吧里亮起十几只打火机发出的光亮，仿佛骤然间飞起了十几只萤火虫，但我只能粗略看清霍夫曼博士的信使的轮廓。服务生搬来几只枝形烛台，这才照出信使的模样。信使身边似乎刮着一股微风，把烛火吹得左右摇曳，信使身上穿的衬衫有着无数条细布带，也被吹得上下飞舞，在他脸上投下无数道阴影。我估摸，这个信使可能带有蒙古人的血统，那么他就跟我一样，身上流淌着这片大地的祖先的血液。或许，这个信使来自某个已被公众遗忘的印第安部落，如今仍艰难地出没于高山密林之中，也可能沿着水道活动，因为信使身上的皮肤是那种抛过光的黄铜的颜色，黄中微微带点绿色。信使的眼睑似乎发育不全，两额的颧骨出奇的高，一头接近于深紫色的黑发，光可鉴人，异常浓密，仿佛戴了一顶硕大的头盔，真让人担心他那细长的脖子能不能承受得住。信使嘴很大，嘴唇很厚实，同样是深紫色，仿佛刚刚吃了蓝莓一般，一双眼睛是黄褐色，如同古埃及僧侣抄写的古经卷，眼神中没有一丁点儿表示，仿佛古埃及人在石棺上绘制的人物，双眼四周点缀着厚厚的金箔。双手颀长，十个指甲染成暗红色，双脚同样颀长，脚上套着用纯金丝带编织的凉鞋，露出十个脚趾，脚趾甲染成手指甲同样的颜色。信使穿了一条绒革面的紫色喇叭裤，腰上缠着好几条珍珠穿缀而成的带子，举手投足间带着一种爬行动物般的柔软，有几分扭捏，又让人感到非比寻常。大家起身，入座就餐，这时我注意到，信使行动时身体仿佛扭成一个圈儿。单纯从旁观者的角度，我要说，信使是我见过的最优美的人类，是个由血肉、皮肤、骨骼完成的完美工程。当然，信使身上有一种说不清的城府，或许他的本性中隐藏着野性，要是能把这种野性好好改造一下，倒是适合挂在客厅里做装饰。可即便如此，那种野性也丝毫没有减损。信使就像是一头豹子，爪牙已磨得雪亮，专为助力混乱而生。信使摆出一副高深莫测的架势，面对部长和我时给人居高临下的感觉，言谈举止间似乎有些矜持，其实更多的是做作。这绝不是一名普通信使，更像是天朝上国派出的大使，莅临下邦小国。该国虽小，可从外交的角度来看，却也并不是可有可无。看信使的言谈举止，仿佛一位屈尊的第一夫人，部长和我则像是没见过世面的乡巴佬，一会儿掉了叉子，一会儿撒了汤，一会儿碰翻了酒杯，一会儿又把蛋黄酱溅得满领带都是。信使看着我俩，脸上荡漾着淡淡的笑意，还有那么一丝不易察觉的蔑视。

信使显得颇为大度，为了让部长和我放松，有一句没一句地聊起了巴洛克音乐。信使的嗓音低沉、阴暗，给人一种毛茸茸的奇特感觉。可部长不肯闲扯，用手中的勺子把碗里的清炖肉汤一勺接一勺往嘴里送，脸上流露出厌恶的神情，嘴里还不时哼哼上一两声，可两只冰冷的眼睛一刻也没有离开面前妖异的信使，目光中充满怀疑。吃饭时，信使手上做出一系列动作，显得那样陌生，又是那样优美，仿佛在跳着爪哇舞。我喝光碗中的肉汤，看着面前这两位，简直就是柔软的攀援花卉和冰冷坚硬的石头之间的对话。一位侍者撤下桌上的盘子，再端上撒了葡萄粒的鳎鱼。我简直不敢相信自己的眼睛，要知道，现在可是战时！年轻的信使又起一粒葡萄，就着葡萄把维瓦尔第吞落肚，一起吞落肚的还有那一时代一些名头不那么响亮的音乐家的名字。大家一面垂头分解着盘子中的鳎鱼，一面做了以下一番交谈。许多年以后，在甄别部的废墟中，我找到一个小小的铅盒，里面收藏着那天的录音磁带，因此才能把那天部长和信使的谈话用文字转存下来。

信使：我亲爱的部长，到目前为止，您还是这座思想堡垒的国王。可过不了多久，霍夫曼博士就要以雷霆万钧之势发起进攻。

（这是一次试探性的进攻。信使眨了眨涂成深黑色的睫毛，嘴角浮现起一丝笑意，又渐渐隐去。）

部长：博士的意图再明显不过了。据我所知，三年前他就宣战了。现如今，城里没有哪条街道还有方向，也没有哪只钟表还能报时。

信使：您说的一点儿都不错。博士把街道从方向的暴政下解放了出来，现在它们想去哪儿就去哪儿。不单如此，博士还解放了所有的计时装置，现在它们才真正成为时间装置，想报几点就报几点。钟表的状况尤其让我感到欣慰，想想过去，它们那一张张无辜的脸，目光混浊，仿佛长在奴隶身上。博士不愧为钟表世界的林肯。现在，他要解放一切，部长。

部长：难道应该让道路来主宰城市吗？

信使：您是不是觉得，我们时不时要给它甩上一鞭子？可怜的道路，永远朝一个方向行进，永远被一双双麻木不仁的脚踏在脚下。时间和空间有自己的个性，部长先生，保全它们的个性远比压制更为重要。时间和空间可以说是自然的内脏，自然也会蠕动，就像你我身上的大肠。

部长：您喜欢做类比。

信使：类比就是路标。

部长：可你们把城里的路标都偷走了。

信使：我们不是在城里插满类比吗？

部长：我真的想知道，究竟是为了什么？

信使：为了自由，先生。

部长：真是个妙不可言的想法。

信使：我知道，这个答案不会让您满意。要是我对您说，我们致力于揭示表象的无限可能，您会作何感想？

部长：我会建议，到别的地方去实验。

（信使微微一笑，切下一块半透明的鳎鱼肉。）

部长：不久以前，我才领悟到，你的那个博士要毁掉这个国家的社会肌质，不留下一点儿痕迹。可当初，他自己不也是这个国家的一员吗？不也是这个国家最精美的思想装饰吗？

信使：瞧您说的，仿佛博士是一尊古董花瓶。

（信使的话中略有不快，部长可顾不了。）

部长：我的结论是，你的那个博士的所有动机就是邪恶。

信使：什么话！您以为博士是疯狂科学家吗？在试管中制造报复瘟疫？博士的动机要真那么简单，我可以向您保证，这里已经不会有什么剩下来了。

（部长摊开面前的盘子，看得出，他要说几句掏心窝子的话了。）

部长：就在昨天，大教堂在一场烟火表演中土崩瓦解，漫天都是火箭、流火、五颜六色的星星。我知道，肯定会有些永远长不大的人，看了会很开心，可我感到深深的悲哀。大教堂是一件理智社会的杰作，却在一场要多粗俗有多粗俗的火葬中化为灰烬。过去两百年中，大教堂凝视着城市，守护着城市，就如同修道院中最尽忠职守的天使石刻。你们鄙视时间，说时间是奴隶。不！时间是自由之身，是大教堂的平等伙伴。石匠们花了三十年的时间建成了大教堂，可年轮每转动一格，时间就会用无形之手，在大教堂直插云霄的线条上增添上动人的美感。时间浸透在每一块石头中。我自己并不信教，可对于我来说，大教堂是城市精神的象征，那是人定……

信使：正因如此，我们才用人造之火把它夷为平地。

（部长没有理会信使。）

部长：那么宏伟，随着年龄的增长，一年比一年更宏伟。大教堂在时间中越来越厚重，高明的建筑师从一开始就决定了，它注定要如此。大教堂令人想到了崇高，当然，那只是幻觉，可它匀称的比例不也正象征着社会的和谐吗？整座城市，再往大里说，整个国家，不也是一座类似的建筑吗？那是条理分明的社会结构……

（听到最后的几个字，信使扬起美丽的睫毛，用涂了颜色的指甲轻轻敲敲牙齿，仿佛微微表示抗议，部长不该用含义这么晦涩的词。）

部长（不为所动）：条理分明的社会结构是人类创造出的最伟大的艺术品。和所有伟大的艺术品一样，它是完美的对称，具有音乐的结构特征。创造者赋予它对称，以维持张力的微妙平衡。张力固然能够打破秩序，可要是没有张力，秩序也就变成了没有生命的死物。一切绝对可靠，一切可以预测，多么庄严，多么和谐，多么明净，多么抽象……

（部长说到这儿，被对面的年轻信使不耐烦地打断。）

信使：别跟我谈什么抽象！

（信使怒冲冲地吞下最后一片鱼肉，陷入沉默之中。上来几个侍者，撤下桌上的盘子，重新摆上罗西尼牛里脊肉，真是让我又惊又喜。信使不耐烦地一挥手，推开递到面前的炸薯条。再度开口时,他的嗓音听起来更加幽暗。)

信使:部长先生,咱们的区别主要在哲学上。对我们来说,这个世界仅仅是执行我们的欲望的中介。物理意义之上,世界本身,或者按照你的说法,真实的世界,由具有可塑性的泥土构成;物理意义之下,世界的本原结构同样具有可塑性。

部长:玄学不关我的事。

(信使的头发突然发出耀眼的蓝光,刹那间,他变身为一名刺客,手里举着一柄短剑,指向部长的胸口,就像刺杀马拉的夏洛特·科黛。)

信使:霍夫曼博士会让玄学关你的事。

(部长面无表情地切着盘子中的牛肉。)

部长:我可不这么想。

(这几个字从部长口中坠落,那样沉重,居然没有穿透餐桌,直接掉到地上。部长的镇定和沉稳在我脑海中烙下了实在深刻的印记。我从自己的肉馅饼中咬出一块东西,像黑色的宝石,那是埋在肉馅中的块状菌。要换作平时,我肯定会兴高采烈,手舞足蹈。可那一刻,我提不起一点儿兴致,那是我人生中第一次见识到绝对否定的力量。看得出,信使也迅速作出回应,短剑消失了,他看上去不再像是个复仇天使。也就那一瞬间,他身上那种女性脂粉气也消散了许多。)

信使:请出个价,博士想把你买下来。

部长:不卖。

信使:请允许我出个价……五个省,四座公共交通系统,三个港口,两条地铁,外加全套行政管理系统。

部长:不卖。

信使：博士还可以提高报价。

部长：不卖。

（信使耸耸肩，大家又品尝起盘子中的美味。牛肉没了，水果拼盘上来了，大家喝着杯中的红酒。信使喉咙部分的皮肤细嫩极了，发着淡淡的光，每喝下一口勃艮第葡萄酒，就能看到酒液在食道中的阴影，一点点儿往下流。）

信使：博士的攻势才刚刚开始，可已经把这座城市放逐到理智世界之外，把它变成时间禁足之地。

部长：你的那位博士所做的不过是蛊惑理智的把戏，只不过是把人们心中的怀疑悬置了起来。想当年，电影刚刚问世时，不也有人跳到银幕前面，伸手去摸澡盆中洗澡的裸女吗？

信使：可这一次，他们的手摸到了真实的血肉。

部长：是他们以为自己摸到了，其实他们摸到的不过是物质的影子。

信使：用您的话来定义血肉真是再优美不过了。想必您也知道，我也只不过是物质的影子，可您要是用刀扎我我也会流血；您要是触摸我，我也会颤动。

（我从没见过哪个鬼怪比那一刻的信使更远离真实，可浑身又跳动着撩动人情欲的许诺。部长只是哈哈一笑。）

部长：不管你是真还是假，至少有一点我能确定，你不是我臆造出来的。

信使：您怎么能够确定？

部长：因为我没有那么丰富的想象。

（这次轮到信使笑了，笑声一停，信使浑身凝固了起来，仿佛在聆听着半空中的声音。小孩子的把戏，可有时候偏偏极其有效。)

信使：博士的出价又提高了，再加上四座歌剧院，被大火吞噬前的罗马、佛罗伦萨和德累斯顿，外加约翰·塞巴斯蒂安，做您的乐队指挥。

部长：(有些恼怒)行了，够了！我们正在研制反制武器，进展不错。

信使：哦，没错。我们对您那间电子闺房颇有兴趣，一直在关注着那儿的进展。

(我可从来没有想过把部长的计算机中心比作电子设备的闺房，真是绝了。部长咬了咬下嘴唇。)

部长：那又怎么样？

(信使没有接茬。)

信使：您正在把能搞到手的一切事物分门别类，为了所谓的神圣和谐，要给一切事物都套上几重束身衣，再贴上标签。哦，天哪！那些标签是多么无聊，简直没法儿说。您豢养了一群机械娼妓，一看到嫖客上门就笑逐颜开，用人类听不懂的语言发出叽叽喳喳的声音。而您呢，就是个偷偷摸摸帮人堕胎的老太婆。部长先生，是你，就是你，把想象扼杀在胚胎之中。

部长：总得有人加以约束吧！我要是个帮人堕胎的老太婆，你的主子又是什么？他就是个造假币的，已经用虚假的表象造了一整套假币，放到市场上流通。

信使：您觉得，我们发送到你们世界中的物体影像，或者说具有象征功能的提议，您觉得它们是凶器吗？您觉得它们就是要与这座城市，以及以这座城市为化身的整个人类为敌吗？

(部长把手中的刀叉一边一支对称地放到空碟子两边，然后用最简洁，也是最精确的方式回答。）

部长：是。

（信使身子朝后仰，靠在椅子背上，脸上浮现起诱人的微笑。）

信使：那您就错了。那些幻想是非和谐的散射，也就是您始终不肯承认的非和谐。博士知道如何穿透表象，让真正的形式浮现出来，由透明的内部浮现于有形物质的表面。您无法消灭我们制造出来的幻象。或许，您可以摧毁表象，可源于非和谐的本质既不会增多，也不会减少，只会转换。要是您用激光，或是红外线什么的毁掉了一个幻象，它只不过是回到了初始状态，过不了多久就会以另外一种形式重新组合起来，再次侵入你们的世界。拜您所赐，它们将一次比一次诡异，一次比一次反常。博士就快要揭示出宇宙万物的全部真理了，请耐心等待，那一天很快就会到来。

（水果和奶酪端上来了，信使切下一块布里干酪。）

信使：您要知道，部长先生，过不了多久，死神就会以无数化身走在熙熙攘攘的街头。

部长：死神早就来了。

（信使微微耸耸肩，仿佛在说："您还没真正见识过呢！"然后，他摘下一小串葡萄。）

信使：您打算投降吗？

部长：你主子有什么条件？

信使：绝对的权力，建造一个彻底解放的政权。

（部长掐灭手中的烟，切下一块斯提尔顿干酪，然后从水果盘里挑了一个柑橘味苹果。）

部长：我不会投降。

信使：好吧，为以后漫长的日子做好准备吧。我们将扭曲你们的所有感官，直到让你们发疯。我知道，您打烂了所有的镜子。

部长：不过是为了防止人们看到幻影。

（信使从口袋里掏出一面小镜子，把镜面指向部长，让部长看见自己的脸。部长惊呼一声，用手挡住自己的眼睛，刹那间又恢复了平静，继续给手中的苹果削皮。世界的四壁并没有轰然倒塌，信使脸上狡黠的笑容也始终没有改变。会餐结束了，信使推开送上来的咖啡，摆出原先那副屈尊的架势，站起身向我们道别。信使刚刚迈出餐厅大门，餐厅里所有花瓶中的花就统统凋零了，一片花瓣都没有留下。我关掉录音机，剩下的又要依赖自己的记忆了。）

我要了杯咖啡，部长还是老规矩，茶，不加糖，不加柠檬。这次，部长往咖啡里加了一小杯白兰地，让我把录音一遍又一遍地回放。部长陷入沉思，身边笼罩着厚厚的香烟烟雾。

"我要是信教，"部长终于开了腔，"我会说，刚才我俩见到是撒旦的代言人。"

我一直觉得，部长就是位虔诚的教徒。

"跟你说个故事，"部长接着往下说，"一个人跟魔鬼签约，协约是这样的：只要撒旦能把上帝干掉，那个男人就献上自己的灵魂。撒旦说，这还不简单。说完，掏出左轮手枪，对准自己的太阳穴开了一枪。"

"那您觉得，霍夫曼博士到底是上帝还是撒旦？"

部长微微一笑，说："那个故事说，两个角色是可以互相交换的。得了，咱们走。"

我内心感到相当困惑。年轻信使的嗓音唤醒了昨夜我做了整整一夜的梦。仿佛，只要发出几个音符，就可以把玻璃打碎。于是，我内心既漠然又光滑的表面上，出现了一道细细的裂缝。年轻的信使让我痴迷。部长在签支票，我发现，神秘信使走后，他坐过的椅子上放着一方丝帕，质地同信使身上穿的衬衫一模一样。我悄悄拾起那方丝帕，看到在丝帕的边上绣着几个龙飞凤舞的小字，用白丝线绣在白底上，几乎看不出来。那是我在梦中看到的名字——阿尔贝蒂娜。我身子一晃，差点儿摔倒，耳中仿佛又响亮起黑天鹅的哀鸣。

部长给领班侍者塞了丰厚的小费，点上一支烟，挽着我的胳膊，与我一起步入炎热的午后，目光似乎越来越厚重，越来越黏稠。

"德赛得里奥，"部长对我说，"出趟差怎么样?"

第二章 午夜凶宅

部长在抓救命稻草，可他抓稻草的手疯狂舞动着。

就在那天早上，正当我在甄别部的一间房间里测试信使的那封信的时候，部长的计算机发现了一个重要的线索，让部长吃惊不小。计算机发现，某个拉洋片儿老板同城里发生的一切有着某种关联，那个老板整个夏天都在海滨度假地 S 的码头上做生意，现在，有迹象表明，他正准备离开，到别的地方去过冬。在我看来，这实在是条微不足道的线索，根本就不值得部长如此重视，更不值得为此就升了我的职。可不管怎么说，我还是升了职，就在午餐和下午茶之间，我成了部长的密探，领受了一项秘密任务：如果能发现霍夫曼博士，就不声不响地把他干掉。

之所以选择我去执行这个任务，原因有三：其一，我的心智正常；其二，部里不是离开我就不行；其三，部长的计算机得出结论，我在拼词游戏上的才能显示我有着非凡的思维分析能力，这或许能帮助我找到霍夫曼博士，虽然之前所有尝试的人都铩羽而归。我觉得，在部长眼中，我就是一部移动计算机。告别时，部长的语气中充满激励，可我还是觉得，如果说部长还没有完全绝望，那也仅仅是绝望前的最后一点点希望。

计算机为我创建了一个新身份，可以帮助我通过检查站的甄别警察，丝毫不引起怀疑。我可是密探中的密探，公开身份是一级真实督查，去六十英里外的海滨小镇 S 调查镇长的反常状况，做出特别报告。不久之前，那位镇长无故消失了。无论是和平时期还是战争时期，莫测高深的官僚机器都会运转下去，我拥有所有的政府文书和证件，可以说丝毫没有破绽。部里给我配了辆小型车，一叠加油票，外加一支自卫武器——一把左轮枪。我往行李包里扔进几件衬衣，一两本笔记本，没有带任何纪念品，或任何具有情感价值的东西。其实，就算我想带也没有。同那间几乎是空空如也的屋子说再见时，我心里并未感到有什么不安，虽然我并不知道，自己是不是还有机会再回到这间屋子里来。接受任务第二天的早上，我离开了城里，路过甄别部时，看到墙上出现了一行巨大的标语："**霍夫曼博士撒泡尿也是电闪雷鸣！**"我驾车驶入一片暴雨区，已过了破晓时分，可天空还是异常的黑，街道笼罩在一片反常的黑暗之中。仿佛是为了加快我离开城市的步伐，街道恢复了往日我所熟悉的样貌，既没有魔法，也没有惊奇，只剩下单调和乏味，那种只有家方能与之一较长短的单调和乏味。

关于能否再度回来，我几乎没有抱什么希望，也不大相信这座城市在我离开后还能撑很久。我总是隐隐地觉得，自己也是理性的一根梁柱，虽然看不见，却把城市一直支撑到现在。如今，我要走了，城市过不了多久就会垮塌，也是预料中的事儿。不过，对于过去，我没有怀念。通过城市边缘的检查站时，我往警察手里塞了几包从部长那儿拿来的香烟，大大加快了商议的进程。一出城，我驾车一路向北，心里想着，如果城市真的陷落了，至少那个滋生出我心中难以平息的厌倦的环境也会一起给埋了。在我身后，在那堆灰泥、砖瓦和石块中，没有任何东西可以勾起我哪怕最微小的留念。或许，只有一个例外，那是对一个奇异的梦的记忆，不过我也随身带上了。道路在车轮下向后飞驰，如果说此时我感到些许兴奋，全是为了那个梦，还有那个名字，把三个神秘的存在，透明女子、黑天鹅、年轻信使，联系到了一起。不管我看到的是怎样装神弄鬼的把戏，名字总是一个线索，有把戏，就肯定有玩把戏的人。一个念头在我心中暗暗滋长：扯开信使身上那件窸窣作响的衬衫，好好看个清楚，看看下面究竟是不是藏着女性的胸脯，再看看脖颈上是不是戴着一条纯金项圈，上面刻着一个名字——阿尔贝蒂娜。

然后呢？我会双膝跪下，顶礼膜拜。

我这个人表面上看上去冷冰冰的，可内里却有一颗极其年轻、浪漫的心，只不过，到那时为止，人生从来没有给我足够的机遇，让我去宣泄自己压抑的情感。我之所以选择了冰冷节制的形式主义，完全是出于尖锐的生活必须。所以，您瞧，我才会对什么都提不起兴趣。

乡村的样貌并没有改变，和从前一样，扁平的菜地在城市周边延伸，直至视野的尽头，菜地里长的也还是普通货色，不是根就是茎。为了挡雨，村庄里的房舍都放下了百叶窗，除此之外就和以往没什么两样了，看上去还是那么土里土气，还是那么满腹怨毒。就连田里的稻草人也还是——稻草人。唯一受到战争牵连，或者说主要受到牵连的，是道路。路上有轮子的交通工具已经降到几乎为零，沥青路面已爆出道道裂缝，里面长出粗壮的野花野草。路面上的破洞没人修整，此刻，到处是一洼洼浑黄的积水，仿佛一只只睁得大大的眼睛。一路比预计的多花了好几个小时，一直到下午过半才抵达目的地。只见一道壮丽的彩虹跨越小镇上空,海面上的空气也极其明亮,仿佛在微微闪烁,这一切都标志着,大雨下完了。我驶近镇郊时,暴雨已变成斜风细雨,接着完全停了下来。太阳出来了,人行道上升腾起一层薄薄的水雾。

　　S是一座明快、欢乐的小镇,有着水粉画一般的色彩,镇里到处飘荡着湿毛巾和死鱼的气味。小镇干净极了,仿佛海水每天都把小镇冲洗两次。打仗前,一到暑期,一个个家庭就从城里来到此处,在这儿的游客屋中住上两个礼拜。那时候,门口的地垫上总是沾满沙粒,门厅过道上总是放满大大小小的铁皮桶,长长短短的挖沙铲。镇上有一座游乐宫,用薄薄的波纹铁搭的,看上去仿佛是一只巨鸟的骨骸,又像是用细细的笔和浓黑的墨汁画出来的,纸张就是淡蓝色的海水,显得那样温文尔雅,循规蹈矩。本地渔民都住在海滩的另一边,那儿搭着一座座欢快的农舍,墙壁一律刷得雪白,墙上攀爬着玫瑰,这个夏天长的尤其茂盛,花也开得尤其绚烂。农舍外面的柱子上挂着渔网,边角处用墨绿色的玻璃球压住,真是一幅既原始又画意盎然的景观。现在已是八月末,镇上小店里摆着粉红色的羊毛毡、彩色明信片、棉花糖、草帽,以及所有度假的人可能会想买的东西。每家店的门都敞开着,只是,所有的柜台后面都没有人卖东西,整座小镇看不到一个人影。

　　沿着岬角竖着许多彩色条纹遮阳伞,形成一大片阴影的水潭,上面漂浮着一张张空无一人的桌子。桌上的碟子上还能看出一条条冰激凌的残迹,可吃冰激凌的人已不知所踪;许多杯子里还盛着半杯液体,有粉红色的,有翠绿色的,还有橘黄色的,液体里还漂浮着没有化的冰块,杯沿上斜靠着吸管,吸管口在嘴唇的压力下微微瘪下去一块。整片沙滩上看不到一个活人,只有几只摇摇摆摆的海鸟,还有,一具被沙子半掩的尸体,上面叮着一大群苍蝇,像半空中的一块黑云。我走到游乐宫门口,旋转栅栏门处没人收钱,走进去,里面许多小玩意儿都停了,大约有六七只乒乓球在水柱上跳来跳去,前方摆着气枪,可再也没有神枪手来把乒乓球一只只射下来了。床已经准备好了,就等着女演员躺上去,然后一转,女演员不见了,可现在,女演员真的消失了,无影无踪。只有高音喇叭还在播放着欢快的乐曲,不知道下面已经空无一人。仿佛,镇里所有的人都不知溜去了什么地方,去见证什么大事儿,只有我一个人没有收到消息。五分钟,至多再过五分钟,所有人都会回归原处。从海面吹来的风把三角信号旗吹得东摇西摆,我经过一个算命的摊子,又经过一个摊子,鼻子闻到热狗的味道,耳朵听到小铁皮锅里水翻滚的声音。接着,就发现了我的首要目标,那个拉洋片儿的摊位,真是太容易了,容易得让人起疑心。

摊位是一顶帆布帐篷,跟我在部里的档案中看到的一模一样,只是多了颜色,虽然那颜色也残褪了。帐篷在岁月的风吹雨打下已伫立了太长时间,四周都塌软了下来,更像是个印着粉红条纹的帆布盒子;门帘上卷着,用一根残旧的带子束好;门里面竖着一块泛黄的招牌,上面用过时的字体写着一行大字:**世界七大奇观,三维真实展现**。我低下头,钻进这个温热、阴暗的洞穴。

帐篷里,午后的阳光从篷布上的许许多多破洞中悄悄钻进来,除此之外就再没有其他的光源了。一只海鸥蹲在一只铸铁轮子上,看到我进来,显然受了惊,疯狂地扑扇着大翅膀,从轮子上飞起来,在帐篷里一圈又一圈地转着飞,直到找到了出口,飞了出去。帐篷里有个老家伙在睡觉。深褐色的阴影下,身形若有若无。

这阵吵闹声吵醒了老家伙，一醒来就大着嗓门儿骂骂咧咧，耳朵中听到玻璃瓶摔倒、滚动的声音，空气中弥漫起一股粗制烈酒的刺鼻味道。

"还给不给人安稳会儿？"老家伙大声叫道，从一堆窸窸窣作响的稻草垫子上直起身，仿佛一只海豹，紧接着哀号一声，又直挺挺地跌下去。这老家伙是我进镇子以来看到的第一个活人，其实也算不上什么活人了，更像是漂在海面上的一堆残肉，上面长满了白色的发须。老家伙嘴里一颗牙也没有，长了一副纠结变色的大胡子，遮住了下半边脸，上半边一样也看不清，因为他戴了一副硕大的金属边眼镜，镜片泛着绿色，左镜片正中裂开一道口子。老家伙下身穿了条破破烂烂的条纹裤，上身倒是套了件马甲，或许，更应该说，在美好的往日曾经是件马甲，现在剩下多少就是多少了，里面没穿带领的衬衫，而是穿了一件破烂的 V 领衫，那叫个脏！脚上没穿鞋，乌黑的脚趾甲简直该叫爪子更合适。几台样子怪异的机器几乎把帐篷里给占满了，老家伙伸出手在身边东探探西摸摸，最后抓住了其中一台，撑着机器站起身来，眼睛朝我站的方向转来，却没有望着我，而是转来转去，仿佛要确定我的具体方位，接着摇了摇疲惫不堪的脑袋。

"这儿当然不是加沙，可我也没长眼。"老家伙说着。这时，我才意识到，他是个瞎子。

"你要是想瞧新鲜，往托盘上放两毛五，托盘就在门旁边，茶叶箱上面，接着就能看到世界奇观了。你要不想瞧，那就别放……不管你想干啥，先帮我找回酒瓶。"

酒瓶已滚到了门洞中间，里面的酒早已撒了个精光。

"全撒了。"我一边说，一边把空瓶子递给老家伙。老家伙接过空瓶子,摇了摇,听了听,仿佛里面有条响尾蛇,把鼻子凑到酒瓶口上,贪婪地吸了吸,然后身子向后一仰,掀开帆布帐篷壁,把空瓶子扔进了海里,还能听到酒瓶下沉时发出的咕咚咕咚声。

"反正也喝得够多了,够丢人的了,"老家伙说道,"付钱,做事,走人。"

老家伙又躺了下去,不再说话,只剩下鼻孔里发出呼噜噜的呼吸声。盛钱的盘子上面放着两粒裤子扣,一只贝壳,一枚硬币,我看出来是一元的日元硬币,早已经退出流通了,不过我还是放上了一枚两毛五的硬币。机器是用老旧的铸铁造的,上面已经锈迹斑斑,雕刻着天使、飞鹰、丝带结等装饰图案。每一部机器无论在外形上还是在尺寸上都像是旧时用的大锅,前方伸出两根长管子,末梢镶嵌着玻璃,肯定是观看用的。我把里面的西洋景儿挨个看了一遍,每部机器里面,在正景下面放着一块标示牌,上面是一行笨拙的手写字迹,给出此景的名目。

奇观一:我曾到过这儿

一双女性的腿,翘起,张开,形成一座弧形的凯旋门,仿佛准备好迎接自己的情人。脚上套着一双黑色皮鞋,鞋跟上钉着钉子。眼前这双女性的腿是用粉红色的蜡做成的,并不完整,只包括腿的内侧,能看出膝盖上凹陷的部分,更像是解剖模型。私处长着浓密的毛发,仿佛是一块徽章,悬挂在近圆形的舞台上方。毛发都是一根根镶上去的,以求最接近真实,可整体看上去,还是假得令人咋舌。阴道口上长着一圈暗红色和紫色的凹口,仿佛城垣上的雉堞,又仿佛是一个画框,围住一个圆形孔洞。穿过孔洞,观看者能看到里面湿润、繁茂的景观。

那是一座亚热带丛林，虽然只是缩微，依旧魅力难挡。丛林无限后退，观看者看到，树上结着奇异的果子，硕大的杯状花冠个个都有里程碑那么大，有斑点的，有条纹的，色彩斑斓，沁出紫色的露珠，散发着馥郁的芳香，简直用眼睛都能看得到。体形娇小的鸟儿穿着艳丽的羽衣，在枝杈间默默无声地飞翔；一片绿得无法形容的草地，上面有各种外形和色彩奇特的动物，有独角兽、长颈鹿、素食狮，啃着草地上的毛莨和雏菊；蝴蝶、蜻蜓，还有数不清的珍奇昆虫在葱茏的绿色上或上下间翻飞，或翩翩然起舞，一切都在动，甚至连植被都在不断的变形之中。突然间，一枚柿子爆裂，积蓄已久的满肚甜汁终于将表皮撑开，从里面飞出一群茶褐色的小鸟，欢快地唱着歌。一朵长圆形的花蕾即将绽放成百合，可陡然间又改变了主意，变成一枚草莓。一条鱼跃出水面，变成了兔子，蹦蹦跳跳地跑了。

澄澈似镜的流水静默地从中央山谷蜿蜒而下，这片灿烂的园地似乎已被季节所遗忘，冬季永远不会来临，更没有寒风吹皱这一池春水。顺着河道，观看者的目光向上游源头处移动，看了好一会儿，才注意到掩映在轻云薄雾中的城堡和城头的雉堞。城堡轮廓阴暗，看的时间越久，越是给人阴森的感觉，仿佛在它用花岗岩搭成的五脏六腑中，隐藏着许多间酷刑室，简直就是一座萨德笔下的席林古堡。

奇观二：爱的永恒景观

透过这部机器的窗口，能看到的就是两只眼球，在回望着我。每只眼球足足有三英尺宽，眼睑、泪腺一应俱全，漂浮在半空中，看不到任何支撑。和上一奇观中的阴毛一样，眼睫毛的制作也煞费苦心，一根根黏在玫瑰红的蜡做成的窄窄的基带上。这一次，匠人取得了惊人的真实效果，可离奇的是，它反而使整个眼球看上去更像是合成的。圆圆的眼白上布满粉红色的血丝，仿佛是用某种极其珍贵的大理石材料制成的，就是巴洛克后期，一些意大利君主在私人教堂中用来做祭坛的那种材料；虹膜是一个简单的圆形，像是一片深褐色的酒瓶玻璃；瞳孔像是两片圆形的玻璃，里面能看到我自己的眼睛，不过被机器的镜片放大了无数倍。我自己的瞳孔中反射出这双假眼睛，假眼睛的瞳孔中又再度反射出我的瞳孔，如此以往，以至无穷，不一会儿，我就感到，自己正在观看的是一座无限后退的模型。

奇观三：爱和饥饿的相会

一支雕花玻璃碟，就是通常盛甜点的那种，上面盛着两块香草冰激凌，有着完美的半球形，每块冰激凌的顶部点缀着一粒樱桃，活脱脱就是一对女性的乳房。

奇观四：谁都知道夜里干什么

一具蜡制无头裸体女尸，尸体身上伤痕累累，躺在一摊用颜料画的血迹中。女尸下身只穿着黑色长筒丝袜，已经扯得稀烂，丝袜头上的黑吊带闪动着橡胶的光芒。女尸的双臂僵硬地向两边摊开，我又一次看到了匠人在制作毛发时的心思和功夫，这一次是腋毛。女尸的右乳房被切下一半，只剩一层皮还粘在身体上，暴露出两边肉红色的组织，像是抹了酱料的牛腰肉；肚子上抹着颜料，似乎还未干，颜料的中心插着一把巨大的刀柄，仿佛还在微微颤动，可能里面装了弹簧。

奇观五：暗夜森林中的猎物

一具头颅，看样子，应该是从上一奇观中那具女尸身上割下来的，悬浮在半空中，也看不到绳子或钩子之类的东西，不知是怎么停在半空中不动的。刀口上还在滴着一滴滴人造的血迹，哒、哒、哒，可究竟滴到什么地方去了，就看不到了。头颅戴着又密又长的黑色假发，四下披散着，映衬着惨白的面庞；双目紧闭，露出一副丑陋的表情，就是那种什么都认命了的表情。

奇观六：城市的钥匙

一根蜡烛，形状是一根巨大的阳具，连阴囊都有，正在勃发之中。包皮已完全撑开，露出一整个胀得通圆的深红色的龟头，连下面部分阴茎也露了出来，整个迫不及待的样子。龟头顶上有一条窄缝，肯定就是蜡烛芯所在的地方了，亮着一小团纯净的火焰。观看时，蜡烛冷不丁向前一窜，兴师问罪般地指对着观看者的眼睛。

奇观七：永恒的运动

正如我所料，一个男人和一个女人在黑色的马鬃沙发上正在以性相会。两个人物还是用蜡制成的，手工甚是精湛，仿佛已融为一体，沙发里面肯定藏了什么机械装置，于是两个人一前一后地摇晃着，一刻也不停。这幅媾和的场面给人一种命中注定、无可逃避的感觉，实在想不出还能有什么大灾大难能让这两个扭在一起的躯体分开，也难以想象这一场性会有着过去和开始。两个躯体结合得如此紧密，给人一种感觉，他俩从时间的开始就已经如此紧密地结合着，并将一直保持这个姿势，直到永远的永远。我觉得，眼前并不是一幅春宫，反倒带有几分悲怆的色彩，仿佛面前是两个朝圣者，颠簸跋涉在永无止境的朝圣途中，自始至终一寸也不肯分离。男人的头埋在女人的颈子上，看不清面目，可女人的颈部安有小机关，脖子可以左右摆动，能断断续续看到她的面部。

那是一张在纵欲呼号中扭曲变形的脸，可我一眼就认了出来，目不转睛地盯着她看了好一会儿。那张美丽的面孔属于霍夫曼博士的信使。就在这时，老家伙打断了我的沉思，他的嗓音像公鸡一样粗。

"托盘里的钱够不够买酒？"老家伙问道。

"我非常乐意请你喝一杯。"我说。

"谢谢，谢谢你的好心。"老家伙一边说，一边痛苦地站起身，在身边摸上一通，最后摸出一顶帽子，就是电影中列宁和布尔什维克喜欢戴的那种，喜洋洋地戴在头上，接着又开始东摸西摸。我帮他找到了白色的盲杖，递到他手上。

游乐宫里现在有人了。一个破衣烂衫的小子站在气枪打气球的摊位前，鼻孔下拖着两条鼻涕，都已经结了块，一只手拿着一根小树枝，无聊地掏着耳孔；还有一个邋遢的女人，脚上穿着人造纤维拖鞋，头发染成杏黄色，站在算命摊前，打了个哈欠，伸出手挠挠屁股。三个小子坐在海边的栏杆上，用脚勾着下一层栏杆，每人一只手抓着钓鱼竿，另一只手里提着一根细线，细线扎在罐子口上，罐子里装满了水。海滩上也恢复了寻常假日的景象，到处是追逐飞碟的狗，挖沙子盖城堡的儿童，还有成片成片的皮肤暴晒在阳光之下。可所有这些后出现的人都目光呆滞，似乎还在打着哈欠，仿佛刚刚从熟睡中醒来，走路步子不稳。有人会突然迈着歪歪斜斜的步子跑起来，看不出任何理由，然后猛然又停下来，扭头看看周围，目光中既充满惊恐，又空无一物；也有人扭头跟旁边的人说话，可旁边的人张大了口，仿佛突然认不出他是谁了。而且，这么多人聚集在一起，噪声却那么小，仿佛他们也知道，自己无权存在于这个世界上。

老家伙不单眼睛瞎了，腿也瘸了，可对小镇里的道路十分熟悉，领着我深入当地渔民的住宅区。这儿的街巷再也不用维持什么面子了，谢天谢地，终于回归肮脏的贫穷。最后，我俩走进一家小酒吧，在一张大理石面桌子旁落座，不用叫，一个黑人侍者已经端上来两只杯子，里面传来粗劣的酒精气味。对穷人来说，这就算白兰地了。侍者在桌子上又放上了一瓶，老家伙端起自己的杯子，一饮而尽。

"我的那些把戏，"老家伙说，"目的是要显示说和看有什么不同。符号会说话，图像也能显示真实。"

我往他的杯子里又倒满一杯，老家伙身子前倾，倚在桌沿上，用粗糙开裂的指尖轻轻摸了摸我的脸，像是表示感谢，又像是在度量我的尺寸，好剥下我的头皮。

"谁派你来的。"老家伙突然发问。

"我来调查镇长失踪案。"我小心谨慎地回答。

"哦，对了，"老家伙说道，"那小妞真可怜，一个人被关在庄园里面，外面还有壕沟。玛丽·安妮，她叫玛丽·安妮，漂亮的梦游人。"

老家伙又端起酒杯，这次喝得慢了一些，接着又说道："我这辈子就是一块风中的破布。"说完，又沉默了下来。后来我才知道,老家伙说话总是这样,一连串毫无关联的短小警句,上面写满了悲伤、苦涩、哀怨,有时候更是三者俱全。我默默地酌一口杯中的劣质白兰地,等着他再度开口,一等就等到老家伙第三杯酒落肚。

"我可不是门多萨,从来没那份儿荣耀。"

"那么,你是谁?"

老家伙变得有点儿难为情,言辞也闪烁起来。

"过去,我也曾是个重要人物,甚至可以说,是个大人物。过去,只要我在街上走,看到我的人都会脱帽致敬,压低嗓门向我说好听的。要是我去酒吧,招待一看到我就屁颠儿屁颠儿的,又开心又自豪,哪儿像现在,黑口黑面,屁也不放一声。"

这番话那个侍者肯定已经不知听了多少遍了,咧嘴冲我一笑,露出一口牙齿,仿佛跟老家伙是同谋。我把老家伙面前的杯子又斟满了。

"过去,那些家伙开口就是'您大驾光临,我们荣幸之至,教授'……"说到这儿,老家伙突然打住,好像感觉到自己已经说得太多了。确实太多了,他已经给了我第一个字母,接下来,我只要把剩余的空格添上就行了。我做出第一个推测。

"作为一名教师,最大的荣耀莫过于教出超过自己的学生。"

"可不是让他来羞辱我!"老家伙尖声叫了起来,我立马就知道了,许多年前,霍夫曼博士还是大学生的时候,他是霍夫曼博士的基础物理老师。第五杯酒落肚后,老家伙把最后一点儿谨慎也一脚踢开了。

"他连实验室都不让我进,就给了我一套模型,就轰我走,让我一个人在世上悠悠荡荡,东飘西走,推着我的小独轮车……压到石头摔一跤,喝这些脏酒,把肠子都烂穿了……"

"他给你模型?"

"我的麻袋里还有好多,"老家伙说,"好多好多,成百上千的模型,好像自己会下崽儿。我不过就是把它们放到机器里,然后竖一块招牌。有时候有人给钱看,有时候没人,有时候看得人叫,有时候看得人笑,有时候警察赶我走,于是我就又要推着小车上路了。现如今,日子更糟了,他已经把一切付诸实施。我这老家伙的玩意儿虽然恶心,还有点儿娱乐意义,可现如今,还有谁肯花钱看这样的东西,在家里不就什么都看到了?过不了多久,我连大头针、果酱罐、香烟卡这样的东西也要收了,可这些垃圾怎么能换到酒喝?真到了那天,可怜的老知更鸟也只好把头藏到翅膀下面,假装暖和了。"

老家伙给自己又倒了一杯,这已经是第七杯了。"他从来不让我做门多萨,从来不给我那份荣耀。我可以自己搞些小变形,瞧,我搞得多成功。"

眼镜下滴落一滴泪珠,看来老家伙的眼珠还在,尽管已经看不到东西了。我想起了档案上的一段记载,说许多年前,教过霍夫曼博士的老教授在一次实验事故中受过伤。我估计,这老家伙已经醉透了,把酒瓶递给侍者。

"我真想宰了他,"拉洋片的老家伙说道,"要是我再年轻十岁,我就上城堡去,亲手宰了他。"

"你认识去城堡的路吗?"

"用鼻子也能找到。"老家伙说。

就在此时,不知从哪儿传来一声公鸡叫,老家伙身上起了奇怪的反应,他坐直了身子,竖着耳朵听着。公鸡叫了第二声,接着第三声。

"到我后面，恶魔来了！"老家伙尖声叫起来，一叫完，就挥起盲杖，正砸到我脸上，在额头上砸出道口子，血一下子流到了我眼睛里。等到我再能看清时，老家伙已经不见了。我立马向游乐宫赶去。老家伙走路一瘸一拐，可一路上看不到他的踪影，等我赶回游乐宫时，理所当然，他那顶帐篷也消失得无影无踪。于是，我去了镇公所，去完成我的公开任务。

从外面看，镇公所曾经挺华丽，灰塑涡卷装饰和花圈装饰一应俱全，可如今，墙上的灰泥一片片剥落，像是干了的松蛋糕。所有窗子上都挂着绿色的遮光帘，沉重的桃花心木大门倒是敞开着，随时恭候来访者大驾光临。我踏上长绒地毯，脚下立即升起一缕灰尘，大部分房间里空无一人，办公桌的桌面上留下一道道污迹，墨水瓶和钢笔架之间挂着厚厚的蛛网。最后，总算有个文员从镇长办公室前的接待室走了出来，一边迎上我，一边打着哈欠。他的衬衫袖子撸得老高，上面别着金属别针，露出整个手腕，想来是为了工作方便。现在，镇公所归他管。

镇长办公室就像一座古墓。镇长消失后，办公室已经被清理过，找不到任何文件和档案。办公桌的桌面被仔细打扫得一干二净，豪华的雕花木椅紧紧塞进桌子肚里，仿佛在未来的岁月里拒绝任何人再坐上它。粉红色的吸墨纸上长着厚厚的霉斑，水瓶里早已没了水，顶上倒扣着一只水杯，亦是结满灰尘，仿佛一个浑身是灰的驼背。墙上挂着一幅前任总统的照片，不知疲倦的蜘蛛已经在镜面上结满了丝网。文员打开镇长的橱柜，里面有半瓶雪利酒，如今已成了黏稠的蜜糖状，拿出一件毛领大衣给我看。镇长消失在一个落雪的清晨，消失后，雪地上就只剩下这件大衣。大衣口袋里面什么重要的东西都没有，只有一只揉成一团的手套，外加一条脏手帕。

我在其他房间里匆匆过了一遍，找到一件证据，表明曾有个拉洋片儿的正式申请在游乐宫里开个摊点，申请时间比四月早一个月。申请表上有个叉形笔迹，但没有正式印章，看来，我那个穷困潦倒的老朋友决定不管三七二十一，开了摊点再说，管它有没有许可。不管怎么说，这也算是一条线索吧。我收起申请表，打算带回去给部长看，然后记下了文员的姓名，检查了他的真实评级，看来没什么可疑。接着，我又请他给镇长家里打个电话，镇长的女儿还跟管家一起住在那儿。过了七八分钟，电话接通了，我注意到，这里的电话服务居然还能用，不过那位文员告诉我，只要一超出小镇的范围，电话就既拨不出去，也接不进来，即便是镇内的电话也常常有串线干扰，不知什么人，用不知哪种语言，在电话里说着话。文员在电话里跟镇长家人聊了好一会儿乡下小镇的家长里短，最后总算确定下来，我可以在那儿住上几晚。

"自打镇长消失后，那儿已经不成样子了。"文员说话时有点儿迟疑，"只剩下一个老妇人，还有个小丫头……"

文员的声音仿佛在说，那个小丫头有古怪。我在心底里竖起了耳朵，出门，按文员指引的方向迈大步走去，找到自己的车。已是傍晚，我半路上停了一下，在一家到处是苍蝇屎的快餐店里填了填肚子，那家店实在是脏透了，不可能是虚构出来的。到镇长家时，天已经全黑了。镇长的家在镇子外面，只有一条布满车轮印的旧式小道通向那里，小道两旁除了一座荒废的谷仓，再也见不到其他建筑。已是夏末，夜晚的天空显出柔和、透明的蓝色，一抹残月已斜挂在几株枯死的雪松的梢头，虽然西边的天底依旧被已落山的太阳映得红彤彤的,仿佛一大片盛开着的卷丹花。我在屋外的路边停好车,随着汽车引擎声消失,四下陷入一片寂静之中,只剩下低低的鸟鸣声,还有就是如鹅毛管般又直又细的松枝在风中晃动的沙沙声。

我知道里面有人住,可一开始还是以为房子已经荒废了,屋外的花园占地广阔,包围着整幢房子,已经经年累月无人料理了。最早建花园的人,不管他是谁,肯定痴爱玫瑰,可现如今,玫瑰已经占据了整个花园,形成一道浓密宽厚、让人望而生畏的篱笆,无数花蕊齐射出淹没一切的香气,没一会儿,我已经感到头昏沉沉的了。玫瑰一直攀爬到房子的圆顶上,从那儿又滋生出一根根张牙舞爪、生满倒刺的长鞭,上面开满鲜艳的花朵,连圆顶也仿佛在重压之下摇摇欲坠。玫瑰的粗枝拔地而起,一丛丛、一簇簇,简直像小橡树一样粗壮;细枝上长出常青藤一样的卷须,沿着阴暗的树干向上攀爬,有紫杉树、颇具观赏价值的花楸树、樱桃树,还有苹果树,把这些原先已被寄生植物纠缠得半死不活的乔木整得奄奄一息。这个夏季完全属于玫瑰,仿佛和园丁合谋,在园子里制造了一座各种玫瑰的丛林。我分不清不同种类玫瑰的形状,黑暗中也辨别不出颜色,就连香味也混合到一起,形成一种让人难以忍受的香精,搞得我身上每根神经都在刺痛中轻跳。

房屋的墙上原本就爬满了常青藤,现在又加上了玫瑰,一直爬到屋顶,结成一个个圈圈。屋顶上的瓦已长满青苔,瓦缝里长出开花的野草,一棵没有修剪的大榆树耸立在屋顶上空,枝叶间挂着一串串榆钱儿,仿佛随时会自断一根粗壮的胳膊,把屋子砸个稀巴烂。与此同时,榆树根深入地底,疯狂地拥抱着屋子的地基,把它紧紧抱在怀中。花园已经成了房子的主人,正在不慌不忙地把整幢房子毁掉,住在房里的人自然也要听从自然捉摸不定的操控。

花园的门开着,长着一大丛艾蒿,不单堵着门,连里面的道路也给堵得死死的。没办法,我只能从围墙上塌了的一角翻进去,翻墙的时候又踢落了几块石头。望着眼前这座残旧的房屋,我注意到,一层有个地方闪烁着微弱的绿光,灯光穿透遮住窗子的枝叶,仿佛为我亮起一盏明灯,带我走出这座绿色的大迷宫。我努力向前走去,感到枝条在抽我,尖刺在扎我,皮肤流血了,过于浓郁的花香熏得我头晕目眩,一阵阵反胃想呕。屋子越来越近,除了自己耳朵里血液流动的砰砰声,我听到了别的声音,那是音乐的声音,扑通、扑通,仿佛金鱼跳进了水里。我几乎已透不过气,停下脚步,确认一下那声音是真是假。音乐声还在继续,在这幢破败不堪的房子里,居然有人在钢琴上弹奏德彪西!

终于,我挤到了亮着灯光的窗前,用手拨开窗户上的枝叶,向里窥望。里面是一间小客厅,墙上挂着残旧的波斯壁毯,曾经是粉红色的墙纸如今已褪了色,在潮湿的墙壁上起皱,处处露出湿渍和霉斑。屋里有一座石膏做的壁炉台,上面摆放着一只水汽蒙蒙的圆玻璃瓶,瓶里插着一束贝壳花。下面,壁炉炉膛里的隔栅上,垫着一块扇形的银纸。墙上歪七扭八地挂着不少幅油画,画面已经很花,根本看不出画的是什么,框子是烫金框,倒是颇为堂皇。屋子中央的天花板上吊着一盏多头雕花玻璃烛台,不过没有点亮,只是反射着下面的烛光。下面放着一部大三角钢琴,钢琴上放着双头烛台,点着两根蜡烛,柔和的烛光照亮弹钢琴的姑娘。

姑娘背对着我,我伸长脖子,看到姑娘白皙、细长的手指在琴键上流动,还看到了她苍白的颈项画出一道柔和的曲线。姑娘身穿黑色长裙,棕色长发没有一点儿生气,仿佛冬天树林里的落叶,一直垂到腰际。她的弹奏十分感性,辛酸苦楚和昔日的回忆仿佛从姑娘瘦削的身体中弥散出来,在屋子里回荡,可就是看不到她的脸。

我想,最好还是不要去打搅这个姑娘,于是从屋子后面绕过去,碰到一只黑猫,正就着打翻的水桶洗着脸。前面有一扇开着的门,走进去,是一间黑咕隆咚的厨房,里面坐着个胖胖的老妇人。老妇人说这样省电,所以小姐才会点着蜡烛弹琴。黑暗中,看着我笨拙的外表,女管家肯定猜出了我是谁,于是为我打开了电灯,也算是热烈欢迎吧。我眼前是一间普普通通的厨房,里面有煤气炉、冰箱,地上放一盘喂猫的牛奶。女管家请我在刷得干干净净的桌子旁坐下,为我端上一杯茶和一碟白脱甜酥饼,问了问我一路上怎样,最后用献媚过了头的语气对我说,希望我不会对自己得到的款待失望。

"只不过,先生,实在是没法儿让您住得舒服,我是说,现在这世道……"

女管家是个刻意巴结奉承的滑头,她可能想让我放下戒心,可偏偏让我不舒服。这女人话很多,东一句西一句扯个没完没了,完全不着边际。小客厅里,那个姑娘还在弹着钢琴,琴声飘出客厅,穿过走廊,飘进厨房。谈到失踪的镇长时,女管家既不显得尴尬,也没有疑惑,显然,她在自己的世界中已经完全适应了镇长消失了这个事实,要是有朝一日,镇长突然回来,她肯定会暗暗感到不快。她向我暗示,整件事可能同女人有关,用她自己的话说:"没有几个女人肯做玛丽·安妮的后妈。没有,肯定没有!"说到这儿,女管家转了转眼珠,仿佛在暗示什么,接着又闲扯起来,说什么在小镇上搞到本女性杂志实在太难了。再接下去,她闭口不语,低头织起了针线。没一会儿,音乐声停了,玛丽·安妮出现在厨房中,可能原本打算到厨房做点儿什么,可看到我在厨房里,惊得连想做什么都忘了。显然,女管家没有告诉自己的小姐,今晚有个不速之客会造访家中。玛丽·安妮站在厨房门口,惊恐交加之下一动也不动,脸上只有一双眼睛在转动,仿佛在找逃出去的路。那是一双如雨天般朦胧的眼睛。

姑娘如同放在书橱中的盆栽一样小巧,皮肤如蜡人一样细腻,看上去仿佛血管里流动的不是血液,而是别的什么液体,色彩没那么鲜艳,质地也没那么强劲。她的嘴唇没有一丝血色,形状倒是像三枚樱桃形成的倒三角,就是艺术大师笔下那种典型的古典美人的嘴,两腮也看不到半点绯红。看着她站着时的样子,似乎她整个人都藏到了黑色长裙里面,小小的脸看上去像是项链的吊坠,在散乱长发的映衬下,显得更是狭小。一头长发直直垂落,好像她刚刚掉进了河里,被人捞了出来。姑娘的头发和长裙上沾满了细枝和花瓣,看上去活脱脱就是个落水溺毙的奥菲利亚,一个念头立马从我心底升起,不知什么时候她真的会溺水而亡。姑娘看上去是那样单薄,那样绝望,脸上更泛着一种令人心寒的消沉,虽然她已经有所克制,可还是显得那样哀婉,那样悲戚。女管家看到了姑娘的脚上没穿鞋袜。

"穿上拖鞋,小姐,马上!赤脚踩在青石板上,这不是找死吗!"

玛丽·安妮仓皇中抬起一只脚,接着又换另一只,仿佛一次只有一只脚同厨房的青石板保持接触,就能把被死神捉去的几率减去一半。姑娘17岁上下,迷离的目光移动到我身旁的桌子上,声音低低哀求道：

"能来点茶吗？"

"先把脚站到地毡上来。"女管家答道，一副趾高气扬的样子，让人觉得有点儿过分。

姑娘侧着身子挤进来，双脚站在色彩明亮的地毯上，目光再次停留在我身上。女管家给姑娘倒上一杯茶，居然还给了一块饼，嘴里一直唠叨个不停。

"我叫玛丽·安妮，是镇长的女儿。你是谁？"

"我是一名公务员，我的名字叫德赛得里奥。"

玛丽·安妮轻声重复着我的名字，语音在奇怪地颤抖，仿佛是高兴过了头。最后，她向我说了心里的真话。

"德赛得里奥，不就是心中所想的那个人吗？知道吗，你的眼睛看上去像印第安人。"

女管家立即嘴里啧啧出声表示气愤，像我这样的白人谁也不愿意承认自己同印第安人有任何关系。

"我妈妈总是为此而难为情。"我答道。我的回答似乎让姑娘感到隐隐欢欣，突然伸出手，出人意料地做了一个表示善意的动作，可与其说她是在同我握手，倒不如说是一拳向我挥来，贴着身子才停住。不管怎样，我握住了她的手，感到一阵冰凉，她也握紧我的手，好一阵子不肯松开。

"德赛得里奥要在客房住上一阵子，"女管家吝惜地说道，仿佛不愿意与自己的小姐分享这条信息。"他是从政府来的。"

玛丽·安妮觉得这很是神秘，睁大了眼睛。

"知道吗，你再也找不到我爸爸了。"玛丽·安妮对我说道。

"为什么找不到？"我问道，手指仍被攥在她如冰赛雪的手掌中。

"要是爸爸不回来打理玫瑰,就再也不会回来了。"玛丽·安妮答道,说完似乎放声大笑起来,却偏偏不出一点儿声音。茶水从她手里的茶杯里泼溅出来,洒到早已被各式各样的食物和液体洒得污秽不堪的长裙上。

"你觉得,你爸爸出了什么事儿?"我柔声问道。根据档案记录,再加上本人的直觉,我知道面前的玛丽·安妮是真人,可又觉得她简直就像是一道影子。我这辈子还从没遇见过像她这样的女性。

"当然,爸爸分解了,"玛丽·安妮答道,"回归初始了,或许只剩下一试管氨基酸,还有一两缕毛发。"

玛丽·安妮扬了扬手里的茶杯,示意再来点儿茶。从她的口中套不出任何我想要的东西,再深入问下去,她就只是一边咯咯地笑,一边摆着头,于是,那一头长发遮住了眼睛,一两片苹果树叶飘落到地面上。然后,她把手中的茶杯反扣到桌面上,动作极其小心,像是生来就笨手笨脚,接着走进黑漆漆的过道,消失了。她肯定没关客厅的门,这一次,钢琴声更加清晰。出于无法度测的原因,她换了曲子,这会儿弹起了法国作曲家埃里克·萨蒂的曲子,像是一个神志清醒的人在说着疯话。女管家轻叹一声,收起桌上的杯子。

"脑子里缺了根弦,"女管家说道,"也可能是少了个部件。"

一会儿之后,女管家把我领到给我的卧室,屋里陈设很简单,但感觉挺舒服,床上放着一个落满补丁的枕头。那一夜很软,很暖,我落入第一轮睡眠之中,隐隐约约听到玛丽·安妮的琴声,仿佛在我的睡眠表面做着针线活,缝上一条条声音花边,手法虽然生硬，纹路倒是异常细密。琴声停下来时，我也醒了过来。或许，她屋里的蜡烛烧到了头。

月亮已升到半空，月光穿透常青藤和玫瑰编织的窗罩，直接照射到我的屋里，在床上、墙上，还有地板上投下斑驳迷离、边缘却异常锐利的影子，仿佛月亮给屋外的花园照了一张黑白照片，屋里是屋外景物的底片。我刷的一下子醒了过来，头脑里没有半分睡意残留，仿佛现在醒来正是时候，其实才刚刚过了午夜。我再也躺不下去，起身下床，走到窗户边，向外张望。外面的花园比我原先的设想还要广阔，屋子后面还有好大一片空地，一直延伸向远方的荒野，我来的时候好像没有经过那片荒野。月光明亮，外面看不到一处暗角，有一处阔敞的池塘，也可以称之为小湖，水已经全干了，塘底长满一大片宽叶百合，形成椭圆形。塘边有一座水中仙女的雕塑，仙女姿态优美地侧身躺着，透显出乡村的雅致。不过现在，雕像几乎已经全然被玫瑰吞没了。曾经是草坪的所在，如今成了一小块空地，上面，一窝小狐狸在翻滚着，嬉戏着，轮廓如刀劈斧凿般犀利。四下无风，在慵懒浪漫的重压之下，深沉夜色发出低低的叹息。

她进来的时候应该悄无声息，可我立即就感觉到了屋里多了什么，冷汗沿着我的后脖颈向下淌。我慢慢转过身，看到她，站在阴阳两界模糊不清的交汇地带上。记忆中，她站在门口，有些犹疑，仿佛一位不请自来的客人，不知道自己会不会受到欢迎。她的眼睛睁得大大的，可里面空无一物，双手前伸，捧着一支玫瑰。她脱下了身上那件朴素的黑长裙，换上一件白棉布睡袍，就是教会女校中的学生常穿的那种。她向我走来，我也向她走去，接过她手中的玫瑰，觉得那花是送给我的。叶片下的刺扎破了我的拇指，玫瑰微微一抖，仿佛跳动的心脏，滴下一滴鲜血，仿佛在代我受过，替我承担了刺伤的全部痛楚。她伸出若有若无的胳膊，抱紧我，嘴唇盖到我的嘴唇之上，那个吻，就如同吞下一口冰冻的水，却立即就撩起了我的欲望。那吻里，装满了痛苦的渴求。

我拉着她的手，上了床，在斑驳的阴影之中，刺穿她叹息的胴体。感觉真凉，仿佛我抱着的是一位人鱼小姐，又像是屋外花园中的那尊水中仙女大理石像。我能感到，她的躯体在微微反应，仿佛在隔着一层布感受我的拥抱。您得明白，整个过程中我十分清楚，她处于睡眠状态，除了我自己的感觉可以作证外，我还记得那个拉洋片的曾提起过什么漂亮的梦游人。如果她处于睡眠之中，她一定在做着一场激情似火的梦，而我呢，完事以后将沉沉睡去，无梦可做，因为我已在现实中进入梦境。第二天早上醒来时，床上没有留下任何她的东西，除了几片枯萎的叶子；屋里也看不出任何她来过的痕迹，除了一朵凋零的玫瑰，躺在屋子正中央的地板上。

早饭时玛丽·安妮没有出现，女管家做的早饭倒是挺丰盛，有蛋、咸肉、香肠、薄冰、咖啡，还有水果。不管出于什么原因，看来她对我这个客人还是挺满意的。早晨阳光晴朗，可这个女人肥嘟嘟的脸看上去却更加阴森，甚至有那么几分恶毒。女管家一个劲要我晚上回来吃饭，最后我只好答应，说七点一准来。其实，到那个时候，我还在不在镇里，我自个儿也不知道。去我的房间拿旅行包时，我经过一扇打开的门，向里面望了一眼，看到那位夜半访客此时正坐在梳妆镜前。屋里很乱，到处摆放着乐谱，她身上还是夜里的那套装束，扬起手，梳着一头散乱的长发。这是她这一天的第一梳吗？

"玛丽·安妮?"

玛丽·安妮在镜子里冲我淡淡一笑,我知道,她醒过来了。

"早上好,德赛得里奥,"玛丽·安妮说,"希望你昨夜睡得好。"

我有些疑惑,结结巴巴地说:"好……挺好。"

"有时候夜莺会把人给吓着,有时候那些鸟实在是太吵了。"

"玛丽·安妮,昨夜你有没有做梦?"

玛丽·安妮手中的梳子卡在纠结的头发上,她用力一扯,显得颇为不耐烦。

"我梦到为爱而自杀,那也没什么,一向都做这个梦。难道你不觉得,为爱而死是件很美丽的事情吗?"

像现在这样跟镜子中的人谈话总会让人感到不安,而且那面镜子还不平整,有点向外凸。玛丽·安妮说话一向都很柔和,可这一刻,她的嗓音又高又脆,仿佛冬夜的月亮。

"我觉得,不管为什么事儿,死都不是件美丽的事情。"我说。

"也不过是回归了初始。"玛丽·安妮说,脸上的神情像是个早熟的学究。我走进屋,在白色的地毯上留下一串沉重的脚印,轻轻撩起她的长发,吻了吻她的后颈,也在镜子中看到了我自己的面容。自打开战以来,这还是我第一次在镜子中看到自己。我看到,自己苍老了一点儿,也更加悲观厌世,就像是文艺复兴绘画中的森林之神。我脸上的印第安印记刀都刮不掉,哦,我那可怜的老妈。我向自己打了个招呼,仿佛那是个老朋友。我亲玛丽·安妮时,她并没有反抗,不过我觉得,她根本就没有感到我亲了她。

"今天打算做点儿什么?"

"今天，当然是弹琴，除非，我能想到更有意思的事儿。"

有那么一小会儿，玛丽·安妮眼中的目光仿佛换了一个人，不过我也不能肯定，因为我并没有注意看她，眼中全是自己在镜中的映像。

我离开镇长家时，那儿又成了音乐盒，玛丽·安妮又开始弹琴了。这会儿，她弹的是肖邦的《练习曲》。日光之下，可以看到整座宅子很大，结构松散，乡村常见的那种，一半是住宅，一半是农舍。不过，即便是镇长还在这儿住那会儿，也有四分之三已经崩塌了，整片整片的屋顶不堪各种植物的重负，塌陷了下去，曾经是马棚和农具房的地方现在任凭风吹雨淋，披着一层厚实的绿毯子，不大可能是几个月的时间就能长成的。清晨明净的阳光下，坍塌的砖瓦，暴露的橡木，还有那些玫瑰和树木，一切都似乎还在熟睡之中，发出低低的呢喃声。不时，微微动一下，仿佛某个浅淡模糊、无法回忆的梦正在骚扰着深沉的睡眠。这是一片睡梦覆盖的丛林，美丽的丛林公主睡得如此深沉，单凭一个温柔的吻又怎能将她唤醒？

我溜进镇公所，再次胡乱翻了翻镇长留下的档案资料，再也找不到任何有价值的线索了。现在，我也倾向于认为，镇长的失踪与霍夫曼博士无关，可能仅仅是一桩自杀案，这种事儿任何时候、任何地点都可能发生。哪天早上醒来，不知受了点儿什么刺激，就绝望了，我猜镇长这个人容易痛苦绝望。完成了真实督查的任务后，我把镇公所再次留给哈欠连天的文员，去了拉洋片的老家伙带我去过的那家酒吧，可吧台后面的大个子黑人也不见了，只有一个姑娘站在那儿，头发倒是金黄色，可脸上的印第安印记比我还重，身上穿着鲜艳的条纹棉布短裙，几乎就没遮住什么。

第二章　午夜凶宅　69

姑娘一边抹着酒杯，一边漫无目的地看着外面阳光灿烂的街道，只有绿头大苍蝇成群结队地飞在堵塞的下水道上，发出嗡嗡的声音。我向那姑娘描述了拉洋片老家伙的样子，可她不记得曾见过这样一个人。

我喝了一杯白兰地，沿着岬角慢悠悠地散着步，这地方现在又奉献给夏日的欢乐了，只不过欢乐之中却透着一股子怪异和静默，没有一点儿生气。我靠在铁栏杆上，眺望着远处波涛起伏的海面，听到身后传来哒哒哒的声音，于是慢慢扭过头，尽量不引起注意。拉洋片的老家伙从我身后匆匆走过，留下一行断断续续的盲杖声，一边走，一边喃喃自语。我跟在老家伙身后，一路保持着安全距离。

老家伙走起路来弓着肩，耸着背，步履蹒跚，实在是没法儿精确描述出那副样子。只见他先用杖头探探前方的路面，然后把整根盲杖拄下去，身体几乎是荡过去，长长出一口气，仿佛每走一步，他就挑战了一次运动极限，将正常的物理规律踏在脚下。别看他老态龙钟，甩起这套杂技般的动作，速度还很快，仿佛在盲杖头上，还有靴子后跟里都安装了弹簧。老家伙身上那个脏，简直没法说，可能昨夜是在阴沟里睡的。

老家伙把宿营地搬到了一片单调乏味的库房之间，从那股子恶臭来看，库房里储存的是咸鱼。到那儿要穿过一条挂满浆洗衣物的小巷，巷尾有一座渔民供奉圣母的神龛，龛前的空可乐瓶里插着几支业已干枯的花。神龛后面有一小块草地，现在差不多被那顶粉红条纹帐篷给占满了。跟到这儿，老家伙给跟丢了，前一会还能看到他，一瘸一拐地穿行在湿衣湿裤的茂密丛林之中，一眨眼就不见了，可能是溜进巷子边的哪间窝棚里去了。我决定，到他那间帐篷里去等上一会儿。

这时候,招牌上的字变成了"**真人彩色,再现少女的重要经历**"。为了消磨时间,我一台机器一台机器挨个看了一遍。同前一天看到的所谓奇观不同,这次我没有看到任何怪异诡谲的东西,可不知为什么,心里感到深深不安,每一幅景象都像泰洛牌一样让我心慌慌,标题也配得很是精巧,与整个景象融为一体。今天看到的新玩意儿不是昨天那种假人模型,而是彩色真人图片,用油彩画在长方形的碟子上,借助于机器上的两枚观察镜片,产生出一种显微效果。碟子排成好几层,借助于预先设定好程序的机械装置,逐个滑动到位置上,机械运转时发出轻微的咔哒咔哒声,仿佛是画像中的人物在踩着高跷。这样的安排一样也可以迅速变化场景,画像从后方照明,弥散着非自然的光辉。第一个场景是月下,画面中的月光远比现实中的月光更皎洁,更充沛,仿佛是柏拉图笔下的完美月光。超自然的月光笼罩着废墟和常青藤,碟子还会前后移动,产生出蝙蝠翻飞的效果。坍塌的烟囱顶上栖着一只夜枭,发出声声怪笑,缓慢地扑腾着翅膀,拍打着黑漆漆的夜空。夜空中漂浮着亮晶晶的四个字迹:午夜凶宅。

第二部机器里,凶宅只剩下一半,露出粉红色的房间内部,半空中悬浮着几个大字:嘘!她睡着了。画像上的女子跟我昨晚的梦游情人一样苍白,也是一身黑色,不过她穿的是一袭中世纪风格的长袍,纯黑天鹅绒缝制而成,袖子很长,一直拖到手背上。画像中的女子也有着一头流云般的长发,渐渐隐没在黑暗之中。女子躺在带扶手的雕花木椅上,丝毫没有睡意,仿佛有千言万语要说。木椅上方蛛网密结,几只蜘蛛挂在蛛丝之上,时前时后地荡来荡去。

我向第三部机器中望去,看到一片疯狂的篱笆,生满倒刺荆棘。就在这时,年轻的王子出现了,身上穿的马甲已被棘刺拉出一道道口子,肩膀上挂着一只金色的花环,编花环的细枝是那么鲜嫩,简直可以滴出水来。王子站在篱笆顶上,亮了个芭蕾舞造型,仿佛在哀求什么,嘴里伸出一个小纸卷,上面写着:**我来了!**前方的篱笆左右分开,露出屋里的梦中人。凶宅还是那幢凶宅,夜枭还是那只夜枭,同第一部机器里的完全一样。

一行大字写着:**唤醒她,只要一个吻**。帅气的王子已走进了粉红色的房间,他的皮肤粉嫩,像冰糖一样光洁,嘴唇是草莓冰激凌的颜色。这会儿,王子正弯下腰,向梦中人吻去。又一个碟子滑了进来,画像中,王子和美丽的姑娘已经紧紧拥在一起,王子的花环上覆盖着姑娘的长发,两人的脸紧紧贴在一起,姑娘苍白的面色也吸取到了血色,泛出红光。里面不知什么机械装置发出咔哒一声,温暖的血色一下子涌回到姑娘的脸上,她的眼睛张开了,嘴唇也微微开启。

真是魅力无穷,可也走到了头。第五部机器里,看到的只有猖獗蔓生的邪恶,变形的花朵穿过粉红色的墙,露出亮晶晶的尖牙;贪婪的花园淌着口水,盯着自己的猎物;每一块砖、每一片瓦都在崩塌。天崩地陷般的巨变中,那两位依旧忘情地拥吻,被唤醒的姑娘浑身焕发出青春和活力,依旧被她的情人紧紧抱在怀中。可那是什么样的情人!身上没有一滴血,一片肉,只是一具骷髅白骨,还在咧着嘴,露出邪恶的笑。一只白骨嶙峋的手中握着一把大镰刀,另一只紧紧抓住从姑娘的贴身小袄里挣脱出来的乳房,两只膝盖骨顶在姑娘的大腿上,用力把它分开。配文上写着:**少女和死神**。

剩下的两部机器里什么也没有。

已到正午，帐篷里越来越闷热，我走了出来，坐在入口处，点燃一根烟，边抽边等，可就是不见拉洋片老家伙的踪影。一个小女孩走上前来，瞪眼望着我。孩子长着一头波浪曲发，梳成许许多多的小辫儿，只有那些又穷又迷信的人才会梳这么多小辫儿，或许是伏都教徒，或是别的什么邪教的信众。女孩头上的小辫儿扎得太紧，露出光亮的棕色头皮。我问了她几句，可她的回答中夹杂着各种贫民区的土话，不大容易听懂。没答上几句，女孩就蹲了下来，拾起一根树枝，面无表情地拨弄着阴沟里的污垢淤泥。女孩的脸上布满皮疹，一看就知道跟性有关的那种。要不是有好心的修女搭救，我很可能也会过这样的日子，受这样的罪，可那又怎么样？想必您已经察觉到了，对于部长理想中的社会结构，我始终有所保留，因为我很清楚，在那样一个水泼不进的社会中，我的地位将会是怎样。

惹人困乏的午后阳光落下阴影。我上好几户人家打听了一番，可就算里面的人会说标准语，对于那个拉洋片的老家伙也是一无所知，只知道昨天晚上，神龛后面的草地上陡然间就多出了一顶帐篷。汗水浸透了我身上的衬衫，最后，我走到海边，看能不能吹到一丝海风。

我想，这些在海边度假的或许都是鬼魅。不管他们是什么，大多数这会儿都吃午饭或午睡去了，海滩上再度空无一人。我漫步在海水的边缘，海水里到处漂浮着无主的凉鞋和防晒霜的塑料罐子，这些东西大海可无福消受。海浪一层层跃起，仿佛绣在衬裙上的白色花边，我满脑子想的都是阳光。就在这时，一个浪头把她送到我脚边。

那天,玛丽·安妮确实找到了弹钢琴以外的事情做。现在,她全然变了样子,身上缠满了水草,白色的睡服上沾满了贝壳。我把她从水里捞起来,海水立刻从她嘴里喷出来。死了,可她活的时候比死了更苍白。玛丽·安妮死了,可我还是妄想能救醒她。

那一刻,我心中只有惶恐和震惊,觉得自己某种程度上导致了她的死。我伏在她身上,觉得身子下面好像压着一只被海水泡得湿透的大玩具娃娃,那姿势同我昨晚干的事儿倒是有些残酷的相似。我将嘴唇紧紧压在她的嘴唇上,只觉得,现在干的和昨晚干的其实也没什么不同,她的沉睡不也是死亡吗?这个念头一上来,就给我带来阵阵负罪感,心里惊恐不定。我就这样摆弄着玛丽·安妮已没有生命的躯壳,也不知过了多久,终于听到了人声,将我从白日噩梦中惊醒。日头已西沉,在沙滩上投下长长的影子,玛丽·安妮和我身上此时都沾满了湿沙子,看上去像是两个印第安巫师,在身上涂满彩色的污泥,希望唤回远行的灵魂。其实,我做的不也正是这个吗?我抬起头,向四周望去。

岬角上有一个昏暗的人影,弓着背,举着一根白色的盲杖,朝我的方向指指点点。几个人向我冲来,个个身披长长的皮外套,脚上的皮靴在海滩边的铁台阶上发出噼噼啪啪的声音,那是几个甄别警。两个人跑在头里,领着警察,一个是镇公所的那个文员,脸上的神情兴奋异常,连五官都扭曲了,另一个是玛丽·安妮家的女管家,还穿着那条白围裙,肥颤颤的身子跑得跌跌撞撞,满脸通红,连嘘带喘,透着吓人的满足感。这两个东西恐怕就是幸灾乐祸的真实写照了吧!那一刻,我已深信不疑,正是这两个东西合谋暗害了镇长,借时局之混乱掩盖自己的罪行。出于什么目的呢？或许同金钱和财产有关。他俩觉得，我或许会揭穿他俩的罪行，甚至连玛丽·安妮也可能是他俩谋害的，然后把尸体扔进海里陷害我。要是我遭到指控，又怎能去揭穿他俩的罪行？

这群人越来越近，越来越近，我意识到，自己必须赶快跑。

实在是搞不明白，自己当时怎么会一把抄起玛丽·安妮滴水的尸体，竟妄想带着她一起逃走。可能，是想把她从女管家的毒手下救出来，我知道，那个女人恨玛丽·安妮，活着还是死了都一样，刹那间竟有了英雄救美的念头。抱着玛丽·安妮，我跌跌撞撞地在海滩上跑了一百码左右，玛丽·安妮的尸体泡满了水，比活的时候重了一倍，还很滑溜，我觉得自己像是抱了一条大鱼。一名甄别警拔出手枪，向我开火，我感到肩头传来一阵撕裂的剧痛，一头栽倒。第二颗子弹擦着我的耳根飞过去，将玛丽·安妮精巧的五官给打了个稀烂。这一切就在我眼皮子底下发生，鲜血混合着脑浆，从玛丽·安妮的头上喷溅到我的脸上。我晕了过去。

对我的指控有四项：

1）与未成年少女发生性关系（玛丽·安妮的实际年龄比看上去还要小，才15岁）；

2）将上述未成年少女在水中溺毙；

3）对上述未成年少女实施奸尸，被警察当场捉住；

4）伪装成三级真实督查行骗，真实身份是娼妓之子，父亲不详，印第安血统，因此触犯了《甄别实施办法》之第四页、第一款之规定。根据该规定，"任何人和物，如果严重偏离已知身份，都是犯罪行为，应加以拘捕，送付检测"。

从那几个甄别警的眼神中，我看得出，自己不大可能熬过检测，以证明自己的清白。这些警察已变得无法无天，我一再向他们请求，让我给部长打个电话，拨通他的私人号码，可这些警察冲我哈哈大笑，然后用手枪柄狠狠揍我的头。不用说，我旅行箱里的文件都被掉了包，要根据那些文件，我这个人身上简直没有一处是真实的，这肯定是那个文员趁我在镇公所里看档案时干的好事儿。我的武器被全部没收，不知道那个拉洋片儿的老家伙跟这些有没有干系，不过有一点可以确定，他肯定想干掉我，就在我跟踪他的时候，他也在用一双瞎眼睛探查我的一举一动。

警局里的所有牢房都关满了破坏现实的犯人，于是我被押到镇公所，关进镇长办公室。我肩膀上的伤口被简单包扎了一下，打了个绷带，喷了点儿稀释的碳酸水，不过他们至少还有点儿人性，把玛丽·安妮喷在我脸上的血给洗掉了。警察给那个文员发了把夸张的机关枪，命令他在办公室门口站岗，防止我逃跑。我听到钥匙扭动的声音，接着是警察脚上的皮鞋走过镇公所地板的声音，再后来，又听到一个女人粗着嗓门儿的笑声。之后，一切归于沉寂。

已到半夜，屋子里没有一丝光亮，我身上痛得厉害，可并没有绝望，因为心里烧着一把烈火。该睡上一会儿了，我对自己说，这样才好清醒清醒混乱的头脑，面对明天即将到来的折磨，可就是睡不着。不单睡不着，更饿得发疯，感觉浑身干得像一根干柴。我手脚并用，摸到镇长留下的那瓶雪利酒，居然还找到了一包密封包装的饼干，于是吭哧吭哧大口嚼下去，只感觉自己像是在啃地上的泥巴。啃完饼干，我用牙齿咬开雪利酒的瓶塞，里面的酒已变成液态的蜜糖，我尽量把最黏稠的部分压在瓶底，把上面的部分喝掉。吃喝之后，终于有了力气，爬起身，在镇长的椅子上坐下，冷静地观察自己的处境。一番观察后，我笑不起来了，自己的处境简直就是绝望。

一轮满月爬上夜空，月光穿透窗户上厚厚的窗帘，让我把这间临时的监房看个清楚。我竖起耳朵听，门外的走道上听不到任何声响，于是站起身，走到窗户边，把窗帘掀起一个角儿。镇长办公室位于镇公所二楼前部，窗户两边各立着一尊女神雕像，雕像上有不少可以手抓脚踏的地方，攀着灰泥制作的乳房、丰臀，再抱着柱子，就能下到楼下的人行道上。可问题是，在这大月亮底下，只要我一踏上外面的窗台，就可能被院子里的守卫发现，跟大白天没什么区别。我放下窗帘，不小心发出一点儿声响，门上立即传来一通敲门声，看来门口那位还很机警。我环顾室内，想找个更理想的逃生出口，最后目光落到壁炉上。

壁炉两边也装饰着人像石柱，石柱头上顶着大理石的壁炉架。炉膛里支着铁隔栅，隔栅上放着绣有本镇徽章的垫子。这会儿，我觉得肩膀上像火烧一样痛，右手几乎不能动弹，不过最后还是移开了炉膛里沉重的铁隔栅，没发出一点儿声响。我把头伸进炉膛，看见上方悬挂着一小片幽蓝的天空，仿佛一片圆碟，碟子上还闪烁着几枚星星。一股淡淡的烟灰落了下来，我缩回头，隔了一会再次把头伸进去，仔细查看。这次我看清了，烟囱内壁上布满烟灰，不过一侧凿有一行凹口，可能是方便扫烟囱的。这些凹口仿佛一道阶梯，为我铺好了通向屋顶的道路。真走运，我简直不敢相信自己的眼睛。

我静静地等下去。根据月亮的位置，午夜应该已经过去几小时了。此时，我的整条右胳膊在剧痛煎熬之下已经僵硬了，一动也不能动。除了伤口痛，温度也越来越高，感到身体都快给烤干了，可再也找不到什么喝的东西了，只能竭尽全力应付着。头越来越沉重，已接近昏迷，可我铁下一条心，一定要逃出去。我悄悄爬到门边，隔着门聆听，听到门外传来微微的鼾声，此起彼伏。虽然我烧得厉害，可这就够了。之前，警察脱去了我身上的衣服，只剩下裤子和绷带，爬烟囱倒是正合适。我慢慢向壁炉爬去。

湿漉漉的烟灰像面粉一样一撮一撮向下掉，落进我的嘴里和鼻孔里，费了好大劲才爬了三四码，左胳膊已经和两边的烟囱壁一样黑了。草草包扎的绷带下渗出鲜血，沿着右胳膊一滴滴向下淌。天空睁着一只蓝眼睛，漠不关心地望着我在下面活受罪，只有自己为自己可怜，为自己流泪，泪水在已被烟灰覆盖的脸上冲刷出两条沟槽。通常，扫烟囱的人雇请小孩子拿着扫把在烟囱里爬上爬下，打扫烟囱，可我是个成年人，烟囱内的空间令我颇为不安，爬得越高，不安越重。困在这小小的空间中，还要努力向上，不亚于酷刑，身子几乎把烟囱内的空间都挤满了，根本爬不快。更何况，还要绝对不发出任何响声，我连咳嗽一声，清清喉咙都不敢。感官已经超载，接近崩溃，可还是告诉我，空间越来越狭小，烟囱壁夹得越来越紧，简直快把我给挤扁了。整座烟囱大约有六层楼高，内壁上隔一段就会出现一个黑洞洞的出烟口，下面的烟道通向镇公所里的其他房间。每每此时，我都十分紧张，生怕有烟灰落下，而当时房间里又正好有人，于是暴露出我的出逃。还有时候，我向上攀爬的左手突然打滑，没抓稳烟囱壁上的凹口，身子一晃，整出声响。那声响在我耳中无异于一声惊雷，把我给吓个半死。

向上，向上，我不断前进，像一只雄心万丈的耗子，穿过充满敌意的垂直孔穴。渐渐，可以放心些了，除了拼命往上爬的自己，镇公所整个上层空无一人，可这并没有减轻我心底的恐惧，我眼前不断闪现出玛丽·安妮那张被子弹打得稀巴烂的脸，觉得自己一阵阵抽痛的右臂还在抱着那具冰冷的尸体，只要一低头，就能在黑暗中看到她的牙齿从一堆烂肉酱中暴突出来，闪烁着瘆人的白光。有时候，我觉得那一小片天空距离我足足有一英里；有时候，又觉得伸手就能摸得到。最后，我终于从烟囱顶的洞口伸出脑袋，呼吸到新鲜的空气，那一刻的震惊，不亚于刚刚从子宫里探出小脑袋的新生儿。下半身还卡在烟囱里，我张大口，狂吸着身边的新鲜空气，呼吸渐渐平稳下来，我颤颤巍巍地把整个身子爬出烟囱口，平躺在楼顶上，慢慢向下滚，滚落到下面的排水沟里，在那儿躺了好长一段时间，感到身上每一滴气力都已经被榨干了。

好在排水沟够宽，最外侧竖着一道大约有三英尺高的雕花石栏，遮挡住楼顶，也遮挡住我，从对面的街道看不到楼顶的情况。稍稍恢复了点儿力气，我看到月亮西沉，很快将迎来黎明前最黑暗的一两个小时。我静静地等待着黑暗的降临，仿佛等着一位老朋友，伤口上的包扎已经破烂不堪，更是脏得不成样子，索性扯了下来，扔得远远的。伤口已麻木，已感觉不到疼痛，只感到一阵阵颤动，仿佛在告诉我，弹头还在肉里没有取出来。得尽快找个医生，否则撑不了多久。不过，我感到，自己还能撑得住，还能继续逃。

距离镇公所最近的建筑是镇里的银行，两幢建筑相距仅仅六英尺，中间隔着一条窄巷。银行的顶层是平顶，我简直不敢相信自己的眼睛，不过，银行只有三层楼高，垂直落差大约有十八英尺。在银行楼顶的阴影中，隐隐约约能看到防火梯的影子，看上去是那样亲切,只要我能跳到银行楼顶上,就能轻而易举地奔向自由。要是在清醒的时候,我无论如何也不敢尝试三层楼高的纵身一跳,可现在人已经烧糊涂了,也管不了那许多。夜色浓黑之际,我纵身跳入黑暗的深渊,几乎是四肢张开落到银行楼顶,摔得气都喘不过来。可不管怎么样,我已经跳了下来,而且还在出气。

银行楼顶有一个大水箱,几乎是空的,只有箱底还存着一点点泥汤水。我用手舀起一把,等着水里的污泥慢慢沉积在手掌心螺纹上,再把剩下的一点点清水倒入口中。水就那么一点点,带来的清凉也就那么一点点,但总好过一点没有。远方的大海如一只浅浅的银盘子,黎明前的水汽聚集在盘子边上,形成淡淡的一圈暗影。除此之外,四下一片漆黑,街上的路灯早就全不亮了。我硬下心肠,赤脚走下银行的防火梯,每迈出一步,脚底就传来钻心的刺痛。下了楼,我匍匐爬过巷道,既要小心避开看门狗,又要睁大眼睛,注意远处有没有巡逻警的火把发出的亮光,感到连眼睛都要烧着了,身体一个劲儿地发抖。不过最后,我还是逃了出去,把镇子抛在身后。

一路上,我从一条晾衣绳上顺手牵羊拿了一条裤子和一件衬衫,遇到一个农民喝醉了酒,躺在门洞里,于是脱下了他脚上的凉鞋。一路上路过好几个水井,可我不敢停下脚,把身上清洗一下,一直熬到了一条小溪边,此处已远离小镇的外郊,这才敢用冰凉的溪水把自己从头到脚冲一遍。溪水冲到伤口时,我痛得高声大叫起来。我把已撕烂成破布的旧衣服脱下来,埋在一块大石头下面,穿上新的衣裤。如今,再也看不到那个精神抖擞的年轻公务员的影子了,虽然前不久,他刚刚离开城市,来到小镇。这会儿,我已全然成了自己祖先的子孙,虽然妈妈耗尽全力去否认那样的祖先，可毕竟，我的生命来自他们。

我走上大路，找到一座电话亭，试图拨通部长的电话，可听筒里什么声音也没有。看来，所有的电话都罢工了，要么就是电话线被割断了。于是，我下了大路，走上一条人迹罕至的小径，两边都是被露水打湿的篱笆。过不了多久，就会有小鸟站在篱笆上放声歌唱了。天已破晓，清晨的薄雾越来越明亮，路边种着山楂树，透过已染上点点红色的枝头，我总会看到玛丽·安妮那张恐怖的脸。小径旁出现一座小酒馆，方圆数英里内看不到任何人烟，于是我在酒馆外锈迹斑斑的长椅上坐下休息一会儿。靠着长椅放着一辆自行车，和周围所有的东西一样，被露水打得湿透。虽然只剩下一只手能动，我还是跳上自行车，向前骑去。骑自行车需要不间断的意志力，而如今，我也只剩下那点儿意志力了。

下面的路是怎么走的，我已经记不清楚了，当时我烧得厉害，又饿得不行。自打在镇长家，吃了那个奸诈的女管家做的早饭，到现在我就只吃了一点儿镇长办公室里找到的饼干。那顿早饭距现在已经整整 24 个小时了。临近中午时，骑到一条宽阔的大河边，沿着河岸骑，任由太阳灼射着我毫无遮盖的脑袋。自行车轮胎在地面上画着歪歪扭扭的曲线，好像喝醉了酒。那时，我觉得，自己这条小命儿就要到头了。

河岸边的草地上，一匹斑点马正在啃着草皮，旁边有个人，依着木桩站着。那个人身材很高，皮肤棕黄色，样子看上去很粗野，身上穿着粗布衣服，嘴里叼着烟斗，一边吞云吐雾，一边沉思着什么。我迈着蹒跚的脚步，晃晃悠悠向他走了过去，他看着我的目光中充满惊奇，眼看我就要一头栽倒在地上，他伸出手把我扶住。我还能记得当时他那张脸，那是张瘦削、黝黑的脸，跟自己不久前在玛丽·安妮的梳妆镜中看到的那张脸差不多。我也还能记得，自己被一双强有力的手抱在半空中，接着是船板的咯吱声和水的晃动感。我知道，自己被搬上了河上的一条船。还能回忆起干爽的面部擦着自己面颊的感觉，耳朵中响起一个女人的声音，说着一种流水般的语言，真是婉转动听，一下子把我带回到最初的童年，就是修女们还没有进入我的生命的那段童年。

接下来，就是一片空白，持续了好长好长时间。

第三章 大河之民

　　承蒙葡萄牙人的探索，我们这个国家在16世纪中叶被发现。当时，葡萄牙已过了自己帝国的黄金期，于是乎，我们这个国家从一开始就成了狗尾续貂，或者说，只是一条注脚，标示出更为伟大的其他发现。葡萄牙人发现，沿着蜿蜒曲折的海岸线，到处是沼泽水洼，热病肆虐。迈着不情愿的步伐，葡萄牙人向内陆挺进，终于踏上了坚硬的土地，一片烈日炙烤下的广阔草原在他们面前展开。这一路上，葡萄牙人非常慷慨大度，四处传播着上帝的教诲，还有导致梅毒的白色螺旋病毒。最后，看到充满敌意的大山横亘在前方，葡萄牙人掉头原路返回，他们在这片土地上既没有找到金矿，也没有找到银矿，只见识了疟疾和黄热病。葡萄牙人走后一个世纪，吃苦耐劳的荷兰人到来了，他们排干沼泽洼地中的积水，开始开凿复杂的运河系统。再往后，英国人也来过一阵子，虽然时间不长，却完成了荷兰人未完成的工程，更将其规模扩大。时至今日，这个国家的财富很大程度上还是要归功于那套水利系统。

　　不知欧洲的哪部停战条约乖僻地剥夺了荷兰人的劳动果实，不过，有些荷兰人还是留了下来。本土居民的民族属性原本就杂乱难明，原始语言同样也是由许多不同的成分慢慢演化出来的，再加上荷兰人，更是乱上加乱。不过，真正的混乱还在后头。乌克兰人来了，苏格兰人来了，爱尔兰人也来了，他们将新开垦出来的肥沃土地变成经济作物种植园；一支奴隶劳动力大军也来了，再加上靠海外汇款吃饭的人，此外，还有不少定了罪的囚徒，他们开发了内陆地区，大量引进巴洛克风格建筑，凭自己的双手建起了国家的首都。首都位于一条大河所形成的冲积盆地之上，其兴建最早可追溯到 18 世纪初，最早的建筑包括一间教堂、一座银行、一座监狱、一座股票交易所、一座疯人院，剩下的就是市郊和贫民区。首都不单建成了，更发达了。

之后的两百年中，从中欧、德国和斯堪的纳维亚半岛涌入的人流在这片土地上汇聚合流，在平原地区大肆开垦，修建农场。大约与法国大革命同期，这里爆发了一场奴隶暴动，持续时间虽然不长，但很血腥。暴动之后，奴隶制就废止了。此外，也有大量的黑人奴隶从北部种植园出逃，最终成为工厂、码头和露天矿场的廉价劳工，也正是凭着这些工厂、码头和露天矿场，这个国家一路繁荣，踏入 20 世纪。不应当说我们这个国家还停留在欠发达之列，可要是没有这个国家，恐怕霍夫曼博士再也找不到第二个理想国度来完成他的实验了。或许，可以说，博士的工作带着外乡人的矛盾，可话又说回来，谁又不是外乡人呢？或许，只有我是个例外。

即便谁的曾曾曾祖父已经乘着木船远渡重洋来到这片土地上，可只要他面对着令人思绪回到从前的山峦丘陵，还是会觉得，较之于居住在此地的外乡人，自己其实也相差无几。这片大地并不欢迎外乡人，生存在这里让外乡人精神紧张。于是，外乡人把欧洲的样貌完完整整地搬到这里，用熟悉的记忆织起一条又厚又暖和的披肩，把自己紧紧裹住。可随着岁月流逝，线头越磨越细，寒风从万千小孔中穿过，里面的躯体一个接一个打着寒战。风中到处漂浮着幽灵鬼魅，新来的人每吸一口空气，都把那些东西，以及伴随着它们的不满，一齐吸到自己的肺里。杀虫剂出现之前，首都与海滨之间的广阔区域是蚊虫的滋生场；经过过滤的清洁饮用水出现之前，水中生满霍乱菌。整个国度对人虎视眈眈。

事实上，无论是城中强大的资产阶级，还是首都周边的绝大多数农民（无论富有的农场主，还是一文不名的白人流浪汉），都有着混杂不清的欧洲血统，唯一把他们连接起来的是脆弱的语言纽带。不能完全明白彼此的话是常有的事儿，可总算有个共同的语言基础。至于贫民区，更是多种族混杂的大染缸，只有一个词可以将他们同贫民区以外的居民分开——黑。某种程度上，黑这种色彩成为贫民区所有居民的共同特征。如果说，当初的葡萄牙征服者在他们身上没有看到任何有价值的东西，和那些征服者乘同一条船来的耶稣会教士倒是从这些黑人贫民身上发掘出丰富多彩的灵魂。上帝的冲锋队员们一次又一次争夺原住民的信仰，更不知疲倦地记录下一切所见所闻，时至今日，我们对原住民的了解依旧主要依赖于此。当然，当年耶稣会教士所记录的某些部落，以及许多土著风俗是出于杜撰。一个人尽皆知的例子说，有一族高地居民，脊椎的末端长着坚硬的肉质尾椎，所以坐的凳子上都要扎个洞。这种谣言连驳斥都属于多余。不过，这里的土著部落没有一个发展出文字系统，没有一个懂得驯马，也没有一个懂得建造石头房屋。他们既不是阿兹塔克人，也不是印加人，他们仅仅是皮肤棕黄、天性淳朴的男男女女，会捕鱼，会打猎，会下陷阱捉鸟，然后大批大批地死去，就算没有成为葡萄牙人手中弓箭的活靶子，后来也成了专爱恃强凌弱的英国人的猎物。更多的人死于天花、伤寒、结核病，以及其他发源于欧洲的传染病。不过，他们也输出了麻疹和百日咳，一旦漂洋过海到了对面半球，这些病就成了夺人性命的瘟神。

这些美洲印第安人虽然已经灭绝，却有着自己的魅力。靠近海岸，曾有个部落住在岛屿上的沼泽水洼中，用芦苇搭房子，把鸟羽粘在一起，制成长袍和披风，踩着高跷跨过平静的水面，那情景，真像是长着长脚艳羽的大鸟奔驰在水面之上。这个部落还会织一种挂毯，没有图案，仅仅有各种色阶的颜色，用的材料也是羽毛。看的时候，你简直觉得那些色彩会动。我曾在少有人光顾的民间艺术博物馆见识过一件这样的羽氅，虽然已是残损破旧，不成样子，可羽氅上的粉色、红色和紫色还是浮动跳跃，融成一片，其魅力丝毫没有因时间而受损。

还有一个部落住在海边，以食生鱼为生，整天愁眉苦脸，毕恭毕敬的样子，语言中既没有"是"，也没有"不是"，只有"可能"。继续向内陆进发，会遇到一个住土蜂房屋的部落，蜂房屋既没有门，也不开窗，要从顶上的小洞爬进去。每年春天，雨季如期而至，把蜂房屋全部冲走，部落里的人就退到山洞里住，好像没事儿人一样，用石头雕刻出许多眼睛，其神态之丰富，不知有多少衷曲要默默倾诉，实非耶稣会教士可以了解。教士们把印第安人带到各地，带到干旱的苔原上，甚至带到丘陵山峦之间。印第安人也总是性情驯良，乐于助人，建起一座又一座高大的教堂，顶上有雉堞，立面用粉红色的灰泥装饰得艳丽非凡。工程结束时，印第安人一个个瞪大眼睛，盯着自己的成就，仿佛在向自己表示祝贺，然后就溜溜达达地走开，坐在阳光下，弹奏起只有三个音的原始乐器。于是，教士们下了定论：印第安人没有灵魂，由此为印第安人重生的故事画上句号。

可也并不是所有印第安人都消失了。欧洲人给印第安女人授精，生下的孩子回过头来又给贫穷的白人女人授精。黑人也掺和了进来，给白人和印第安人生的混血儿授精。印第安血统不断稀释，也不断扩散，最终流进了几乎所有城市无产者的血管。还有些有印第安血统的人做着无论是白人还是黑人都觉得太下贱的工作，比如说，掏大粪。不过，这个国家人口的绝大多数都一辈子住在首都，以及平原上大大小小的城镇中，一辈子对印第安人就算不是一无所知，也是知之甚少。在他们眼中，印第安人都是妖魔鬼怪，是拿来吓唬孩子的，个个身披破衣烂衫，捡破东烂西，掏屎尿粪便。印第安人所做的工作不需要颜面。

有些印第安人成了河上一族，仿佛对陆地已彻底失去了信任。这些印第安人有着现存最纯正的血统，过着隐蔽而不为人知的生活，似乎他们的存在已被遗忘，即使近在眼前，人们也对他们视而不见。据说，许多河上印第安人一辈子都没有上过岸，我知道，至少未出嫁少女和怀孕妇女是严禁离开自己生活的船只的。这些印第安人既隐蔽，又自豪，很羞涩，顽固地抗拒着外面的世界。谁要是和河族以外的人通婚，就一辈子别想再回到自己的家中，甚至同本族人说话也遭到严禁。不过，鉴于同定居在河流两岸的白种人通婚的禁忌异常严厉，我怀疑该族女人中同白人说过哪怕只有几句话的也不会超过半打，即便是男人，也只有船主才有同白人说话的权利。此外，他们还使用一种原始的印第安方言，我觉得，那种语言的远祖可追溯到沼泽地区的鸟族语，不过已经经历了许多变化。词汇的意义更多地依赖于声调,而不是发音,说起话来仿佛是在唱歌。清晨,一群妇女聚在一起,一边叽叽喳喳,仿佛有说不完的话,一边做着早饭,那情景,真像是一曲黎明时分的合唱。要是想把他们的语言记录下来,看来也只有用音符了。耶稣会教士的著作中,对这一族印第安人的描述也只有只言片语。

这一族印第安人过着完全封闭和自给自足的生活,经年累月,形成了一套绝对说得通的生存逻辑,其主旨就是与外部世界的干系越少越好,最好是一点儿都没有。他们的船漫无目的地从这个港湾漂流到那座城镇,又从那座城镇漂流到下一个港湾,仿佛船下的水面是一张魔毯,无论把他们载到哪儿都一样。不久,我意识到,这一族印第安人对于幻象完全免疫,要是某位长着鹰钩鼻、神情严峻、掌握着本族神话传说的长老发了话,说某某东西是这样,那它就是这样。无论岸上旱鸭子的鬼把戏有多么阴险狡诈,也不能动摇他们的信仰分毫。不过,该族印第安人对白人没什么好感,对黑人就更少了,经过市镇时,倒也乐得站在安全的甲板上,看着岸上的一切天翻地覆,享受着一份冷漠的快感。

实在要感谢我身上的印第安血统,虽然妈妈一辈子都对它咬牙切齿,可我的头发还是乌黑,颧骨高凸,足以令河上一族把我视为他们的一员,这整个世界上能帮到我的也只有他们了。抱我上船的是船主,他很清楚我从城市来,不过他用尽了自己会说的标准语向我保证,他们这一族对逃避法网者素来没什么恶感,当然有一个前提条件,就是印第安血统。船主说,在我昏迷的时候,他已经用刀把弹头从我肩膀上挖了出来。有那么一会儿,我似乎要醒过来,于是他妈妈点燃一把具有麻醉药效的草药,放在我鼻子下面熏。这会儿，他在我的伤口上敷上了一把滚烫的药泥，打好绷带，剩下的就是他老妈的事儿了。

老妈妈咧嘴冲我笑了笑，开始我还以为她嘴里没有一颗牙齿。不过那会儿，我还烧得厉害，视力很是模糊。没过多久，我了解到，老妈妈其实是把嘴里的牙齿给染黑了，这是该族的风俗。每次到我的船舱来，老妈妈总是迅速把舱门给关上，不过我还是能看到，外面的甲板上挤了一群孩子的小脑袋，闪动着好奇的眼神，想把舱里的我瞅上几眼。船主叫劳-库拉伊，直到他教会我唱上几句他的语言，我才有机会同他的家人见面。

河上一族的语言对我来说是个难题，既有语言方面的，也有哲学方面的。比如说，他们的语言中没有固定的单复数变化，但有相当复杂的数量变化，同一样东西，数量不同，表达都不同。这种语言不存在个别和普遍的区别，"人"同时也意味着"所有人"。语言的这一特点对于该族的社会结构有着深远的影响。该族的语言中找不到同西方语言的"在"相对应的词语，于是，笛卡尔哲学的核心被干净利落地剜了出去，只剩下赤裸裸的存在，不容置辩。如果要表示某种状态，可以在动词后面加上附加语，大致可以翻译为"某人处于某某处境中，或正在做出某某行为"。该族语言的时态分为两大块：一般过去时和现在进行时，除此之外不再做时间上的细致区分。如果要表达过去，就在表示现在的词根后面加上各种后缀，表示愿望、目的，以及不同程度的可能。此外，该族语言的另一个显著特点就是缺乏抽象名词，反正也派不上用场。虽然面临复杂的现实，有时也有犹疑，这一族的印第安人生活在绝对的当下之中。

没过多久，我也管劳-库拉伊的老妈叫阿妈了。除了染黑牙齿,阿妈还在脸上涂抹了很重的油彩,虽然她已经上了岁数。油彩涂抹出该族的特有图案,样式固定,鼻子、双颊和前额上涂了一层白色粉底,不过脖子和耳朵保持天然的棕色。双颊正中,阿妈在白色霜粉之上画出紫红色的圆圈,嘴唇也用紫红色画出标准的心形,丝毫不理会嘴唇的自然边界。这样一来,真正的嘴唇看上去只是淡淡的凸起,仿佛积雪覆盖下的屋顶正脊。围绕双眼画着粗粗的黑线,沿着黑线向四周辐射出短线条,天然睫毛已被油彩完全覆盖,然后,在其上方三英寸的地方,又用油彩画出来。如此眼部装饰,搞得阿妈一天到晚都是一副瞪大眼睛吃惊不已的样子。有时候,阿妈也会在嘴角、太阳穴,或其他古怪的位置用黑色油彩画上点儿图案,可以是一弯新月、一颗星星,也可以是一只蜻蜓。那几个躲在阿妈身后、偷偷窥探我的小姑娘也画着类似的图案,不过没有阿妈那么复杂。我想,这种传统面谱最初的功能不大可能是吓走岸上的人,可无论多么巧合,姑娘们的面谱的确相当彻底地达到了这个目的,就算哪个岸上人凑巧撞上了该族女子,也不大可能对她们有任何兴趣。

阿妈长着一头黑亮的长发,用彩布头巾松松地包起来,在后颈部打一个结;下身总是穿着宽松的裤子,小腿上用绿色或红色的带子打着绑腿;脚上穿着黑棉布袜子,大脚趾同其余四个分开,这样就能穿人字拖鞋了;上身穿格子或碎花棉布宽罩衫,外面再套上一件一尘不染的白色短围裙,胳膊部位有开口,方便把胳膊套进去,脖子和腰部有绳子,在身后打上结。一穿上围裙,阿妈整个上半身都挡得严严实实。围裙边上,还有船舱里窗帘和床单边上都绣着粗糙的白色花边,花边都是女人们自己做的。一到晚上,女人们就三个一群、四个一堆围坐在一根蜡烛周围做针线活儿。花边的样式非常古老，我觉得，应该是17世纪的修女传给了她们这门手艺，那时该族人还没有放弃陆地上的生活。

该族所有女子都同阿妈装束一样，让她们看上去有点儿头重脚轻，仿佛推她们一把，她们不会倒，只会来来回回晃上几晃。我回想起，过去自己也几次见过该族人的驳船，沿着河道顺流而下，可从没见过梳妆打扮如此独特的女性身影出现在甲板上。后来我才得知，一旦驳船靠近有人聚居的地方，所有的女性都要躲到甲板下面去。

阿妈身上总是带着一股淡淡的鱼腥味。不单阿妈身上，我盖的被子、垫的床单都有同样的味道，这种味道甚至一直渗透到我身旁的舱板里。道理很简单：鱼是这一族印第安人的主要蛋白质来源。给我送饭时，阿妈从来不会拿叉子、刀子、勺子之类的餐具，就是一只深口盘子，里面装着玉米面熬的硬粥，上面撒满小鱼，还有一种相当辛辣的酱料。后来我发现，这一家人吃饭的时候都围坐在大舱的圆桌旁，桌上放着一盆玉米面，每人从盆里直接用手抄出一团，在手掌上搓，直到把玉米面搓成团，然后再把面团在一只放酱料的碗里蘸上一蘸，接着再搓上一阵，把酱料搓均匀。

阿妈给我送饭，帮我清理伤口，替我擦洗身子，铺床叠被，甚至更为私密的活计都由她一手包办。做这些事儿的时候，阿妈脸上既没有厌恶，也没有尴尬，只是用手向我做出几个僵硬但含义确定的手势。阿妈的手势很有限，仿佛只有这几个手势可以伴随她的一举一动，也只有这几个手势方可以表达出一系列感情，从热情好客、孤单寂寞，到慈母般的关爱。后来我才发觉，该族的女性都一样，动作简单划一，仿佛都是慈悲为怀的机械人。要是没有听过她们如音乐盒般婉转动听的言语，真会以为她们不完全是人类。这时，我多多少少理解了当年的耶稣会教士，理解了他们何以会对印第安人有那么大的偏见。

至于该族男性的衣着打扮和行为举止，就远没有那么遥远而陌生了，或许，虽然心不甘情不愿，男人们还是不得不同岸上的人打交道，因此多多少少也沾染上了岸上农民的装束和习气。该族男人通常下身穿宽松的裤子，上身穿宽大的白衬衫，有时外面还会套上一件宽松的无袖马甲，尤其是天气转凉的时候。冬天，男人和女人都会穿上棉外套。这不，很快就要换季了，阿妈已经拿出一箱棉外套，缝缝补补，填补棉絮了。

该族有些男子戴耳环，脖子上的项链上挂着各种各样的驱魔符，不过脸上不涂油彩，只是留着一把浓密的大胡子。大胡子向下垂，更衬托出印第安人鼻子和下巴所特有的忧郁。没人帮我刮胡子，自己也刮不了，在我能再度下床行走之前，脸上也长出了一把浓密的大胡子。既然长出来了，我也不想刮了，觉得现在这张脸比过去那张实在好得太多。夏天剩下的日子里，我一直卧床不起，在伤痛和病痛的双重夹击下苦苦支撑。透过船舱壁上的小窗，我看到外面的大平原，地里的玉米已经收了，林木间燃起秋天的火焰，又渐渐熄灭下去。我最好的伙伴是船上的猫，那是只胖家伙，可行动起来又快又静，周身白色，只有右耳后面，身体左前方和屁股上点缀着几块不规则的黑斑。这家伙跟我黏得很紧，肯定有什么原因，或许是因为我躺在床上动弹不得，这样它就能趴在我柔软温暖的肚子上，一连好几个小时也不会受到惊扰。猫儿满意地打着呼噜，把我的伤口搞得一阵阵抽痛，可我还是挺喜欢这只猫，或许因为它身上的颜色让我想到了阿妈。

终于，劳-库拉伊对我说，我已经好得差不多了，可以上甲板了。我走出船舱，看到船上挂着数条链子，每条链子都是由数百只用纸叠成的小鸟首尾相连串接而成。我了解到，这些链子有两个作用：其一，向本族其他人表明，船上有病人；其二，向引起我的疾病的恶灵献祭。看着纸叠的鸟，我更加相信，劳-库拉伊这一族印第安人就是编织羽氅者的后裔。后来，我对他们的医药也有了一定的了解，真不敢相信自己居然能在那样的治疗下存活下来。当初，劳-库拉伊动刀给我挖子弹头的时候，所有的消毒措施就只有一项：把刀浸泡在一位身体十分健康的处女的新鲜尿液里，同时口中默默诵颂几段古老的咒语。

劳-库拉伊在整个部落里的地位很高，能得到他的庇护，实在是我的幸运。该族的主要生计来源是水运，经水道将货物从大平原上的一个港口运送到另一个港口。自打霍夫曼博士发动战事以来，整个铁路系统已经停摆了，但水运生意可以说蒸蒸日上。我们的船后面拖着一长串平底驳船，装着进口的木材，运到一切还算正常的北方城市。整个国家森林过度砍伐，以致建筑用木料，甚至造家具的木料都要从其他国家进口。整个部落中，劳-库拉伊的船队最长，他的标准语说得最好，再加上他出色的心算能力，使他成为整个部族的行政长官兼发言人。这个部族中，财产在很大程度上为所有成员共有，整个部族就像一个大家庭，虽然人员分散，却团结一心。我跟他们住一起那会儿，整个部族大约有五六百人，组成五六只船队，不过现在，该族的人口可能已经大大下降了，也可能不再在水上讨生活了。或许，该族的女人们已经洗去脸上的油彩，跟男人一起上了岸，在岸上做起了小买卖。

劳-库拉伊身形瘦削，眼窝深陷，脸上常有愤愤不平之色。和部族里的其他人一样，他一个大字都不识，但其实他脑子转得很快，可以说智力相当高。我已经恢复得差不多了，可以天天起床，该族的语言也学了不少，早上也能叽叽喳喳地跟身边的人打招呼了。吃饭的时候，我也能和大家一起围坐在桌边，在同一只盆里抓玉米粉搓成团了。劳-库拉伊对我的信任与日俱增，最后终于向我透露，希望我能教会他读书识字，因为他怀疑，每运一批货，岸上的人都要占他不少便宜。船在一座村庄停泊时，劳-库拉伊派他的一个儿子上岸，买来了铅笔、白纸，至于书呢，买到什么算什么。碰巧，买到的是《格列佛游记》的翻译本。自打那以后，每天晚上，泊好船，吃完饭，收拾好桌子，喂好马匹，我和劳-库拉伊就坐在桌旁，头顶上挂着一盏摇摇晃晃的灯，一边抽着烟，一边学习字母表。家里的几个男孩子早接到爸爸的严令，要乖，这会儿有的躲在船舱角落里，有的坐在甲板上，都不敢出声，更不敢嬉戏打闹，哪怕是悄悄地也不敢。阿妈和两个孙女静悄悄地坐在一边，手里干着针线活儿，脸上挂着微笑。劳-库拉伊的小女儿打着嗝，喉咙里发出咯咯的声音，好像出了毛病的水龙头。这个小女儿是弱智。

养伤那会儿，我一直住在劳-库拉伊的舱房里，现在伤好了，可劳-库拉伊就是不肯让我搬出来。这样一来，劳-库拉伊一家睡觉的地方就紧张得很，全家人都要挤在主舱里，有的挂吊床，有的打地铺。船上还有一间狭小杂乱的厨房，里面有两只烧炭的炉子，阿妈在炉子上做全家人的饭。厨房里的器具十分简单，甚至可以说原始。

劳-库拉伊有六个孩子，最小的是个男孩，3岁，生这个孩子时，劳-库拉伊的妻子难产死了。最大的也是个男孩，是个兔唇畸形。近两个世纪的近亲结婚在这一代人中制造了许多大大小小的畸形,有的孩子五指间有蹼膜,有的孩子睫毛长到肉里,有的孩子没有耳廓,痴呆儿的比例也非常高。劳-库拉伊的小女儿已经5岁了,可还只会爬。不过,他的其他几个孩子都很健壮,我至今还能想起两个大点儿的男孩的样子,都是帅小伙儿,每天早上从船头一个猛子扎进水里,痛痛快快洗个澡。至于几个女孩的样貌,我说不上来,因为她们脸上都涂着厚厚的白粉,就连那个5岁的小女儿也不例外,不过她口水淌得厉害,常常把脸上的白色和红色颜料融到了一起,看上去很是滑稽。二女儿7岁,大女儿9岁,叫阿娥。阿娥可算是个大姑娘了,每天在奶奶的带领下做着各种家务,一刻也没个闲,不过还是喜欢玩娃娃。我常常会看到她把娃娃抱在怀里,唱着催眠曲,娃娃穿得就像族里的婴儿,头上戴一顶针织的软帽,据说这是为了防止恶魔抓住婴儿的头,把孩子从舱窗里揪走。娃娃的身子套在一只布袋子里,手脚的位置留好孔,据说这是为了防止恶魔从婴儿的肛门把内脏给吸走。布袋是明亮的红色,红色把带来哮吼、腹绞痛、肺炎等疾病的恶魔赶走。有一次,阿娥把手中的娃娃递给我,让我也玩一会儿,我这才看清,所谓的娃娃不过是一条穿着婴儿服装的大鱼。鱼开始变质发臭时,阿妈就给阿娥换一条新鲜的,就这样,娃娃来来去去,样子始终不变。

阿娥居然肯把手中的娃娃递给我,这本身就表明了我和她之间的关系已经相当亲密。即便是同本族男子交往,该族的女孩子们也会表现出规定动作般的羞涩,如果男子同她直接说话就咯咯笑,一面用双手捂住嘴,在优美中表示,你把我给吓着了,我不敢开口。日子过了一周又一周,我也越来越适应生活在生命之水上的缓慢节奏，能像身边任何人一样用鸟鸣般的语调说出该族语言。我觉得，自己已经成为身边这几个孩子的大哥哥，不过劳-库拉伊好像有什么谋划，希望把我跟他一家人的关系再拉近一步。我故意不睬他，对于我来说，阿娥也太小点儿了，远未到谈婚论嫁的年龄。

至于我自己，我知道，自己已经找到了一个逃避甄别警的绝佳住处。不单如此，一种过去自己从未正视过的渴望，一种认祖归宗，追溯自己根源的渴望，如今也得到了满足。现在，我逃避的不单是警察，也不单是部长，更是我自己的追求。自打上船以来，我就放弃了。

您瞧，我强烈地感到，自己回了家！

不久，我脱口而出的是自己的新语言，而不是过去的旧语言；一想到吃，脑子里除了玉米面粥和辣酱鱼就再也想不到别的了。时至今日，每当我回想起那条船，还有船上收留我的那家人，还能感到阵阵暖意涌上心头。有一个晚上我记得尤其清楚，那天肯定已经是 11 月末了，夜里凉得很，阿妈升起了炉子。炉膛里烧着木头，高高的烟囱一直伸到船舱外面，一口接一口喷着烟雾。圆滚滚的铁炉膛已烧得通红，散发出的热量把每个人都蒸得暖烘烘的，阿妈端来装玉米粥的盆，放在桌上，里面的粥已冻得僵硬，阿娥端来一大碗清炖鱼肉。对着饭食，劳-库拉伊嘴里念念有词，可能是某种土著宗教赐福。劳-库拉伊一念完，大家就静悄悄地伸手到盆里抓粥，把粥在手里搓得够黏够韧，再往上面放上鱼肉。大家静悄悄地吃，吃饭的时候大家一向静悄悄。偶尔，开口说几句家长里短，天气如何，今天航行了多远。劳-库拉伊的小女儿不会自己吃饭，要阿娥喂。船已泊好，随着水中的乱流摆动，头上的灯随之左右起舞，围在桌边的一张张脸时而明亮，时而隐没在黑暗中，颇有韵律。

现在，女孩子们涂了白粉的脸在我眼里不那么怪异了，她们不再一律是涂着小丑妆的单一角色，我已经能透过她们脸上的妆，辨别出各人的面容。7岁的那个面颊上有一点凹陷，那儿曾经长着她的最后一颗乳牙，上星期掉了；阿娥的鼻头上有一点擦伤，是家里的猫留下的。阿妈看上去和世界上所有的慈母一样，虽然她只能用极其有限的手势表达出极其有限的思想和感情，可如今我不再感到压抑，相反，我感到一种恐慌又不失温暖的禁锢感。我知道，这种感觉总是和"家"相伴。我伸出手去掏辛辣的炖鱼肉，那一刻，我明明白白感受到了什么叫作幸福。那是我人生中的第一次。

第二天，我们来到一座小镇，把船泊靠在镇上的堆木场，女孩子们都下到甲板下面去。劳-库拉伊叫我跟他一起去见木材商，于是，自打我上船以来，我第一次走下船板，走路的时候觉得步子已经有点儿发飘了。办完交割手续，我对劳-库拉伊说，木材商是个本分的生意人，劳-库拉伊也信了我的话。接着去市场买玉米粉，为漫长的回航做好准备，就是在这个时候，我给这个部族帮了个小忙。其实原本也不算什么，可劳-库拉伊偏偏看得很重。

这是座古旧的小镇，深入北方内陆，镇外河边可以看到好几处岩层出露之处，群山在那儿露出棕红色的砂岩。镇上的生活似乎受战事影响不大，人人忙于自己的生计，仿佛国家首都被困三年之久同他们没有一点儿关系。这种时间遗落的感觉让我很是舒坦，仿佛什么首都，什么战争，什么部长，统统从未存在过。甚至连那只黑天鹅，还有那位男女难辨的信使，我都已忘却了，因为我已找到了自己的根。曾经的德赛得里奥已经消失了，我的族人给我起了个新的名字。该族有个习俗，要是谁经历过什么病痛不幸，就要换个名字。他们猜我肯定是经历过了，于是给我起了个新名字——基库。发音的时候，两个音中间还有一个不发音的音节，意思是"被遗弃的鸟"，给我做名字真是再合适不过了。

市场上，农民们摆出一篮又一篮瓜果蔬菜，有亮晶晶的茄子，有轮叶椒，有熟过头的柿子，还有艳丽的柑橘，都是晚秋时节的盛产。一笼笼小鸡，一桶桶黄油，一张张车轮般的干酪，有的摊子卖玩具，有的摊子论尺卖布料，还有卖糖果的，卖珠宝的，应有尽有。一位流浪民谣歌手站在一方大石头上，放声唱出自己的爱尔兰家世；一头熊头上戴着女式宽檐帽，帽檐上插着几朵假雏菊花，步履蹒跚地模仿着华尔兹舞步，和熊抱在一起跳舞的是个吉卜赛女郎，头发上结着红色丝带。市场中到处充斥着喧闹的生活，人群中不时晃过印第安面孔，走在这里，我们丝毫没有通常在岸上所感到的局促感。这座小镇可谓是河上一族印第安人的大本营，至于个中缘由，我后来才知道。

我们先去了卖谷子的那里，定了 14 石玉米粒，要卖谷子的给送到船上去。接下来开始在市场上闲逛，按阿妈的叮嘱一样样买东西。卖鸡的正把三只咯咯叫的小鸡替我们塞到袋子里，正在此时，一个男人冲上前来，气还没有喘顺，就大倒起苦水。看他的样貌，还有衣着打扮，是劳-库拉伊的族人，表情极其夸张，简直就是威尔第歌剧中的人物。

去除掉夸张的手势和表情，事情其实很简单。那人从平原地区给镇上的种子商运来一船谷子，两人签过合同，可那人不识字，只是在合同上摁个手印。现在，那个卖种子的说，送到货仓的谷子比合同约定的短了整整两吨,而我们这位弟兄,利洛乌伊,要自己掏腰包补上短缺。那不就把他给毁了!泪水沿着他棕黄的面颊向下淌,这个老印第安人,又胖,又穷,手足无措。

"这好办,"劳-库拉伊说,"基库能读会写。"

利洛乌伊顿时双眼瞪得溜圆,满含敬畏,一边僵硬地点头哈腰,一面用颇为夸张的敬语向我说好听的。该族的人彼此相处时,总是喜欢贬低自己,用夸张的语言去恭维对方的技艺或美貌。于是,我们三人一起去找那个卖种子的,路上经过一家商店的橱窗,我一扭头,看到三个棕黄皮肤的男人,身上的白布宽衬衫沾满污渍,头上的草帽也已破烂不堪,压得低低的,盖住斜斜的眼睛,威严的鼻梁之下,双唇之上,长着一丛茂密的黑色毛发,鼻孔里飞出几丝鼻毛,向所有与我们不同的人表示鄙视。别人可能把我当成劳-库拉伊的长子,也可能把我当成他最小的弟弟。一想到这,我就宽心了。

卖种子的是个贼眉鼠眼的家伙,面色苍白,一身虚肉。我开始用标准语口若悬河地痛斥他的恶行,那家伙一下子就胆怯了,于是我要他拿合同给我看,他扯着嗓子抗议,可这恰恰表明了他心虚。不用多问,他肯定是做了无可挽救的丑事儿,于是我威胁要找律师,起诉他,要他赔偿一万元名誉损失费。汗水像珠子一样沿着那家伙苍白的额头向下淌,如今,对岸上人这种不健康的肤色,还有那松垮垮的体格,我讨厌极了。这些家伙看上去就像阿妈用玉米粥捏出来的面人。有时,阿妈会捏个面人逗家里的弱智女笑。最后,卖种子的把一切都推到手下人身上,说是他们搞错了,并主动提出赔利洛乌伊 500 块钱。我把结果告诉利洛乌伊,他和劳-库拉伊双双瞪大眼睛看着我,仿佛我会魔法。利洛乌伊从骨子里还是宽大为怀的,于是接受了这笔赔偿,卖种子的数钞票的时候,他和劳-库拉伊聊了几句,接着又跟我聊了几句。最后,利洛乌伊把钱安稳地放进皮带内层的小袋子里,我也非常开心地向卖种子的宣布,从今往后,再也不会有河上一族的船为他运货,一艘也没有。那时,驳船已是唯一尚能运行的内陆运输工具,这也就意味着,毁灭就在眼前,被毁掉的是他自己,而不是他的猎物。我们走的时候,那家伙气得浑身发抖,可又有什么用?

利洛乌伊一定要我收下一半的赔款,要搁在过去,我无论如何也不会收,可劳-库拉伊告诉过我,这种情况下要是我不收,会深深伤到对方的心,我也就不再推辞了。接着,我们三个上了一家专门招待印第安人的酒吧,痛饮白兰地,劳-库拉伊和利洛乌伊一个劲儿地冲我说恭维话,最后我自己都觉得害臊。您得明白,虽然劳-库拉伊脑子转得很快,拥有许多祖传的知识,可在读写方面毫无进展。他这个一年级生实在是太老点儿,多年来拖缆索,扔麻包,他的手指已变得粗糙僵硬,抓起铅笔根本就没有任何感觉。他的大脑里装着这个国家的每条河流,知道河水在每条河流里如何流动;他能说出近 500 条运河上的每个节制闸,每条过船槽位于何处;他的心灵如同一座神奇的仓库,里面装满了水上传说、风情民俗和神话故事;计算起驳船能上多少货,或者一趟要烧多少煤,他的心算如闪电一般迅捷。可也正是这样一颗心灵,装得实在是太满了,再也找不到一个空闲的角落,来装下 26 个罗马字母。再说了,他的整个思维方式就不是直来直去,而是绕着一个个大大小小、彼此相接的圈子,复杂、精微。

在劳-库拉伊看来,某些看似绝对对立的东西,比如说光明和黑暗,出生和死亡,虽然无法相互转换,却被张力压合到一起。单凭耳朵和嘴巴，他可以在一瞬间理解至为深邃的看法，可要他把眼和手配合起来，最后形成一个线性序列，哪怕像"地垫上有只猫"这样简单，他还是做不到。这时，他会说："基库，猫不是坐在你膝盖上吗？虽然世界上不只这一只猫，可在我眼里，它就是所有猫的化身。"一面对字母，他就犯迷糊。他会一声不吭地盯着字母，一遍又一遍去数字母上有几个尖角，还会洋洋自得地傻笑。最后，字母成了抽象画，蕴含着自身的美感，至于表达了什么意思，完全是一片空白。晚上的学习成了煎熬，不单对劳-库拉伊，对我也是一样。我知道，劳-库拉伊这辈子是学不会读书写字了。劳-库拉伊的失败让他对我敬意更深，有件事儿他一直在心里盘算着，这次赢了那个卖种子的，更促使他下定了决心。

我们仨打着酒嗝，白兰地的气味冲开嘴上的大胡子，喷薄而出，向对方脸上喷去，真可谓是酒逢知己千杯少。最后，劳-库拉伊和我终于和利洛乌伊分了手，继续采办物品。我在一个货摊前停了一会儿，先为阿妈买了几枝斑点大丽菊，又为阿娥买了条丝帕，上面印着紫罗兰花纹，看起来挺活泼。新发了笔小财，说什么也要花出去点儿。

"给谁买的礼物？"劳-库拉伊问道，带着我们这族人常有的谨慎。

"给阿娥买的。"我径直答道。

那一会儿，劳-库拉伊一只臂弯里夹着几只困在一起的小鸡，另一只手捧着一大捧各式各样的蔬菜。我呢？手里的东西包括一块干酪，一大块干草包起来的黄油，还有一只篮子，里面装着四打鸡蛋。可劳-库拉伊还是伸出手，抓住了我的手，真不知道他是怎么做到的。

"阿娥还能中你的意吗?"

我俩站在市场中央,头顶着正午的烈日。吉卜赛女郎还在跟自己的熊翩翩起舞,装钱的金属盒里稀稀拉拉躺着几枚硬币,反射着正午的阳光。爱尔兰歌手唱起了一首哀歌,哀悼拿破仑之死,一唱起来就没完没了,放在地上的帽子里几乎看不到什么钱。我突然想到了城市,想到了歌剧院,想到了莫扎特的音乐。此时此地,阿娥和阿妈说话的声音就如同莫扎特的音乐一样美妙。我想起了城市,终于可以开心地同城市说再见了。肚子里晃荡着白兰地,手中拿着利洛乌伊的馈赠,耳朵里仿佛还回响着好听的话,不禁让我浑身上上下下、里里外外暖烘烘的,情感也丰沛起来。但从外表看,旁人简直会把劳-库拉伊当成我的父亲,其实对他的爱早已在我心底扎下根。

河上一族演化出,或者说继承了一套复杂的家庭关系,理论上说属于母系家庭系统,可实际上所有的决定都由父亲做出。要是谁娶了一家人的长女,名义上就成为这家母亲的养子,实际上收下他的是父亲。父亲去世后,女婿继承驳船和船上的一切。因此,劳-库拉伊给我的绝不仅仅是一个新娘这么简单,而是一个家,一个大家庭,一个未来。要是我能杀了德赛得里奥,永远成为基库,人生中就再没有什么好担心的了,再也不用担心孤独、枯燥,再也不用担心没有人爱了。我的人生将像大河一样源远流长。我将随着这条大河四处飘荡。从此以后,我将成为一名真正的流浪者。其实,我在心底不早就已经心许流浪了吗? 过去,晃荡在人生的边缘,脸上微微挂着冷笑,心中奢望自己就是马维尔,或者从未到过这个世界。今后,我不用再那样了。我感到热泪涌入眼眶,嗓子哽咽,几乎说不出话来。

"没错，"我结结巴巴地说，"中意。"

"她是你的人了。"劳-库拉伊斩钉截铁地说道。不约而同，我俩一齐扔下手中的东西，拥抱到一起。

就在劳-库拉伊和我抱到一起之际，吉卜赛女郎刚好跳完方丹戈舞，向后一甩头，越过劳-库拉伊的肩膀，我看到了吉卜赛女郎的面庞。有那么一秒钟，仅仅只有一秒钟的时间，女郎看上去仿佛是霍夫曼博士的那位美丽信使。就在那一秒钟，我的心崩塌了，决意此生追随这张面孔，直至海角天涯。可紧接着，女郎擦了把脸上的汗水，仿佛把信使的面容也一起抹掉了，又变回了吉卜赛女郎，普普通通，样貌实在平平，扁平鼻子，小眼睛，耳朵上垂着两枚硬币。我明白，是眼睛欺骗了自己，可刹那间，酒意似乎蒸发出去不少。回到船上，我的酒差不多全醒了，可劳-库拉伊还是大笑不止，开心得简直冒了泡。

阿娥才9岁，我觉得，从订婚到洞房还有好长一段时间。可所有人都信誓旦旦地说，阿娥已经有月经了，要是我不信，可以让我亲眼看上一看。于是，我抛掉最后一丝岸上人特有的扭捏，劳-库拉伊定下了我和阿娥的婚期，就在几个星期之后的冬至。接下来的几个星期中，我们将拉上一船纸制品，经由运河把货物送到全国各地，等到冬至那天，就能回到T镇了。过了T镇，河面陡然开阔，形成天然的湖盆，河上一族历来在那儿庆祝婚礼。对于这个部族来说，婚礼从来都是大的喜庆，可马虎不得。

阿妈吻了吻我，说自己开心得不得了。阿娥一蹦老高，径直跳入我的怀抱之中，嘴里发出一连串咯咯笑声，仿佛笑声赐予她向上跳的力量。阿娥的大妹羞涩地扯着我的衬衫下摆，问我能不能把她也娶了。就连那个最小的似乎也特别兴奋，口水淌得特别多。家里的几个男孩一个个跟我握手，嘴里念念有词，向我送上没那么闹腾的祝贺。劳-库拉伊把家里的几条驳船都挂上用金色纸折出的纸花，告诉水道上来来往往的船只，家里将举行婚礼。每遇到一只驳船队，都会有男人上我们家的船，与我热烈拥抱，这是一种仪式，表示我的入赘过程已经开始。阿妈和家里其他的姑娘开始为我和我的新娘缝制精致的婚衣，又开出一张长长的单子，列出婚宴上所有菜肴的名称。我向她们问起，都有哪些菜肴，她们一个个笑得花枝乱颤，只是说，会给我一个大大的惊喜。

现在，阿娥跟我亲密许多了，一有空就坐到我的大腿上，用手捻着我脸上的长胡子，在我面颊和嘴唇上留下一个个香吻，湿漉漉的，还散发着孩子的气息。她还会紧紧抓住我的手，牵着我的手伸到她的衣服底下，要我告诉她，乳房有没有增大。如果有，增大了多少。订婚后，第三天晚上，全家人坐到一起吃顿特别晚餐，除了平时吃的小鱼和玉米粥，还有一道牡蛎蛋花汤，喝汤的瓷碗也是特制的，带着紫红色的釉彩。之前我从未见过这些碗，显然，碗是婚礼专用。阿娥跪在我面前，把汤碗递给我，嘴里还念念有词。至于念叨什么，太古旧，也太复杂，反正我一句也没听懂。可劳-库拉伊哈哈大笑，笑声中仿佛隐藏着深意，我让他解释给我听，可他就是不肯。那一刻，我第一次感到，家里人把我的无知当成了笑柄，虽然这种感觉并不强烈，但确定无疑。

那天在集市上，我无意中瞥了吉卜赛女郎一眼，却看到了霍夫曼博士的信使的面容。自打那以后，对于自己在河上一族的位置，我已经不那么确定了。现如今，在这一族人的戏剧中，我获得了一个耀眼的角色，可不确定感依旧没变。我开始感到，或者说以为自己感到，劳-库拉伊一家人在我面前的言行举止有种说不出的味道，尤其是劳-库拉伊。比如说吧，劳-库拉伊把《格列佛游记》扔到船板上，大声宣告，自己再也不识字了，话语中带着顽童般的欣喜。对于劳-库拉伊的破罐破摔，我只能说，谢天谢地，可怎么也解释不了他脸上的神情。有时，从劳-库拉伊深不见底的棕色瞳孔中，我能察觉到，怎么说呢，胜利的曙光。劳-库拉伊眼睛的形状仿佛一对逗号，没人能从这双眼睛中看出他在想什么，这我早知道了。可也正因如此，我心里才感到惴惴不安。订婚仪式，还有未来的婚礼仪式，已把我卷入到一张复杂而细密的仪式之网中，这一过程中我不能出一点点错。可未来的岳父大人似乎就是不肯给我线索，帮我平安度过，更以此为乐。这岂非咄咄怪事？

我估摸着，只要阿娥要我做，我就该满心欢喜地帮她按摩乳房，就算在众人面前也无须避嫌，这是我作为未婚夫的义务。我又估摸着，汤中的牡蛎可能有壮阳的功效，于是连喝了三大碗，喝完还故意砸吧砸吧嘴，寻思着，是不是该再喝上一碗。整舱人其乐融融，看来我猜对了。果不其然，正如我所预料，刚过午夜，我的舱门上传来轻轻的敲门声。

"是谁？"我压低嗓音问道。

"可怜的姑娘，在寒风中瑟瑟发抖。"门外传来阿娥的声音，就像个学童，背诵着一首刚刚背下的诗。她说的话简直跟晚上喝的汤一样老套，可这一次，我全然明白了她的心意，于是打开门，让她进来。

阿娥洗尽了脸上的油彩，头发扎成小辫，还系上一根黄色的丝结。阿娥身上穿了件全白睡衣，不禁令我想到了可怜的玛丽·安妮。要是能把那个可怜的小姑娘彻底忘掉多好！可看到阿娥手中仍抱着鱼娃娃，感慨之情不禁涌上我心头。她肯定是把鱼娃娃带来做伴，已经习惯成自然了。阿娥蹦蹦跳跳地走到我床边，上了床，盖好被子，再把鱼娃娃放在身边，跟她一起盖好被子，枕着枕头。阿娥的动作有些迟缓，有些凝重，仿佛一举一动，以至于一字一句都是从仪典中学来的。肯定都是阿妈教的。我也上了床，在她身边躺下，阿娥依偎了过来，钻进我的臂弯，一只手一路向下探索，找到我的胯下之物，抚摸了起来，手法还相当纯熟。

直到此刻，河上一族性行为守则这本书还没有为我翻开，不过我觉得，一旦上了手，学起来肯定很快。可此时此刻，我实在不知道，阿娥是不是真指望我跟她合体。晚饭时的壮阳汤似乎表示确实如此，可不知怎么，我又觉得，阿娥的行为原本不该这么直接。阿娥纤小的手指如魔鬼般狡猾，搞得我冲动直线上升，思绪愈发混乱，不知该怎么办。最后，我实在控制不住，用力把阿娥翻过来，露出肉嘟嘟的屁股。可阿娥陡然间发出一声大叫，叫声中既有惊，又有恼，吓得我不敢再采取任何行动，静静躺着不动，只是用手指轻轻捻着阿娥刚刚进入青春期的乳头。最后，阿娥独力把我送入高潮，直到不能自己。喷射的那一刻，我内心有几分不安，觉得不该喷出来。或许，阿娥所做的一切就是要考验我的忍耐力，要知道，河上一族极其看重忍耐力，从来没有人在葬礼上落泪。

阿娥似乎满足了，蜷曲着身子睡着了。第二天早上，阿娥和我还没起床，阿妈就端来了早餐，吻了吻我俩，脸上露出赞许的神情。上到甲板，我遇到劳-库拉伊，他发出洪钟般的笑声，用手猛拍我的后背。原本还以为劳-库拉伊会闷闷不乐，看到他这样开怀大笑，倒是把我吓了一大跳。又过了一关。

又过了一天，晚饭时没有壮阳汤，可阿娥准时来到。这次，她扎着绿色丝结。我估计，阿妈，劳-库拉伊，或许全家人此刻都躲在门外，耳朵紧贴着舱壁，唯恐错过了一丁点儿动静。或许，我应该装出很享受的样子，使劲哼哼几声，这是我的义务，于是尽到了自己的义务。这一次，阿娥让我抚摸她细小的爱穴，我发现，她的阴蒂居然跟我的小手指一样长，着实把我吓了一跳。我还从未见过哪个女人的阴蒂长成这样，着实有点儿不知所措，决定第二天一大早就找人问个明白，就算不合规矩也管不了那么多了。我觉得，与其找劳-库拉伊问，不如找阿妈问。看得出，对于这场即将到来的婚礼，阿妈比她的儿子更开心，也更单纯，没什么藏着掖着。

找到阿妈时，旁边居然没别人，可真是巧了。阿妈正在准备午饭吃的杂烩，锅里升起阵阵香味。听到我的疑问，阿妈和颜悦色地向我解释起来，不时提到自遥远的过去流传下来的古老习俗，话语中夹杂了许多古词。简而言之，该族有一个传统，自打女婴一出生，母亲就要承担起一项重要任务，就是摆弄女儿的阴部，每天一小时，轻轻拉扯孩子娇嫩的阴部突起，直到其长度符合该族的审美标准和性标准。这种技术向来都是母女相传，不过阿娥出生后不久母亲就不在了，这项重要任务就落在了阿妈身上。阿妈完成得十分出色，为此骄傲不已。阿妈问我，是不是很神奇？我只好实话实说，确实很神奇。这种做法起源于何时，早已湮灭于神话和仪式的迷雾之中，不可追寻了。有一次，阿妈说出一个词，意思是"蛇"，该族神话中，关于蛇的故事可多了去了。或许，这种做法相当于男性的环割礼。劳-库拉伊曾告诉我，该族的男孩到 12 岁就要集体接受环割，绝无例外。要是谁家孩子受了割礼,之后三个星期就要在桅杆上挂起几只纸扎的红风筝。好在住修道院那会儿,修女早就把我给割了,那时还太小,也没什么感觉,可至少如今可以少挨一刀,不必在结婚前看着白晃晃的刀刃向自己的包皮切下。

阿妈看出,我对这些风俗很是好奇。或许阿妈觉得,我不信她的话,以为她在骗我,以掩饰阿娥的某种先天畸形。于是,阿妈掩上厨房门,叫我转过身去。我听到衣物的窸窸窣窣声,接着阿妈叫我转过身。转过身来,只见阿妈脱下了裤子,向我轻轻摆摆手,仿佛优美的邀请,叫我过来看她的私处。我顿时感到热血向上涌,只见两条暗红色的阴唇向外延伸好长,顶端的嫩肉犹自微微颤动。阿妈腿上的肉很嫩,皮肤也富有弹性,实在说不清她到底有多少岁,至于她是否徐娘半老,风韵犹存,我心里也没底,因为她脸上抹着厚厚的白粉。该族女性通常初潮后就结婚,我估计阿妈至多也就是四十大几,肯定不过五十。我试探着抱了抱阿妈,却发觉她下面已经湿了一片。阿妈嘴里嘟囔了几句,可能是警告我,可与此同时已悄悄插上了厨房的门闩。我把阿妈顶在厨房的木头墙上,听着她在我耳边喘息呻吟。小炭炉上的平底锅上,虾子上下跳动,发出噼噼啪啪声,不绝于耳。

刚完事儿我就后悔了。刚刚与我求皮肉之欢的可是我的女主人,更是我未婚妻的祖母,试想,这世上有哪个社会能容忍我这种行为?阿妈倒是春风满面(至少在我眼中是如此),轻轻叹了口气,如粉蝶扑花般在我脸上留下一个个吻。阿妈说,上一次做爱还是去年的环割节,是去年四月,到现在也够久了。我的表现虽然有些毛躁,可至少劲头够足,很让她享受。每天早上,早饭和午饭之间,只要到厨房来,她都在。最后,阿妈拿起一块干毛巾,把自己,也把我身子擦干净,穿上裤子,又去专心对付她的虾了。此时,平底锅中的虾子已微微发出焦味。

回到舱房,躺到铺上,我把整件事前前后后再回想一遍。自己以为在蛇形台阶上下了一层,可实际情况是,自己在梯子上又爬高了一级。如今,我找到了一位实力雄厚的后援。自打那以后,阿妈对我更体贴,为我和阿娥送来的早餐中加入各种平时难得一见的美味,例如,烤鳝鱼。有几次,阿妈和自己的儿子独处,对我交口称赞,正好让我听到。自打从娘胎出来,我就是个杂种。如果过去这事常令我感到尴尬,这会儿倒是让我感到称心如意。几乎可以说,我对妈妈,还有天下间所有的妈妈,都不再怨恨了。

那天晚上,我的小新娘戴了根紫色的丝带,我以为今夜免不了要鏖战一番了,可到头来她还是耍一通嘴上功夫完事儿。阿妈想打除我的疑心,对我说,大婚之前是不能真正洞房的,这样新郎才能尝到最新鲜美味的佳果。于是乎,那个秋天,我晚晚跟自己的玩伴玩着花样百出的爱欲游戏,听着她咯咯的笑声,忍受撩拨着我的情欲。每晚阿娥头上的丝带都换一种颜色。到了早上,我就把小玩伴的祖母顶在船舱壁上,奋力干上一场。我开始感到,自己成了爱的奴隶。劳-库拉伊一家人让我吃得可好了,也不要我在船上干任何活儿,只是偶尔帮忙查验一下装货单和交易票据。船上装的纸送到了目的地,运费也拿到了,没有短缺。于是船调头,向 T 镇驶去。劳-库拉伊开始为婚礼做准备,在船上备了大量货,包括五坛本地李子酿制的酒,再掺入蜂蜜,入口很甜;一大缸粗白兰地,足足十加仑;一坛杏肉干,十五磅;还有各种杂七杂八的东西,包括一只活羊,打算在婚宴上宰了烤来吃。干货都存放在甲板下的货仓中,活羊拴在甲板上,平日喂些煮熟的大麦和燕麦，一见到人就跟前跟后。眼看着羊一天天肥了起来，最后肥到叫都叫不动了。有一次，我问道，烤全羊是不是婚宴上的主菜，得到的答案是：不！还有比烤全羊更好的。可究竟是什么？没人肯告诉我，只是对我说，会让我大吃一惊。说完，微微一笑，人人都是如此。

船向来处漂去，两岸尽是初冬时节景物，略显忧郁。大地平芜，极度广漠的天空中日光强烈，给人一种离奇古怪、如梦似幻的感觉。如果要选择自由，这就是最后剩下的日子。此时，我还可以选择离去，可一旦结了婚，货船和河流将成为我生命中的一部分。其实，这段时间我也没闲着，一直应付着祖孙两个情人，可时不时还是会想起城市里丑陋的巷道，思念如针刺般刺痛心底，尽管在城里没人关心我，我也没什么好挂念的。思念只在一瞬间，旋即被我压下去，在我看来，最多也就是心头的点点余烬罢了。货船驶过运河沿岸的一座座村庄，哪儿都没有哪怕一丁点儿来自首都的消息。群山在货船前方再度隆起，到了夜里，光怪陆离的霓虹闪烁于群山之巅，可除此之外就再没有战争的讯息了。身边这片农牧大地仿佛已被遗忘，上面覆压着又厚又重的天空，在天空的重压之下，大地仿佛向内收缩卷曲，挡在外面的一切，对于这片大地来说，已不再有任何意义。这片天空覆盖着河上一族的世界，这片天空之下，我感到自己身上的一切都暴露了出来，真让人受不了。出于自我保护，我开始变得沉默寡言，更多沉思，想得越多，越觉得这种漂泊不定的生活方式最适合自己。虽然要加入到这种生活之中，要经受种种仪式，不能说一点儿风险都没有，可一切都是值得的。

运河上此时已驶满了平底货船，我们的船驶入主河道，前方已聚集起长长一串船队，每只船上都挂起五颜六色的飘带。晚上，其他船主到我们船上造访，女人们退到厨房和我的船舱中去，男人们在外面喝酒，抽玉米穗烟斗。我听着他们讨论族里的大事，无非是如何维系水运，如何安排婚礼入赘，把所有人连为一体。我越来越感到，该族人生活在自己复杂的小宇宙中，有着自己的内部秩序，外人难以察觉，更无进入的可能。可不知怎么，该族人总给人一种冻结的感觉，甚至连斟酒的姿势也由传统所固定，毫无变化，全无个性可言。一个人递过酒坛，另一个人递过酒杯，看着杯中酒满，放下酒杯，接过酒坛，再把身边另一个人手中的酒杯倒满，如此传递下去。一轮下来，没有人为自己倒过酒。群体意识之强，竟至于如此地步！自我在这里没有立足之地。什么才是我的存在？那是一种不无忧郁，自己为自己的感觉所加的限制，那是由我的印第安祖先那儿遗传下来的存在，就像我脸上高高凸起的颧骨一样。可如今，我开始有一种奇异的感觉，自己的存在越来越难以为继。我知道，那种存在并没有消失，还在自己身上，只是受到了限制，我要学会热爱这种限制。劳-库拉伊以我为豪，溢于言表，可言表之下，我隐隐感到一种敌意。最后，我开导自己，无非如此嘛——他还有点儿不放心，怕我最后关头临阵逃脱。

　　船终于靠上了Ｔ镇的码头，最后一次为婚礼采办物品。市场里到处是圣诞树，到处挂着彩带，仿佛在提醒我们，圣诞节就要来了。对于我们这些异教徒来说，圣诞节是什么？谁又能明白？市场上到处贴着小广告，说平安夜，一个杂耍团将到镇上来，镇上的教堂将举行午夜弥撒。可我们的烛光只会献给至高至远的原始神灵，在四季的变迁和大地的丰饶中找寻神灵的根基。劳-库拉伊说，这个时候举行婚礼再合适不过了。货船不再接镇上的运单，而是沿河再驶出一段，驶入开阔的河盆。刹那间，仿佛世界上所有的平底船都在河盆中等着我们，每条船上都挂着纸扎的花环，悬挂着一盏明亮的纸灯笼，灯笼上装饰着男根图案。这一切都是为了我，明天就是我的大婚之日。

不知什么原因，阿娥那天晚上没有到我的舱里来。冬夜的月光穿透挂在舷窗上的白窗帘，皎洁无比，刺得我眼痛，根本没办法入睡。最后，我走出舱，上了甲板，发现劳-库拉伊也没睡，正坐在一堆缆绳上面，头上罩着一团浓密的烟草云雾，一小口一小口喝着从大酒桶里倒出来的白兰地。看到我也没叫我的名字，不过看样子他挺开心，站起身，去厨房拿了一只杯子，为我斟上满满一杯。看他走路的样子，他月下独酌已经有一会儿了。

好长一段时间，我俩盯着水面上的月华倒影，谁也不出声。等劳-库拉伊开口，我就知道他已经醉得不轻了，嘴里的话仿佛自己冒出来，全然不经过大脑。此时此刻，劳-库拉伊的心成了一座记忆的池塘，时不时有一两个想法冒出水面，仿佛一缕缕摇摇摆摆的水草。劳-库拉伊越说越多，我也越来越怀疑，他还记不记得我是谁。听到最后，可以肯定地说，劳-库拉伊已经全然迷糊了。或许，他把我当成了他的大儿子，也可能当成了某个本族船民，上他的船向他致敬。劳-库拉伊用的是本族土话，极为难懂，许多词语在公共交流中早已绝迹了。不过，他说的故事我还是勉强听出了个大概。

"那是许久以前，哦，许久许久以前。那时候，我们还没到水上讨生活，还住在烂泥堆的窝棚里，烂泥里掺上鸟的羽毛，就够结实了，足以挡风遮雨。知道用什么和泥巴吗？口水！全是口水！

反正阿妈的阿妈就是这样说的。阿妈的阿妈从来不说假话。再说了，阿妈的阿妈那么老，肯定什么都记得。她说自己是从鹦鹉蛋里孵出来的，没错，阿妈的阿妈就是从鹦鹉蛋里孵出来的。反正是她自己说的。阿妈的阿妈那么老，什么都记得。真老，最后咳嗽咳死了，死的时候，整个身子都弯成了两截儿，活像吞自己尾巴的蛇。知道吗？阿妈的阿妈吃蛇，过会儿再说这个。"

"死的时候，阿妈的阿妈弯成了两截儿，费了好大力气才把她给掰直放进棺材里。都是许久以前的事儿了，今晚我说的一切都是许久以前的事儿了。那时候，夜晚一点儿都不黑，日子过得还凑合，大家都住在岸上。可接下来就糟了，因为咱们不懂生火，所以，所以，总是冻得够呛，也不会煮东西吃。还用说吗！没火怎么煮东西！"

"如今大家都说，黑船来了，我们学会了生火。屁话！全是屁话！可话又说回来，那时候，就是我说的那时候，还真不会，整天吃黏糊糊的虫子、蛇，还有各种水里爬的东西。怎么说呢？我们那时候不生活在水上，而是生活在水里。话又说回来，那时候，水上和水里又有什么区别？不像现在，什么都分得清清楚楚。没有白天，没有黑夜，可光线充足；没有固体，没有液体，可足以填饱肚子；不分软硬，反正什么都嚼得动……一切的一切，无分彼此，自然本就如此。阿妈的阿妈就是这样说的。就是有点儿冷。"

劳-库拉伊说着颠三倒四的话，语气单调、怪异，仿佛在复述远古传说的细节，也再次证明了咱们这一族是漂亮鸟人的后裔，很是令我开心。夜风吹到身上，微微有点儿凉意，于是我也喝上两口白兰地。咱们的船四周泊满了船，在静谧的睡眠中轻轻摇晃，你碰我一下，我撞你一下，每条船上都挂满了纸扎的花圈，庆祝我即将到来的婚礼。我的妻子今夜睡在我身后的船舱中，或许此刻正用天真无邪的双臂搂着她那条古怪的鱼娃娃，沉沉酣睡。劳-库拉伊拖着似梦还醒的腔调，有一句没一句地向下扯，时不时语调突然低沉下去，意思也随着有了微妙变化。我一直在认真听，这些奇异的故事可都是从远古时代遗存下来的，堪称咱们这一族的口述史。

"那时候，女人不能碰蛇，不能用手碰。可有个小姑娘偏偏从地上捡起爸爸捉回家的蛇，蛇喷出毒液，正喷中小姑娘两腿之间的地方，姑娘立马就有了。姑娘把蛇藏在自己肚子里，可蛇翻来滚去，搞得姑娘很不舒服，于是姑娘说：'蛇先生，您能不能出来？'蛇回答道：'还没到时候。'于是姑娘继续做家务活儿。可奇迹发生了，不管外面风刮得多猛多烈，姑娘再也不感到冷了。蛇又说道：'因为我生了一小把火，知道什么叫火吗？'姑娘答道：'不知道，不大知道。'于是蛇从姑娘下面的小穴喷出几条嘴里的火舌，姑娘在火舌上搓搓手，感到了火的温暖，高兴地跳了起来，说道：'真好！真好！'于是，蛇教会了姑娘'温暖'是什么意思，那之前，姑娘从来都不知道什么叫温暖。"

"有一天，姑娘吃东西，吃的是一条小蜥蜴，那就是她的午饭。蛇又开口说道：'干吗不把蜥蜴放到我的火上烤一烤？你肯定会觉得更好吃。'于是姑娘把蜥蜴烤了一烤，再一尝，哇，真是从未尝过的美味，比那些生的虫子啊蜗牛啊什么的不知好吃多少倍。这时，传来有人走近的声音，蛇迅速钻回到姑娘身体里，一切恢复从前。自打那以后，只要姑娘身边没有其他人，蛇就钻出来，生起火，让姑娘烤东西吃。整个冬天姑娘过得很温暖，很快活。"

"姑娘的爸爸和兄弟们闻到了窝棚里飘出的香味，忍不住耸起鼻孔,舔起嘴巴。他们找到几根骨头,差不多已经让姑娘给啃干净了,嚼了嚼骨头上的肉渣。哇!真是美味!可怎么做出来的呢?他们谁也不知道。他们看到姑娘的肚子圆得像个球,可一点儿临盆的迹象也没有,把手贴在肚子上,能感到里面火热火热的,就像一把锅。当然,他们也不可能知道锅是什么东西。"

"于是,有一天,姑娘的小弟弟躲在窝棚里,看到蛇从姑娘肚子里钻出来,喷出一大团火,为姑娘烤东西吃。'这是什么东西?'小家伙暗想,于是跳出来,一把捉住蛇,叫道:'教会我,要不宰了你!'可蛇一下子溜了出来,又躲到姑娘肚子里去了。姑娘放声大哭,苦苦哀求,可又有什么用?她自己也不知道该怎么生火。"

劳-库拉伊的语速越来越慢,上一句与下一句之间开始出现大段大段的空白,夹杂着河水拍打船舷的声音,听起来颇为悲凉。劳-库拉伊的脑袋垂得更低,下巴顶在胸口上,不知从何处传来犬吠声。

"姑娘的爸爸和其他兄弟回来,小弟弟告诉他们自己看到的一切。于是,他们拿起刀,把姑娘开膛破肚,就像切开一条鱼。蛇很生气,不肯教他们怎么生火,一帮人对蛇又是哄又是吓,还把姑娘的脑袋挂在蛇面前晃来晃去。最后,蛇终于答应教他们怎么生火。每天晚上,吃晚饭时,蛇就使劲搓两根木棍,搓啊搓,火苗就升起来了。'瞧,多简单!'可爸爸带着一帮兄弟不管怎么搓,就是搓不出火来。不管他们想破了脑袋,双手沾满墨水,可就是 A、B、C 都学不会,连猫这个词都拼不出来。他们知道,于是宰了蛇,切成一小段一小段,每人吃上一小段……打那以后……人人都会生火了……"

"……到时候,人人都会写写画画了,就眨巴眼的功夫,能有多难……"

　　说完这句话，劳-库拉伊合上了双眼，嘴里只剩下浑浊不清的嘟囔声，透着浓浓的得意，好像在说："什么都行，就这么简单。"最后，彻底睡死了过去。我抓起酒罐，把罐底的白兰地一饮而尽，浑身发抖，不知是因为冷，还是因为恐惧和绝望。此时此刻，我想起了许久之前，在一本旧书上看到的故事，说中亚某个部落有吃人的恶习。被吃的都是外来人，要是哪个外来人不小心创造了什么奇迹，或者显露出神圣的迹象，就会被当地人杀死吃下肚。当地人认为，这样就可以吸收那人的精华。那个部落的名字我还记得，叫哈扎拉，因为这个名字有一次帮我破解了一条很难的字谜。此刻，那个部落的轶事又为我提供了另一条线索，帮我解开眼前的谜题。当年，鸟族为了获得耶稣会传教士的神力，很可能把传教士吃下了肚。如今，他们又要把我吃下肚。

　　之前那么长时间，由于我的孤独，再加上感伤，有些东西我始终视而不见，此时此刻全然清晰起来。自打我接受了阿娥，劳-库拉伊就一副得意洋洋又偷偷摸摸的样子；阿妈对我的过度热情；这一家人知道，甭管我看上去多温顺，其实还是岸上来的陌生人，有点儿神秘，有点儿可怕。他们知道，我这一辈子从未感受过脚下无形河水的流动，可他们还是接纳了我，甚至招我入赘，这份儿热情岂非可疑？原来，我拥有一份至为珍贵、至为神秘的知识，那是他们凭自己的力量无论如何也得不到的知识。我仿佛听到劳-库拉伊在众人面前大声说：宰了那小子，吃了他的肉，就像传说中那条会喷火的蛇。我的婚礼将会是一场盛宴，而我就是宴席上最重要的一道菜。等到人人都分到一块肉，吃下肚，就人人都会识文断字、写写画画了。我真是，同时陷入欢乐和恐惧之中。最后，我爬起身，脱下身上的外套，盖在岳父身上，以防他着凉，然后无声无息地走开，去搜索更多的证据。

主舱中，我的兄弟姐妹们都已进入甜美的梦乡。月光，夹杂着喜庆灯笼的光亮，斜穿过舱壁上小小的舷窗，照在他们可爱的脸上。我爱他们，这么说可一点儿也不难为情，我爱他们所有人，就算那个最小的也不例外，虽然她一天到晚口水滴个不停，连自己的名字也不会说，我抱她的时候还在我腿上尿一大摊尿。阿妈和我的小新娘睡一张铺，相拥而眠。在我的眼中，两具血肉之躯，一具衰老，一具新鲜，几乎可以互换，两具躯体已合二为一，又与我的躯体融为一体，成为我的一部分。我在床头跪下，那一刻，我已准备好向她俩奉上我的一切，包括我的血肉。她俩想怎么样就怎么样，只要她俩觉得对自己有好处就行。那一刻，我几乎被信任和信仰压倒。那一刻，我肯定流泪了，真是个少不更事的傻瓜！阿娥手中还抱着她的娃娃，一只手紧紧攥着包裹着娃娃的红布。此情此景，真是让人感动莫名。

阿娥睡梦中换了个姿势，嘴里发出一阵呢喃，也把手中抱着的东西暴露了出来。那不应当是鱼头吗？不！红布之下，我看到的可不是鱼头，而是寒光闪闪的刀尖，刀可真大，就是阿妈在厨房剁肉的那把。船随波荡漾，半梦半醒的阿娥把刀紧紧抱在胸口，下面几个字说得清清楚楚："明天，明天动手。"

接着，阿娥翻了个身，发出鼾声。

或许，那把刀是某种奇特破处仪式中的用具，也可能不是。我身子后仰，坐在自己的脚后跟上，只感到额头上的冷汗刷地就下来了，赶快伸手抹上一把。那一刻，我终于意识到，自己根本就不愿意赌那个实在渺小的机会，赌这一家人对自己并没有恶意。

无论如何，离开之前，我还是吻了吻他们冰凉的面颊，最先吻的是可怜的阿娥，她差点儿就把我给宰了，就因为家里人叫她这么做，简直就是一具脸上抹了白粉的提线木偶，连自己的一双手也管不了。接下来是阿妈，之前每次与她肌肤相亲，嘴里总是一股子羊油的膻味，羊油就是她抹在脸上的粉底。时至今日，我依然坚信，那一刻我的心差不多碎了，没碎，只差一点儿。后来，等到我和阿尔贝蒂娜永别，我的心才真正碎了，再也没能复原。

走的时候我什么也没拿，只带走了回忆。我走到舱外，向醉成石头人一样的岳父说了声再见。他从坐的地方滚了下来，手脚摊开，躺在装满白兰地的大木桶旁。嗨！都是酒把他给卖了！我无声无息地翻下船舷，下到冰冷刺骨的水中，船上纸灯笼的光线越来越微弱。等我上到岸边，灯笼也一只接一只灭了。

寒风刺透我身上湿漉漉的衣服，昔日的德赛得里奥在寒冷中惊醒。我转过身，向远处亮着灯光的市镇方向走去，祝贺自己又回到昔日的自我所居住的旧家，可同时又感到有点儿厌倦，有点儿恶心。德赛得里奥救了基库一命，要不，在婚宴上，他就成了岳父一家的盘中餐了。可基库心中丝毫没有谢意，一切安逸、平静的生活希望都流逝了，就像浸透他衣服的河水，每走一步就滴上几滴，最后滴得一干二净，一滴都不剩。

市场方向传来钟声，凌晨四点缺一刻。市场，之间的空地上搭满了摊位，正是为圣诞集市做的准备。这一刻，所有摊位都上了锁，落了窗，整个市场空无一人。我想找间帐篷靠上一靠，度过黎明前的黑夜，于是顺着两排帆布帐篷间的小道一直向下走，发现有间帐篷的门居然开着，好像里面有人正在等我似的。我一眼就认出了这顶帐篷，这一次，帐篷上的标牌写着：**送给所有人的特**

别圣诞礼物。我走进去。他在稻草褥子上沙沙作响。

"蜡烛和火柴在盒子上，"他说，"进来就把门帘放下来。这狗屎天，真他妈的。"

不出所料，我在机器中看到一个女人的头颅，仿佛在台子上不停转动，头向后仰，看上去已忘乎所以，一头长长的黑发披散下来，犹如展开一面黑油油的大旗。那是霍夫曼博士的信使，不停地转啊转，仿佛自转中的地球。信使一只手被砍了下来，食指还指着嘴唇，仿佛在对我说，她要保守一个甜蜜的秘密。另一只手还在胳膊上，远远伸出，仿佛在迎接我的归来。

标题写着：**珍贵一瞥，悬浮于永恒之上的头颅**。

第四章　欲望杂耍

"你要是瞧够了，就给我省点儿蜡烛，"老家伙说。我吹灭蜡烛，屋里只剩下小小的煤油炉的火光，在天花板上投射下一块锯齿形的光斑。我在炉子边跪下，真是谢天谢地，实在是冻得够呛，浑身不住发抖。老家伙嘴里嘟囔着，说要给我弄点儿吃的。看着他哆哆嗦嗦地忙碌着，我不禁颇为惊讶，又有几分感动。老家伙打开他的储物箱，其实也就是一个硬纸板盒子，从里面拿出半条面包，一只小铁盘，盘子上放着一丁点儿干酪，看上去更像是捕鼠器上的诱饵。接着，他又拿起一只瓶子，往一只缺了口的搪瓷杯里倒了些冷咖啡，再把杯子放到炉子上加热。

"我有新任务了，"老家伙解释道，"要照顾好你，直到把你完整无缺地送到地头。她亲自下达的任务。"

"她？哪个她？"

"她就是她，博士的女儿。"

"阿尔贝蒂娜？"

这是我第一次大声说出这个名字。

"你倒是挺机灵，"老家伙拍拍手说道，"看来，你明白什么叫加法了。"

"那当然，不就是把两个一放到一起吗。"

"干掉可怜的玛丽·安妮以后，你都到哪儿去了？"问这句话的时候，老家伙嘴一咧，做了个鬼脸。我知道他知道玛丽·安妮不是我杀的，可出于某种原因，我偏偏不得不假装杀人凶手就是我。我累极了，实在不想把这场拜占庭宫廷般的尔虞我诈继续玩下去，于是答道：

"多了去了。"

"他们觉得你迟早会找到我，当然，前提是你还活着。"

老家伙伸出拇指，试了试咖啡的温度。

"知道吗？"老家伙有点儿洋洋自得，"我是你唯一的线索。"

老家伙把我又拉回求索的途中，不过这会儿我还没有心思好好想上一想，只是忙着把他给的东西全吞下肚，再用他给的毯子把自己整个包起来。要知道，我可是给冻得够呛，就算把炉子抱在怀里，牙齿还是止不住咯咯打战。

"千万别生病，"老家伙说，"咱俩往后可有段路要走。"

"我跟你一起走吗？"

"正确。我给你找了份儿新差事，做我的助手。外人面前，你的新身份是我的侄子。我新买了辆旧货车，就由你开，还要帮我搭帐篷，给机器上油，诸如此类的活计。我老了，手脚不利索了。"

"到地头要多长时间？"

"时间大把，"老家伙说，"博士和时间不是铁哥们儿？是不是担心你的城市？"

"不是特别担心。"我说的是实话。

"像你这样的聪明小伙子，在博士那儿或许能派上用场。"

老家伙给我倒上满满一杯热咖啡，我捧起杯子，热着手，说道：

"我也有自己的任务。"

说到这儿，发出标准语的舌头突然好像打了结。和河上一族在一起时，我人生第一次确定无疑地感到了幸福；如今，我终于品尝到哀伤的真滋味。我知道，自己此生再也没有机会说出那鸟鸣般婉转动听的语言了。老家伙脑袋一偏，仿佛在问：你怎么了？我等着他问我躲到哪儿去了，可实际上触发老家伙疑问的是我说的上一句话，而不是我说这句话时的表情。

"暗杀任务？"老家伙问道。

"你跟博士究竟是什么关系？"我故意岔开话题。

老家伙做了个手势，要我把手中的杯子递给他，然后愁眉苦脸地喝上一小口。再度开腔时，老家伙已不再是个满肚子牢骚怪话的糟老头子，不免让我怀疑，那个怨毒的糟老头子不过是个幌子，好掩饰老家伙在博士组织中的真实身份。

"我跟他没有必然联系，"老家伙说，"根本不存在什么必然联系。所谓必然联系是神话中的怪兽，就像独角兽。可话又说回来，事物有时候确实可以以各种可变的方式组合起来。不妨这样说吧，我和博士在同一个随机点上交汇。我瞎了以后，他想到了我。那时候，我又瞎又老，半条命已经泡在酒瓶里了。博士不单想到了我，还救了我的命。不单救了我的命，还让我负责他的收藏。"

老家伙的语调，平静中透着骄傲，和身边这座烂板房，还有他铺在身子下面的稻草褥子，显得格格不入。看来，老家伙的真实身份确实比看上去重要得多。部长的计算机既然派我追踪老家伙，肯定知道他的真实身份。

"博士的模型?"我试探着问了问。

"麻包……就在你后面。"

麻包重极了,里面装着许许多多小盒子,每个盒盖上都用钢模打上印记。老家伙就算眼睛看不见,可只要用手摸一摸,就知道里面装的是什么。不出我所料,盒子里装的都是模型、幻灯片、图片,放到机器里,经过透镜放大到真实尺寸。盒子里装着形形色色的模型,有男有女,有野兽,有客厅,还有火刑柱上的殉道者,以及能想得到的各种场景。每个场景都比我的拇指还小,我把模型倒到大腿上,每个模型都堪称缩微奇珍,有些模型的复杂程度简直超出人的想象。

"这些就是博士的模型。"老家伙向我解释道,仿佛面对着空无一人的演讲大厅。我把模型瞧了又瞧,小东西似乎同它们模仿的对象一样拥有生命,在膝头上扭来扭去。不过我知道,这不过是煤油炉的微弱火光所造成的幻觉。

"我很骄傲,博士曾经是我的学生,"老家伙说道,"每隔一段日子,我走路走到浑身骨头痛,对博士也有那么一点儿怨恨,不过不算反常。其实,我也算不上博士的启蒙老师,不过是对他的博士论文提出了几个问题,还嘲笑过他的朋友门多萨。可博士还是把自己的模型交给我保管。"

老家伙俯下身,抓起一把模型。

"看,像不像玩具?"

"对,是很像玩具。"

"它们可都是具有象征意义的部件,可以构成宇宙基本成分的表征。只要安排合理,可以表征出人世间一切可能情形的一切组合。"

"就像部长的数据库?"

"根本不是一回事儿。"老家伙的回答又快又干脆,"只要使用正确,这些模型可以推翻你那位部长一心要拯救的世界。有意思的是,你那位部长一心想要完成的最终分析,我们的博士许多年前就完成了。不但完成了,更超越了。"

老家伙举起几个欲望的疯狂形象,小小的模型仿佛要从他手中跳出来,身上蕴藏着巨大的合成能量。

"以这些形象为模型或模板,就可以发展出有形物体和真实事件,这一过程称为'效应演化'。我背着麻包浪迹天涯,像是一到圣诞节就冒出来的那个老鬼,可没人知道,我的麻包里装的是变化。"

我往杯子里又倒了点儿咖啡,此时此刻,千万要保持头脑清醒。不管怎么说,老家伙也曾经是理性的拥护者,可现如今,他简直就是条变色龙。

"你把我搞糊涂了,"我说,"博士究竟用什么方法? 至少给我点儿提示。"

"现象动力学第一定律:宇宙中既没有固定不变的物质,更没有固定不变的基础。一切现实皆存在于现象之中。"

"嗯,"我答道,"这我能理解。"

"现象动力学第二定律:唯变方为不变。"

这句话听起来更像是格言警句,而不是科学假设。不过我没出声。

"现象动力学第三定律:由形象到实体只有量变,没有质变。"

说完,老家伙轻叹一声,不再言语。透过帐篷上的一道缝,可以看到外面已经是云霞满天,可帐篷里面还是漆黑如夜。终于,我睡着了。

如今，我要躲避警察的追捕，每座城镇的警察局门口都挂着我的照片，上面还有两个大大的字——"通缉"，又要避开河上一族。我扮成拉洋片老家伙的远房侄子，从各个细节上来说，这个新身份毫无破绽。我把头发和胡子修剪成新式样，扔掉印第安服装，换上与我的新身份更相称的深色衣裤。估计部长的档案已经把我列入阵亡名单了，正因为如此，霍夫曼博士费了不少周折把我救下来，而我要做的就是整天躲在阴暗的帐篷里，把机器上的镜片擦了一遍又一遍，看着老家伙每天编排出撩人心扉的新花样。晚上，活儿都干完了，老家伙就和我围坐在煤油炉边，向我讲述起他前学生的一桩桩丰功伟绩。

对于从老家伙那儿得到的信息，我无力加以判断，别说是当年，就是现在也一样办不到，尽管我已经亲眼见过霍夫曼博士的实验室和发射器，甚至见过高深莫测的博士本人，也曾和博士的手下一起工作过，一心以为自己做的是造物主的工作。不过，我当年做了一些记录，从中可以整理出一些线索，去解释霍夫曼博士的神奇魔法背后的科学原理。

霍夫曼博士的基本原理如下：能想到的一切都是真实的存在。百科全书中有大量的词条支持这个理论出发点：大洋洲的巫师单凭歌唱就能把整根原木变成船的形状，根本无需斧斤相加；中世纪爱尔兰诗人能唱出撕心裂肺、令人肝肠寸断的乐章，向国王的敌军射出瘟疫恶疾的利箭。在研究早期，霍夫曼博士已经走出纯科学的疆界，重温种种古代流传下来的伪科学、占星术、炼金术。根据中国的古代学说，阴阳乃天地之始，万物之母，阴阳交合，太初有象。霍夫曼博士对这一理论做了身体力行的研究，最终，他想到了一样东西——情感。

我在身上黑外套的口袋里找到一张小纸条，上面写着萨德的一句话，笔迹异常娟秀，显然出自女性。纸条上既没有抬头，也没有署名，但我知道是写给我的，写的人正是阿尔贝蒂娜。

"我的情感聚集在一点之上，仿佛放大镜下的日光，无论落在什么上面，都瞬间将其点燃。"

我实在是看不出这句话同我有什么关系，看来它指的肯定是老家伙的机器。现在，我也开始相信，只要操纵那些神秘的小模型，真的就能改变事件的结构。之前，它们不就组织起了镇长家的灾难之夜吗？回想起那一夜，其氛围之诗意，过程之曲折，依旧令我惊叹。

抓住我心的不仅有萨德雄阔奇诡的文风，更有抄录下这句话的姑娘。我明白，自己身上总算还有一些浪漫气质，可绝对谈不上热情。再一次，我模模糊糊地期待着，有朝一日能同阿尔贝蒂娜相见，可单凭这个期待还不足以让我发出光，看清她伫立何方。老家伙说，欲望会释放出能量，用超物理学的术语说，这叫"放射能"。可我又怎敢奢望利用这种能量，照亮前方的道路，把我带到她身边？老家伙又老又瞎，在杂耍团里整着骗人的玩意儿，陷入记忆的蛛网迷宫不能自拔，可记忆中的东西偏又从来没见过。这根本就是以讹传讹，老家伙自己身上又能有几分热情？老家伙提到阿尔贝蒂娜，仿佛她的血肉之躯是烈火中炼成的，每当此时，他的声音就显得尤其假。尽管如此，我还是不能忘记那个梦，不能忘记梦中难以磨灭的骷髅，时而浮想，她是不是也入过老家伙的梦乡。也只有在梦中老家伙的眼睛才能看到东西。

老家伙跟杂耍团的人扯上了点儿关系，虽然并不算紧密。于是乎，老家伙，杂耍团，还有我一起上路。我发现，老家伙早就在等着我的到来，从杂耍团里经营命运轮的美国人手上租了一辆破旧的卡车。这就是老家伙先前提到的新搞到的旧卡车，而我就是开车的司机，我俩加入到新结识的伙伴中，四处游荡。冬季的道路上，这支吵吵闹闹的车队从一座小镇向下一座小镇进发。在路上可以避开印第安人，恰如先前在水上可以避开警察。道路不也是另一种自给自足的河流吗？现在，我什么危险也没有，就好像那天早上，我坐在大剧院里，看着舞台上的《费加罗婚礼》。

流动杂耍团就是自己的世界。一旦搭好帐篷，装好游戏，这一个落脚点同上一个开拔点就没有任何区别了。因此，这个世界中既没有确定的时间定位，也没有确定的空间位置。墨西哥小丑；艺高人胆大的女骑师，不知是从内布拉斯加还是堪萨斯来的，要不就是俄亥俄，腿上的长筒靴一眼看不到头，脸上刷得一尘不染，仿佛刻着几个大字——美国制造；日本来的侏儒，在烂泥地里表演相扑；几个挪威来的摩托车骑士，轰着马达一次次越过便携的死亡之墙；一队白化病人舞蹈团，跳起加伏特舞，仿佛发光的不死幽灵；还有大胡子女士和鳄鱼人。这些人就是我的新邻居，个个默不做声地卖弄着与世人的反常之处，除此之外，在他们身上就再也找不到第二个共同点了。这群人聚成一团，保护着自己的反常，延续着自己的反常，似乎生来就是杂耍团的子民，既不承认自己还有别的国籍，也想象不出除了这儿哪里还是家。整个游乐场时时刻刻笼罩在多语言的嘈杂中：打气枪的声音，扔椰子壳的声音，高台跳水的声音，螺旋滑梯的声音，还有旋转木马的声音。看那些木马，画得五彩斑斓，神情严肃，仿佛棋盘上的棋子，在空中画出一个个圆圈，永恒而完美，仿佛褐矮星的轨道。如果说杂耍团超越了常规,同样也超越了语言,团里的人没有几个说同一种语言。大多数时候,大家就是哼一声,吼一嗓子,打个手势。或许,这些也正是一切语言的根源。再说了,大家彼此之间也没什么复杂的东西要说,至多也就是问下前方的道路有多烂,所以处得还过得去。

杂耍团里没有谁意识到自己有多怪异,恢诡谲怪就是他们的生计,畸变残缺就是他们的衣食父母。各人的经历无论有多悲惨或怪诞,其实都差不多,许多人和我一样,永远在逃避着真实的世界。那是他们难以了解的世界,自然也就不明白大战爆发以来,那个世界已有多大的改变。有时候,我真觉得,整个粗野的班子不就是一支霍夫曼博士的冲锋队吗!可偏偏他们对博士一无所知,对博士的大名闻所未闻。他们唯一有所了解的就是他们自己,而这点儿了解已经足以构建起一个小小宇宙了,在低俗艳丽的色彩中旋转,没有一处不是荒诞不经,却永远不会滑出轨道,就像游戏场中的旋转木马。

我时常看着木马静止又旋转。老家伙说:"世间无所谓完成,一切皆在变化之中。"老家伙随心所欲地变换着他自己从来看不到的西洋景,喃喃低语道:"没什么同一藏在后面。"杂耍团里的孩子们常常伸着鼻涕和污渍混合块结的面孔,把眼睛贴在镜片上,一面看着机器里的西洋景,一面咯咯笑。这些孩子的爸爸可能是哪个摩托骑士,一天三次飞越死亡之墙,妈妈则可能穿着连腰紧身裤,单腿独立站在狂跳乱踢的白马上,用曼妙的动作对重力加以定义。对这样的孩子来说,这世上还有什么叫作怪异呢?孩子们似乎极少同自己的父母见面,倒仿佛是从游乐场的杂物堆里自己冒出来的。一切都是那样短暂,转瞬即逝,一处场地刚搭好,过不了多久就又拆了，分成一块块，装上四下乱停的卡车，整批拉到下一处场地。杂耍团就是间流动的玩具店，每当队伍停下来，又变成了活生生的西洋景。虽然没有人说，可谁都明白，这里唯一的规则就是没有规则。

"最先到来的是混沌时间，那段时间，一切都处于绝对流动之中。只有光的反射，还有就是仅仅存在于假设之中的光源的轨迹紊动，方能时有时无地显示出一个不断变幻之中的表面，有点儿像水的表面，却仅有一个反射面，既没有深度，也没有容积。不过，千万别忘了，与其说霍夫曼博士是个超验哲学家，不如说他是个偶验哲学家，他利用任何一个落在二维平面之上搅起点点涟漪的事件，这个二维平面就是人们所说的感性世界。一旦感性世界无条件地服从于周期性变化，人类就永远从单一当下的暴政中解放出来，就能同时存在于多个意识层之上，要多少层就有多少层。当然，那要等霍夫曼博士解放人类之后。"

放在火上烤的干酪渗出几滴油脂眼泪，滴落到下面的炉火中，挑起一小片火焰。老家伙向我递过手中的杯子，我为他倒满，看着火焰在他脸上黢黑、破裂的眼镜片上投下倒影，上下舞动。终于又有人听老家伙说话了！他对此越来越习惯，话语间的中断越来越少，越来越喜欢长篇大论。其实，真正触动我的倒不是老家伙的话本身，而是他说话时那种既肃然起敬，又心驰神往的神情。常常，他的话中既有先知的狂热，又不乏古代预言书的晦涩。我早上起得比他早，有时候注意到他起身时的样子。他睁开看不见东西的眼睛，眨巴眨巴，仿佛说不定就能把压在眼睛上的黑暗给眨巴走。看着这一幕，我总是有一种心酸的感觉。

就这样被命运抛到老家伙身边，与他朝夕相对，也难免会对他有了感情。我承担起了照顾老家伙日常起居的任务。这老家伙,粗言秽语不绝于耳,隔三差五就会控制不住自己,发作一番,可慷慨大度起来又绝非我所能比。老家伙对我要求甚少,就算有,也不过是要我关注他。

我的任务很简单,都是些里里外外的杂活儿,老家伙不让我碰模型。我做做饭,扫扫地,抖抖睡觉的草垫子,给机器抹抹灰。还有,老家伙时不时要上酒吧,每到那时,我就戴上帐篷里的另一副墨镜,坐到柜台后面。老家伙一醉起来可不是闹着玩儿的,每到那时,我就会把他对我说过的东西用纸笔记下来,看看能不能理出点儿头绪。我想搞明白,他的那位前学生究竟用了什么可实际操作的方法,整出那么多魔法把戏。当然,这绝非易事,霍夫曼博士所有理论的核心就是结构的流动性。再说了,时常有人来打断我的思考,不单有无所事事的孩子们,还有大人。

要是帐篷外传来鳞片摩擦的声音,那是鳄鱼人,跟我有一句没一句聊上一会儿,顺便帮我消耗掉几根香烟;空气中飘来一阵火药味,夹杂着进口香水的香味,那是神枪手巴可欣小姐;要是外面传来柔弱的清嗓子声,那是拉巴德女士在试探帐篷里有没有人。拉巴德总是精心打理她嘴上的栗色大胡子,修理得整整齐齐,同荷兰画家弗美尔有得一比。其实,拉巴德是个女人味很浓的女人,只不过她的女人味常常被她的大胡子遮住了。有时,她给我送来新鲜出炉的奶油鸡蛋卷,她住的篷车飘散着浓厚的法国乡村风情,里面摆满了盆栽植物,宠物猫上蹿下跳,沙发垫得又厚又软,墙上挂着一幅幅亲族的相片。要是相片中的亲戚已经不在人世,就在框上挂上一朵黑色绢花。

不得不说,我的客人们让我着迷,同样,我也令他们着迷。在这个杂耍团中,我是唯一正常的人,反而有了特殊的魅力。可以说,我有多平淡无奇,就有多奇异稀罕。老家伙的这个侄子早先在首都做小生意,随着灾难来临,生意也破了产。这些怪人从来也不大明白我说的那个世界,那个有打字机和电话,上厕所有抽水马桶,洗澡有淋浴间,照明有电灯,到处是机械装置的世界。那片贫瘠荒芜之地!可听我娓娓道来,那儿倒像是人间天堂,而他们被永远禁止涉足。其实,我给他们的不过是另一种现实的拟像,而我从老家伙那儿得到的却是营养更为丰富的食粮。

命题:时间是由表面上不可再分的瞬间所构成的序列结构。

自从时下流行的意识模式被当成"世界"接受,时间就一直被视为有向性运动,一路向前流动,只在身后留下几道残垣,些许瓦砾。时间的本质就是渐渐消隐。正是因为有了这种时间感,当前流行的意识模式才能得到表达,时间就像一张大画布,我们就是画布上的形象。一旦对时间结构加以经验探究,就会引出一系列尖锐的方法性问题。蒙娜丽莎能不能转过身,从画布背景色上抠下一小片颜料,然后把指甲缝里的物质送到实验室做分析?

当然不能!

这是个含义深刻的比喻,它表明,一切现象从本质上说都必然具有实践性,在它所占据的时空四维存在中,作为一个整体滚滚向前。现象与现象手拉手,肩并肩,排列成行,可在它们身后总是竖着一堵高墙,迟早有一天,一切都要背靠高墙,面对死神派来的行刑队。这种世界模式下,空间的合成特点已经由透视法则加以确认,然而,时间的合成特点始终没有得到任何形式的确认。换而言之,我们对时间几何学所知甚少,更勿谈时间的物理特性了，甚至无力适当描绘出一个瞬间的物理外形。

电影的发明使我们可以保存已逝的时间，不仅仅是通过记忆（记忆至多也就是个令形象扭曲的透镜），而是借助于一卷卷胶卷，把已逝的时间原封不动地加以保存。过去、当下和未来构成了时间的三个维度，可它们之间并没有明确分界，而是处于流动之中。尽管没有内部张力，时间的各个维度依旧处于剧烈波动之中，所谓当下是一种黏稠液态。时间的任何一个部分，只要被意识到，被视为当下，它就是当下，向后延伸的部分则干涸块结，形成过去。过去的硬块无形无质，无法触摸，只能存在于思想观念之中。然而，电影这种新保存手段的出现改变了一切。

电影通常被当成光和影的游戏，很少有人会找那个麻烦，去探索电影就事物之本原所提出的难题。其实，电影所提供的不正是以现在时去感受无可辩驳的过去吗？可以这么说，一卷卷胶卷套住了被当下抛在身后的惰性现象，当这些现象投映到银幕之上时，它们暂时重新获得了活力。

我有个学生叫门多萨，每天都要在学校附近蚊蝇横飞、跳蚤乱蹦的电影院里耗上几个小时，双目盯着宽银幕，炯炯放光，眨也不眨一下。他毛遂自荐做一些这方面的研究，也让他耗在电影上的时间多一点意义。一天，门多萨对我说："电影的发明人不是卢米埃尔兄弟，而是盗墓者波特兰德中士。"

电影中的形象缺乏自主性，锁定在既定的模式之中，仅仅将过去转运到当下，从本质上说不能对未来时间所发出的磁脉冲做出反应。未来尚未实现，不存在任何维度之中，却具有组织性力量，引导现象向潜在的结局行进。电影模式仅仅是循环再现，尽管此时再现已不再是由命运之手被动触发，而是由人，也就是放映员主动触发。换一个角度思考,时间的运动还是在电影上留下可见的痕迹,体现于底片之上的液滴、划痕和指纹印记中。死神总是诡计多端,一点点侵蚀着所有事物。底片可以随时、随意制成放映拷贝,如果再放映拷贝中保留下的那些老化痕迹,就能大大增添过去的当下感。这其实就是造假,就像把人造的虫蛀孔洞敲到原木里去,又像是用烛火熏烤新上的油漆,伪造出古旧的表面效果。

门多萨说,东西要是假到了家,跟真的也就没有任何区别了。各种奇思妙想从他的脑壳里喷薄而出,仿佛是蒲公英的花絮。(门多萨那头头发也真像蒲公英的花絮。)可我们谁也没把门多萨的任何一个想法当真。时间可以裂变,本真可以合成,这些设想最初由门多萨提出,不过还相当粗糙。霍夫曼把门多萨的想法去芜存菁,加以提炼,经纬勾连,最终形成一套全新的意识模式。不过在当时,我们尚不知道这一切,只知道拿门多萨取乐,笑得前仰后合。

门多萨梦想把时间分裂,用两个音符,过去和当下,震断时间的自然音阶,造出一把半音阶大喇叭,不单能吹奏出想得到的一切时间状态,甚至可以吹奏出由于缺乏语言表达,当前根本无法想象的时间状态。他拿出一页又一页的数学演算,自己也越来越狂乱,试图向我证明,时间和任何设想一样,经得起科学分析的严格检验。至少,门多萨向我证明了,时间确实具有很大的可延伸性。每当我读起他的演算,时间就仿佛延伸向无穷。

对于抽象原理,门多萨的态度是:不能说抽象原理都是虚构的,既然它们并不存在,因此能否加以证明就全凭研究者说了算。说这番话的时候,他眼里的光充满野性!

到了二年级末，门多萨已成为教员休息室中的小丑，大家都等着他的新论，就好像泡吧的伦敦人等着看每周一期的《笨小子画报》。每当我读出他的论文中最精彩的部分，总会引起此起彼伏的笑声。门多萨自己的同学也嘲弄他，只有霍夫曼，简直就是个条顿人，没有一点儿幽默感，也只有他才会一本正经地听着门多萨大放厥词。后来，两人简直形影不离，可这两个人在一起真是古怪透了，处处都显得别扭，哪里像个科研小组，简直就是个滑稽歌舞二人组。门多萨喜欢披头散发，打着艳丽的领带，身上的衬衫是草绿色的，外面套的西服是黑天鹅绒的，一双眼睛什么时候都炯炯放光，仿佛里面燃烧着两团火焰，警告所有人，在接近他之前最后围着他画上三道圈。至于霍夫曼，简直就是温文尔雅的典范，身上的衬衫从来都浆得硬直，烫得笔挺，双眼中泛着冰冷的蓝光，一只眼睛上戴着枚单片镜。要是跟他握手，你会感到手心里又冷又湿；要是他冲你一笑，你会感到对面立着一座高山，不怒自威。他身上总是带着药皂的味道，那时，他已经展现出有违自然的才华，连他的老师都怕他。他只有一个朋友，就是门多萨。

两人一起搞科研，也一起玩儿。不久，我们听到一些风言风语，说得很难听，都是关于他们两人在红灯区的所作所为。门多萨身上带着点儿摩尔人的血统，能熟练地阅读阿拉伯语，不知从哪儿找来些秘籍，从里面挖出线索，越来越执着于一个念头：性行为能影响到时间的本质。最终，他形成一个疯狂的观点：性高潮可以造成时间的裂变和延伸。他声称，射精的一瞬间既不属于过去，也不属于当下和未来，而是促使三者在各个波段上以指数方式融为一体。如果射精造成受孕，则更是如此。学期末，门多萨交给我一篇论文，论文题目我还记得，叫《性高潮瞬间的有意识毁灭的裂变潜能》。论文描述了一次试验，涉及城里七个名声最臭的娼妓的贡献，至少证明了一件事儿：门多萨的体格还真像运动员一样棒。门多萨的技术助理不是别人，正是霍夫曼，别看那小子平时看上去是正人君子，可在性方面也是爱好广泛，来者不拒。

门多萨把实验的结果描述为"在不可延续的瞬间实现了人工合成的永恒"。他宣称，激烈的性行为引发房屋的剧烈震动，最后居然把屋里的每一只钟表都震爆了。他居然给学校送上一张账单，上面不单有付给妓女的费用，甚至还包括找人修钟表的费用。于是，他被校方开除。知道自己被踢出校门，门多萨冲进实验室，在黑板上涂满大便。那以后，大家就失去了他的消息。当然，霍夫曼跟他一直有联系，实际上，他们两人携手合作的第一个重要阶段才刚刚开始。

等等，等等。

老家伙渐渐已习惯我无时不在他左右，一个星期向我唠叨上三四次，一会儿说上一段理论，一会儿又回忆一段陈年旧事，把我给搞得头昏脑涨。昔日他在大学教书时的一些小动作也无意间冒出头来，不时会伸出手去摸索一下，仿佛忘了把粉笔放在哪儿了，然后在虚无缥缈的黑板上画出深深埋在他记忆深处的各种图表。有时还会做出捋袖子、伸伸手的动作，仿佛身上披着一件隐形的教授袍。每当我见到这一幕，总是被感动得难以名状，把他的杯子斟满，继续倾听。

老家伙毕竟上了岁数，心灵因年龄和不幸的遭遇而迟钝，说的话常常是前言不搭后语，有上句，没下句，对我的意义实在有限。有时候，老家伙口若悬河地说上一个钟头，可我最后记下的可能只有一两个字句，比如"万物生生不息"，又比如"想象既不知道何为过去,也不知道何为遗忘",又比如"象惟识变"。我意识到,要理解霍夫曼博士的现象动力学,就必须理解所谓"化"与"变"之间的辩证关系。要发现某条公式,以加速"化"的过程,霍夫曼博士常常对自己的老师说:"一切参数都要持续不停地即兴发挥。"大多数时候,对于老家伙的话,我完全摸不着头脑。晚饭时,我时常在煤油炉上烤热一小片干酪,就着面包喝点儿啤酒,嘴里含着东西发出模糊不清的声音,让老家伙以为我对他说的话兴趣浓厚。其实,我脑子里想的是我自己经历的种种变化。

"可变组合。"老家伙突然冒出一句,然后吞下一大口啤酒,打个嗝。从麻袋里抄出一把模型,老家伙把手上的东西一粒粒抛上半空,脸上没有一点儿表情,仿佛在玩抛石子游戏。看着模型从空中坠落,我几乎已经相信,模型处于偶然的盲目控制之下,下坠时的有害模式会一一应验到被围困的城市之上。老家伙曾对我说,那座城市还在做困兽之斗,语气甚是恼怒。

隔三岔五,我也会问一些问题,不过大都是关于霍夫曼博士的事迹,而不是他的概念框架。

"后来他和门多萨为什么争吵?"

"为个女人,"老家伙答道,"反正霍夫曼有次这样说,简直泣不成声,也不知道是因为伤心还是因为愤怒。我说不上来,那时候,我眼睛已经瞎了,一无所有,只不过是他公式中的一个符号。"

又过了许久,老家伙才告诉我,那个女人就是阿尔贝蒂娜的妈妈。

"门多萨怎么了?"

"最后,他化身一道七彩弧光,就像彩虹那样,飞向永恒。"

没人知道到底是什么引起了那场大火,焚毁了门多萨的流动时间机器。

再说了，总有别的人来分神。

拉巴德女士寡言少语，像个羞涩的少女。她撩起门帘，把东西在柜台上放下，有时是蛋糕，有时是一罐热气腾腾、香味扑鼻的咖啡，隔三岔五还会送来美味的豆子焖肉，嘴角露出一丝转瞬即逝的笑容，然后就走了。要不是脸上那部大胡子，她根本就是个法国村妇，身材圆滚滚，腰上围着围裙，嘴角僵硬，表情严峻，离开自己生活的小村从来不会超出一英里。有了那部大胡子，她看上去有型多了，足迹踏遍全世界，成了世界上最孤独的女人。她独自坐在篷车里，一面弹着风琴，一面唱着哀伤的歌曲，用又高又尖的嗓门儿唱出爱情与渴望的字字句句。渐渐，她发现，我既不觉得她滑稽可笑，更不觉得她令人作呕。于是，她开始向我倾诉衷肠。

拉巴德女士只有一个梦：哪天早上醒来，发现自己回到了出生的小村，躺在自己儿时的小床上，窗台上还放着往日的天竺葵，脸盆架里还摆着洗脸盆和漱口杯。然后，就与这个世界做永诀了。我很同情她，过去三十年中，她都靠出卖自己的怪相谋生，穿上白色锦缎长裙，戴上粉红色文胸，搔首弄姿，扮演大胡子新娘。可每次看到那些呆头鹅走进她的帐篷，她都会感到撕裂般的剧痛，那是处女遭到强暴时的剧痛。"每一次都是强暴，原来目光真的能强奸。"当她用优美的语调说出上面这番话时，已是泣不成声。

女士的胡子和乳房一起长出来。那一年，她十三岁。年轻时，女士从来算不上漂亮，身形向来不苗条，衣着打扮也从未入过时。她生活的小镇位于卢瓦尔河谷，那是一座安静、恬淡的小镇，镇上的每一把椅子都套着椅子套,连地上的影子也显得那样沉稳。或许,女士可以在邻近村镇找个手艺人嫁了,当然,要带上一笔嫁妆。女士的父亲是公证人。第一次上教堂领受圣餐时,女士脸上蒙着纱巾,可还是能影影绰绰地看到淡蓝色的胡子茬,仿佛下午五点时的阴影。后来,女士母亲患癌症去世,父亲侵吞公款,东窗事发后用一把剃须刀抹了脖子。她一个人住在空荡荡的房子里,躲在拉得紧紧的百叶窗后面,那一年,她十五岁。没过多久,家里能卖的都卖了,邻居们的善心也到了头。镇上来了个马戏班,女士戴着皱巴巴的黑色面纱,抖抖索索地去见了班主,第二天就成了自食其力的女性。她在里约的狂欢节度过了自己的十六岁生日,那以后走遍了世界上所有传奇的地方,从中国的上海到智利的瓦尔帕莱索,从摩洛哥的丹吉士到乌兹别克斯坦的塔什干。

令拉巴德独具一格的倒不是她脸上的大胡子,而是她这一辈子从未感受到一个瞬间的快乐。

拉巴德一边用手摆弄摆弄一盆植物皱巴巴的叶子边,一边对我说:"这就叫作甜蜜的怪兽。"她的眼神不由自主飘向墙上小小的镜子,镜子的镀金边框上挂着一朵小小的黑色绢花。每次去女士的篷车,我都很注重礼数,总会带上点儿东西——一捧紫罗兰,一包糖果,一本从旧书店淘出来的法语小说。作为回礼,女士会为我煮热巧克力,也会为我弹琴歌唱。

可女士自己从来不知道快乐为何物。她是个无可挑剔的女性,身上散发着一种忧郁的魅力,仿佛一朵夹在厚厚的书页中的精致小花儿。女士已经习惯于叫我"德赛",到她那儿去让人感到既温馨又无聊,就好像去看望自己年幼时特别钟爱的阿姨。

半梦半醒之间，老家伙时常会做惊人之语，有一次高声大叫："睁大眼，别眨巴，就靠它了。"他说的是机器中的西洋景吗？还是城里的蜃景魅影？我欺负老家伙眼睛看不见，有时趁他睡熟的时候，尽可能把麻包里的模型清点一遍，希望能造张清单出来。可我发现，这项自找的统计工作实在是太复杂了，每次点数，麻包里模型的数目都不一样，至于分类更是断无可能，每多瞅一眼，都会发现，模型同先前已有所不同。

大地震中，我丢了几本笔记本，里面就有一份很粗略的清单。根据门多萨的理论，大地震这个后果以悲剧性的辞令组织起之前发生的事件。再说说那场泥石流。事后回想起来，拉巴德女士、巴可欣小姐，还有老家伙都将不久于人世。若非如此，他们在我的记忆中还会是现在的样子吗？拉巴德女士还是那样可怜而可悲吗？巴可欣小姐还是那么凶悍暴躁吗？老家伙还能勾起我的深情怀念吗？模型的象征意义可以说是变幻不定，不过我还记得，它们至少在形式上不超出以下三类：

1）蜡制模型，通常内设机关；

2）玻璃幻灯片；

3）成套静态相片，借助于技术手段获得动态效果。

每套相片有六七张，从不同角度再现同一场景。比如说，助产士残害婴儿，把婴儿放到火上烤，然后大啖其肉，吃得有滋有味。观看者从一部机器走到另一部机器，透过目镜，看着同一个行为的不同侧面在眼前一一展开，不觉有了一种扎到时间里面看世界的感觉。相片本身真实感非常强，有一组相片给我的印象尤其深刻，相片再现了一个年轻女子被狂奔的马群践踏致死的场景，里面的年轻女子有点儿像霍夫曼博士的女儿。还有一些相片再现的是自然灾害,例如旧金山大地震,不过摆弄这些相片时,我对未来丝毫没有惊惧之感。实际上,有一次趁老家伙醉倒了,我亲手在机器上玩过一套地震主题的相片系列。或许,我不应该去摆弄那些相片,毕竟老家伙警告过我……可阿尔贝蒂娜也说过,她父亲在自然之力面前总会躬身而退,从不会越界,现实中的那场泥石流应该同我没什么关系。

对麻袋里的东西做了一番研究后,我得出结论,那些模型确实可以表征出能够想象到的一切,有时借助于直接模拟,有时借助于弗洛伊德式的象征。这些模型似乎颇具神力,至少老家伙对此深信不疑,他从不让我帮他往机器里放模型,甚至往麻袋里望上一眼都不准。

"要是让我逮到你乱动我的麻袋,"老家伙恶狠狠地说,"看我不把你一双爪子给剁下来!"

我这么滑头,又怎么会让你给逮到!

玛米·巴可欣一个人住在射击游戏摊上。每天一早,她在附近的篱笆墙上放上一溜排酒瓶,然后用枪子儿把酒瓶颈一只只射下来。她是在练枪法。据她自己说,要是有只野鸡从半空中飞过,她能把野鸡的尾羽射下来;二十步开外放张红桃五,她能把中间那个红桃射下来;四十步开外的苹果树上随便指定哪颗苹果,她一样能射下来;她还常常用一颗子弹为我点香烟。巴可欣小姐手上的长枪简直就是胳膊的自然延伸,不时喷射出火舌,她的嘴也会喷火。这位小姐总是一身昔日西部拓荒者的装束,衣服和裤子都镶着须边,一头浓密的草黄色长发烫成卷卷,倾斜而下,活脱脱夜总会美女的发式。她脖子上挂着一条项链,链坠是个小盒子,不时在她异常丰满的双乳上荡来荡去,里面装了张她酗酒而死的母亲的相片。巴可欣小姐根本就是个矛盾，一个浑身散发着阳刚之气的女性，偏偏又长了一对奶妈才有的大乳房，紧贴着大腿时时刻刻挂着一把枪，一把时刻勃起、从不知疲软的凶器，随时准备喷射出死亡的种子。巴可欣小姐自夸，自己手上有超过五十把枪，有长有短，左轮、转盘一应俱全，有些是古董型号，还有些有特殊的历史价值，比如说比利小子、霍勒蒂医生、约翰·韦斯利·哈丁曾用过的枪。她的情人就是枪。那一年，巴可欣小姐 28 岁，对一切都无动于衷，仿佛浑身上下涂了层防锈漆。

巴可欣小姐坐过牢，原因是开枪杀人。一个放抵押贷款的家伙想从她奄奄一息的老父亲手上夺走她家的农场，于是她一枪把那个家伙解决了。她不费事就勾搭上了牢房的看守，从牢房里逃了出来。地方执法官带了帮人去追她，可都被她一枪枪撂倒了。没过多久，她就厌倦了罪犯的生涯。她是个艺术家，杀人只能看到结果，却显示不出她的高超技艺。一把温彻斯特连发枪到了她手里就成了斯特拉迪瓦里制作的小提琴，她的世界中只有靶子。在性取向方面，巴可欣小姐更喜欢女人，她曾一度加入一家美国艳舞团，穿上一身牛仔英雄的行头，用枪子儿把小美人儿身上的布一片片撕下来。那个小美人儿是她的相好，是巴可欣从修道院里拐出来的，生得细皮嫩肉，一头金色长发，还有点儿越南血统。可后来，小美人儿跟一个魔术师跑了，干上了全新的角色，每晚让魔术师锯成两半。这场短暂的爱情遭遇战令巴可欣小姐更愤世，孤身一人愤然上路。

巴可欣小姐喜欢东游西荡，她加入杂耍团就是为了把世界看个够。再说了，要是她经营自己的游戏摊，赚的钱不就全归自己了吗？除了各种枪械和畅通的大道，这位小姐最爱的东西就是钱了。她对我颇有点儿意思，这个世界上最讨她欢心的莫过于被动的男人了。有时候，她会让我帮她举靶子，或者给我戴上顶帽子，或者在我头顶上放个苹果、橙子之类的，让她在表演中一枪打飞。不过我对她说，叔叔那儿缺了我不行。她身上那种干脆利落、绝不婆婆妈妈的气质令我气血上涌、心跳加速，可同时又感到疲惫不堪。隔三岔五，要是她勾引不到哪个漂亮的女骑师跟她一起钻睡袋，就闷闷不乐地拉上我临时顶替。那一刻，真可谓是惊涛骇浪，而我要整夜整夜地驾驭一匹暴烈的母马。巴可欣小姐的篷车里只有一排排枪支、靶子，还有一架炉子样的东西，小小的，一点儿都不起眼，巴可欣小姐常常用它煮火辣的朝天椒，配上走气的饼干，再来一碗黑麦粥，就是一顿早饭了。有时，她睡得深沉，我惊讶地发现，她钢铸铁打般的面容居然也会温软下来，可也就那么一会儿。接着，她又变成个好斗的野小子，偷了爸爸的点四五口径柯尔特左轮枪去轰响尾蛇。有时，她也会流泪，肯定是想到了家里被她错手误杀的德国牧羊犬。时不时，我会留意到，她偷望着拉巴德女士的大胡子，目光中尽是嫉妒。巴可欣小姐也是个悲剧女性。

一幕剧情曲折复杂的悲剧仿佛即将谢幕，这几个女性都是剧中人物。灯光渐渐暗去，黑暗将她们一一吞没，黑暗之中，不可理喻的命运之神正把她们押往骤然而至的死亡。

在杂耍团里，一个基本事实就是，表和里之间可能有着千里之别。有一次，巴可欣小姐带我去偷看漂亮的女骑师怎么躲在小小的马厩里，服侍自己的爱马。我俩躲在干草堆顶上，听着下面传来一浪接一浪的原始生命之声，那声音既可能发自马的喉咙，也可能发自女骑师的喉咙。女骑师与爱马的动作如急风暴雨，小小的马厩在风雨中飘摇，好几次差点儿把躲在干草堆顶上的巴可欣小姐和我给摇下来。马厩顶上吊着一盏防风汽灯，此刻剧烈地左摇右摆，灯下既香艳又暴虐的一幕也在光明和黑暗间剧烈摆动，仿佛表现主义电影中的画面。光与影的交织实在是过于猛烈，我都开始怀疑，自己看到的是不是真的。我想起老家伙的呓语："全靠持续的视觉。"此时，我身边那位已是欲火焚身，欲罢不能，指甲都掐进了我的肉里。我俩藏身的地方也愈发不稳。欲望马厩里空间狭小，声音更是此起彼伏，经久不绝。必须承认，在那里，我真的体验到了门多萨所说的瞬间永恒，证实了门多萨的理论，高潮到来时，真的不知道时间持续了多久。反正最后我俩一起从干草堆上滚了下来，身边尽是缎子般雪白的马腿和扬起的马蹄。当时，马厩里要是有一只钟，肯定也会爆掉。我心中隐隐有几分不安，眼前发生的事儿同机器中小姑娘被群马践踏而死的一幕实在有几分相似，可细细琢磨，又是那么不一样。我不禁好奇，机器中看到的有多少可以应验于现实？时不时，我有一种感觉，这整个杂耍团其实也是另一种模型。

巴可欣小姐被马踩了一脚，断了根肋骨，有段时间都要扎绷带，好像穿了件束身内衣，甭提多别扭了。再见到我的时候，她那双同枪管一般颜色的灰眼睛闪烁出好奇的神情，仿佛在猜测什么，仿佛那天晚上我展现出某种才能，大大出乎她的意料。最后，巴可欣小姐主动提出帮我提高拔枪的速度，倒真是吓了我一大跳。

我发现，老家伙时常用模型占卜，可究竟占卜到了什么，预测出了什么，我从来不知道，也不知道他怎么个占法。老家伙肯定没能从自己的研究中预测到那场泥石流，要不他肯定早就跑了。

有时候，老家伙会把手伸进模型袋子里，手指最先触碰到哪只就掏出哪只，用手抚摸着模型上的铭文，有时眉头紧锁，有时兴高采烈地尖叫一声。

"真心表达出欲望，"老家伙说，"也就是彻底满足欲望。"

好长一段时间，老家伙谜一般的话把我搞得迷惑不解。他的话有意义吗？可能根本就是胡说八道。也可能，老家伙指的是门多萨的又一种理论，即只要假得够分量，假亦成真。是这样吗？

我轻轻拍拍老家伙的肩膀，叫他起身喝早茶，可老家伙赖在睡梦中，大声叫道："化欲望为客观吧！"

这句话听起来极其重要，可为什么呢？我一点儿眉目也没有。

我交的第三个朋友是鳄鱼人，这位朋友给我带来简单的快乐。鳄鱼人是黑人和白人的混血儿，有时候会吹吹口琴，用极有味道的法语为我唱上几支阴郁的乡间小调。这位老兄出生于路易斯安娜的沼泽中，他的折磨主要来自遗传。他母亲是个别具一格的女人，总觉得自己时日无多了，人也变得神经分兮，整天穿着白睡袍，坐在门廊的摇椅上摇啊摇。家在她身后开裂，坍塌，可她眼皮都不眨一下。鳄鱼人的父亲同样别具一格，整天在大沼泽里搭木排，总以为第二场大洪水随时会到来。二老基因相合，产生个令人悲伤的结果，就是鳄鱼人。鳄鱼人在同一片沼泽的另一块水域度过了自己的童年，整天泡在水里，只露出脑袋。他觉得，自己水底下的伙伴可比父母和气多了，于是终日漫游于水草之间，避烈日于浮萍之下，玩玩风琴，谁也不会碍着。12岁那年，鳄鱼人被父亲卖给一个巡游剧团，代价是十四磅铁钉。那是鳄鱼人最后一次见到自己的父母，分别时，两人连手都懒得挥一下。自打那以后，他还是生活在水中，只露出脑袋在水面之上，不过是在一只大水箱中。鳄鱼人悬浮在水中，一动不动，仿佛一根木头。人们进来盯着他望，他也盯着水箱外的人望，毫不掩饰自己目光中的怨毒。

对于一个几乎一辈子都生活在水中的人而言，鳄鱼人对外面的世界知道的还真不少。整个杂耍团中，也只有他嗅到了战争的硝烟，对外面发生的战事多少知道点儿。鳄鱼人和他的水箱曾在首都的贫民区停留三个月，参加一个怪兽展。那会儿，敌对行动刚刚开始，可鳄鱼人惊人地领悟到了战争的未来趋势。不过，他就像一块一成不变的大石头，骤然涌现的种种变化令他厌倦。水箱中的生活令鳄鱼人学会了忍耐和油滑，学会了口是心非，他更自学了绝对冷漠这门高深的精神技艺。

"奇就是正。"鳄鱼人如是说。

鳄鱼人喜欢看拉洋片，有时从水箱里爬出来，到我们的帐篷里来玩儿，一路走，身后留下一行水渍。他一部机器一部机器地看，一边看，一边用扁平的脚板把地面踏得啪啪作响，仿佛在鼓掌，却给人一种软塌塌的感觉。鳄鱼人整张脸，整个身体都覆盖着鳞片，只是生殖器上方一小块皮肤没有鳞片，如同初生婴儿的皮肤般柔嫩。他晒不得太阳，离开水要是超过两三个小时，就会浑身颤抖不止。据我所知，鳄鱼人老兄丝毫不受人类情感之累，可我很喜欢他，他把自己的主体意识提炼得纯而又纯，直至一切信仰都烟消云散。鳄鱼人教会我吹口琴，后来送了一把口琴给我。要知道，那可是他唯一的一把备用口琴，也可能是他这辈子送出去的唯一一件礼物。我当然很开心，可看到他原本刀枪不入的心灵硬壳似乎软化了些许，又感到几许遗憾。

无论从哪个方面来说,日子都还过得去,我也从未感到无聊。经过高地时,杂耍团时而前进,时而后退,有时攀爬到群山之巅,接着又向下滑落,一直退到大平原上。老家伙睡梦中时常呓语:"朝南的路往北走。"我知道,自己一切都要听他的,不敢造次,却也知道,春天已探出羞涩的容颜。

我驾驶着到处作响的卡车,行驶在沟壑纵横的烂路上,发现上一年的枯草茎下面长出了嫩绿的新草。清晨,大胡子女士一个人溜出去,摘上几把娇俏的雪莲花,悄悄放在我的帐篷门口。离开首都已经有半年了,还是没法和部长取得联系。时不时,我会拿起电话,试着拨部长的私人号码,可所有的线路都断了。我感到,血管中流动着不可名状的惆怅,继而发展为有所行动前的躁动不安,仿佛我也随着春天一起苏醒过来。车队头也不回地向群山最高处驶去,道路全是向上、向上、再向上。复活节前,杂耍团将抵达本国海拔最高的小镇,为当地居民献上点儿娱乐。据说,雄鹰的巢穴就筑在小镇边的危岩之上。

老家伙似乎预感到了什么,变得兴奋起来,大声说道:"综合时间即将过去,混沌时间即将到来。"

对自己的话,老家伙从来不做任何解释。

抵达目的地之前,车队最后停留一次。目的地将是团里所有人的埋尸之地,只有我大难不死。可谁又能未卜先知!停留那会儿,又来了一个摩洛哥杂耍团,共有九名演员,外加一名乐师。这个杂耍团把所有道具都装在一辆时髦又俗气的拖车上,车是美国时下最流行的风格,车身泛着粉红色,就是塑料兰花那种颜色,上面涂满了伊斯兰符咒,例如用黑漆画出好多双手臂,去捂住恶魔的眼睛。摩洛哥团里的人很少跟外人说话,开口说的是一种法国方言,其偏僻程度比鳄鱼人的法语有过之而无不及。不过,同大胡子女士聊了那么久,我的法语已经溜得很了。那几个演员也逐渐放下对我的戒心,让我走到近前,观看他们排练。不过,同他们说话还是像在同鬣狗聊天。这些人个个都是滑头,举手投足间更透着一股子邪气。我觉得这帮人很棒,却又有点儿怕他们。

九个摩洛哥人身材一般高,身段如女性般柔软,胸肌发达。白天,他们下身穿喇叭裤,上身穿色彩艳丽的衬衫,衬衫上印着花朵和棕榈树图案。这身装束,到拉斯维加斯,或者佛罗里达的海滩倒是正合适。可眼下,我们脚下路的终点是灰黄干燥的群山之巅。跳起令人头晕目眩的转圈舞时,摩洛哥人身上的演出服简直就像是罗马暴君卡里古拉亲手设计出来的,上身的短褂紧紧贴在身上,完全是由金光闪闪的新月形金属片连环勾锁而成,两个尖尖的月牙之间还有一道凸起。黝黑的皮肤披上这层金属网,简直就等于什么也没穿,向观众献上奢华闪亮的裸体。每个摩洛哥人左耳上垂着半月形耳环,眼圈涂得黛黑,卷曲的头发紧紧贴在脑壳上,仿佛一串串黑葡萄,手指甲、脚趾甲、嘴唇统统涂成铁红色。如此这般穿戴整齐,九个摩洛哥人简直就成了血肉之躯的否定,看上去压根儿就是人造出来的。

一走进摩洛哥人的表演场,简直就是走进了神奇王国。一个小孩脸上蒙着黑纱,吹奏长笛,发出怪异的声调。笛声中,摩洛哥人摆出肉体能摆出的任何造型,简直就是对肉体的几何分解,不禁令观者为之胆寒。

我把看到的告诉老家伙,老家伙一边诅咒着自己的瞎眼睛,一边说:"欲望杂耍团来了!混沌时间就要来了!"

九个摩洛哥人根本没有听说过霍夫曼这个名字。一天四次,摩洛哥人超越自己的肉体,把自己变成塑料变形玩具。我怀疑,摩洛哥人借助于镜子达到演出效果,曾仔细检查过他们的表演场地,可什么也没找到,只看到满地木屑,半月形的金属耳环在木屑中反射着光线,这儿一只,那儿一只。摩洛哥人的表演大致如此:

粗制滥造的聚光灯照亮铺满锯木屑的场地,笛子发出一声尖利的鸣叫,接着是一阵细碎的叮当声,表示演员即将入场。演员们鱼贯而入,先搭个简单的金字塔造型,第一层三个,第二层三个,第三层两个,最高层一个。接下来是倒金字塔,最下面那个双手倒立,双腿分开,各支撑起一名演员,一次叠上去。众演员的肢体勾连成一体,根本看不清他们何时合体,何时分开。他们身上闻不到汗味,也听不到粗重的喘息声。整整三十分钟时间里,他们做出世界各地的杂耍团都会做的动作,然而其动作之优雅、技巧之娴熟却是无与伦比。再接下来,首席演员摘下自己的脑袋,抛到其他演员手上。一个接一个,所有演员都摘下了自己的脑袋,你抛我接,表演场上升起一座脑袋的喷泉,此起彼伏,令人目不暇接。然而,表演才刚刚开始。

摘下脑袋后,演员们开始拆卸自己的四肢,手啊,脚啊,小臂啊,大腿啊,最后是躯干,统统飞上了半空,九名演员的身体部件拼出一个新人。有时,漫天飞舞的部件会拼出一个形象,有好多双手,就像中国古代的千手观音,用无数双手象征着寻若奔雷的动作和无穷无尽的生命力。不同的是,眼前这个阿拉伯形象无时无刻不在变幻之中,每个演员的躯体在半空中画出各种曲线和平面,瞬时间合成出令人目瞪口呆的画面。

表演进入最高潮,演员们耍起了自己的眼珠子,只见几个脑袋、几双手、几只脚、几眼肚脐,耍弄起了十八只眨也不眨一下的眼珠。

看着摩洛哥人的表演，我几乎念出了老家伙之前说过的一句话："全靠持续的视线。"当然，我无法彻底打消心中的疑虑，不过至少可以暂时把疑虑放在一边。我懂得，眼见未必就是真实。表演已进入尾声，那么多只眼珠在半空中相遇，相互打着招呼，上面还连着半月形的肌肉，棕黄色的瞳孔清晰可见。这些人体器官串联到一起，还真是和谐。

再接下来，这场移形换位的表演终于结束了，躯干从地上一堆堆身体部件中找到属于自己的，装配归位，表演场上又出现九个摩洛哥人，向观众席的方向深深鞠上一躬。

一有时间，我就跑去看摩洛哥人排练，也常到他们的帐篷里串门，可就是没有发现他们的秘密。

早春的阳光透着丝丝寒意，把山上砂岩中的云母颗粒照出一片亮光。山地之荒凉令人却步，土壤层薄得可怜，只能生长喜爱干旱环境的多刺仙人掌，再就是一些贴着地皮长的低矮植物，有点儿像雏菊，根十分尖利，轻易就能把手指割出口子。道路阴郁，目的地也同样阴郁。小镇其实只不过是一座贸易站，跟环绕着小镇的危崖一样戾气逼人。我们的队伍上了一座大桥，桥下是至为贫瘠荒凉的河谷，一过桥就看到小镇高踞于一大块向外突出的危崖之上，仿佛一只正准备展翅高飞的巨鹰，危崖下是湍急的流水。小镇上到处是"圣人"，个个眉头紧锁，忧心忡忡。小镇上的居民长期幽居于高山之巅，与外界鲜有往来，都是早期移民通婚的后裔，其先祖既有来自于喀尔巴阡山脉的波兰人，也有法国山地人。由于教派迫害，与小镇居民的先祖一起踏上这片土地的同胞们早在 17 世纪末、18 世纪初就逃回了欧洲，只有这一小支留了下来，其中既有卡尔文派信徒,也有詹森派信徒。最后,小镇融合了两个教派清心寡欲、自我节制的部分,形成了一套自己的颇为严苛的教义。这样一座小镇居然会搞起嘉年华会,倒是大大出乎我的意料之外。印象中,两派信徒所有的娱乐活动不过就是唱唱颂歌,还是曲调最简单的那种。看来,高海拔地区稀薄的空气令他们的行为发生了变化。每年复活节前是小镇居民的斋月,前后要过上四十天,期间只能喝清水、吃豆子。开斋后就是受难日,小镇居民星期五一整天猫在百叶窗紧闭的房间里,反思人类与生俱来的罪恶。再往后,整个复活节周,小镇居民自暴于各种肉体诱惑之前,我们这个杂耍团的到来就是最好的证明。小镇居民把我的朋友鳄鱼人当成了水妖,倒是令他很开心,原本对什么都是冷冰冰的他居然在水箱里搔首弄姿起来。某种程度上,大家的话也多了起来。

小镇居民的热情可真是没得说,他们给我们送来各式各样的小礼物,有蛋糕,也有红酒。不过没过多久,我就意识到,他们的慷慨其实是出自怜悯。在小镇居民眼中,我们个个都中了诅咒,个个都无药可救。

老家伙也勤快了起来,每天更换机器中的模型,都是让人血脉贲张的色情场景,外加最恶毒、最无耻的亵渎,耶稣干着各种不堪入目的勾当,对象不仅有从良的妓女玛丽,还有圣约翰,甚至还有他的母亲。在这座圣城,那九个摩洛哥玩杂耍的给我来了个霸王硬上弓,从后面,一个完事儿,一个又上。

杂耍团中有篷车的都把车停到靠近市场小广场的围场中,我们到来之前,围场用来圈羊,也用来晾晒衣物。我们的帐篷都搭在小广场里。夜幕降临,大家都收了摊,老家伙吃晚饭时喝了点儿镇上人送的蒲公英酒，靠着煤油炉打起了盹，没一会就睡着了。我悄悄溜达了出去，去看摩洛哥人的最后一场表演。白天时就起了风，虽然没什么声响，风势颇烈，把小广场上的招牌和彩旗吹得上下翻飞。实在是冷得够呛，也只有小镇居民这样的清教徒才会强迫自己在这样的夜晚出来娱乐。居民们个个周身灰色，挤在摩洛哥人的帐篷中，围成一个圈，投下沉重厚实的阴影，阴影中的演员个个闪闪发光，扭曲着，变形着。观众们坚信，眼前的一切是魔鬼的表演，空气中弥漫着责难的气息。人群排了一层又一层，形成一个巨大的同心圆。黑暗中浮现着一张张苍白的面孔，毫无表情，尽管摩洛哥人把自己的手指、脚趾，还有涂成金色的指甲一齐抛向空中，仿佛漫天飞舞的彩带和金箔。表演结束，摩洛哥人从铺着锯木屑的地上拾起每一个部件，装配归位。此时，所有的观众不约而同发出一声长长的叹息，汇聚成一股强大的气流，把帐篷吹得波动不止。那是满足的长叹，毕竟，在如此强烈的声色刺激面前，他们还是挺了过来。

演出结束，观众们鱼贯而出，一声不发。

默罕默德和他亮晶晶的弟兄们使劲用浮松布擦拭身子，然后邀请我到他们的移动小家去喝上一杯咖啡。如此热情友好对他们来说可不大寻常，我觉得，肯定是因为一直以来我对于他们的表演都报以很高的热情。外面，大风已加剧为风暴，我们疾步穿过连成片的雨幕。夜空中亮起一道闪电，九个摩洛哥人也燃烧了起来，仿佛身体是用镁做的，放射出耀眼的光芒，那么硬直，那么暴烈，灼得人视网膜疼痛不已。大雨倾泻，浇灭了他们身上的闪光。

摩洛哥人的车里点着一只烧炭的炉子，暖和得让人透不过气,车子里面又柔软得过分,简直像是妓女的床。车里放了三张床铺,占据了绝大部分空间,每张床铺睡三个人。铺上堆满了锦缎软垫,那调调跟女式内衣不无几分相似。车里一股怪味,其中夹杂了汗味、药油味,还有陈旧的精液味,捂住鼻子都挡不住。车里既没有开窗,也看不到车壁,车壁被镜子和相片挂得满满当当,不留一丝缝隙,相片中都是肢解躯体的动作。这会儿,摩洛哥人脱下了身上的短靴,只穿着光闪闪的弹力短裤,坐在床上。放眼之处,到处是他们的躯体,他们的镜像,还有相片中他们分解的肢体,这儿一只肩膀,那儿一个脑袋,那儿一个膝盖,简直让人觉得表演还没有结束,最高潮部分才刚刚开始。

镜子不是早就都毁了吗?自打开战以来,我还没见过这么多镜子。

默罕默德用一把铜壶在炉子上煮土耳其咖啡,剩下的人为我挪出点儿地方,让我坐在一张粉红色的软垫上,上面还绣着一个紫色的裸女。乐师摘下面巾,俯身趴在地上的白色熊皮上,他还只是个孩子,约莫八九岁,肤色非常黑,可能来自埃塞俄比亚。孩子被阉了,对自己的保护者怕得要死,趴在地上,一副顺从到骨头里的样子。摩洛哥人说我脱了衣服会舒服点儿,要是脱了衬衫就更舒服了,可我说什么也不肯把裤子脱下来。然后,他们自个儿用阿拉伯语聊上一阵子,我随手翻了翻放在床上的杂志,都是健美杂志。这时,默罕默德把咖啡端了上来,给我们每人倒上一杯黑乎乎的东西,稠得像糖浆一样。

大家小口小口喝着咖啡,没有一个人出声。没一会儿,我开始感到有点儿坐立不安,自己上这儿肯定有原因,直觉仿佛告诉了我原因是什么,可自己就是不肯相信。纯粹出于紧张,我再次夸赞起摩洛哥人的高超技艺。

默罕默德答道:"咱们差不多什么都干得出。"话语中似乎带着几分威胁。

所以,不能说一点儿警告都没有。炉子中的炭烧得噼啪作响,狂风撞击着篷车的车身。被阉了的黑小子突然从堆在地上的黑纱巾上拾起笛子,动作迅捷极了,然后在一张软垫上盘膝而坐,吹奏起来。笛声尖锐,吹来吹去就只有三个音符,不断反复,仿佛在念着无调的咒语。

周围有许多许多面镜子,不仅能看到九个摩洛哥人身体的各个部分,更能看到镜像的镜像,无论我的目光投向何处,都避不开不断重复的影子,一会儿是十八个,过一会儿又变成二十七个。一时间,整整三十六只眼睛死死盯住我,每只眼睛中都燃烧着炙热的烈焰,却又由于同原件的距离不同,显示出各不相同的热度。我被眼睛给围住了,仿佛成了被射成刺猬的塞巴斯蒂安,射出一只只看不见、摸不着的狼牙箭的正是那一只只棕黄色半透明的眼睛。眼睛与眼睛编织出一张大网,网上的丝线又细又亮,仿佛刚刚出炉的棉花糖絮。摩洛哥人耍弄起催人入睡的眼睛,眼与眼之间的丝线几乎伸手就能摸得着,我陷入一张无形大网之中,动弹不得。看着一只只眼睛向我逼来,我心中升起熊熊怒火,偏偏动也不能动弹一下。

痛到了极点!不知遭受他们蹂躏了多久!泪水夺眶而出,鲜血从伤口上迸出,我哭也哭了,求也求了,可他们无动于衷,没什么可以满足他们肆虐的兽欲。车外,风暴越刮越猛烈,简直成了噩梦般的飓风,这群人的兽欲也跟车外的风暴一样,那样无情,那样冷酷。九个家伙把我摁在浅橘色的人造绸床罩上,轮流摁住我的手脚。记不清被他们操了多少下，每个人至少放了两次，仿佛一股股喷泉，喷出无尽的肉欲。没一会儿，我的身体失去了知觉，只感到一柄柄利剑插入我身上那个最隐秘、又最不值一提的小穴，把它爆开花。我只感到意识已离开了身体，他们简直可以把我也给拆散了，用各个部分玩上一场杂耍。实际上，他们也正是这样干的，给我上了一堂最全面、也是最难忘的人体解剖课，让我亲身体验阳具可做出的各种动作，不少动作简直是匪夷所思。

突然间，摩洛哥人一齐停了下来，仿佛听到了无声的哨声。外面风雨依旧，可杂技表演结束了，演员脸上看不出任何疲惫或满足的表情，只是表示，一切都结束了，仿佛刚刚进行的一切不过是一场体操训练。摩洛哥人擦了擦身子，扯上短裤，遮住胯下的小棒槌，神态轻松极了（最让人受不了的就是这种神态）。我成了一摊烂泥，躺在床上，嘴里喊着什么人的名字。我原以为是妈妈的名字，可再想一想，也可能是阿尔贝蒂娜的名字。过了一会儿，默罕默德走上前来，喂我喝了几口咖啡，味道有点儿像亚力酒，又伸出双臂，把我抱在怀中，那感觉倒也挺温暖，挺舒服。默罕默德用法语方言悄声对我说，你已经通过了。通过了什么？我全然不知道。液体刺痛喉咙，知觉慢慢返回到身体之上。

默罕默德给我穿上衣服，悄声同另外几个人商议了一会儿，然后从一张床铺下拉出一张抽屉，翻找起什么。此时，所有摩洛哥人，他们亮晶晶的躯壳，连同镜子中的镜像一齐安静了下来。摩洛哥人齐齐侧身而卧，撑起一只肩膀，扬起的面庞上泛着童真的光辉，仿佛转瞬之间，天真无邪又回到了他们身上。我感到忐忑不安，想要离开这个地方，又怕招惹来新一轮的强暴。他们不出声，我也不敢动一下。这时，默罕默德转身面向我，双手藏在背后，手里好像藏了什么东西。他浑身上下就挂着一小片遮羞布，那块布高高凸起，微微颤动，活脱脱就是一具血肉打造的投射器。

"这是给你的小小礼物。"默罕默德说道。

他把什么东西塞到我手里，是个小小的钱包，皮质，染色，有装饰图案，塞得港的当地人向游客兜售的那种。钱包上的装饰图案是一位埃及国王，正在聆听一众乐师的演奏。一看到这个图案，我的眼泪差不多都流了出来，想想看，古埃及留存于冰冷的岩石之上，差不多经历了两千年的风风雨雨。默罕默德轻轻把我拉到床边，给我套上一件宽大的阿拉伯沙漠斗篷，就是那种黑色带帽子，能把整个人罩住的斗篷，说帮我挡风遮雨。说完，就把我推出篷车，推入旋转飓风的尖牙利齿之中。我感到每向前走一步，身体都痛得厉害。

空中到处飞舞着杂物，有屋顶上吹落的瓦片，有烟角帽，有晾衣服的杆子，有垃圾桶。飓风扼住了小镇的喉咙，对嘉年华会场上单薄的帐篷下手尤其狠，把一顶顶帐篷吹得东倒西歪。漆黑的雨水倾盆而落，被飓风吹成无数支斜射的利箭。小镇下方的河水涨得吓人，成了一条愤怒的水龙，奔腾怒突，曲折向前。我沿着道路一直向上走，远离居民区，要多远有多远，当然也不能超出外界的狂风暴雨和体内的钻心疼痛所设下的极限。我需要远离所有人，哪怕只有那么一会儿。

我跌跌撞撞地走过一两片庄稼地，地里的庄稼茬扎得我脚生疼。前方出现一条窄道，沿窄道走下去，上了一道悬崖，脚下就是奔腾咆哮的河水。这会儿，我已完全是匍匐爬行，唯恐飓风把我吹到下面的河谷里去。沿着小道向下爬，终于下了悬崖，前方是一道岩壁，岩壁上露出一个小小的洞穴入口。我想也没有想就钻了进去,把斗篷紧紧裹在身上,想尽量让自己冷静下来。可刚刚受过那样巨大的刺激,又怎么可能没有反应?突然间,我想到了手里还攥着默罕默德塞给我的钱包。我打开钱包,发现里面装着二十七只眼睛,颜色淡黄,形状扁圆。那小子肯定是从镜子里抠出这二十七只眼睛来!我感到头有点儿晕,直到现在还记得,接下来风雨交加的一天中,我大部分时间都躲在山洞里,用那二十七只眼睛玩弹子游戏。一个人玩儿未免有点儿孤单,不过游戏还是挺复杂的,要把眼睛一枚枚弹出去。每当一只眼睛滚过洞中的沙土地,撞上前面的眼睛,我就像个孩子一样放声大笑,打心眼里高兴。还记得,大约到了中午时分,传来山崩地裂般的一声巨响,洞顶也塌了一部分,把十几只眼睛埋在了下面,惹得我甚是不爽。对于洞外发生的一切,我毫不关心,眼睛一只接一只消失了,有的掉进了耗子洞,有的滚进了石头缝,还有的滚进了山洞入口处的矮灌木丛,我也懒得把它们再找回来。

最后一只眼珠也不见了,我也缓过了劲来。头还是很晕,伤口依旧疼痛,可感到饿了。要是老家伙这会儿没喝醉,我想,他可能需要我帮把手。外面的大风已经是强弩之末,雨也差不多全停了下来。我走出洞外,却发现来时的小道已不见了踪迹。我手足并用爬上悬崖,下面就是深邃的峡谷和湍急的流水,白浪翻腾,水花四溅,水中到处漂浮着被大风刮下来的东西。

爬上悬崖,放眼一看,这才发现,就在我躲藏在山洞里那会儿功夫,四下全然变了模样,一切都仿佛遭雷劈一般。我的心不知不觉揪了起来,赶紧向山下小镇的方向赶去。风在我身上又撕又咬,仿佛要我为幸免于难付出代价。小镇已经不见了。

小镇从地球表面被冲走了,只剩下巨大的砂石基岩,如今已毫无生命，仿佛是小镇为自己立的墓碑。巨大的岩石上，曾经有一整座小镇立于其上，如今却像鸡蛋壳一样溜光，泥浆一样的洪流中还能辨认出一大片褐黄色的瓦砾废墟，这儿冒出一幢建筑的尖顶，那儿又冒出一只报风向的铁公鸡。河的另一头，桥梁还在，可到一半就悬了空，成了被拦腰截断的砖石结构，只剩下一半向虚空之中凸伸，永远重复着摇摇欲坠的动作。桥的这一边，一切生命的迹象已经消失，整座小镇被连根拔起，无情地抛到湍急的洪流之中。已是下午时分，灰色的日光渐渐暗淡，小镇的废墟同山崖上滚落的巨岩已融为一体，难分彼此。饥饿的洪水从其间奔流而过。再看仔细些，水中到处漂浮着尸体，数量巨大却毫无意义，仿佛一根根浮在水面上的木头。圣人也罢，恶人也罢，如今全埋在了一起，只有几只林鸦低飞于狂流之上，俯视着下方的苍凉之景，发出一两声冷血的鸣叫。人迹从此地彻底消失了。

巨变当前，如何才能适应？我双手掩面，在一块岩石上跌坐下来。

第五章　情色旅行

开始，我还以为泥石流是博士的杰作，可这也太有悖常理了，哪怕再曲折隐晦，博士这样做也总该有个道理吧！毁了这么个被人遗忘的偏远小镇对他有什么好处？相反，他葬送了自己的全套模型，而这套模型，再加上那套拉洋片机器，无疑是他的武器库中最强大的兵器，博士绝不会心甘情愿地毁掉它。思前想后，只能是大自然在逞强好胜，展露自己的肌肉了。大自然只听命于一个主子，叫无意义，它用混乱把小镇从头到脚再造了一番。一旦改造完成，大自然又无情地把小镇抛弃，懒得再去搭理它。眼前发生的一切实在是太过沉重，也太过乖戾，大大超出了我所能理解的极限。雨水冲刷过的阳光渐渐多了起来，洒落到巨大的砂岩顶端。就是在那儿，我的一众朋友们，大胡子女士，鳄鱼人，神枪俏佳人，还有瞎眼哲学家，一起命赴黄泉。望着那儿，我深深地感到，死亡就在咫尺之间。经历这番大解体，纵然是那帮欲望杂耍团演员也不可能把自己支离破碎的残肢再装配起来了。绝没有哪个幽灵能在这苍凉之景上方飞舞，只有洪水轰然而下，倾泻出我闻所未闻、见所未见的巨大力量。后来者绝对不会想到，就在一天之前，相同的时辰，那片巨岩顶上耸立着一座市镇，阴沉的街道上到处走着清教徒和形形色色的怪人。岩石上的光渐渐暗淡下去，我转过身，看着那片仿佛被巨形橡皮擦从大地上擦过之后的废墟，那儿摆着的一具尸体不也正是我自己吗？那个老家伙的外甥。再一次，我跌跌撞撞地穿过扎脚的庄稼地，可这次连哭都哭不出来了。

眼前的景物全然陌生。走了一会儿，前方出现一排农舍，都是用大块大块的砂岩垒成，墙上一律不开窗。还没等我走近，那家人就放出几条又瘦又凶的恶犬，冲着我一通狂吠，我根本连一片面包屑都讨不到。不知不觉间，夜空中升起一轮胖乎乎的月亮。我沿着一条高低不平、坑坑洼洼的小路往前走，身后投下一道苍白的影子，简直就是两个无色的游魂，在大山阴冷的背影上游游荡荡。山势陡峭尖利，全然超脱自然，仿佛是幼童用蜡笔画出来的。我觉得，只要自己坚持走下去，就一定能找到霍夫曼博士的城堡。只要自己抬脚落脚、抬脚落脚，不知疲倦地向前走，管他东西南北方向对错，直觉最终会把我带到城堡下。老家伙之前不就是这样说的吗？可真要是到了那儿，除了去见阿尔贝蒂娜，自己又能做什么呢？朦胧中，我向前一步一滑地走着，来到一座隘口之前，一条小道从隘口中心穿过。

小道旁竖着一棵树，已经枯死，干枯的枝杈上蹲着一只夜枭，不时发出刺耳的叫声，简直就是歌唱的反面典型。我朝路两头张望了一下，一下子陷入绝望，因为根本分不清哪边是南，哪边是北。刹那间，我感到非常非常疲惫。远方的山峦中响起了山狮的吼声，我不禁想到，自己今夜会不会成为山狮的点心？反正也无所谓了。我在树旁坐下，拉起斗篷上的帽子遮住头，在这高海拔地区，稀薄的空气令我太阳穴剧跳不止，耳朵里一个劲地鸣响，甚是疼痛。夜空中惨白无云,硕大的月亮慢慢滑过,还有许多我叫不上名字的星星。渐渐,我滑入无意识的睡梦之中,大脑中的思想已被抽得一干二净,渣都没剩。

过了不久,我听到山岩间传来马蹄声和车轮声。又过了一会儿,路上出现了一辆颇具十八世纪风格的二轮小马车,车上并排坐着两个人,其中一个身材高大,一身黑色,满脸不可一世的神色。那人身边坐着个小伙子,身形瘦削,手里握着缰绳。拉车的马周身黑色,蹄铁敲打在遂石质的山道上,发出一溜火花。车轮越滚越慢,驶到我近前,停了下来。

"你是阿拉伯人,干吗不睡?"黑衣男子问道,用的是标准语,说得也很溜,就是语气有点生硬,还夹杂着一丝外国口音。

"我怕做梦。"我一边回答,一边抬起头,看到一双幽灵般的眼睛,仿佛是两粒燃尽的煤球,镶嵌在没几丝血肉、皮紧紧包着骨头的脸上。

"那就上车。"那人向我邀请道。

此时此刻,上哪儿对于我来说还有什么关系?于是我踩着轮子爬进车里,在二人为我挪出的位子上坐下。就这样,一车三人在月光中行驶,谁也不吭声。从侧面望过去,车主人的身影就像四周的大山,嶙峋突兀,又不可一世。看样子,这人应该四十好几了,也可能五十刚出头,脸上刻满骄傲与苦痛。他身上披了件黑色斗篷,肩膀部位有许多道褶缝,头上戴顶高高的黑色礼帽,帽子后面拖着长长的黑丝绸飘带,一身打扮去参加葬礼正合适。他手中握着一根短杖,杖顶镶着一个银球,仿佛一下就能敲碎人的脑袋。这个人真可谓形容枯槁,却又有一番来自地狱的优雅风度,从骨子里透着一股子视人生为游戏、视世人为尘土的味道,仿佛那就是他全身上下每一块骨骼的本色。至于他衣着的颜色，不过是沾了一点边，染上几分色罢了。那人每做出一个动作，都显得华丽高贵，不亚于一件艺术珍品。

道路向被毁小镇的下方延伸，没过多久马车已下到河边。河水涨得厉害，漫过了河岸，我觉得再往前方已无路可走了。马受了惊吓，一个劲地扬脖子、尥蹶子，车夫又是挥鞭又是吆喝，逼马继续向前。湍急的河水从马蹄旁打着转流过，一想到自己即将见到小镇的尸首，我不禁痛苦地呻吟起来。

"音乐！"车主人喃喃自语道，"真是动听的音乐。"

不知他指的是我痛苦的呻吟声，还是湍急的流水声。流水声与钟琴发出的声音倒也不无几分相似。河水已彻底淹没了道路，赶车的干脆把马赶到河里，车居然浮了起来，马也在游泳。于是，马车顺流而下，在月光照亮的洪水中穿过小镇废墟的正中心。急浪拍打之下，废墟正在迅速下沉。

车夫忍不住感叹道："真惨啊！"

车主人立即堵上了车夫的嘴，硬邦邦地说道：

"拉夫里尔，没跟你说过吗？千万不要心软！跟我学，向伟大的自然上演的又一出悲惨剧致敬！"

说完，车主人取出一把扁酒壶，往我嘴里灌了两口白兰地。

"你亲眼见到了吗？死的人多吗？"

"整个小镇，一个不剩，外加一个巡回杂耍团。"

车主人发出一声轻叹，心满意足了。

"要是能亲眼目睹，该有多美啊！犹如一出瓦格纳的歌剧……尖叫声、山石崩裂声。看啊，一个个孩子被滚落的巨石砸成肉泥！多壮观！"

第五章 情色旅行 161

"年轻人，知道吗，我是一名苦难鉴赏家，亲眼目睹了维苏威火山的喷发，就在我眼皮子底下，数以千计的居民被滚烫的火山灰活生生掩埋。在广岛、长崎和德累斯顿，我看到眼珠爆裂，膏脂横流，皮肤被烤成焦炭。法国革命后的恐怖时期，我也曾把手指拭过斩首砍刀的刀口，试试残留在刀口上血迹的温度。我是酷爱灾难的恶灵。"

这番话从车主人的口中砰然落地，仿佛是在向我发出挑战。他对人类的冷漠和仇视实在是把我给镇住了，哪里还有心思去接受什么挑战。终于，路面从水里露了出来，没一会儿，马车又驶上了坚实的大地，头顶上一轮明月依旧无动于衷。

"你上哪儿?"我问道。

车主人的声音不像在回答我的问题，倒像是发自他内心深处不可为外人道的梦幻。

"滚石滑坡，山崩地裂，统统不是真实的，唯有旅行方为真。我的旅行没有方向，没有指南，全由喜怒无常、捉摸不定的命运来指定路径。我的内心深处燃烧着一把火，一把永不熄灭的贪欲之火，在这把火的照耀下，无论我往哪里走，总能看到路标。"

车主人的这番话让我住了口。车轮滚过道路，马车仿佛驶进了一只看不见的大圆筒，我感到一种奇异的沉重感向我压下来。身边这个衣着夸张、举止浮夸的贵族让我感到反感，感到拒斥，却又不由自主他聚拢，为他所沉醉。那人口中长着一副尖利的牙齿，跟传说中的吸血鬼颇为相似。每当我看到那副牙齿，还是会不由自主打个冷战。好也罢，歹也罢，他让我着迷，他的存在质地比我见到的任何一个人都要致密，当然，这种比较中部长一向是个例外。那人的思想一定很沉，挨着就能在你身上留下一道淤痕。除此之外，他身上最吸引我的就是他那种目空一切、谤讥天下的态度。他口中的每句话、每个字在蹦出来之前就已经烤焦了。他周身上下、里里外外都让人感到那样超凡脱俗，可超凡脱俗中又夹杂着庸俗。可以说，他的方方面面都是超凡脱俗的庸俗，或者说庸俗到超凡脱俗。他身上散发出一种悲剧性的黑色幽默，不过大多数时候他自己体会不到。

车主人身上有一点尤其不寻常：他热烈地相信，举世唯有他自己方有意义。这人简直可以说是自大狂中的极品，不过，他为自己的个性一丝不苟地配上浮夸造作的言行举止。他的每一个动作、每一个姿势、每一个造型都夸张得很，像是出自一个不入流的演员，可无论多虚张声势，却总能从观众那里榨取到几分敬佩，因为他身上的一切实在是太有悖自然了，简直达到了抽象的高度。要是不能制造点儿轰动，他根本就不会开口说话。用他自己的话说，他来到这个世界只有一个目的，就是要否定这个世界。

"人们否定的时候实际也是在肯定，至少肯定了否定对象的某些方面，这又有什么稀奇？可我不同，我的否定一直浸透到我伟大存在的每个原子。当我扬声巨吼出否定时，我绝不仅仅是在说'不'，我的意思远远超过'不'。口舌能力毕竟有限，有时候，我感到，上天给了我这张口，这根舌头，就是让我去嘲讽，去奚落，去说'不'，仿佛那个'不'字就是无以复加的亵渎。要真有无以复加的亵渎，我倒很愿意把它大声说出来，然后永远在地狱中逍遥自在，安度余生。可是，可是没有上帝，也没有地狱，真是不幸。因此，老天啊，也没有终极的否定。我是一切的对立面，是活生生的否定。无论是谁，只要跟我这位立陶宛世袭伯爵说上一句话，就会知道，我身上没有暗藏一丝的善意，没有暗藏一丝的肯定，无论是什么样的善意和肯定，一概没有。"

车主人暂时打住话头，伸手抱了一下身边的年轻车夫。年轻车夫一看就是个天生的罪犯，带着罪犯特有的顺从和卑微。车夫扭了一下头，露出一张死灰色的脸，仿佛是一堆腐肉，那一刻真把我给吓呆了。过了一会儿，我才看出来，那张脸上绑满了白色的绷带。这个卑微的车夫简直让自己的顺从给融解了，走路的样子更像是在爬，什么时候都一副缩头缩脑的模样。他只不过是伯爵意志的工具。

"这世上还有什么东西不招你恨吗？多少总有点儿吧！"我向伯爵问道。

伯爵没出声，我以为他没听到我的话，于是又问了一遍。对伯爵那种完全以自我为中心的说话方式，我还不是很适应，只有当他觉得某个问题恰好也是他自己要提的问题时，他才会做出回答。最后，伯爵还是开了口，而且语气中少了那份惯有的轻蔑。

"挑战死亡的爱欲双人筋斗。"

听到这句话，伯爵的仆从发出了某种压抑许久的声音，可能是掌声，伯爵也阴郁地把下巴柱在短杖头上，眼睛只看着前方的道路。我说了会儿城里的战事，却碰到一堵毫无反应的空白高墙，看来，伯爵对城里的战事一无所知。车不断向前行，四下没一点声响，静得像停尸间。就要下到平原了，伯爵突然开了口。

"我乘着欲望的旋风，足迹踏遍地球的各个角落。我将赐予这股旋风猛虎的外形，那最最凶残的野兽，皮毛上印着鞭挞的痕迹。鞭挞于何时？定是在时间破晓之前。"

没人能和这位伯爵交谈，他除了自己对什么都不感兴趣，只会向身边的人不时做长短不一的独白。这些独白乍听上去自相矛盾，可经过旋梯般的推理，却又句句都是真知灼见，让人看到他心中那个自我的地狱。我还从没见过谁如此频繁地用到"我"这个词，伯爵已经被自我深深地吸了进去，不可自拔，却又给人一种堪为世人师表的感觉。自打离开部长，我还从没见过谁有如此坚硬的钢铁意志。看到伯爵，我就想到了部长。

"然而，一种感觉不到的痛时刻困扰着我。我与世隔绝，刀枪不入，百害难侵，可我又是多么怀念那种平凡的感觉，那痛的感觉……"

拉车的马喷出带血的泡沫，向后飞到我们的脸上，可赶车的根本不理会，依旧策马飞奔，一直驶到一个甚是古怪的地方才停下。眼前是一座教堂，规模不大，当年建教堂的耶稣会教士原以为可以在这儿大批大批地感化印第安人，却发现自己打错了算盘。自打那以后，这个地方就废弃了。月光已渐渐黯淡下去，不过依旧照射在教堂摇摇欲坠的立面上，把那儿照得一块明，一块暗。教堂内部早不见了屋顶，地上灌木丛生，喷水池里积满了雨水，扑通一声跳进一只受惊的青蛙。我们一行三人走了进去，手里拿着野餐盒，伯爵说要在这儿吃早饭。一进到里面，伯爵爬上祭坛撒了泡尿，仿佛这已成为习惯。对任何偶像，伯爵总要踹上一脚，哪怕是已经被人推倒的偶像。

餐盒中变戏法般地变出一场盛宴。自打陪部长同阿尔贝蒂娜共进午餐后，我还从没见过这么多美味珍馐。有罐装的菌块鹅肝酱；有野味肉拼盘；有烤野鸡，不过已经凉了；有外国进口的干酪，散发出臭中带香的气味，不禁令人鼻翼扩张；有半边烟熏鲑鱼；有各种鱼子酱，一看就都是洋货色；两个真空罐子，一个里面装着沙拉，另一个里面装着桃子和葡萄。一只冰柜，里面冰着整整一打凯歌牌香槟酒。地上铺开了叮当作响的瓷器和闪闪发光的玻璃器皿，无一不是万里挑一的精品，所有的刀叉都是纯银打造的。仆从摆出的简直就是一场无以伦比的盛宴，我们三人一起坐下来。伯爵的吃相甚是吓人，可以说是狼吞虎咽，把面前的东西风卷残云般一扫而空，根本不去管那是什么，以致仆从和我都觉得有点不够吃，尽管面前的食物不可谓不丰盛。最后，面前就只剩下啃过的骨头，油污的盘子，桃子里的核，还有空空如也的酒瓶。伯爵叹了口气，打了个饱嗝，然后一把把仆从拉到自己身边，头上的高帽滚落到地上。

"看着我！看着我！"伯爵声嘶力竭地喊道。他一定要知道，有人在观照着他，唯有如此方能从自己的行为中享受到乐趣。坍毁的教堂中实在是太暗了，什么也看不清，只能听到仆从啊啊哦哦发出痛苦的呻吟声，还有就是伯爵的嘶吼声，大得吓人，缓缓向高潮巅峰攀爬上去。头顶的天穹更暗了，伯爵的喉咙里一刻不停地发出各种声音，时而是野兽般的吼叫，如嘶声长鸣的高头大马，时而又用最恶毒、最不堪入耳的言语咒骂曾经生育他的女人。高潮一刻终于到来，伯爵像发羊角风一样颓然倒地。这个浪子淫棍仿佛被巨大的快感彻底冲垮了，四下一片死寂，笼罩在一片闪着丝绒光辉的黑暗中，偶尔传来一两声仆从的哀怨低吟。伯爵再度开口时，仿佛浑身的气力都被抽干了。

"我终生致力于肉体的羞辱和颂扬。我是个艺术家，我的颜料是血肉，介质是毁灭。我的全部灵感来自于自然。"

仆从已站起身来，收拾起杯碗盆碟，看样子痛得要命。伯爵在被他玷污过的祭坛旁缓缓踱着方步。天边渐渐露出光亮，已能看出伯爵的身形。他头上没戴帽子，满头粗硬的灰发，披散到双肩上。

"我坚不可摧,因为我存在于可怕张力之中。我的嘶吼把我彻底变成野兽,做野兽是不是比做人强多了?就像猛扑到猎物身上的猛虎,如果它有意识,一定觉得自己比人不知要强多少倍。我也有痛苦,就是为颂扬而付出的代价。"

我开始想,这个伯爵是不是也是霍夫曼博士的手下?可一转念,不,这个人可能就是博士本人,做了番乔装改扮而已。一想到这儿,我不禁浑身颤抖起来。实在不知该怎么形容,面前这个人由里到外一览无余,清晰地令人害怕。他就像是一具尸体,只是在恶魔的智力和意志的驱使下方才四处活动。伯爵休息了一会儿,然后我们三人一起上了马车,车缓缓驶过空旷的绿色田野,头顶的穹窿越来越清晰,越来越光亮,仰首望去,不禁感到头晕目眩。群山被抛在身后,越来越小,长满花蕾的篱笆上凝聚起露珠,一只云雀在歌唱。真是美丽的春之晨。

"要上演我用狂热的欲望写就的伟大歌剧,整个宇宙都……从摇篮里开始,我就是个无恶不作的浪荡子,嗜血如命的大狂徒。我的足迹踏遍世界,就是要找出不为人知的新法子去炮制血肉之躯。离开家乡立陶宛之后,我去了中国,拜一个皇家刽子手为师,牢牢记住了酷刑的十二级刻度,真够恶毒,也真够浪漫。艺成之后,我干的第一件事就是把师傅绑在一棵杏树上,用一把无比精致、无比锋利的小刀把他身上的肉一小片一小片削下来,这就叫凌迟。杏花开得正盛,多么可怕的一幕啊,鲜红的花瓣一个劲地往下落,鲜红的血肉一点一点地飞溅,连头顶的杏树都为此落下了芳香扑鼻的泪水。那是自然的怜悯,平添了几分情趣,可起不了什么作用。"

"接着，我游遍欧洲，干过的坏事实在是太多了，难以一一历数。日本京都真是精美如画，到处都挂着小钟。我进了一家艺伎馆，把馆里所有艺伎的乳房都切了下来，可真是小，抓在手里几乎没有感觉。我又去了暹罗皇宫，在所有太监的屁眼里都塞上了印着我家族徽章的蜡塞子。接着，我回到欧洲，罪行一桩接着一桩，为此在不同国家被判处以不同方式处以极刑：西班牙，火刑；英国，绞刑；法国人更是独特，判处把我绑在大车轮上碾死。普罗旺斯的法庭不仅缺席判处我极刑，还造了个假人，在广场上模拟将我处决。"

"我又逃到北美洲，在那儿，我的兽行不大会引起公众的关注。在魁北克我雇了现在这个仆从拉夫里尔，当时，他漂亮的小鼻子已经被家传的梅毒病毒烂光了。那时他还小，可已被昔日的声色犬马搞到面目全非，最可悲的是，那些肉欲之欢他自己却从未享受过。我俩结伴走过一个又一个州，在马萨诸塞的沙勒姆我出庭做过伪证，结果十八个无辜的人被判了死刑。在阿拉巴马州的种植园我挑唆奴隶造反，结果招来血腥报复，所有黑奴，不管有没有参与暴动，一律被绑在大棉包上烧死。在新奥尔良一间香喷喷的妓院里，我用双腿把一个黑白混血婊子给绞断了气，就在她用嘴把我的精华给吮吸出来之后。啊，那张嘴，无论外形、色泽，还是质感，都像是熟过头的李子。"

"可妓女的死也惹恼了为她拉皮条的，一个简直算不上人的黑人，我成了他追踪报复的对象。一看到那小子，我就仿佛看到了自己，正因如此，我才绝不能落入那小子手中。要是真落到他手里，我实在是太清楚他会怎样对付我。于是，拉夫里尔和我驱车驶过狭窄的陆桥，穿过贫瘠、暴虐，什么也长不出的沙漠，可真是赏心悦目啊！接着，我俩又驶过丛林，心里装满了对丛林中那些棕色人形蛆虫的怨毒，那些家伙，居然胆敢在绿色的臭肉上讨生活！再后来，我俩穿越高耸入云的山脉，空气干燥，环境险恶，较之中亚的大戈壁有过之而无不及。经过一番休整，现在我要去海边，我感到一种奇特的欲望在体内躁动不安，想要回到我出生的山峰之上，或许能在那儿与世长辞倒也不赖。除非，那个报复心旺盛的皮条客抓到我，那可就恐怖了，想都不敢想。"

中午时分，伯爵在一家小客栈为我买了点啤酒、面包和干酪。他从未问过我任何问题，甚至没有问自己，这个年轻人到底想干什么。我能体会到，伯爵已把我看成自己的一分子，也曾试着猜测我在他身边到底扮演着怎样的角色。伯爵把我当成旁观者了吗？是不是在利用我的眼睛观照他，验证他的一举一动？伯爵的自恋狂是否时时需要身边有个目击者？或者，对我还有别的什么阴谋？是不是把我也当成他娱乐的目标？面缠绷带、寡言少语的仆从，再加上我，这就是伯爵小小的世界，如果其中一人是他的雇佣，承受他的伤害，那另一个又有怎样的目的呢？不过，我有一种感觉，仆从的自主权其实要高于主人的看法，仆从的存在质地中，有某种东西让人感到，他做奴做仆其实多少是出于自愿。有时候，仆从低声呻吟时，给人的感觉真是太贱了。或许，他还没有完全适应自己的角色。当我知道自己的角色时，又会变成怎样呢？

伯爵对自己的介绍不可谓不详尽，可我还是怀疑，他就是霍夫曼博士。我必须跟他一起旅行，不管前方会发生什么。再说，他是那样不凡，投到地上的影子仿佛都是铅铸的。整个下午，我们驱车前行，来到一个冷冷清清的岔路口前。突然，伯爵大声叫起来：

"我认得！我认得了！向右拐。"

指向北边的路牌上只用蓝漆写了一行字，字迹已经褪色，但还能辨认出，是"**此路通向无名客栈**"。一条孤寂的小道上，长满了野蔓和樱草，向道外延伸，路两旁开满花苞的草原几乎已连成一片。一路上看不到任何建筑的影子。太阳躲进了云里，天空中一片铅灰色，目光所及之处，一切都是如此平坦，天空反倒像是肿胀了起来，所占据的空间比大地多得多，像是一个大大的透明枕头，把我们严严实实地压在下面。清晨时倒是云霞满天，前景灿烂，可好景不长，此刻天空中已是风雨欲来，黑云蔽日。拉夫里尔把马一直向北赶，马已经累坏了，大滴大滴的汗从身上滚落，双眼转来转去，最后翻起了白眼。伯爵此时变得异常兴奋，时而放声疾呼，时而又喃喃低语。马车行驶在人踪绝灭的小道上，乌云越积越厚，落下几滴大大的雨滴，打落到我们的脸上。

"大点！再大点！"伯爵吼道。

拉车的马狂迈着大腿，在拉夫里尔的鞭笞下嘶声长鸣。路旁出现了一个稻草人，可附近的地里根本什么也没长，自然也没什么可守护。稻草人手里拿着一张弓，一支箭，头上戴着帽子，可帽子下面不是稻草扎的头颅，而是一具白森森的头骨。风夹着雨，吹打着稻草人身上破烂不堪的衣服，露出下面干柴一样的枯骨。稻草人脖子上挂着一张残损的纸片，上面有字迹：我完美地空虚。我已忘了自己的名字。我是如此完美，不过你们走对了路。继续。

伯爵纵声狂笑，马车继续前行，最后驶到一堵白墙前，道路到这儿戛然而止。墙上有门，拉夫里尔跳下车，门上开了一个小洞，露出一双眼睛。

"什么人?"门里传来女人的声音。

"立陶宛世袭伯爵。"拉夫里尔报出自家主人的家门。

"看看你兜里有没有货,"门里的声音说道。伯爵递给拉夫里尔厚厚一沓钞票,让他在门洞上晃一晃。一见到钞票,门里的人就满意了,似乎点了点头,说道:"临走时结账,先生。"

灰暗的雨水斜落,我们在雨中又等了一两分钟,门里面发出巨大的门栓启动声和铁链绞动声,简直像是平地打了一串闷雷。接着,门向内打开,拉夫里尔把马车驶到院子里,大门砰的一声在我们身后关上。一个胖女人走上前来,扶我们下车。这女人脸色苍白,满脸褶子,干枯的嘴唇上生着一道道口子,一身黑裙,外面套了条白围裙。胖女人根本不知道该怎么笑,可至少没有戴面具。院里其他的伙计也都没戴面具,其实也没啥必要,以他们的地位,又有谁能知道他们是谁?

伯爵对拉夫里尔厉声说了什么,拉夫里尔把马驾到后院的马棚里去了。我偷着瞄了拉夫里尔一眼,发现他一旦离开主人,立马周身全是活力,仿佛一根嫩枝原本一直被人拗着,如今拗着他的手一松,就倏一下弹了回去。拉夫里尔单薄的身影突然间韧性十足,步履间也显露出决绝。伯爵和我站在无名客栈门前,只要你钱包够厚实,这扇门永远为你敞开。

整座客栈高度不高,但占地颇广,平平地趴在大地之上,显得甚是厚实。房舍都是十九世纪晚期的哥特风格,无数角楼向上耸起,仿佛无数根触须,触探着阴云密布、死气沉沉的天空。墙上的砖都是鲜红色,我所看到的每一扇窗都紧闭,里面的百叶窗不留一丁点缝隙。胖女人粗鲁地高声叫喝,唤来两个侍女,好像是姐妹。在姐妹的引领下,伯爵和我走进客栈大门,穿过一条又一条阴森的甬道,听着石板地上发出的脚步声。最后,我们来到客栈中像点样子的地方,地上铺着地毯,上了一道螺旋楼梯,走进一间小客厅,客厅四壁贴着鲜红的丝绒,让人感到走进了子宫一样。侍女叫伯爵和我脱下身上的衣裤,我俩脱衣服时,她从衣橱中取出两套紧身衣叫我俩穿上。一穿上身,就觉得这衣服实在是太紧,那活儿完全凸显了出来,连睾丸都清晰可见。接着,侍女叫我俩各套上一件马甲,好像是绒面革做成的。侍女信誓旦旦地说,做这两件马甲的皮子是从一个黑人处女身上剥下来的。听到侍女的话,伯爵喃喃低语起来,胯下那活儿期待中已扬首挺立,昂然高举,尺寸大得吓人,看样子整个一中世纪插图中的色情狂。侍女又递给我俩一人一个头罩,正好可以罩住头,挡住脸,头罩底部有个小孔,扣在马甲领口处的纽扣上,于是整个脑袋变成了一个粉红色的圆柱体,面目全无,粉红色的凸面十分光滑,只为眼睛留下两条窄缝。戴好头罩,装扮就算完成了,谈不上美观,却上上下下突出了男人那条根,至于面目、自尊什么的都被遮得一干二净。这身装束突出了雄性,泯灭了人性,忘却了时间和空间。上下穿戴好之后,伯爵和我脸上的表情就再也看不出了,而身体上原本最隐蔽的部分却一览无遗。侍女领着我俩沿另一条楼梯下去,走进一间招待室,向我俩一鞠躬,例行公事般地笑了笑,打开了面前的门,说道:

"欢迎光临兽室。"

一说完,侍女转身离去。

房里的窗全部漆成黑色,就算你拉开黑丝窗帘,也不会有一丝光亮打扰这里人造的永夜。墙上挂着深紫色的织锦,引得伯爵低语道:"这正是殉情之血的颜色啊!"屋里有好几十只猴子,身上穿着粉红色的小马甲,仿佛是门口听差跑腿的小孩。群猴有的挂在窗帘上,有的蹲在沉重的金镜框上,也有的蹲在大理石壁炉台上,叽叽喳喳,吵得一刻不停。群猴就是活的蜡烛台,爪子里抓着蜡烛,圈曲的尾巴尖上插着蜡烛,所有猴子头上都戴着铁制头罩,头罩上的眼洞里也插着蜡烛。蜡烛一律是黑色,蜡油往下滴,滴到猴子的眼睛里、皮毛上,猴子不时发出痛苦的尖叫。

屋内的家具也都是活的。

客栈请了位标本师傅,而不是皮匠师傅,给了他一群狮子,叫他用每两头狮子拼出一张沙发。沙发两头的扶手极为耸目,是两只硕大的公狮狮头,长着长长的鬃毛,金黄色的眼珠分泌出黏稠的液体,血盆大口张得大大的,时而打个哈欠,仿佛还没睡醒,时而又发出一声地动山摇的怒吼。靠背椅就是一只弯腰弓背蹲着的棕熊,眼睛中满是俄罗斯式的哀伤,一有姑娘坐到它粗糙的大腿上,就低嚎一声,身子往后仰,两只前爪把姑娘的大腿掰开。桌子满屋跑,不时发出讨好的叫声,其实都是鬣狗,条纹的背上放着盘子,用皮带固定住,有的盘中是酒杯,有的是大肚酒瓶,还有的盘中放着盐焗坚果、风味橄榄。屋角里还趴着不少鬣狗,伸出长长的血红舌头,仿佛红色法兰绒,竖起的双耳间还顶着什么东西,有的是一盆食肉植物,也有的是日本瓷罐子,里面装着许多手形的美味。地板光滑,发出黑黝黝的光泽,走上去,脚下就发出美洲豹的嚎叫声,仿佛还在动,温热的气息吹拂过走在上面的脚踝。整间屋子里只有淫妇才一动不动,仿佛蜡制的爱神,又仿佛一尊尊雕像,也只有她们才被关在笼子里。

笼子的造型倒是雅致得很,上面焊着造型怪诞、精巧复杂的铁花,有点儿像维多利亚时代挂在客厅中的鸟笼。只不过每只鸟

第五章 情色旅行 173

笼足足有七英尺高，这样才能装得下里面的"鸟"，栏杆异常粗壮，反射着乌沉的光泽。里面的"鸟"比一般的人高出许多，因为每只笼子都放在三英尺高的象牙白大理石墩子上，门上挂着一把大铁锁，所有钥匙都挂在客栈女主人脖子上的橡皮项圈上。女主人坐着一动不动，听不到钥匙相交的叮当声。烛光照在那一对对锁在笼子里的乳房上，像干花一样白。在这散发着阵阵恶臭、回响着声声兽吼的动物园中，这些干花一样白的乳房就是唯一的点缀。

镜子中能看到挂帘、沙发、桌子、椅子、烛台，还有那一尊尊令人情欲亢奋、血脉偾张的雕塑，可看不到伯爵和我空白的、粉色头罩下的脸。在这里，我们已成为无名氏。

女主人坐在门旁，前面放着一张精巧的钱柜，就是巴黎郊区的啤酒店常见的那种，客人每消费一样东西，她就在钱柜上放下一个筹码。女主人看上去很年轻，上身几乎什么也没穿，只是脖子上套着一圈钥匙，下身只穿一条印满眼睛的小裤衩和一双长筒渔网黑丝袜。她脸上戴着面具，柔软的皮革全是葬礼黑，有点儿像昔日刽子手行刑前戴的面具。面具几乎遮住了她整张脸，只露出一张樱桃小口和以下的一小部分。女主人几乎赤身裸体，因为她还是人，镜子中也看不到她的映像。她的皮肤反射出黄色金属的暗哑光泽，上面仿佛已生出斑斑铜绿，散发出一股若有若无的麝香气味。

女主人开口说话，我居然没有听出她的声音，可真是罪该万死。

"我的客栈是避难所，收容所有找不到平衡的人，内与外失衡，心与体失衡，灵与肉失衡，诸如此类。"

一条鬣狗站起身来，一心想讨好自己的女主人，女主人从鬣狗背上拿起一瓶库拉索酒，为伯爵和我各斟上一杯。一只手端着酒杯，女主人在账单上加上酒钱。伯爵和我走上前去，端起酒杯，试了试里面的东西，看钱花得值不值。

"正午般灼热的力量从我体内升起。"伯爵坦言。（我是否已成为他坦白的听众？）

客栈逼伯爵穿上的装束不单隐藏了他的面目，更把他给彻底改变了。只见他胯下之物昂首怒视，迈着大步走在人造欢娱的丛林中，周身上下散发出一种疯狂的雄伟，仿佛驻足于世界末日之边缘。这个伯爵，可真是淫荡到了家，却又那样雄伟，那样凝重，当他走过沙发时，连狮子都垂下脑袋，不敢直视他。活动的桌子纷纷跑上来，舔他的手，在他面前撒欢讨好。只要我俩走到一个装着姑娘的笼子前，群猴就蜂拥而至，攀上栏杆，高举手中的蜡烛，把笼子里面最灰暗、最不起眼的魅力都照得一览无遗。笼中姑娘也挥舞着胳膊，眨巴着眼睛，做出各种撩人的姿态，仿佛是一只只妖精。

笼子里总共大约有十二个姑娘，在笼子中摆出各种造型，身躯却高高在上，仿佛是某个已被人遗忘的原始宗教崇拜的女神，之所以把她们锁起来，就是防止她们的圣洁之躯为凡人所亵渎。每个姑娘都被限制在有限的空间里，仿佛修辞中的辞格，你根本不去想她们叫什么名字，在职业纪律的严格约束之下，她们已化身为女性的精髓，再无彼此之分。这位理想中的女性有众多面目和身躯，可再仔细观察一番，却又发现，它的本性根本就不是女人。我看出，面前这些姑娘再也不是女人了，或许从来就未曾是过，一个个毫无例外与人类无干，或许已超出了人类的范畴，或许从未进入。她们阴毒险恶，面目可憎，里外颠倒，幻化不定。有的是树,有的是兽,也有的是提线玩偶。

包裹着她们的皮革有条纹的,斑点的,还有的有着大理石般的纹理,有的浑身抖得厉害,差一点就显露出野兽原形了。屋里的家具都是肉食猛兽,如果饿了,这些性爱器具中的一些就要成为猛兽的盘中美味了。或许正因为如此,她们才被关在笼子里。有一个姑娘身上披着兽皮,暴露的双肩上生着金黄色的汗毛,可在她后面找到的是长颈鹿的脑袋,双目迷离,在足有两英尺长的长脖子上晃来晃去。另一个姑娘脸上隐约可见斑马的条纹,沿着脊背仿佛长着又黑又粗的乌鬃,剪得整整齐齐。除了有蹄动物外,也有的姑娘是枝杈横生的树木,一抬胳膊,仿佛能看到腋下长着一簇玫瑰。有一个姑娘浑身长满枝叶,爬满藤蔓,可要是掀开胸腔上的树皮,就能看到里面一只只转动的小齿轮,驱动她动来动去。还有个姑娘有许许多多张脸,铰接在一起,仿佛是一本书的书页,她的头可以像书本一样一页页翻开,每张书页上印着不同的诱惑表情。看着这一个个形象,自己感觉已坠入梦境,形形色色的生灵融为一体。那是怎样的生灵啊!有目而不能视,有口而不能言。它们来自黑暗的森林,就是那树木生出眼睛、恶龙满地打滚的森林。有个姑娘肯定是刚从鞭刑室出来,背上纵横交错全是皮鞭留下的血口子。她肯定不是野兽,也不是树木,更不可能是提线玩偶,她身上一道道血淋淋的伤口实在是再生动不过的展示,令我看清血肉的本来面目。

屋里越来越热,弥漫着汗味和各种异味。笼中的姑娘个个丰乳肥臀,我却打起了冷战,仿佛她们口鼻中呼出一阵阵寒风,其实她们根本就没有呼吸。姑娘们一个接一个把私处暴露于伯爵和我眼前,似乎是在示威,却又丝毫没有挑逗的意思。然而,我看不到天真与无邪，姑娘们全然有着原始的简单，那十二具暴露于眼前的性穴却令我震惊，看上去是那么丑陋，简直就是古老的爱神阿芙洛狄忒的巨口，从来没人可以拒绝，也从来不知满足、廉耻为何物，甚至连自己的姓名也忘得一干二净。她是无差别的伴侣，伴你一起完成那盲目的行动；她有许多张嘴，却从来不会问你是谁。我，德赛得里奥，欲望之子，要跪倒在十二尊毛茸茸的神像前，在这囊括一切情爱色欲的教堂中，自己也化身成为肉欲图腾。

仿佛是在炫耀，伯爵一直在拉伸着自己的躯体，前额上暴突的青筋简直快要炸开。他胸口起伏不定，发出闷雷般的声音，头上光滑的粉红色头罩顶部似乎已经擦到了天花板，整个脑袋看上去就是一尊性的象征石碑。他步履沉重凝缓，犹如一个教士，而头上的头罩就是他的主教冠冕。他就是淫邪大主教，主持着一场最后的献祭，侍奉的神灵就是自诩为神、无所不能的男根。伯爵从一只小猴的爪子中夺过一根蜡烛，走到一个生有双翅的姑娘近前，点燃了她翅膀上粉红色的羽毛。我知道，伯爵就要开始布道了，他的经书就是姑娘。

伯爵的眼珠狂乱地转动着，仿佛要从头罩上的孔洞里蹦出来。他摆出一个中了邪的姿势，头向后仰，口中嘶吼出炸雷般的声音，唱出一首痛苦的颂歌。笼子里的姑娘默默无声地摆动着胳膊，看上去那样无力，那样被动，仿佛海水中触须不动的海葵。家具们有的高嚎，有的低鸣，那个天使一下子就烧完了，发出火光，夹杂着大量灰尘，我这才意识到，那不过是个用纸板扎出来的假人。

我是喷火的蜥蜴

飞翔在黄道之上

肉体是燃烧的群星

我是所有人的肉身

一支笔,喷出乙炔烈焰

在天空的面庞上

烙下处处疤痕

我愤怒,大火熊熊燃起

将血与肉打造的

超新星群,扯得粉碎

女士们,看到了我

就看到了

高潮瞬间的刻意毁灭

　　我支起耳朵,倾听着伯爵的歌声。会不会,他并不是霍夫曼博士,而是另一个谜一般的人物——门多萨?门多萨以不明方式毁灭自己之前,不也是写过一篇与此主题相同的文章吗?有没有可能,门多萨从无限中把自己再度构造出来,或许就是像回放记录下杀死他的那场爆炸的胶片。就这样,他从向心聚能的内爆中走出来,身上丝毫没挂彩,仿佛从蛋里刚刚破壳而出。伯爵可不给我足够的时间做这方面的深思,继续放声高唱,唱出无情的比喻:

我胯下骑着烟火幻化出的猛虎

除了烈火,它什么都不吃

我浑身燃起不可扑灭的真火

把一切燃尽，只剩下一把骨头

燃烧，燃烧，永不熄灭

我的血肉，永恒的烈焰

放射出白热的光芒

这段歌立即令我想起阿尔贝蒂娜，可在伯爵口中，所有欲望形象都首先掉了个个儿，意思完全颠倒了过来，更像是出自恶魔之口。这个伯爵真是让人看不透。他的歌声还未停，仿佛那场泥石流从天而降，吞没霍夫曼博士的全套模型。

我，坏到骨头里

我，剥除所有伪装的骨架

如流星般刺破夜空

我，谜一般的火山

我，高举的男根

我，永不坠落的伊卡洛斯

最终，我得出结论，伯爵不过是为自己的性冷淡而哀鸣。这时，他的歌声降了一个八度，仿佛接下来就要低声送上祝福：

我是自己的对立

我的胯在怒吼

喷射出

自我的否定

火红的

利箭一般的

否定

上啊！

和我一起

化为灰烬！

纸扎的天使明灭不定，接着完全熄灭了，落在地上的灰烬出奇的少。女主人把替换的费用加了上去。

"这就对了。"女主人开口说道，仿佛一个家庭女教师，祝贺自己的学生背诵得不错，"还有什么事比寻欢作乐更重要呢？"

伯爵走到鞭痕累累的姑娘面前，使劲晃着铁栏杆，吼道：

"我就要这个挨鞭的虎女！给我！看啊，鞭鞭入肉见骨，她简直是流血的烈焰，好一顿人肉盛餐！"

女主人顺从地打开笼门，伯爵立刻饿虎扑食般扑了上去，把虎女扛在背上往笼子口搬，活像个搬运工。他冲我厉声喝道：

"给你自个儿挑个婊子！马上！我要来点刺激。"

这倒令我进退两难。面前这些变换成人形的山精兽怪一点也不能勾起我的性欲，虽然在外形上她们把各种扭曲的欲望模仿得惟妙惟肖，可在我眼中，她们不过是对情色肉欲的恶毒嘲讽。面对她们，我既想放声大笑，又感到内心在震颤，就和方才听到伯爵的歌声时的感觉一样。然而，我又是伯爵的人，无论他命令我做什么，我都要服从。此时，女主人救了我，她加好伯爵的花费，从自己的位子上走了下来，伸出肤色略带棕黄的手，紧紧抓住我的手腕。

"我跟你一起走。"女主人说道。我感到抓住我手腕的手指在收紧，传递出权威。我还能有什么选择呢？只有跟她走。盈盈一握，我感到一股巨大的震撼力由手心传来，可我还没意识到她是谁。毕竟，我之前从未与她牵过手，又怎能指望我只一握就能猜出她是谁呢？再说了，想想我们身处何地。无名客栈！自打戴上头罩那刻起，我们已经把自我埋藏了起来。

整间屋子此时就像夏日的胯下一样湿热，四处摆放的彩釉碗中燃起了蓝色的熏香烟，整间屋子弥漫着熏香店的味道。女主人领着伯爵和我上了一道颇为正式的楼梯，楼梯上铺着黑豹皮。不过，这里已出了兽屋，地上铺的皮毛是安全的死物，脚踩上去不会发出叫声。头顶上，黑色的玄武岩危然耸立，上面停着青铜大鸟，双翅展开，眼睛中发出鬼火般的亮光，就连女主人身穿的小裤衩上的眼睛也一眨一眨，甚是挑逗。女主人走路的样子自由而自豪，既风雅又性感，身上发出的气味仿佛发情期的母豹，皮肤几乎是绿色。

终于走到卧室门前，卧室门是沉重的桃花木打制的，两边各立着一尊墨玉色的巴比伦怪兽，长着尖利、弯曲的喙和一对翅膀，每当有人要进入卧室时，它铁定伸出双翅，威胁性地把来人抱住，用翅膀上的羽毛擦擦来人的脸，然后才放行。

"这间房叫圆中之圆。"女主人介绍道。

女主人把我们领到圆形的内室，天花板正中挂着一盏灯，缓慢转动，灯外面罩着彩色玻璃，投下一片斑驳杂陈、变幻不定的光。伯爵把他的猎物扛到床边，放到床上，神情无比郑重，仿佛那张床就是要执行献祭大礼的神坛。我压根没去看他，甚至没有把这个干柴烈火般的欲望之地仔细打量上一番，因为女主人挡在我面前，竖起一根手指，挡在双唇上。哦，那一双唇，真是无与伦比！

我想起了那双唇,还有那个动作,不禁呼吸也困难起来。流泪了吗？我想,流了。女主人摘下我的头罩,把自己的嘴唇印在我的嘴唇之上,从她脸上黑色皮面具的两条缝隙中,我看到她的眼睛,那双深邃得无法度量的眼睛,上面也泛起了点点泪花。

"我是阿尔贝蒂娜。"女主人说完,扯下自己的面罩,一头黑色长发倾泻而下,映衬出那张令我魂牵梦绕的脸。

她第一眼就爱上了我,我也第一眼就爱上了她,还是在梦中。为什么会这样？我不知道。我俩相互追逐,越过时间和空间的重重险阻,在命运的十字路口上一次又一次投下高昂的赌注,只为一吻,然后又要硬生生地分别,各奔东西。我俩被卷入这场战争,成了敌对双方,却又借助对方的目光观看身边的一切。

我把阿尔贝蒂娜拥入怀中,我俩个头一般高,胸口与胸口相撞,发出砰的一声响。伯爵身下的妓女发出一声可怕的叫声,可丝毫没有干扰到我和阿尔贝蒂娜的第一次拥抱,她的舌尖之上,整个世界都翻转了过来。之前,在城里,炽热的爱天使即将降临的感觉一直炙烤着我。这一刻,我终于满足了。阿尔贝蒂娜用双臂搂着我的脖子,小腹紧贴着我几近裸露的躯体,仿佛要飞越把我俩分开的生理鸿沟,和我彻彻底底、由外到内融为一体,就连五脏六腑也不例外。我俩激发出一股强大的电能,在这电能的冲击下,已永远融为一体,血管里流动着相同的血液,神经系统盘错交织,就连皮肤也融化了,结合成新的化合体。

我俩向屋子中心那张大床走去,大床缓慢旋转着,仿佛旋转着的世界。伯爵正趴在那个倒霉的妓女身上挥汗如雨,那个妓女差不多已成了个血人,发出声声呻吟。带着恋爱中的人常有的冷漠,我俩望了伯爵一眼,然后我把铺在床上的黑色兽皮垫子移开,把阿尔贝蒂娜轻轻放在床单上，床单上沾着斑斑点点的色渍，仿佛裸女从高楼阳台上摔落到人行道上溅出的血花，显得哀伤而神秘。我在阿尔贝蒂娜身边跪下，吮吸着她的乳头，满口都是冰凉的汁水，仿佛我的饥渴永远不能平息。阿尔贝蒂娜身上唯一一件衣着，那条小裤衩上的眼睛一个接一个闭上了。

就在此时，外面响起了机关枪声，子弹如冰雹般穿透窗户，撕碎丝绒窗帘，钻进我俩身下的厚床垫。

伯爵一步冲到窗边，放声大叫，让弹雨来得更猛烈些吧！一阵风吹进来，风中夹着许多碎玻璃，噼噼啪啪打在伯爵仍戴在头上的头罩上，顿时让他住了嘴。哒哒哒，又一阵弹雨袭来，打中了床上那个挨了鞭子的女人，她一下蹦起老高，接着躯体就开了花。阿尔贝蒂娜躺着一动不动，我把她拖下床，背到子弹够不到的安全地方。她浑身软作一团，仿佛一个大玩具娃娃，伤心地哭个不停。

"他们来抓你了，"阿尔贝蒂娜说道，"我也没什么招。自打损失了全部模型以后，地狱大门就洞开了。"

阿尔贝蒂娜紧紧搂住我，哭得像个孩子。

屋外传来急匆匆的脚步声，接着就是擂门声。

"是警察，"是女伙计的声音，"警察在抓两个杀人犯，跟你在一起的两个人是杀人犯。"

阿尔贝蒂娜把我推开，打开门。

"让她带你俩从后门走，"她流着泪说，"走，马上！"

"泪水？"伯爵滑到阿尔贝蒂娜身边。"婊子也会流泪？"说完，他取下头罩，伸出贪婪的舌头，舔着阿尔贝蒂娜的脸。阿尔贝蒂娜哭得太厉害了，居然没有感觉。

第五章　情色旅行　183

"我绝不走，"我一边说，一边把阿尔贝蒂娜揽入怀中。

"不行！"阿尔贝蒂娜说道，"绝不可能！"

我觉得自个儿比任何人都强壮。

"虎父无犬女，'不可能'这三个字怎么能打你嘴中蹦出来？"

我抱起阿尔贝蒂娜向过道里走去，却感到她在我怀中像雪人一样融化，越来越轻，越来越小，最后化成一股青烟。阿尔贝蒂娜眼中的泪水还没干，我能感受到她，感受到她变得越来越轻。在我眼前，她先是微微闪烁，接着上下摇曳不定，变得模糊不清，仿佛一把橡皮擦正把她在空气中的形象一点一点擦掉。最后消失的是她的眼睛，临消失前还滴下了最后一滴眼泪。那滴眼泪在半空中悬停了一小会儿，仿佛一粒钻石耳坠，最后连眼泪也不见了，只有我的肩头升起一丝湿凉的感觉。我陷入悲痛和困惑之中，子弹在我身边纷飞，耳中传来警察的叫声，真残酷，犹如刀剑相交之声，让人不寒而栗。

转瞬之间，一切都变得冰冷刺骨。

警察随身带着手电，发出的光映亮了他们身上的皮外套。除此之外，一切灯光都熄灭了，猴子身上着了火，吓得四下逃窜，仿佛一颗颗刺破夜幕的流星，它们扔下的蜡烛在脚下滚来滚去。这儿，那儿，窗上的帘幕，墙上的壁毯，都已蹿出了火苗。伯爵捡起一根猴子扔下的蜡烛，一路上看到窗帘就点着，窗帘烧得快极了，仿佛火苗直接从他手上喷出来，而不是来自那小小的烛头。老鸨领着我们这儿一转，那儿一拐，仿佛一根熟巧无比的缝衣针，拉着串在线上的伯爵和我穿过一条又一条人迹罕至的狭窄过道，骤然间爬上螺旋楼梯，再穿过宽敞空旷的大厅，我们的脚步激起一连串回声，四下里到处摆放着各种器具，有制造痛苦的，也有纵欲享乐的。兽屋里的家具全逃了出来,能听到狮子吼声连成一片,路上我们推开一把笨拙的黑熊椅子,一群鬣狗桌子从我身边奔过,一路号叫着向下一个大厅蹿去,那里面到处放着乌沉沉的镜子。我们也跟着逃了过去,就差那么一点儿没能逃出来。我们前脚刚跨过门上的珠帘,身后就传来密集的枪声,把大厅的镜子一个不剩统统打了个稀巴烂,碎成无数片银色玻璃,却看不到一丁点儿反光。阿尔贝蒂娜肯定把笼子里的山精树怪都放了出来,这些变形娼妓也在逃命。要知道,警察可是一切毫无遮掩的虚幻之物的死敌。逃跑途中,不时看到什么东西被警察的强力手电光罩住,有的满头树叶,有的周身羽毛。接着,货真价实的子弹呼啸而至,那些东西发出一声战栗的尖叫,顿时烟消云散;也有时候,那东西发出纸张相摩擦的沙沙声,如土垂地;还有时候,子弹砸烂了外壳,弹簧齿轮飞溅而出。

此时,老鸨正摆弄着一把生了锈的大锁,伯爵和我躲在阴暗的廊道里。一路上,伯爵一直没忘了偷眼观看身边的灾难,双眼中露出既饥渴又冷漠的神色。可突然间,伯爵瘫软了下来,整个人伏到我身上,说道:

"他来了。"语音中竟似含了几分扭曲的快意,仿佛正在品味着一种久别重逢的感受。是恐惧吗?

我们下方,一个人影在黑暗中渐渐显现出来,是条黑大汉,足足有六英尺半高,双肩像野牛般强健,脑袋赛过阎罗王,手里举着一把刀,隐身在楼梯中,静静观望。黑大汉身上也穿着警察的皮外套,可我一眼就瞧出来了,这不是别人,正是一路追踪伯爵的那位。他那块头实在是太大了,看了都让人发憷。他一出现,就带来一股无形的压力,我的耳鼓振动起来,仿佛此刻身处深深的水底。看来，黑大汉在等着伯爵自己现身，看他那不急不忙、候君入瓮的架势，不由给人一种感觉：伯爵迟早要落到他手里，这不过是迟早的问题。犹如盘子上的两粒水银，这两个人迟早要撞到一起。这黑大汉！简直就是用吸铁石造的。

"那个人，要是他还能叫个人，就是我的冤家对头，"伯爵低声说道，"他跟我就是一个炉子里出来的，他就是我的影子，处处都跟我倒了个个儿，真可怕。我一向都是猎人，现在却成了自己的猎物。拉住我，要不我真要给他吸过去了。"

还好，就在这个当口上，老鸨不耐烦地扯了扯伯爵的肩膀，门已经打开了，我们又上了一道楼梯，上了屋顶，外面风雨交加，可伯爵总算获救了，虽然只是暂时。我们顺着墙面上的常青藤溜了下去，老鸨最后一个下来，一落地，她就熟门熟路地领着我俩穿过一片花园似的地方，可现在，除了架在花园里的机关枪喷出的条条火舌，什么也看不见。我回头一望，客栈大半已燃起熊熊大火，可再没有时间回头望第二眼了。老鸨领着我俩穿过一道矮门，门外，拉夫里尔已在等候，马车已准备妥当，车上放着旅行时穿的披风。看到拉夫里尔，我真可以说是喜出望外，这时差不多九点，我们身后，客栈燃起的熊熊大火已把夜空染成粉色。老鸨把手伸进兜里，掏出厚厚一沓钞票，递了过来。伯爵的表情既生硬又不屑，他跳上自己的座位，俯下身，把老鸨拿着钞票的手推了回去。

"快活过了，就得付账。"伯爵说。

我们驱车狂奔在空旷的原野上，根本就不管哪儿有路，哪儿没路，伯爵和我身上还穿着滑稽可笑的男根狂欢服。车驶入一片杨树林，停了下来，回首望去，无名客栈中的一切都已被可怕的原始力量化成火焰和灰烬，乘着热空气飞过高高的围墙。一个个火球腾空而起,仿佛烦躁地拉扯着系在地面上的锁链,所有的角楼都向外喷着火舌,径直向雨云的中心飞去。一英里开外,依旧能听到痛哭哀号声和瓦砾崩塌声的交响,仿佛演奏着柏辽兹的乐章。伯爵发出魔鬼般的笑声,笑声越来越高。

"我,烈火之主。"伯爵说道,声音虽不高,却仿佛穿透了人的耳膜。我知道他在想什么,追捕他的黑大汉终于让大火给毁了。可我依旧没有从自己的悲哀中缓过神来,又怎么可能跟他一起开心?再说了,黑大汉对我来说也没什么特殊意义。

骤然间,我就把阿尔贝蒂娜拥入怀中,可刚一眨眼,她已消失得无影无踪,一切都是那样出乎意料。仿佛,当她亲吻我之时,她不过是我自己的渴望幻化出来的幽灵。这么多年,前前后后我也见过不少鬼了,可只有这只鬼迷倒了我,自己就好像半空中的谷壳,在不幸的风中飘到这儿,飘到那儿。只有一道光线照亮我脚下的道路,那就是我的爱人脸上变幻不定、吉凶叵测的荧光。日本的狐精都是女性,不单面目姣好,更是神妙的魔法师,随身带的箱子中装满了各种享乐道具。一旦她把你抱入怀中,狐精就会放出一阵令人作呕的气味,露出她的真面目,接着就消失得无影无踪,只在旷野中留下一连串笑声,真是羞死人。阿尔贝蒂娜的脸就是狐精的面具,而且是一条最少见、最珍贵的黑狐精。可是,她消失之前,留下的不是笑声,而是泪水。泪水也可以成为欺骗的标志吗?我该不该相信她的泪水?

此时,旷野中亮起道道灯柱,朝我们的方向射来,那是警察的车发出的灯光。灯光中,黑大汉骑着辆摩托车,一马当先冲在最前头。伯爵低声呻吟了一下,从嘴里冒出最为肮脏的骂人话。我们又开始了驱马狂奔。

过了许久，马车才在一条小溪旁停下来，让马喝口水。我坐在黝黑的水边，空洞地望着水面，此时，拉夫里尔走了过来，在我身边屈膝，弯腰，顺从的背脊划出一道曲线，真是优美绝伦。拉夫里尔开口说话，语音柔和，可隔着绷带，听起来不那么清晰。

"你没有失去她，"他说道，"她很安全。"

不知道拉夫里尔何以如此肯定，可他的话还是让我宽心不少。马喝完水，继续拉车前行，昼夜交替，日落月升，乡村景色从我们身边飞驰而过。大家谁也不出声，停车时就买上一大条面包，或者一长串香肠，一买完就站在店里把吃的东西往嘴里塞。警察让我怕极了，至于那个把伯爵吓得半死的黑大汉，我倒没那么害怕。黑大汉的追踪已成为我们天涯亡命的动力，伯爵时而发出歇斯底里的狂笑，时而用最肮脏的话破口大骂，可谁都能感到他心中的恐惧。他的恐惧如舞台戏剧般强烈，与他自封的神祇形象倒也一点儿都不冲突。伯爵要有人观看，我就帮这个忙，一路上观察着他，观察着这个残酷暴虐的活代表。不过，有时候，我也觉得他挺可笑。无论如何，伯爵的恐惧把拉夫里尔和我也给感染了，我俩也常常在恐惧中浑身发抖。我又想到，伯爵会不会就是乔装改扮的霍夫曼博士，因为他能把自己的想象如此真切地传递给他人。一路上，只要有什么异响，哪怕只是小树枝折断的声音，我们三人也会颤抖不已，简直已到了风声鹤唳的地步。

可他要是霍夫曼博士，自己的女儿在客栈里为什么又不认他呢？

一有时间，我就脱下在无名客栈穿上的戏服，换上伯爵为我新买的衣服。伯爵为我挑的衣服很是严肃，他希望我留在他身边做他的秘书，希望我的着装可以与之相称。我也不知道做伯爵的秘书都要做些什么，或许就是一天到晚望着他，可我还是接受了这份儿工作，反正我也没什么别的选择。我知道，一到港口，伯爵就要找条船，我也要跟着他去欧洲，去另一个大陆，地球的另半边。那里，一切对我来说都那样陌生，那样古老，没有战争，没有霍夫曼博士，没有部长，没有探寻，也没有阿尔贝蒂娜。除了我自己之外，一切都是崭新的。不能说我自己下了决心，跟随伯爵去欧洲，放弃这里的一切，只能说在伯爵的阴影笼罩之下，自己也只能做伯爵想做的，尽管我并不喜欢他这个人。同可怜的拉夫里尔一样，我已成为伯爵的附庸。

伯爵不肯脱下身上的紧身衣裤和小马甲，只是除了头罩。可没了头罩，那一身紧身装束看上去愈发滑稽。

"超级性行头，配我正合适。"伯爵如是说道。不过，他也还要顾全面子，到店里买东西，与店主人打交道时，他会用披风把全身紧紧裹住。

日夜交融，疲乏中，我已分不清白天和黑夜。一天早上，远方地平线上终于出现一条又细又长的灰带子，那就是大海。日落前，我们的马车进了港口，马一路上累坏了，此时已是骨瘦如柴。我们三人立马去了码头找船，问了好多船长，最后终于找到一条挂利比里亚旗的货船，船当晚一涨潮就出航，目的地是荷兰海牙。船长肯让我们三人上船，当然，前提是付一笔不低的费用。于是，我们把马车留在了酒馆马棚里，立即上了船。

他们给了我们三人一间窄小的船舱，里面有一张双人床，伯爵和我睡，拉夫里尔睡吊床。我们三个已经累坏了，一进船舱，就立即躺了下来，进入最为深沉的睡眠。第二天，我们醒来时，发现自己已身处大海的怀抱之中，灰暗，潮湿，上下荡漾，放眼望去，四周不见陆地。

我觉得,这趟远航自己一点儿也不情愿,因为自己将要对抗世界上最强大的潮流——泪潮。我以为,船正带着我远离阿尔贝蒂娜。那时,我还没了解到,我俩的心跳互为呼应,就如同大海上的波浪,自然而然,永不停歇。不管是谁,只要想分开我俩,就犹如用一把大梳子去分开海水,注定白费力气。那时,我还不知道,其实阿尔贝蒂娜一直和我在一起,她整个人已经同我的心融为一体。要知道,构成她躯体的物质极其柔软灵活,只要她愿意,完全可以把左手手套戴到右手上。

第六章　非洲海岸

如今,整个世界就仅限于这条船和船上面色阴沉、郁郁寡欢的水手,有东印度的,有瑞典的,有苏格兰的。水手们终日里骂骂咧咧,嘴里不干不净,不是围着巨大的船帆打转,拖啊,拽啊,拉啊,抠啊,就是忙着其他活计,合力维持着这个木头和帆布造就的躯壳,航行于大海之上。清晨,薄雾四起,海天相接;夜晚,繁星闪烁,浩瀚云河。此时此刻,我只感到苍天与风雨一样近切。开始时,我晕船晕得厉害,只能躺在自己的铺上,动一下都吃不消。没过多久,我渐渐适应了过来,可以下铺走动了,却和大多数海上旅行的人一样,成为一头可怕怪兽的猎物,这头怪兽就叫无聊。

终日里,唯一可做的就是避开船上的水手,仰望半球形天幕,凝听穿透船帆的风声,等待开饭时间。到时候,菜单上所有美味佳肴都会一股脑儿端上来:咸鱼配土豆,土豆配咸鱼。偶尔看到海鸟翩翩起舞,飞鱼跃出海面,自己也会情不自禁高声喝起彩来。伯爵带着斯多噶式的沉稳,默默忍受着这一切,实在是大大出乎我的意料之外。终日里,他默不做声地躺在自己的铺位上,犹如一具死尸,或许他正在恢复自己的力量。只有到了晚上,伯爵才会起身,那时,甲板拖洗干净了。水手们三三两两,有的坐在鸡舍上(早餐时，船长餐桌上的鸡蛋就全指望鸡舍里的住客了)，手里捧着酒罐子，小口小口啜着掺了水的朗姆酒；有的手里端着烟杆，嘴里喷着烟雾；还有的就着旋风般的风琴声，手舞足蹈。有时候，我也会加入进去，借来一支口琴，展示一下从鳄鱼人那儿学来的技艺，吹上两首长沼地区流行的谷仓舞曲。有时候，拉夫里尔也会悄悄加入进来，身形瘦削，动作羞涩，头上缠满绷带，扯着嘶哑的嗓子跟大家一起唱上一曲。拉夫里尔的歌声有些迟疑，仿佛隐藏了什么，时不时，它能在我心中引发奇异的共鸣，真是神秘，仿佛歌声发自身边的大海之中。

对于这些简朴的自娱自乐，伯爵可从来瞧不上眼，他总是径直大踏步走到船头，一阵风般地裹起身上的披风，独自坐下，凝视着前方的黑夜，沉静如周遭夜色。船头向东驶去，船尾处，落日已西沉，淡红色的云旗渐渐卷起。有时候，伯爵一个人在船头坐到深夜，一动不动，犹如船首的一尊人形木雕，只可惜这条船不叫"流浪犹太人"或"飞翔荷兰人"。伯爵仿佛退身于一片无为之境，没有人可以触碰到他；可同时，他又仿佛是驱策船只前行的原则，仿佛推着这艘船向欧洲驶去的不是海上的风，而是这位伯爵身上那既耀眼又野蛮的意志力。伯爵坚信，自己就是自然之力，有时连我也会不由自主对此打消疑虑，可是过不了多久，怀疑又会袭上心头。

水手们个个睁眼想女人，闭眼梦人鱼，饥不择食，就胡乱拖自己的伙伴充数。他们不时斜眼瞄着拉夫里尔和我，眼光中闪烁着饥饿的火花，不过我已经吃过一次亏，知道要躲他们远点儿。真奇异啊！大海之上，连日子都是蓝色的！日复一日，没有丝毫不同。我时常凝望船尾的水花，搜寻船只前进的迹象，哪怕只前进了一英尺。可茫茫大海之上，里程环环相接，仿佛珠串上的一粒粒珠子。船尾漂浮的水草越来越少，直到全然不见踪迹，陆地的一切遗迹已被海浪冲走，只剩下几只至为无畏的海鸟围着船翻飞。我闭上眼就能睡，却没有梦，我的整个人生不就是场梦吗？直到现在，身处这百无聊赖的大海之上，我才从梦中醒来。船驶过一片风暴，接踵而来的是死一般的沉寂。哦，那个我再也见不到的姑娘！对她的想念如万千只小鸟，咬着我的心房。渐渐地，连这想念也麻木了。对于伯爵带我去的地方，还有年代，我丝毫没有概念。不过，想到他一直带我坐马车，接着又上了一条三桅大帆船，我猜，不管去什么地方，那个地方应当处于 19 世纪初。

拉夫里尔和我虽然少有言语上的交流，却不知不觉间培养起伙伴间的情谊。他时常在我身边坐下，投下一道黑色身影。他头上缠满绷带，可两只眼睛还能看得见，那么大，那么温柔，棕黄色的瞳孔犹如一汪泉水般荡漾，让我想起草原动物那忧郁的眼神。不是说，眼睛乃心灵之窗吗？那其实是自欺欺人。真正传情的是眼睛周围的线条，可拉夫里尔脸上的绷带把这些线条遮得严严实实。不过，从这个饱受虐待的小个子随从身上，我还是可以感受到一丝善意，虽然他在我面前很少出声，就算出声也是长吁短叹居多。在他的指点下，我倒是发现了船上一两处与所处时代不符的地方，倒也颇为有趣。

船上的厨子是马赛人，一脸消化不良的苦相，他有一台手摇留声机，就是脑袋上顶个大号角的那种。每逢星斗满天之时，他就整晚播放一位巴黎民谣女歌手的老唱片。歌声不时跳一下，仿佛在打嗝。乘着晚风，歌声断断续续地飘到我们耳中，中间还加入了浪花拍溅声，真是能勾起人无限的旧日情丝。真奇怪，我居然也受到了影响,要知道,我可从未去过巴黎。或许,我把巴黎换成了其他什么地方。大副是芬兰人,脾气坏得出奇,嘴巴也臭得出奇。他有个大柜子,里面塞满了杂志,杂志上尽是女人照片,都是身着紧身衣、脚蹬高筒皮靴的那种。一次,他心情特别好,让我也欣赏了一下他的收藏。船长的小跟班来自利物浦,一次他对拉夫里尔说,他爸爸家里有辆自行车。可奇怪的是,后来我向他问起自行车,他居然什么也不说,只是表情茫然地摇摇脑袋,一溜烟跑掉了,说要去喂猪。船上倒还真养了几头猪,臭气熏天,等到船上的咸鱼库存所剩无几时,就要向它们开刀,用它们的肉来补充。

　　水手们一边干活,一边喊着号子,可有时,喊着喊着,突然就没声了,仿佛演员在台上突然忘了台词,嘴巴还在动,却不能发出半点声音。接着,连膀子也垂了下来,仿佛绳子也不知道怎么拿了。不过,这种中断只会持续一小会儿,接着一切又恢复航海的正常,仿佛一张旧胶片,散发出浓烈的银盐气味。还有一种事儿也颇为恼人,就是有时候,会有一种重叠的感觉,仿佛我们的船下面还有一条不同类型的船。我感到有些不安,尤其是看到船长一天忙下来,躺在自己船舱的床上,摆弄着手中收音机的指针,空气中响起一片嗞嗞的噪音时,不安就更加剧烈了。对于身边的种种重影现象,拉夫里尔似乎看得津津有味,伯爵则根本没有放在心上。他什么也不放在心上,甚至他自己的仆人。

　　最后,我还是觉得,伯爵不是霍夫曼博士,除非他是霍夫曼博士的一个反常化身。我觉得,伯爵就是个在本体世界中横冲直撞的独行侠,凭自己一力就能决定这条船驶向哪个年代。单只这个就够人琢磨的了!这趟旅途开始之前,我决不相信世上还有人有这种能力。伯爵沉默依旧,如一块巨石碑刻,可突然之间,这块巨石在我眼前四分五裂，化为齑粉，我对伯爵的敬意也消失得一干二净。我们被出卖了。

出卖我们的是船长的收音机。

一个明朗、蔚蓝的早晨，船长躺在床上，一边吃鸡蛋，一边听短波。船长的母语是荷兰语，不过，他对我用的标准语多少也懂一些，足以让他从广播中得知，伯爵和我都是通缉要犯，我头上还挂着一笔悬赏，因为我不单被控犯了谋杀罪，还被控犯了战争罪。

他们端着枪进来时，我们三人还没起床。来抓我们的是船长和大副。我们三人被戴上手铐，押进恶臭扑鼻的货仓，用铁链锁在货仓底的大铁环上。船长把船在大洋中间掉了个头，原路返回，我国警察和立陶宛政府都有悬赏，无论是谁，只要抓到了我或是伯爵，并押解归案，都可领到赏钱。

我以为，伯爵会以嘲讽和自制承受这一大逆转，却错了。我们被囚禁的头二十四小时里，伯爵一刻不停地嘶吼着，吼来吼去也只有一个高频音调。大副进来送口粮时，伯爵居然躲到一边，仿佛怕那个芬兰人会狠狠踹他一脚。他的担心绝对有道理。伯爵的狂暴与怯懦倒是把我迷住了，我很想看看他开口说话的样子，那一刻我等了整整四十八个钟头。

我们的口粮都有些什么？老规矩：大副一天两次在地上放个盘子，盘子上有三块航海压缩饼，上面爬满了象鼻虫。就这种东西我们三人都抢着吃，吃得一干二净，渣子都不剩一粒。饮水方面，大副每天放一罐陈水。大副这人还算有点人性，至少一天会给我们松开一小会儿，让我们用放在仓底的木桶方便一下。真是想不到，自己居然会怀念起臭烘烘的炖咸鱼，不过除此之外，倒没觉得仓底的囚禁有什么难以忍受之处，或许是因为船正驶向我自己爱人的国度。当然，真回到了那儿，除了酷刑室，我也别指望再有什么了。拉夫里尔似乎也很满足，或许他觉得，自己给伯爵做牛做马的日子总算到头了。仓底一片漆黑，伸手不见五指，只能感到冰凉的仓底水不时冲刷着脚。可有时候，我居然觉得，自己听到拉夫里尔在抿着嘴偷笑。该不是听错了吧！

囚禁的第三天，伯爵终于说话了。大约日落时分，因为甲板上传来手风琴声和跺脚声，下面的世界漆黑一片，不透一丝光线，也只有这点儿动静能告诉我们外面的时间了。伯爵的尖声嘶吼已降调为低沉的哀鸣。渐渐地，这哀鸣声也在一点点改变，直至能从中听出言语。

"这些东西，跟我怎么比？他们凭什么剥夺我的自由？他们根本不配做我的对手！这不公平！"

"这世道，到哪儿去讲什么公平？"伯爵的随从应声答道，语气中竟有一种少有的干脆。不过伯爵根本没听他说话，一直在憋着劲，准备来上一通长篇大论，不容分神。

"以自然公正的法则之名，我恶名昭著。我在星际间旅行，胸中燃烧着熊熊的色情烈焰。我超越一切法则！过去，也就是在我遇到那另一半之前，我可以让山峰喷出烈焰，只要打上个喷嚏，也可以把身边这些朽木烧个一干二净，而我将从余烬中一飞冲天。我就是凤凰！"

"海面上燃烧着恐怖的大火，这群蛮子相互践踏，自相残杀，就为了在救生艇上抢一个位置，可救生艇烧得最快。我的肚子里热浪翻滚，口鼻中喷出一条条火龙。啊，对了，要邀请鲨鱼也来饱餐一顿，怎么能把这个忘了呢？看哪，鲨鱼已围着船就座，船就是它们的餐桌，上面摆放着它们的美味佳肴，就等着大火把它们烤熟了。鲨鱼正等着船长身边那小子自动奉上礼物,他那多筋少肉的四肢。"

"我张开嘴,想大喝一声,开饭了,却发现话到嘴边变了味。我再也不能主动命令了,只能被动承受。"

"是他,是他动了我的舌头,在上面绑上了枷锁。"

"我向来喜欢以普罗克汝斯忒斯之床去规整千变万化的境况,直到他把我也绑在那张床上。"

(拉夫里尔突然发出一阵咳嗽声,不过只咳了一小会儿。)

"如果我真的是黑普罗米修斯,现在,是时候请我的客人饱餐一顿了。来吧,天空中的雄鹰,一只都不要落下,来享受丰盛的大餐吧! 来吧! 冲着我的肝!"

(伯爵手上的铁链响了一下,他似乎想挺起身躯,张开双臂,做出个彻底领受的造型,却被铁链束缚住了,伯爵的呻吟声渐高,成为嘶吼,又渐渐转低,再度呻吟。)

"苍鹰已啄光了我身上的血肉,就剩下一副骨架。想当年,我也曾迅如电,疾如风;想当年,我投在地上的影子也比如今强壮。如今的我就是个影子,在惊慌失措中颤抖,仿佛旅行者进入一片未曾有人踏足的土地,却发现自己丢了地图。此时此刻,我要去探索月球的暗面,那是阴暗的奴役国度。"

"我曾是烈火的主宰,如今却成了厚土的奴隶。昔日那个战无不胜的我到哪里去了! 是他! 是他偷去了! 那天我把自我挂在那个黑婊子床头的钉子上,他一把就抢走了。现如今,我成了自己的奴隶。"

"我不知道该怎么做奴隶,现如今,我成了自己的谜。我不再完整统一。"

"我惧怕自己丢失的影子，它藏身于一切影子之中。我曾犯下滔天罪行，就为了永远无法翻案的罪证，我要表明，自己对人类的轻蔑无比荣耀地把世界踩在脚下。可现如今，我的存在仅仅是一个暴行，即将被加诸己身。"

"我将成为他的奴隶的奴隶。"

伯爵颤抖的声音如泣如诉，似吟似唱。伯爵终于发表完了长篇大论，没想到拉夫里尔出了声，口气活脱脱是位学富五车、见多识广的鉴赏家。

"模仿的是洛特雷阿蒙的诗句，还有点样子。"

伯爵没留意拉夫里尔的评价，继续吟唱，若喜若颠：

"我忍受着至为锋利、穿心裂肺的痛苦。"

唱完这句，他的咏叹终于结束了，四下恢复沉寂，只听到仓外的海浪声和头顶水手们跳舞的跺脚声。拉夫里尔又开了口，这回语气更为无礼轻率。

"你也会感到痛吗？"

这个小随从，简直是反了天了。

伯爵一声长叹。

"我感觉不到痛，只能感受到苦，除非，对我来说，苦就是痛的别名。真希望能尝尝痛是什么滋味。"

这还是我头一次听到伯爵回应别人的问题。不过，倒也难以确定，伯爵的回答是否对一个人发出，确认了那人的存在。或许，这个回答不过是一次偶然的外露，发自他的自我。伯爵的自我早已把他完全吞噬。如今，铁锁加身，身陷囹圄，伯爵的自我愈发膨胀，两倍，三倍。最后，哪怕他吸一口气，也会带动铁链叮当乱响一阵。拉夫里尔又轻咳一声，清了清嗓子，说出下面一大段话，声音甚是扭捏，语气更像是个酸腐学究。

"现实中，主人和仆人必然相伴而生，处于张力之中，随此而变。中国古代哲人庄子一次梦见自己变成一只蝴蝶，醒来时，却说不清自己究竟是个人，梦中变成了蝴蝶，或是一只蝴蝶，依旧沉湎于变成人的梦中。客观看看自己的处境吧，我亲爱的伯爵，只要看上那么一小会儿，你就会发现，造成你当下痛苦的根本原因不也正是庄子之惑吗？用点心，使把劲，你一定能从当前的困顿中发展起自己的人格。"

可伯爵怎么可能向客观卑躬屈膝呢？拉夫里尔的一番话倒是给了他点儿线索，让他继续自己的独白。

"我的雄心，我的抱负，我已成了它们的奴仆么？我还是它们的主宰么？我只知道，自己追求永不中断的崇高，我向上攀登，却跌入无底深渊，深渊深处，我遇上了那个拉皮条的黑大汉。"

拉夫里尔还在解释着自己的主题。

"你和一头怪兽同住一个笼子里，不知道怪兽在你的梦中，或你在怪兽的梦中。"

伯爵猛一甩手上的铁链，发出一声巨响，狂吼道："不知道！不知道！不知道！"

三声狂吼的对象是影子，而不是拉夫里尔。拉夫里尔接着说道：

"现在，你觉得自己活在黑大汉的梦中，我想是这样吧。可事实与此恰恰相反。"

伯爵没搭理拉夫里尔。

"我从烟火猛虎上摔了下来，一直向下跌，就像卢瑟福一样，一直向下，我问我自己，这世上什么事最不可思议？答：跌入自己的怀抱之中。深渊之底,那双手已经张开,等着把我抱住。"

"我是绝对的孤独,我和我的影子充满整个宇宙。"

伯爵话一完,拉夫里尔发出一声惊呼,我也一样,感到自己的存在被否定了。我感到自己的躯体越来越小,越来越虚,真是令我惊恐万分。该怎么形容呢?包围着我的黑暗正从每个毛孔渗进来,要把我融化。拉夫里尔的脸上闪烁着白色微光,我伸出手,希望能与他携手,共赴伯爵发配我们去的幽冥之境,到了那儿至少也有个伴儿。意识越来越弱,可就在这会儿,甲板上传来可怕的声响。

手风琴发出最后一抹怪声,充满恐怖。接下来,有嘶吼喝骂声,有刀剑入肉声,有痛苦哀嚎声,嚎一下就戛然而止,肯定是甲板上的猪被海盗割断喉管之前发出的。骤然之间,我从伯爵自我的魔圈中跌了出来,躯体的溶解也中断了。我们做阶下囚的日子终于到头了。船被海盗劫了。

海盗是黄种人,个子不高,个个面色黝黑,体格健壮,满脸大胡子,腰上都挂着硕大的剑。他们说话的声音硬邦邦的,脸上很少有表情,更别说笑容了,唯一能看见他们笑的时候,就是他们砍人脑袋的时候。就着甲板上的火光,海盗们开始了一场漫长的仪式,把水手的脑袋一个接一个砍下来。看着砍下来的脑袋在甲板上又滚又跳,海盗们无不哈哈大笑起来。得知伯爵和我是杀人犯,海盗们立起敬意,手中巨剑一挥,斩断了禁锢我俩的铁链。那剑,真是锋利无比!接着,我俩被带上甲板,成了斩首仪式的观礼嘉宾。

除了我们三人,船上所有人都做了刀下鬼。没了脑袋的躯干被抛落海,海盗们留下了脑袋,打算用火烤焙后做纪念品。一闻到血腥味,伯爵眼看着就胖了起来,目不转睛地瞪着血淋淋的斩首表演,看得津津有味,仿佛欣赏艳舞表演。他一把掀开披风,露出在无名客栈穿上的戏服,傲然展示着自己的特异,众海盗纷纷深吸一口气,满脸钦佩的神色,深深鞠上一躬,以示敬意。形势又一次大逆转,伯爵又完整了,再次走上上升之路。

拉夫里尔可一点儿也不像囚在货仓时那样干脆了,变得很小心,很不安,跟在我左右,寸步不离。后来,我得知,他当时很害怕,差点就要向我吐露自己的真实身份,这样咱俩就不至于到死还不能相认了。海盗是死神的雇佣军。

海盗乘着一条漆黑的船,驶过狂涛怒海,远离他们出生的国度。海盗船首画着两只大眼睛,船尾做成鱼尾的形状,三角形的船帆也是黑色,就连桅杆上升起的旗子也是黑色。看样子,他们可能是库尔德人、蒙古人和马来人的混种,不过看他们那副冷峻乖戾的尊容,他们的祖籍应当更为阴森恐怖。海盗们顶礼膜拜的是一把剑。

把货船上的船员一个不剩全部处死后,海盗们就忙着把货船洗劫一空,把上面的东西统统搬到自己船上去。海盗在前舱找到了几大桶朗姆酒,顿时乐不可支,嘴里发出模糊不清的哼唧声。不过,他们并没有立马打开木桶,而是把酒搬到祭坛之上,先献给剑神品尝。拉夫里尔和我紧跟在伯爵身后,寸步不敢离开,仿佛是受了惊吓的孩子。对伯爵,海盗们有着发自本能的敬意,他们看到我们三人的手腕都被铁链磨破了,就用香油和药物浸泡过的布条为我们包扎起来,还无偿为我们提供了一间舱室,和我们在货船上住过的那间小船舱比起来,这间可宽敞得多了。船舱地板上铺着草席,有床垫可以睡觉,舱壁上挂着一只纯黑色的铁制小公鸡,虽然在海风的侵蚀下有点儿生了锈,还是显得颇有品味。吃饭时,海盗送来美味可口的米饭、腌鱼和泡菜。海盗船船身很轻,海上显得格外单薄,我感到死神距自己如此之近,既是空前,亦可谓绝后。一阵不大的风也可以把这条船打翻,把我们的主人和我们一股脑儿掀到海里。不过,海盗操舟的技术真可谓超绝。

当年,在东方漫游时,伯爵对许多东方语言都略知一二。此时,他发现自己语言库中的某些词句和海盗首领能共通,于是便大多数时候都同海盗首领泡在一起。这位首领面色阴沉,喜怒不形于色,杀起人来更是眼都不眨一下,脸上永远是一副严厉的神色,绝无缓和之时,就跟他顶礼膜拜的那把剑一样。伯爵一心想跟着首领学几手剑道,言谈间也打听到我们的目的地。海盗船将要穿越大西洋,一路上看见船就抢,绕过好望角,再穿越印度洋,或管他什么洋,最后在离中国海岸不远的一处小岛下锚停泊。岛上有他们的贼赃,他们的神庙,他们的铸剑厂,还有他们的女人。在我们眼前将要展开的是一段艰苦又乏味的航程,处处险恶,步步惊心。看起来,我们自由了,可和被铁链锁在货仓底的那几天相比,我心中的恐惧更甚。

船上有间拜剑神的神社,里面供了一把剑,架在两个乌木架上,上方的舱壁上挂着好几圈人的脑袋,都烤得焦黑,缩到只有猴子脑袋一般大小。每天清晨,海盗头子先对着剑祷告一番,然后脱下他身上唯一的一片布,就是包着胯下的屁股兜,面对着神坛撅起屁股。他的手下排成一行,一个接一个从他屁股后面走过,面色凝重,一言不发,亲一下海盗头子暴露的屁眼,厚颜无耻地叫唤一声,再用剑轻轻拍一下海盗头子屁股上的肥肉。这群海盗对首领的忠心可真是没得说,简直可以把每个海盗都看成首领身上的一个部分,因此所有人也就是一个人,难分彼此。他们就好像剪刀在对折的纸上剪出的纸人,手牵着手,看不出任何区别。清晨的仪式可以说是表忠心,也可以说是加深忠心。之后,海盗们开始练剑。

海盗们用的剑很重,很长,足足有海盗半人高,双面开刃,剑柄很特别,必须双手才能持稳。用好这种武器很要有些技术,却没什么策略可言,每一剑下去都能要了对手的命,砍瓜切菜般把对手劈为两半。这种剑根本无法抵挡,想要保住自己的性命,唯有先发制人,先要了对手的性命。这种武器不允许它的使用者思前想后,根本就是用钢铁铸造而成的毁灭冲动。海盗们看上去那样矮小,那样单薄,那样沉默,那样残暴,似乎把自己的全部都献给了手中的剑,仿佛剑就是他们的灵魂。也可以说,海盗们与手中的剑达成了协议,让剑代自己出声,电光火石之间,挥舞的剑可比他们那单调沉闷的语言灵巧多了,况且就这种语言,还常常词不达意,舌头打结,说了上句忘了下句。海盗们每天练剑要练六个小时,把甲板变成了练武场,顿时一片刀光剑影,剑刃的反光似乎栖留在甲板的半空中,久久才缓缓散去。练完剑,海盗们还要磨剑、擦剑,又是一个小时,全搞好了已是夕阳西沉。于是他们齐声高唱一支无调的曲子,可能是首挽歌,哀悼被他们用手中的剑砍杀的又一个白天。夜里,海盗们入睡后,船上没有半点声音。

海盗们供我们吃,供我们喝,也不限制我们的自由,真该好好谢谢他们。海盗船犹如一只贴着海面的乌鸦,从峰顶浪尖掠飞而过,而不是航行而过。船上所有人和死神之间只隔了一层薄薄的木板,全凭海盗精湛无比的操舟术,船才没沉,其惊险之处丝毫不亚于高空走钢丝。海盗的操舟术和他们的剑术一样令人咂舌,看看他们这种刀头舔血、火中取栗的日子，不由让人觉得，他们其实是死神的亲密盟友。拉夫里尔和我终日躲在船舱里，大气都不敢出，总有一种大祸即将临头的预兆。我发现，拉夫里尔那双明亮的大眼睛总是在望着我，目光中饱含感情，甚至可以说是深情款款。我也有一种感觉，我俩早已相识，他是我命中唯一的朋友。不过，我俩间的感情并没有开花结果，拉夫里尔如今几乎整天不开口，对我说的话就只剩下"早上好"、"晚上好"。我开始觉得，过不了多久，自己也要不会说话了。每天，我用指甲在船舱木壁上划一道杠，划了十二道杠之后，迎来一个月圆之夜。海盗们凿开了装朗姆酒的大木桶，我意识到，他们就要把长期以来压抑的情感倾泻而出了，定要一醉方休。

　　海盗们开始把自己灌醉。开始时，他们还是显得那样勤勉，跟做别的事没什么区别。这是酷热的一夜，四下静极了，似乎预示着不祥。一轮胖鼓鼓的月亮照亮海中发出磷光的浮游生物，海盗船在磷光的包围下摇来晃去，仿佛摇曳在一片冷寂的火焰之中。海盗们早已收好了帆，船可以自己漂浮，这一夜，还有接下来一天的大部分时间，都不需人手照看，因为每个海盗都要开怀畅饮，直喝到酩酊大醉，不省人事。海盗们在甲板上列好队，和往常一样，盘腿坐在圆蒲席上，面对船的尾部。尾楼上，神社之下，海盗头子也盘腿而坐，面对着他的手下，身边陪坐着他的嘉宾，也就是伯爵，装朗姆酒的大木桶就在他面前放着。众海盗每人手里都拿着一只铁皮罐子，首领先呜哩哗啦说上一通，好像是谢恩什么的，接着拿起一柄长柄勺，先把伯爵手中的铁皮罐装满，接着自己也装了满满一罐，一饮而尽。众海盗一个接一个走上前来，分到自己的一份，在月光下，轮廓是那样清晰，犹如印度尼西亚皮影戏中的人物。众海盗个个身上只穿了一条黑色屁股兜,腰间却挂着长长的剑,头上绑着黑色汗巾,没有一个人的身高超过四又四分之三英尺,简直就是一支死神手下的侏儒军队。走到首领面前,海盗们无一例外先解下腰间的剑,放到首领身边,然后再用铁皮罐接首领分的酒,个个都是满满一下子,差不多要泼洒出来。只见首领身边的剑越堆越高,或许,这表达了众海盗对自己首领的信任;又或许,这是一项预防措施,防止他们酒过三巡、醉意朦胧之时,把剑给搞脏了。

众海盗一个接一个用手中的铁皮罐接着酒,拉夫里尔站在我身边,透过窗户看着甲板上这一幕。他轻轻扯了扯我的袖口,说道:"快看,天边有一片陆地。"

越过波光闪烁、上下浮动的海面,在很远、很远的地方,能看到一大片热带雨林,举起枝繁叶茂的膊膀,托举着白色的天空。船一路向南,已经航行了数百英里,远方的景致很是陌生,仿佛来到了另一座星球。可不管怎么说,那毕竟是陆地,我的心也欢快地跳动起来,尽管我知道,一上陆地,等待着我的很可能不是享福,而是遭罪。

"这一带洋流很险恶,随时可能有龙卷风,之前丝毫没有先兆。"拉夫里尔说道,"海盗们偏偏挑这么个地方喝酒,真是不明智。"

"仪式总是比理智更为重要。"我答道,"只要到了满月,他们就必须喝醉,哪怕身处飓风口也必须如此。"

"真希望他们拜的不是钢铁。钢铁太硬,不知道何谓变通。"拉夫里尔说道。

终于有人能说上话了,感觉真是好极了。不过,拉夫里尔伪装得太彻底，也太狡猾，我没能辨认出他的庐山真面目。

"咱们总不能求老天爷吹场飓风，把船打沉，却让我们大难不死吧！"我说道。

"当然不行，"拉夫里尔答道，"不过，飓风受制于偶然，而偶然是不偏不倚的。咱们可以依靠不偏不倚的偶然。看看天边吧，我想，一场风暴正悄悄到来。"

我也抬头看了看天，却只看到皎洁的月光和大片大片的浮云。众海盗已列队迎来第二轮了，已经开始哼哼唧唧、乐得冒泡了，你捅我一下，我操你一下。关于享乐，他们的想法也确实至为原始简单，他们的行为就只有两个极端，要么是悲剧，要么是闹剧。只要脱下甲胄，放下腰间的剑，肚子里再装上那么点儿酒精，他们就闹得天翻地覆，没心没肺，却又全无孩子那种天真。伯爵对海盗那种视死如归的劲头一向赞不绝口，可这会儿，虽然我待在舱内，也能看得出，不满的神色正在伯爵脸上积聚。喝完第三轮，海盗们一个接一个把包屁股的布片也扯了下来，开始一场放屁大赛。只听见甲板上传来一阵又一阵乒乒乓乓声，仿佛炮火齐射的轰鸣。月光下，甲板上亮起一对对屁股，两个半球凑成一张柠檬黄色的大脸庞，向半空中张嘴吐气，声音一个比一个响亮，其间夹杂着刺耳的狂笑声。没过一会儿，海盗们用火柴点燃喷出的气体，每张屁股后面喷射出蓝色的火焰，在空中飘浮一小会，接着散去。

"看，云层越来越厚了。"拉夫里尔屏住气息说道。确实，天空变得越来越阴郁，月光中闪耀着凶险不祥的光亮，可众海盗此时又怎能看得见？

甲板上，有的海盗捉对摔跤，有的把别人压在身下当马骑，有的去首领处领酒，一路上被绊倒一次又一次，路似乎永远走不到头，首领那儿的酒也似乎永远喝不完。首领本人每给手下舀上一罐酒，自己就喝上两三口，现在也迷糊了，常常手里拿着勺子，却找不到罐子，把酒直接倒到领酒人的头上，又引发一阵阵哄笑。有人从神社墙上解下人头环，拿到甲板上，于是开始了一场人头足球赛。伯爵高高地坐在船的尾楼上，俯视甲板上的一切，一言不发，脸上的线条却展现出贵族的厌恶。

"月亮有晕了。"拉夫里尔兴奋地说。

我抬头仰望，只见月亮已露出愤怒的神色，四周围着一圈硫黄色的光彩，白生生的巨口向外喷吐着凶恶的热流。这一切海盗们可看不到了，看到了也不会当回事儿，有的站得好好的，突然就瘫软了下来，仿佛当头挨了一下重击，接着就是鼾声如雷；还有的呕到虚脱，摇摇晃晃走上几步，倒在甲板上；不过，大多数就是倒在甲板上，像刚刚打了麻药的病人，睡得死般深沉。渐渐地，叫喝声、笑骂声、醉酒后的歌声都隐退下去，海盗头子喝得最多，却最后一个倒。只见他端坐的身躯向一侧倾斜，紧紧抓住盛酒的大木桶想把身子撑住，最后和木桶一起倒了下去，滚上一会儿，躺在一摊倾倒出的酒液中，再也不动弹一下。伯爵站起身，走进神社，拿起供奉的剑，那姿势仿佛在说：这么高贵的神灵，就你们也配！他那高高瘦瘦的身形犹如一只白鹳，脸上的神情却如风暴一样暴烈。骤然之间，风暴袭来，闪电映亮伯爵手中的剑，雨柱夹杂着热带海洋的愤怒，冲刷着甲板上已不省人事的狂欢人众。伯爵咬着牙，蹦出一个字："猪！"冲海盗头子吐了一口口水，跨过甲板上横七竖八的躯体和一摊摊污渍，有上面吐出来的，也有下面喷出来的，厌恶之情溢于言表。他走到船舵的位置上，指挥我俩把船径直向风暴之眼驶去。

我和拉夫里尔从舱里跑出来，伏在伯爵身侧，寻求他的庇护，仿佛是他养的两条狗。此时此刻，伯爵身上又显露出惊天地泣鬼神的力量，风暴不过是他手中的武器，他要用这件武器毁掉这条黑船，还有船上所有船员。

空气仿佛已着了火，主桅杆咔嚓一声折为两截，轰然倒下，只要是平的东西，上面都跳跃着暴风雨的火光；雨柱鞭打着我们，白浪冲刷着我们，身上早就湿透了，船还没沉，人已经差不多淹了个半死。船就要撑不住了，剧烈地左右摇摆，甲板上依旧睡得像死猪一样的海盗不是被掀到沸腾的海里，就是被倾倒的木头砸成肉酱。我和拉夫里尔紧紧抱在一起，只见黑色的帆被风吹开，乘着狂风的翅膀，不知飞向何处。伯爵挥舞着手中的剑，仿佛自己是名指挥大师，手中挥舞的是指挥棒，这场风暴正是他指挥的一部交响曲。又一次，我们听到他那狂放不羁的笑声，竟然比风声和涛声加在一起都更加响亮。狂风和海流把船向陆地的方向推去，半空中不时划过一道闪亮，劈开夜幕。岸上，高大的棕榈树在狂风中深深弯着腰，仿佛鞠躬以迎接伯爵的到来。不过，船的飘动根本没有方向可言，忽左忽右，我们什么也看不清。不一会儿，传来一连串令人周身战栗的震动，船彻底解了体，船上所有人都跌入海中。

烂醉如泥的海盗似乎连眼皮都没眨一下，就消失在海水之下。我和拉夫里尔还活着，被冲上一片白色海滩，在风的作用下，这种海滩上时时都在形成小沙丘。一同被冲上海滩的有大量黑色漂浮木，也有不少棕黄色肤的尸体。

不错，我们仁幸免于难，伯爵、拉夫里尔和我，虽然保住了命，却也差不多成了三堆被海水泡涨的臭肉，耳朵里还在响着飓风的嘶鸣，仿佛贝壳堵住了耳朵孔，也把外界的声音堵在了外面。一道巨大的白头浪不经意地把我冲上海滩，几乎一直推到森林的边缘。接着，又一道浪打来，没前面那道浪大，海水褪去，沙滩上多了拉夫里尔，手里还抱着一片舵。我跌跌撞撞地跑了过去，把他拖到安全的地方。正在此时，天空中划过一道闪电，强光中，我看到伯爵从海中走来，一副闲庭漫步的神色，仿佛刚刚在海中洗了把澡，目光中流溢着奇特的光彩，显得甚是满足。伯爵手中还紧握着那柄利刃。

我和拉夫里尔跟在伯爵身后，往丛林深处行进了一会儿。拉夫里尔和我用嫩灌木枝搭了两处巢穴，头一碰到嫩草堆成的枕头，就沉沉睡去。伯爵却一直坐着，彻夜未眠，手中持着利剑，像是在为我俩守夜。拉夫里尔和我醒来时，伯爵依然跪坐在灌木旁，一群调皮捣蛋的猴子不断地朝我们扔树叶、树枝，还有椰果。日头已高高升上半空，热带丛林发出神秘的耳语，在耳中轻轻回荡，远处传来海浪的拍击声，空气温软而香甜。

风暴已经过去，这座棕榈树搭成的穹顶圣殿中，充斥着祥和安宁的气氛。树枝上绕着蔓藤萝，形成一张巨网，阳光从网眼中漏下，把下面的一切照成半透明的绿色，也照在我们三人身上。瞧我们这三个，凑在一起，真是要多别扭有多别扭。气温迅速上升，我们被海水泡透的衣物上升起一股股白色的水汽，甚至连拉夫里尔脸上的绷带也开始有水汽升起来。拉夫里尔脸上的绷带早已污秽不堪，可他就是不肯拆下来，犟得很。再度感到自己站在坚实的陆地上，那感觉真是妙不可言，尽管我说不上这片陆地究竟属于哪一块大陆。我觉得，它肯定属于自己可爱的祖国，属于南美大陆,伯爵却一心希望自己正立足于黑非洲的陆地之上。拉夫里尔淡淡地说,咱们全然不知自己身处何方,不过,最大的可能是,风和潮水把我们送上大洋深处某座海岛的沙滩。后来,我们仨一起去海边冲洗,与此地的居民不期而遇,他们个个皮肤黝黑锃亮。那一刻,我们确定了自己踏的是非洲大陆。

潮水在退却,洁白的沙滩一望无际,上面散落着一具具死尸,尸体上已沾上贝壳。沙粒洁白无瑕,反射着阳光,更把此地居民肤色映衬得黑亮无比。这些人身上披着花棉布长袍,脖子戴着干豆串项链,在沉船残骸间寻找刀剑之类的宝贝。人群中有男有女,身材都很高大,一副不怒自威的样子;人群中还有不少孩子,不时发出阵阵欢笑声,那份可爱,真是没得说。人群看到我们仨,发出低沉的哞哞声,仿佛一群睿智的牛。我们仨站着一动不动,看着人群向我们一步步走来,身上的衣服冒出丝丝白烟。人群的步伐很慢,有的拿着海盗的剑,可一点儿都不合手,干脆拖着走。能看见他们脸上和胸口上有本族的标记,是用刀在血肉上烙刻出来的,烙刻完之后立即往伤口上抹一种白色黏土,所以结痂后全然失去了血色。我们仨在等,越来越多的人从丛林中走出来,迈着优美的步伐,简直可以在头上顶个大坛子。孩子们围在大人身边,蹦蹦跳跳,身上什么也没穿,简直像是煤炭刻出来的走线木偶。自打看到这些人的肤色,伯爵就抖个不停,看得出,他是怕到了极点。人群在沙滩上投下厚密的阴影,一点点接近,丝毫瞧不出害怕的样子,最后围成一个圈,把我们仨围在当中。此时,我们才明白过来,自己成了俘虏。

就在此时,林中传来一阵音乐声,调子相当原始,却也令人热血沸腾。乐曲声中,一队亚马逊武士从林间鱼贯而出,都是些上了岁数的老妇女,个个摇着又肥又大的屁股,那形状简直就像熟透了的桃子,轻轻一碰就会有汁水喷出。这些女武士胸口佩戴着银质胸甲,一对乳房随着步伐一会从胸甲后蹦出来,一会又缩回去,显得松松垮垮,皱痕累累。可不管怎么说,这队武士还是挺有型,有的上身披着血红色的斗篷,下身穿着白色灯笼裤,有的身上的斗篷是巧克力色,下身穿着深蓝色灯笼裤。所有武士都戴着头盔,头盔上有马鬃装饰。队伍一侧是几名军官,看来,屁股尺寸的大小至少是她们挑选军官的标准之一。军官手中持着乐器,有长管喇叭,有小巧的手鼓,武士们手中持着的则是各式各样的古董武器,有长柄鸟枪,有喇叭口短铳,有滑膛枪,还有锋刃如剃刀般锐利的战刀,简直就是一座移动的古董军械博物馆。武士们向我们仨比划了几下,意思简洁明了:你们被俘了。比划完,他们就把我们仨层层捆在中间,押着我们沿着一条绿色小径向村庄所在的空地走去。紧跟我们身后,迈着任何时候都从容不迫的步伐,跟着此地主人的,是皮肤黝黑的村民。

村庄看上去挺不错,宁静,安逸,四处竖立着干土坯房,都挺敞亮。武士们把我们仨押进其中一间,室内整齐洁净,给我们弄了点吃的,除了舂碎的谷粉,居然还掺了些腌制的肉丁,都用宽大的棕榈树叶包着。拉夫里尔和我敞开肚子饱餐一顿,伯爵却碰都没碰眼前的美味,浑身抖个不停,活像一具风中的骷髅。武士们又送来几床被子,伯爵一下子钻了进去,身子蜷成一团,嘴里不住念叨着:"报应到了!报应到了!"面对伯爵这副死相,武士们连眼皮都没眨一下,对我们依旧礼数十足。一切都显得那样理智和谐,处处流露出淳厚的待客之道,唯一不和谐之处就是我们吃东西时坐的凳子和放食物的桌子实在是太矮了,凳子和小桌都是骨头打造的，从形状来看，不可能是别的，肯定是人骨。不过，骨头上的花朵甚是繁复，除了涂上暗红色的颜料外，还布满贝壳和鸟羽构成的方格纹饰，因此乍看上去，倒是很难看出其本来面目。

武士们一边扯去我们身上破烂污秽的衣物，一边发出一声声惊呼，显出厌恶的样子，却也不失礼节。拉夫里尔迅速躲到了屋角，那样子就像个羞涩的大姑娘，还真是楚楚动人。没一会儿，有人送来几大块棉布，有的染成黑色，有的染成靛色，有的染成肉红色，我们仨就把棉布披在身上，就像古罗马人披在身上的犹加袍。穿戴停当，我和拉夫里尔走出土坯房，在门口的阳光地里坐下，试着继续我俩的无声交流。我俩身边围了几个村里的孩子，一双双大眼睛瞪得溜圆，流露出一副郑重其事的神色。孩子们对拉夫里尔脸上的绷带十分好奇，时而指指点点，时而发出一阵笑声。或许，在他们眼中，缠在脸上的绷带就是一张怪脸的一部分。拉夫里尔也跟着孩子们一起笑，笑声中满是母爱和温存。嗨，我早该起疑心的，可偏偏没有！一整个早上就这样耗了过去，丝毫没有恐怖的迹象，不过，我看到几个妇女在空地上架起了几口大锅，又在锅下升火，又往锅里加水，忙得不亦乐乎。太阳照到了头顶，这时，武士队长出现在我们仨面前，对我们说，接着就要去参拜本村的酋长了，酋长居住在村子外面，离村子还有一段距离。于是，我们仨扯扯平身上的袍子，用手梳了梳满头乱发。伯爵赖着不肯走，队长只好用手中滑膛枪的枪柄捅着他走。最后，伯爵心不甘情不愿地跟在我们身后。

看啊！昔日不可一世的狂人！现如今，却是一身水，满脸泥，活像条癞皮狗。伯爵身上的黑连体紧身衣如今已经是一条一条的了，两脚的大脚趾都露了出来，胯下的位置破了个洞，于是他两腿之间的那根东西也钻了出来，却垂头丧气地耷拉着脑袋，活像泄了气的气球。伯爵一瘸一拐地向前走着，仿佛折了翅膀的雄鹰。这可怜巴巴的猛虎！可就在昨天夜里，那个视风暴如无物，踏狂涛骇浪如履平地的，不也正是他吗！我们一行人从村中穿过，还没等出村，伯爵似乎聚起体内残存的最后一点勇气，身上也似乎放射出最后几丝神秘的领袖气质，至少可以傲然挺胸了。我们队伍中有几个喇叭手，一路走，一路吹出刺耳的喇叭声，一刻也不停，倒仿佛激起了伯爵的勇气。

　　陡峭的小道一路上行，路两旁长满棕榈树，灰中带点蓝色的树干犹如一根根巨大的圆柱，高耸入云，上面顶着一顶翠绿色的小伞，犹如一座植物搭建起的大教堂。押送我们仨的战士一言不发，神情肃穆，向前迈着步子，伴行的乐队也转了一个更为悲伤的调子，奏出的乐曲听起来甚是哀怨凄凉。我们一行人行进到一座瀑布前，所有武士无一例外都伏下身去，脸紧紧贴在地上，顶礼膜拜。瀑布另一头是一片光滑的山岩，山岩上有个洞，入口处挂着印花棉布，跟我们身上穿的一样。武士们再次拜倒，看来，这就是酋长的居所了，而且这位酋长在自己子民眼中带着神祇的威严。此时，伯爵已是面色煞白，仿佛身上的血都被抽干了，可他还在硬撑着，身上多少还能看出点昔日的狂放不羁。喇叭声和手鼓声都已停了下来，可还能听到瀑布的淙淙流水声，中间夹杂着一阵阵噼噼啪啪声，那是木柴燃烧发出的声音。木柴在一个巨大的瓦罐下燃烧，瓦罐就架在洞口外面。

　　我向身后张望了一下，才发现全村人都跟来了。四下里鸦雀无声，黑压压跪倒一片，一个个把脸深深埋在草里，或紧紧贴在地上，只有我们仨还站着。这一百来号人，却没有一点声响，四下笼罩着一片祭祀前的宁静,不禁令我惴惴不安。就在此时,一队女子从洞中鱼贯而出,都是酋长的妻妾,但挂在洞口的棉布帘没有拉开,依旧看不到里面的情况。酋长的妻妾们真可谓黑中透亮,身上一丝不挂,头上戴着鸵鸟羽饰。一出洞口,女子们围着洞口站好,个个脸上摆出既顺从又仰慕的神色。不少女子的乳房上和屁股上都留着血印子,是牙咬的,咬得可真狠!有的女子只剩下一个乳头,大多数女子身上少了点儿零件,这个是根手指,那个是根脚趾。有个女子岁数看上去不大,少了只眼睛,空洞的眼窝里放了块红宝石。还有些女子的牙齿形状怪诞,一看就知道是假的,是从整根象牙上雕出来的。虽然缺少这,缺少那,残缺不全,但不可否认,这些女子都很漂亮,更因残缺而显得更加妖娆。跟在女子们身后,走出好几个阉仆,接着是御用阉割师,御用理发师,以及其他形形色色的原始官宦。最后所有朝臣都露了面,在洞口前一字排开站好,仿佛准备照集体照。

鼓声再度响起,仿佛濒死的心脏,惨痛地跳动着。这会儿,差不多整个部落都趴到了地上,只有酋长的两名妻子匍匐爬到洞口前,终于拉开了挂在洞口的布帘。霎时间,喇叭嘶鸣,我们终于看到了酋长的真面目。

酋长端坐在白骨森森的高台上,身下的宝座也是白骨打造的。高台下有四个头骨打造的轮子,我们的目光中,高台托着宝座缓缓滑出洞口,轮子从五六个妻妾伸出的手臂上无情地碾过,最后停了下来。坐在宝座上,酋长也足有六英尺来高,肤色简直比最黑的夜色还要黑。看上去,酋长根本就是一尊供人顶礼膜拜的偶像,那样狂暴,那样怪诞,却也那样威风凛凛,不怒自威。

酋长头上戴着一顶典仪发冠,发冠分三层,以同心圆排列,最接近酋长头皮的那圈是棕色，中间一圈是肉红色，最外面一圈是金色。发冠本身已绚得让人目不转睛，上面还缠着一条条用各式各样宝石缀成的链子，酋长的脖子上，实际上，他整个上半身都缠满了纯金打造的链条，链条上更挂着各式各样的挂坠、灵符，甚至是孩童细小的骷髅，摇摇摆摆，晃来晃去。酋长两边的面颊上各涂了两个圆圈，每个圈都分好几层，由外向内依次是白色、黄色、绿色、蓝色、红色，两眼上方的额头还画了第三只眼睛，棕色的瞳孔外包裹着一圈眼白。酋长手中握着一根巨大的腿骨，权当他的权杖，权杖通体涂成血红色，上面嵌满了宝石和珍禽的羽毛。酋长腰际围着一块虎皮，脚上穿着金丝编织的凉鞋，十根脚趾统统伸露在外头，显得那样强劲有力，仿佛是扎到地上的根，每根脚趾上都戴着金环，镶着宝石，一粒粒个头吓人，闪耀着珠光宝气。脚趾尚且如此，手指就更不用说了，酋长的十根手指都戴满了宝石，仿佛整根手指就是宝石拼缀而成。望着酋长的脸，一股寒意不禁从我心底升起，那种恐怖感更甚于阿兹塔克的印第安偶像。此时，挂在洞口的布帘已拉开，我终于看清了洞穴内部的情形。天哪！那儿简直就是一条用人骨搭建的长廊。

"欢迎驾临太阳之子的国度！"酋长的声音如洪钟，在洞中回响，渐渐消逝于洞穴深处。酋长一开口，鼓声也跟着响了起来，不过，看得出来，酋长并未对拉夫里尔和我说话，而是说给伯爵一个人听的。

"你就是我唯一的宿命。"伯爵答道，"你篡改了我的罗盘，无论我驶向哪个方向，罗盘都指向你。你不愧是我虚伪的影子，简直就是另一个我，我的兄弟。"

此时，我终于瞧了出来，眼前这位令人望而生畏的酋长不就是我见过的那个黑大汉皮条客吗？他终于可以为自己的马子报仇雪恨了，伯爵自己不也热烈地期盼着他为自己的马子报仇雪恨吗？酋长从宝座上站了起来，走下高台，踩着一个个妻妾的身子走了过来，走到伯爵面前，一把把伯爵给抱住，给了伯爵一个最热烈的拥抱，接着狠狠一拳揍在伯爵身上。伯爵向后摇了一摇，晃了几晃，跌出酋长的臂膀，一屁股倒在地上。酋长抬起一只脚，踏在伯爵胸口上，摆出猎人猎到猎物时的姿态，开口说了起来。说话时，酋长仰面朝天，仿佛不是向我们，而是向天空说话。此刻，透过茂密的棕榈树叶，能看到块块蓝天，晶莹剔透，让人目眩神迷。

"在我的国度，习俗无不野蛮，践行决然彻底。让尔等看个实例！看看你们身边的那些孩子，是不是个个都显得那样讨喜，简直就像是让-雅克·卢梭笔下刻画出来的小天使，是不是？可我要告诉你们，自打这些家伙长出第一颗乳牙，他们每天吃的就是煎屁股肉，烤肩膀肉，人肉羹，人肉烩，总之离不开人肉。瞧这些小子！眼睛多亮！四肢多强劲！肤色多油光锃亮，多健康！这一切都拜他们恐怖的饮食所赐。不妨再告诉你们，这种饮食对增强性欲，延长性力更有妙不可言的功效，可以将力比多之力提升三倍以上。不妨问问我的妻妾，她们谁都可以证明。不过，我和我的子民已学会了如何在慎重中求快感，无论我们私底下的行径多么可恶可憎，绝不会在公众面前留下行为不检、放浪无度的印象，哪怕只那么一丁点儿也不会留下。"

"知道我如何统治自己小小的王国吗？靠的就是绝对的严刑峻法。王者要想保住自己的王位，就必须绝对冷酷无情，把自己的心肠锻造成最为坚硬的金属，除此之外，别无他法。我是这片土地的主宰，不单是凡世的主宰，更是永世的主宰，是神。我可以随心所欲，为所欲为，只要出自我口，一切皆为'律法'。我就是臣民们的恐惧，是他们迷信崇拜的对象，是他们永远看不清、想不明、又敬又怕的谜。要是哪个臣民心底萌生了一丝反叛的念头，哪怕只有一丁点儿，我也能觉察到。我有一套侦察系统，能探测人的心灵，像魔镜一样把人们心底最隐晦的念头映射出来。要是有哪个大逆不道，敢心存不轨，他和他的全家存在于这个世上的时间就只剩下屈指可数的一小会儿了，我可不会给他充足的时间，让他把心底的不轨付诸行动。所有乱臣贼子都直接送给伙头军，在那儿，他们将化身为味道鲜美、营养丰富的浓汤。瞧瞧我的士兵们，一个个多健壮，都是得益于人肉浓汤。就算是他们的非物质部分，或者说他们的灵魂，也不能逃脱我的惩罚。我宣扬灵魂，鼓动臣民信仰灵魂，这样就能更有效地恐吓他们了。只要有谁敢心存不轨，哪怕只有一丁点儿想法，不单他自己要倒霉，更要全家连坐，祸及三代。因此，我的臣民们会打理好自己的心灵园地，除了顺从的百合外，那里什么也长不出。"

此时，伯爵晃晃悠悠站了起来，满脸痛苦的神色，可酋长又是一脚，把伯爵踢得趴在地上，跪在他脚边。这次，伯爵再也没能爬起来，直到酋长完成了他的慷慨陈词。

"你们是不是想问，为什么我的军队完全由女性组成？在人们眼中，女性通常不是比较温柔多情吗？先生们，抛却心中的陈腐偏见吧，用心检视，不难发现，所谓女性形象的传统观念根本就是建立于遥远模糊的回忆之中。人们认为，在来自人生最初时光的回忆中，自己看到女性把自己拥入温暖的怀中，一面喂着甜美的乳汁，一面轻哼着摇篮曲。只要有她在，沐浴在她的光辉之中，不管小床下藏了什么毒蛇怪兽，都不敢冒出头来。撕掉这幅慈母画像吧！女性和自然一样，报复心极强。母亲爱自己的孩子，只为了把他养白养胖，日后吃起来更加美味可口。一旦女性推倒自欺欺人的慈母屏风，就会看到，自己心中其实蕴藏着无尽的残忍，深不见底，变幻无穷，简直妙不可言。知道怎么才能加入我的军队，成为我的武士吗？她们中每一个都要把自己的头胎活生生吞下去，首先把四肢一个接一个扯下来，完了还要敲开骨头，吸干骨髓。荣耀和勇气都是自己挣来的，虽然是女人，我的武士们绝对冷酷无情。简直可以说，她们早已远远超越了血肉之躯的一切情感。"

听到这句话，所有武士刷地抬起头，动作之整齐划一犹如一个人一般，酋长的溢美令她们个个都露出了笑脸。正所谓千穿万穿，马屁不穿，看来，这些女人至少对高帽子还是有所反应的。

酋长继续说道："我早年做过的实验早已证明，女性情感的深度和广度与一个要素有直接联系，那就是，性行为中女性对快感的兴奋度。于是，我和我的一众御医一番讨论，做出一个听上去有些残忍的决定：本部族所有女子，初潮之后，都必须把阴蒂切除。我可以骄傲地宣布，无论是我的妻妾，或是本族中其他女人，都从未体验过哪怕是一丝一毫的快感，感受过哪怕是转瞬即逝的高潮，无论是从我身上，还是从我的臣民身上。因此，本族女人绝对冷酷，只对残忍酷刑做出反应。"

酋长的这番话在部落男成员中引起了共鸣，有人赞许地窃窃私语，更有人情不自禁鼓起掌来。武士们立马冲进人群，把手中的剑放平了狠拍那些嘈杂的家伙，人群很快又恢复安静。

"在我的土地上，你们会看到，人性恶毒、险恶而狂暴，一言以概之，就是与自然和谐到了极点。我这个人心肠虽然有点硬，却由衷地热爱着和谐。昨晚吞噬你们的船的大风暴，在我看来就是和谐嘛！你们那艘船，那个渺小的人造物，看着就让人生气。现在，它和谐了，解脱了，回归自我了，也就是说，重新回到了一个不属于人的世界了。狮子扑羊，在我眼中一样是和谐，一言以蔽之，一切毁灭的表象在我眼中都是和谐。请注意我的措辞，我说的是表象，从根本上说，无所谓毁灭，更无所谓创造。我的和谐观与日月争辉，历万世而永存。"

"我快乐，因为我是个怪物。"

现如今回想起来，这个吃人肉的暴君，这个把自己的暴行如数家珍般向外人炫耀的怪物，绝不可能是那个新奥尔良黑大汉皮条客，只不过是占用了黑大汉的形象。不过，伯爵倒是颇有眼光，一眼就看出了，这个残暴得令人发指的君王是另一种类型的狂人。立陶宛贵族和食人君王其实一模一样，两人都在为了毁灭现存世界而冲锋陷阵。瞧瞧这个世界吧！陆上有地震，海上有旋风，灾难和毁灭接二连三，排着队出现。各种物质力量尚未驯服，也根本无法驯服，个个对人类虎视眈眈，对人类的命运无动于衷。海洋、森林、高山、气候，它们构成了当前这个世界，没有辩驳的余地，更无法更易。社会组织才是我们人类自己的世界，自然和社会差距之大简直是一个天，一个地。可不管二者差距有多大，我们人类早已串谋好了，视而不见。也只能视而不见，如若不然，我们立刻就会发现，自己原来是无与伦比的渺小，无与伦比的微不足道。还有我们的那些欲望，或许在人类的夜空中能绽放出奇光异彩。可冷月当头，仰望群星，想象一下众多星辰在无言中默默旋转着，此时此刻，那些欲望又算得了什么呢？只不过是彩纸折出的玩偶罢了。

这些念头从我脑海中流过时，那个怪物还在折磨着伯爵。这时，我感到一只手抓住了我的手，那是拉夫里尔的手，在我的手中寻找安慰。

"本族的传统同历史没有半点瓜葛，本王特别注意压制一切同历史有关的东西，否则，臣民们就会从历代君王之死中学到些什么。本王登基之后，立马把以往历代君王的偶像付之一炬，更建起至为广泛的单一崇拜体系，当然，我就是所有人顶礼膜拜的对象。在我的国土上，过去只能作为一系列仪式而存在，用以证明本王无所不能，无往不胜，是万能之神。本王的话就是教义，本王的形象就是楷模，本王集君主与政府于一身，是二者的完美结合。"

说完这番话，酋长冲着伯爵微微一笑。我惊恐地发现，两人的面容简直一模一样，仿佛伯爵在一摊黑水中见到了自己的影子，上面漂浮着几朵零落的花瓣。

"想当年，在新奥尔良的妓院里，我眼睁睁看着你把一个妓女活活掐死，就为了提高一点'性'趣，是不是，我亲爱的伯爵？自打那时起，我就对你穷追不舍，上天入地，过往未来。你激起了我的好奇，看着和自己一样残暴的兄弟在自己手中受罪，还有什么暴行比这更令人兴奋？能比这更残暴？看你受罪，我自己也算是合身了，我倒想看看你到底能承受多大痛苦。"

"我也想看看自己到底能承受多大痛苦。"伯爵答道。

"我的好奇心挺大，曾有个黑袍耶稣会传教士，跑到我的部族来，跟我们一起生活了一年时间。等到他见识了我的手段之后，居然厉声斥责我，跟我大谈什么悲天悯人，慈悲为怀。于是，我先把他整个人钉在树上，因为他自己亲口说过，所有的酷刑和折磨中，他最欣赏的就是钉十字。然后，趁着他还没断气，躯体还在抽动，我亲手把他的心掏了出来。那老家伙不是口口声声慈悲为怀吗？我倒要看看，他的这个器官同普通人有没有区别。很遗憾，没有任何区别。"

"现在我很想瞧瞧，你，或者说咱哥俩，到底长没长心。其实，咱哥俩不也是自然看得见、摸得着的奴隶吗？"

"我也想知道，自己到底能不能忍受痛苦，更想尝尝自己的血肉的滋味。要知道，我可是个美食家。"

"把他绑起来。"

酋长的话音一落，两名女武士就跳到伯爵身上，用一根粗绳把伯爵的手腕捆了起来。这时，酋长身后的群臣中走出一个家伙，圆滚滚的，咧着大嘴傻笑。这家伙身上什么都没穿，只是头上顶着顶大厨的高帽子，腰上扎了根腰带，上面插着各式各样的长柄勺子，两只手也没闲着，一只手里端着一罐盐，另一只手里拎着一把调味香菜。大锅里的水也冒起了泡，厨子走到大锅前，豪爽地把手中的作料一股脑都投入到锅中。看到这一幕，伯爵居然轻声笑了起来。

"你有没有想过，我太老了，肉也太硬了吗？身上也没几两肉，肯定做不出美味可口的大餐。"

"当然想过，"人肉厨子答道，"所以，我要把你煮烂煲汤。"

武士用剑尖在伯爵大腿上轻轻一划，包裹着伯爵的紧身衣应剑而开，仿佛绽放的花瓣，露出两条惨白、干瘦的大腿。武士又割开伯爵上身的紧身衣，紧身衣裂成两半，跌落地上。此刻，伯爵身上没有一丁点儿遮体之物，只见他身材高大，却没有几斤肉，简直就是骨架上包层皮,铁灰色的长发蓬松张扬,就像一头马鬃。虽然没有衣物遮体,伯爵依旧为一层孤独所笼罩着,这种孤独织成的斗篷看不见,摸不着,却又显得那么怪异,令伯爵显得那样与众不同。伯爵也是位君王,或许,他失去了自己的领土,却也因此而显得愈发孤傲。人肉厨子又往大锅里扔了一串洋葱,想了想,又往锅里加了些盐,用长柄勺搅了搅,舀起一点锅里的汤,放到嘴里尝了尝,点了点头。两位女武士架着伯爵走到大锅前,一人捉住伯爵的一条胳膊,把他抬起来,然后头朝上脚朝下缓缓放进锅里的沸水中。伯爵一点点沉了下去,最后只剩下脑袋露在锅沿之上。眼看着伯爵的面色越来越红,可表情居然没有变化,一声不吭,忍受着活煮的痛苦煎熬。真难以想象他怎么可能熬这么久!

渐渐地,他的脸已红透了,就像煮熟的虾子。此时,伯爵放声大笑起来,笑声中充满欢乐,纯粹的欢乐。

"哈,"伯爵在锅中大叫道,"哈,我感到痛了,我终于知道什么叫痛了!"

伯爵鼓足最后一点力气,从大锅中一跃而起,向上飞升,看那姿势,就像个彻底得到解脱的人。

可就当他到达巅峰之际,他的心肯定爆裂了,只见他嘴也扁了,眼睛也突了,鲜血沿着两只鼻孔喷溅而出。扑通一声,伯爵跌落回大锅中,溅起一大片滚开的汤水,至少把在场的一半朝臣都给烫着了。这一次,他整个身子沉了下去,连脑袋也看不见了,没过多久,锅中就飘起一阵阵肉香,乘着滚滚热气,四散飘开去,一旁观看的人无一例外重复着一个相同的动作——咽口水。

两行泪水从拉夫里尔的眼中滑落,打湿了他脸上的绷带。看到他这样,我也不禁有些动情,可我也明白,接下来的人肉盛宴上，他和我，恐怕就要做这群食人生番的点心了。人肉厨子指派几个徒弟搭好长长的桌子，上面放上火盆，升起熊熊的炭火，他自己则忙着给烤肉架上油。

"先剥那个小的。"酋长命令道，根本不想跟我俩多废话。在他眼里，我俩根本就是两块肉。

两个武士捉住拉夫里尔的肩膀，把他从我身边拖开，用剑割开他身上的袍子。袍子随着剑尖的滑动，开裂，跌落，露出了。天哪，这哪里是小男孩的肉体，根本就是一个年轻女性的胴体，曲线丰满，凹凸尽致，皮肤闪耀着黄金的光辉，整个血肉之躯仿佛装满了金色的阳光。认出来了，我认出来了，看着武士一层层剥去他脸上的绷带，绷带的尽头既没有脓肿的恶疮，更没有一张缺鼻子少眼睛、伤痕累累的脸，那正是阿尔贝蒂娜无双的娇颜。

这辈子，我从未像那一刻那样英雄气概过。

我想都没想就动手了。我一只手抢过身边一名武士手中的利刃，另一只手夺下另一名武士手中的滑膛枪。接着一人一刀，我把利刃送进身边这两名武士的肚子，接着又刺倒押着阿尔贝蒂娜的武士。我扔掉手中的利刃，腾出手把阿尔贝蒂娜紧紧搂入怀中，另一只手举着滑膛枪，死死瞄着酋长的脑袋，扣动了扳机。

一颗古老的子弹从枪膛中射出，正中酋长的前额，射穿了画在前额上的第三只眼。鲜血顿时泉涌而出，仿佛水管上突然破了个大洞，喷出的鲜血在空中划出一道大大的圆弧，把我和阿尔贝蒂娜淋了个透。酋长定是当时就了了账，可肌肉还在抽动，把他整个人竖立了起来。就这样，酋长立在自己的座驾之上，身子左摇右摆，鲜血从额头源源不断地喷涌而出，仿佛一座喷泉。除了我和阿尔贝蒂娜，所有人都吓呆了，嘴里呻吟着，身子抖个不停，仿佛见到了日食。不知怎的,酋长尸首无规律的乱动催动了座驾的轮子,车子动了起来,向前方的下坡滑去,刚开始时很缓慢,可越来越快,座驾之上,断了气的酋长还保持着站立的姿势,仿佛死神瞬间就把他的躯体给冻住了。血还在喷,难道他血管中的血是无穷无尽的吗?就这样,座驾一头撞了过去,从他的妻妾、阉仆,还有部落臣民身上碾过,臣民们哭天抢地地扑了上去,抱住座驾上的轮子,发出一波又一波凄厉的叫声。

酋长的座驾碾过一条血肉之路,上面高塔般仁立的酋长摇摇欲坠,可偏偏就是不倒,疯狂地一路冲下去,直冲到河边,然后一头栽进河水之中,泛起几串泡泡,就被湍急的流水带走,仅仅几秒钟时间已漂到瀑布边。在那儿,座驾和上面的乘客一齐被激流抛到半空中,二者终于分开了,然后又重重落到岩石之上,摔得四分五裂,骨肉分离,再被流水冲得一干二净。

阿尔贝蒂娜和我深深相吻。

酋长的武士当时就该杀了我俩,要真是那样,我俩倒是快乐到了极致,再没有丝毫遗憾了。可当时一切都陷入混乱之中,对这个部族的人来说,他们的天塌了。那些个妻妾、阉仆,一个个捶胸顿足,乱扯着头发,杀猪般号嗨起来,其实她们自己也全没了主意,只能按照风俗,来上演一套花样百出的哀悼典礼。巫师们不约而同在地上画个圈,自己站到圈里去,想召回酋长的亡魂;武士的首领则发号施令,命令所有的战士列好队,开始操演队列。于是乎,平民们在用各种方式表达自己的悲痛,武士们却排成四列,不停地将扛在肩上的武器换到另一边肩上,再换回来,再换回去,动作确实整齐划一。要在平时,这倒也确实能振奋人心,可现如今,只能让人觉得武士们的忠诚和责任感已远远超出了理智的极限,到了荒诞不经的地步。不过,我可忙着呢,我要吻阿尔贝蒂娜,哪有时间看她们的操演?空气中的肉香越来越浓烈,看来伯爵已经煮得差不多了。这时,阿尔贝蒂娜在我的怀中动了一下,说:

"我得去见伯爵最后一面,不管怎么说,咱们一起航行了这么远。再说了,我也确实佩服他。"

阿尔贝蒂娜挣脱我的双臂,跑到大锅边,赤裸裸的,像一场梦。她掀开盖在锅口上的盖子,搅了一下锅里浓稠的汤,汤面上泛起几根调味植物的叶子。

"不可否认,伯爵是个值得尊敬的对手,他一个小小的动作就能创造出他所想要的虚无。"

说完这句话,阿尔贝蒂娜把盖子重新扣上,动作干净利落,就像个深谙厨艺的主妇。她脱下身边一具武士尸首的衣着,自己一件件穿上,穿上深蓝色的战裙,又披上巧克力色的披风。穿戴停当,阿尔贝蒂娜又拾起散落在地上的兵器,两只手能抱多少就抱多少,最后意味深长地对我轻唤:

"跟我来。"

没人上前阻止我俩。密林如一道厚实的门,在我俩身后缓缓关闭,没一会儿,方才还震天动地的号啕声就已全然听不到了,四下陷入一片死一般的沉寂。

第七章　混沌时间

曾有个青年,叫德赛得里奥,出门远行,可不一会就彻底迷失了方向。每每他以为自己已抵达了目的地,结果却发现那不过是又一段旅程的开端,前方的路更凶险百倍。这不,就这会儿,阿尔贝蒂娜冲我微微一笑,对我说,我俩已跳出时空的约束。实际上,自打我遇上乔装打扮的阿尔贝蒂娜,时空便已不再约束我俩的历险。我俩一路深入她父亲一手创造的混沌时间,可如今,她父亲也无法控制自己一手创造的混沌时间了,因为用来控制的模型在那次泥石流中全部埋葬在大山之下。此时此刻,阿尔贝蒂娜看上去有些超然,有些冷漠。

刚开始的时候,四下的景物跟热带雨林也没多大区别,可即便如此,也足以让我瞠目结舌了。要知道,我生长于温带,往日所见不是低矮的灌木,就是稀疏的林地,对于此刻周遭所见一点儿心理准备都没有。只见四下到处流溢着近乎超自然的生命力,高大的棕榈树直插云霄,在高高的半空中枝叶连成一片,遮天蔽日,枝杈叠着枝杈,藤萝缠着藤萝。身陷绿色之中,看着身边一棵棵巨木,哪一棵都比我所属的种族更加古老,我简直要发狂了。幸好身边有阿尔贝蒂娜,是她领着我,在密林底部茂密的植被中择路而行,小心翼翼,像只机警的小猫,因为密林底部同样危机四伏,到处是模样怪异的食肉植物,硕大的花朵扭曲着,仿佛被人搅扰了清梦而痛苦不堪。这真是片弱肉强食之林,处处暗藏杀机。

林中所有的植物向外喷着毒雾,倒不是针对我俩,或其他闯入密林的陌生人,而是整片林子生性就恶毒,不需要理由,也只能如此,根本没有选择的余地。树干上到处爬满着藤条,上面开出硕大的花朵,见什么咬什么,管它是一只蜻蜓,一条长虫,甚至只是一股路过的清风。它们也没得选,只能如此凶恶。树叶之浓密,连日光经过都被染成淡绿色的光晕,人走在里面,双耳就仿佛被皮毛塞住了一样,什么声音也听不到。林子实在太密了,连小鸟都飞不进来,又哪里能听到鸟鸣? 阿尔贝蒂娜身披重甲,挥舞着手中的兵刃,傲然走在前头,真像是一位来自遥远异国他乡的女王。

"我亲爱的阿尔贝蒂娜,你怎么会同时又是拉夫里尔,又是客栈女主人?"

"这还不容易。"阿尔贝蒂娜答道。说话时,她的口音与往日有了些许变化,且颇为咬文嚼字,仿佛说的是一门外语,虽然这门语言她已使用得绝对流利,可毕竟不是自己的母语。我自始至终都没能搞明白,阿尔贝蒂娜学会的第一种语言是哪门语言。不过,她的母语,更准确地说,她母亲的语言,是汉语。

"我上了客栈女主人的身,"阿尔贝蒂娜解释道,"话又说回来,那副皮肉不就是谁出钱就归谁吗? 当时,拉夫里尔人在马厩里,其实拉夫里尔也就是我,灵魂出窍,进入兽室,上了女店主的身,借用了她的肉体。精神,也可以说是灵魂,要是思念过了头,就会一分为二,一个去与情人相会,一解相思之苦,另一个则留在原地，完成日常要做的大小杂事。德赛得里奥！欲望是你的名字，千万不要低估它的力量。不是有个传说吗？养由基射咒，中石，石钦箭没羽。他为什么有如此神力，就因为他一心一意地以为那是只咒，自己的箭一定可以射穿它。"

阿尔贝蒂娜实在是太美了，就算她对我一番说教，我也全然没放在心上。我对她说，此时此刻，我只想要她，心中欲火已熊熊燃烧，可她却说，自己有任务在身，所以，恐怕还要等一等。

"咱俩的恋情还是隐秘点儿好。"阿尔贝蒂娜说道，居然用上了自己的一个化身之前说过的话。她的言行举止实在是太美了，完全把我给迷住了，所以我虽然有些沮丧，也只是耸了耸肩，没有再坚持下去，安心地陪在她身边，向密林深处走去。走了一会儿，阿尔贝蒂娜在前方的巨石上发现了一只小动物，样子有点儿像兔子，正在用前爪接巨石上的溪水洗脸。阿尔贝蒂娜一箭结果了那个小生命，捡起猎物，继续前行。不一会儿，我俩走入一片空旷的开阔地，此时地上的阴影越来越浓，已是傍晚时分。我把猎物剥了，阿尔贝蒂娜从衣袋里翻出引火石，生起一堆火，把猎物烤了。我俩并肩而坐，看着通红的炭火渐渐飞散，倾诉着衷曲。

"不错，伯爵是个危险人物，我一直在严密监视他，自打开战，这是我最重要的任务。可能的话，我想把伯爵领到父亲的城堡去，看能不能把他收到父亲的麾下。毕竟，伯爵法力无边，虽然有时显得脑子搭错了根弦，整个真实世界也填不饱他的胃口。可伯爵还是尽所能让世界达到他的标准，只不过他的意志太强大了，连他自己也搞不明白。还记得那些个吓死人的小丑吗？就是那群死神海盗，其实根本就是伯爵自己造出来的。"

"伯爵不单欲壑难填，更是个纯粹的思想家，这点才最是令人不寒而栗。可以说,伯爵是个最具有形上气质的浪荡子,一旦他胸中燃起欲火,就跟任何哲学家的思想一样明晰透彻,充满理智。他摆弄起血肉之躯,犹如要就一条定律作出证明。无论他的欲念多么微不足道,却事先都经过一番深思熟虑,他就像一个专制君主,牢牢抓住自己的欲念。在床上,他的恐怖游戏可以把天花板都震塌了,可他的一举一动,每一个细节,无不事先精打细算,更在脑海中预演了一遍又一遍。所以,他看上去完全在随着欲念走,可这根本就是幻象,他的那些欲念也必须是绝对的综合,唯此方能达到绝对的真实。"

"说一千,道一万,伯爵和他的一切根本都是幻想。或许,他会货真价实地射精,汹涌如山洪,可他却不会释放出任何能量。相反,他会释放出一种负能量,一种令生命凋零枯萎的力量,与普遍男女性行为中释放的那种孕育生命的力量截然相反,却同样强大。"

(说到这儿,阿尔贝蒂娜轻轻推开我放到她乳房上的手,低声说:"还不是时候。")

"可不管怎么说,伯爵的作为还是相当令人惊叹。瞧他在床上那副架势,你简直以为他外接了一部发动机。要真有什么发动机,那就是他的意志,而他犯下的致命错误,就是错把意志当成欲念。"

"可谁又能分得清意志和欲念呢?"

"欲念绝不能强迫。"阿尔贝蒂娜答得又快又脆,简直像个学究。此时此刻,她不是正在强迫我的欲念吗? 一答完,阿尔贝蒂娜又把话头引回到老路上去。

"所以,伯爵由志生欲。"

我再次打断了阿尔贝蒂娜的话。

"伯爵怎么会一直没有发现你是女儿身?"

"因为他每次上我都是从背后,知道什么叫背插后庭花吗?"阿尔贝蒂娜耐心解释道。"再说了,色欲蒙住了他的眼睛,他什么也看不到,只在乎自己的感觉。"

阿尔贝蒂娜又重弹起旧调。

"伯爵心中有个'我',在监视着他的一举一动,正是这个心中之我的意志把伯爵变成个怪物。这个'我'超越于伯爵人格之外,却又寄居于伯爵灵魂之中,可以说,它既是台上的演员,又是台下的观众。首先,伯爵宁愿相信,自己心中住着个恶魔;其次,伯爵宁愿相信,他自己也变成了恶魔。伯爵甚至连自己的戏服都挑好了,就是那套紧身衣,倒像是他自己的一层皮!那个黑大汉酋长其实就是伯爵的另一个自我,是伯爵身上的那股毁灭力量制造出来的偶像。只不过,同伯爵的心魔相比,这个活生生的黑魔鬼更凶残,驾着战车,所到之处无不被碾成齑粉。其实,伯爵的心魔与面对的黑魔鬼互为彼此,只不过伯爵抱住自己的独立自主性不肯放手,于是他既成了受害者,又成了施暴者。对他自己而言,关键要能坚信,一切都顺从于他,即便是物质也不例外。"

"于是,当伯爵第一次感到痛时,立马就刺激过度而毙命。可不管怎么说,他死的时候很快乐,但凡是制造痛苦者,都对痛苦的本质有着无比的好奇。"

"自打我跟在伯爵左右,我就明白了,必须放弃招徕伯爵的念头,除了他自己之外,伯爵从来不会服从于任何人。只要他有念头,或者说有了意志,他只要打个喷嚏就能把父亲的城堡震塌,一阵大笑就能震爆父亲实验室中的所有试管。自打那之后,我的任务就变了，变成隔离他。"

"开始，我还以为伯爵就是你父亲。"

"我父亲?"阿尔贝蒂娜大叫一声，接着发出音乐般的笑声，"开始，我们还以为他是你的那位部长呢! 即便我与部长见过面之后，我也还觉得不能完全排除这种可能。两个人的步伐都能让地为之动，山为之摇。"

"打什么时候起，你们不再把我当成敌军的特务?"

"自打父亲确认，你爱上了我。"阿尔贝蒂娜答道，那语气，仿佛这是再明显不过的事实。

夜色如幕罩下，我俩身边围起一堵黑丝绒墙，磷光、蛇眼，还有臭烘烘的萤火虫，在墙上一闪一闪，此起彼伏，可阿尔贝蒂娜双目中的光彩一点儿也没有减退，仿佛永不熄灭的太阳。这会儿，她两眼散射出柔和朦胧的棕色光辉，形状就像两粒侧立着的泪珠，这可真是一双魅力无穷的眼睛，有着绝美的轮廓和迷人的眼神，但其魅力远不止于此。从那双眼深处，你仿佛能听到一声声热烈的呼喊，让你听了为之心旌动摇，不能自已。这双眼睛就是黑天鹅的歌声，在这双眼睛中，一切感官融为一体，无论是梦魇还是死神，都无法止住这歌声，更勿奢谈将其毁灭，至多只能在歌声之上披上一层轻纱，却让它听起来愈发迷离。

上半夜，阿尔贝蒂娜睡觉，我守夜，防止有野兽来袭;下半夜，咱俩轮个班。就这样，在剩下的旅途中，我俩夜里轮流休息，不过没过多久，白天和夜晚就融为一体，难分彼此，我俩也根本搞不明白究竟过了多久。出了这片凶恶的雨林，前方景物多了不少女性的温柔，处处可见羽毛如宝石般光艳的小鸟，每只小鸟都长着小姑娘的脸。此外，还有树梢上挂着一串串蛋的树。其实，看到的哪一样不是出乎意料，令人啧啧称奇呢？

"这片土地只属于混沌时间，我也不知道这里会发生什么。"阿尔贝蒂娜说道。"老教授和他掌管的模型都不见了，父亲现在也是束手无策，一切要等到新模型造出来再说。就目前而言，欲望可以为所欲为，想怎么样就怎么样。天知道咱俩会遇上什么。"

"当然，要是父亲的实验失败了，咱俩什么也不会遇上。"

"为什么？"

"构成欲望的物质没有差别，不分彼此，故而也无力维持固定的形状。"阿尔贝蒂娜看出我没大听明白，又不情愿地解释了一下。"也就是说，城堡的性能输出不足。"

我还是没听懂，但顾全阿尔贝蒂娜的面子，还是点了点头，

"咱俩要时刻盯着空中，晚上一定要升起一堆火，迟早有一天，我会联系上父亲的空中巡逻兵。"

"博士已经扩大了战事的边界吗？"

"还没有，"阿尔贝蒂娜答道，"不过父亲会对大多数遭遗弃的地域持续进行空中侦察，看看有没有什么新物种出现。"

对我而言，阿尔贝蒂娜的话简直就是天方夜谭，可就目前这样，把自己的命运交到她手中，我已经很知足了。于是，我俩继续深入这片奇幻异常却又危机四伏的奇境。

不久，我俩就认识了一种灰中带点绿的灌木，把它叫作"痛苦树"，因为这种树的叶子和树皮上长满了肉眼看不到的刺，手一碰到就会被刺痛，肿起一大片，又红又痛，好久才会消下去。有一种树，树皮像鱼鳞一样，对人无害，只是日上三竿，气温回升时，就会发出一阵阵恶臭，真让人吃不消。有一种白栀子花，香得实在是稠，还会分泌出黏稠的胶质液体，也很香。我收集了不少，用线

串成一串，送给阿尔贝蒂娜当项链戴。有时，我俩穿行于全是香木的小树林，鼻翼间尽是让人如痴如醉、昏昏欲睡的气味；也有时，我俩会经过一簇簇奇怪的植物，阿尔贝蒂娜和我都觉得应该是仙人掌的一个变种。这种植物很是高大，通体雪白，质地柔软，形状圆润，顶端长着一个樱红的小肉丁。把小肉丁含在嘴里，立时会有一股香甜的乳汁流入齿颊之间，让人感到精神爽利，困倦感顿消。这汁水甜美的仙人掌只聚集一处，而且颇为齐整，要是这片土地有人烟的话，我们倒真会以为这是耕种过的农作物。然而，我俩自始至终没有见到任何有人居住的迹象，只是时不时会发现野马在地面上留下的蹄印。

地面上，树枝上，耳朵状报春花四处爬行，那一只只深紫色的耳朵应该就是绽放的花朵吧。有些花还会唱歌，只可惜始终未能一识这些花的庐山真面目。有一种灌木，长着带条纹的羽毛，会下蛋，一窝有六到七只，呈棕黄色，大小同小母鸡下的蛋相仿。下蛋时，这种灌木浑身颤抖，咯咯鸣叫，接着发出一声长长的叹息。在这片森林里，似乎自然挪走了以往一贯坚持、不肯放松的物种界限，于是乎动物和植物混杂到了一起。这不，我俩在这里见到的唯一一种动物却更像是会动的植物，通体翠绿，只有一只眼睛，只会慢慢吞吞地爬行。穿在树枝上烤一烤，味道与烤芹菜颇有相似之处。

根据我的记忆，我和阿尔贝蒂娜在这片混沌大地上漫无目的地走了三天，碰到了最奇特的一棵树。这棵树孤零零地长在一座小山包顶上，有四根小树干扎入泥土之中，树的主干颇为粗壮，主干之上枝杈横生，颇有点儿像欧洲橡树。然而，主干之下和四根小树干之间却生着一具马的尸体，皮肉早已烂光了，只见骨骼、内脏都一应俱全,清晰可见,绿色的汁液在内脏中上下翻腾,最后排出一种蜂蜜一样的黏稠液体。也就是在这儿,我俩自打进入这片丛林以来,首次见到了有人的迹象。几块马蹄铁,钉在这株马树的主干之上,仿佛是一种装饰,在风中发出叮当的响声;一根颇为粗壮的树枝上挂着一根琴弓,不过从中间一折为二;整棵树上,只要能挂住东西的地方,都挂着许愿结,层层叠叠,结上布满经文符咒;树干之上钉了许多许愿钉,钉上挂着一簇簇马的鬃毛,都精心梳成小辫状。马树四周的地面踩上去松松软软的,颇有弹性,上面铺着厚厚一层马粪蛋子,粪蛋子上印满马蹄印。

阿尔贝蒂娜和我站在小丘顶,身侧就是这个半马、半树的神奇生物,向前方极目眺望,映入眼帘的是一片世外桃源般的山谷,肥沃的土地上没有藩篱分割,金黄色的麦田在微风中掀起波波轻浪。阿尔贝蒂娜用手指着眼前的美景,与此同时,我也看到几个雄壮的身形在麦田中劈波斩浪,向我俩飞速奔来,脚下踏着青绿色的地毯,悄无声息,仿佛梦境中疾驰的骏马。到近处,我看清了,这些生物长着马的躯体,人的脑袋,是半人半马兽。

来的人马兽共有四匹,一匹枣红色,一匹全黑,一匹灰色带条纹,还有一匹则通体雪白,没有一点儿杂斑。马的躯体之上,挺起的胸膛闪耀着古铜色的光芒,从远处望去,倒好像每匹人马兽的肩上都套了一件女式紧身绒线衫。每匹人马兽都留着一头长发,披散在脑后,直落而下,长发的色泽与身上的毛发一致,五官看上去极为严峻,仿佛一位纯古典主义大师手中的贵族形象。鼻梁笔直,简直可以在鼻梁顶端撒上一粒铅珠,看着珠粒滚落。双唇的线条也是那样锐利,仿佛一位面色凝重、双唇紧闭的法官。四匹人马兽身上的鬃毛修剪得都很整齐,小腹沟末梢是生殖器,这点跟人一样。他们是兽,自然不会为暴露的生殖器而羞耻;与此同时,他们也是人,硕大的生殖器依旧会令他们感到自豪,虽然他们自己可能并不觉得。靠近我和阿尔贝蒂娜后,四匹人马兽迈着小碎步向我俩跑来,西沉的落日正好把余晖投射到他们身上,把他们照得熠熠生辉,仿佛四件古希腊时代的艺术珍品,诞生于众神尚未离开人间的时代。不过,人马兽可不会把自己当做神灵,他们相信,自己这个种族永远走在一条超脱堕落和罪恶的钢丝之上。

直到人马兽走到近前,我才看到,他们的身体其实是完全赤裸的,先前看上去像是绒线衫的东西其实是文身,其图案之精巧完全是我见所未见。每匹人马兽身上的文身是一个整体,覆盖了整个后背、两只手臂,前胸和上腹上也文满图案,直到喉咙下方。至于面部,雄性人马兽不纹,可雌性人马兽的面部也文满图案,目的是制造更大的痛苦。人马兽坚信,雌性生来就是要受苦的。图案的色彩甚是精妙,都融合到了一起,所用的色系相当有限,只有黛黑、浅蓝、火红三种,颇具简约的美学优势。图案中大多用翻腾弯曲的线条表现出众多马族的神灵和恶魔,有的头上戴着花冠,有的胸前挂着玉米,此外还有乳房状仙人掌的标准形象,所有图案都用针刺入表皮之下,一眼望上去,不禁令人联想到刺绣。

四匹人马兽跑上小丘,面朝马树,齐声发出了三次甚是刺耳的嘶鸣,然后每匹拉下一坨粪蛋。再接下来,枣红人马兽发出极具磁性、让人听了心神荡漾的低音,开始吟唱一首圣歌,也可能是在吟诵经文,听起来和犹太正教的诵经有点儿相似。不过,诵颂过程中还加入了许多颇具舞台效果的动作。此时此刻,天空中那匹熊熊燃烧的神马,太阳马,就要回到自己在天国的马厩了,关上栅栏,静视夜色淹没的大地。此时此刻,枣红人马兽一定要吟唱一曲,感谢一日到了尽头。根据人马兽的宗教,此世间的一切无不仰仗神马源源不断的恩赐,亦无不仰仗神马之子民时时刻刻为自己犯下的罪恶所做的忏悔。在遥远的过去,时间刚刚破晓之时,该族的祖先犯下了可怕的罪行,而且,罪行依旧在延续,年复一年,周而复始。这一切我当时并不知晓。枣红的嗓子简直就是一部乐器,当时我还听不懂他们的语言,想当然地以为这是一首没有歌词的曲子。另外三匹人马兽隔一会就和唱一下,形成美妙的多声部,也不时扬蹄踢踏着脚下的地面,令歌曲听起来更富于节奏,实在是令人如痴如醉,三日不知肉味。

枣红合上了喉咙,微微点点头,表示自己的颂曲已经结束,他黑色的鬃毛和马尾已略显灰白,脸上也刻画着岁月的痕迹,却也平添一种英雄的苍凉之美。此时,他喉咙里发出一连串低沉的声音,犹如天边滚过的闷雷,他是在对阿尔贝蒂娜和我说话。

我俩一个字也听不懂。后来,我对人马兽的语言略知一二,才知道他们的语言中既没有词汇,更没有语法,有的仅仅是语音的变化。要想弄明白人马兽的语言,不单要有锐利的听觉,更要有锐利的直觉才行。似乎,人马兽的全部语言都是由吟唱经文自然演化而出的,对他们来说,吟唱经文可是事关种族的生存与延续的天大的事。

枣红看出了阿尔贝蒂娜和我脸上困惑不解的神色,耸耸肩,比划了一下,意思是叫我俩放下手中的武器,见我俩照他意思去做了,他又比划了一下,让我俩爬上通体黑和灰条纹。我赶紧一通比划,意思是说我俩不配把他们骑在胯下,可枣红微微笑了一下,还是比划着告诉我俩,就算不配,也必须骑上去。许久以后,我才知晓,我俩骑的可是他们教会中的两个大角色,通体黑是铁匠,灰条纹是文书,这两个职务相当于我们人类的大主教。直到那时,我才明白,自己的待遇是多么特殊。通体黑和灰条纹用强健有力的手臂抓住阿尔贝蒂娜和我,把我俩甩到宽厚的背上,动作轻盈,四蹄腾空,仿佛我俩是刚出生不久的婴儿。我觉得,他俩此前应该没有驮过人,不过步履依旧稳健,倒不是为了让背上的乘客坐得舒服,不会跌下来,而是因为他们生来就只会这一种步伐,不像人类养的马,既会缓行,又会小跑。一行四匹人兽飞驰过如海的麦田,前方出现一连串农舍,通体黑和灰条纹把阿尔贝蒂娜和我轻轻放下。看周围,这里应该是一处村民聚会的场所,前方有座颇为高大的木制讲坛,坛上倒悬着一只铜号角。枣红上了讲坛,取过号角,把喇叭口放到唇边,用力吹了下去。

村里的人马兽厩棚都是用整根树干搭起来的,十分高大,顶上铺着茅草,出檐深远,风格上具有一种古典主义的肃穆和沉稳,与弗吉尼亚州的乡村建筑倒有几分神似,只不过材料全都是木头和稻草。之所以厩棚要建得如此高大,是由居住者的个头所决定的。一头半大的人马兽,虽然还未成年,已经比我高出足足一头。因此,厩棚上的入口都是拱门,高度至少超过十五英尺,宽度至少超过十英尺。我们到达时,已赶上吃晚饭时间,半明半暗的天空中升起一道道炊烟,可枣红一吹响号角,所有居民都从家里一路小跑赶了过来。最后,阿尔贝蒂娜和我被这种神奇的生物团团围住,有的嗅着我俩身边的空气,仿佛想探测出什么,有的仰起脖子,若有所思地喷着响鼻。他们虽然有半截身子像人,一举一动却与马无异。

人马兽觉得阿尔贝蒂娜和我都是在圣山上被发现的,因此,我俩也必定是神圣的,虽然我俩的长相并不伟岸。

幸亏人马兽这样想,否则只怕阿尔贝蒂娜和我已被踏成肉泥。

人马兽虽然有一半是人,却从来不知何为人,自始至终都认为,自己是所崇拜的神马的后代,不过发生了一些变异。

成群的野马常常呼啸而至,践踏他们耕种的麦田,把仙人掌奶场也搞得一塌糊涂。野马就如长了蹄子的山洪,从村庄横扫而过,若是见了雌人马兽,更立刻色性大发,定要与其交配。人马兽认为,神马将逝去人马兽的灵魂放到了野马身上,把野马的洗劫称为"亡灵来访"。每次亡灵来访后,人马兽都要斋戒数周,整日深陷于自我忏悔之中,整日吟唱神马经的一部分,歌颂一切原则之原则,世间所有马之精髓,也就是神马,如何在高空中诞生于气和火的混合。甚至在我能听懂人马兽的语言之前,我已经被他们饱含深情的吟唱深深打动,喜欢听他们吟唱自己种族的神秘过去。不过,有资格吟唱的只是少数达到一定地位的雄性人马兽。人马兽可以说终日曲不离口,唱的不是赞歌就是颂曲,而真正的神圣叙事诗是领唱兽的专利。领唱兽只有一匹,要赢得这种殊荣,首先他要跟野马一起狂奔上一季,这可不是件容易差事,通常一季不到,就没几匹人马兽能挨下来了。然后,当候选者年满三十,开始师从一位长者,学习古奥的经文,整个族群中,也只有这位长者方才有这方面的知识。四十五岁时,候选者已背诵下全部经文,以及吟诵时所有的辅助动作。经文不仅需要歌之颂之,更要舞之蹈之。然后,他就可以首次在公开场合,也就是村民们日常聚集的广场上表演了,吟唱神马之歌,穿越幽冥,迎向逝去朋友的灵魂。

对人马兽而言,忠诚是至高无上的美德,若有雌兽不贞,将被活剥兽皮,并把兽皮赠与其夫,等他再度娶妻时,就以此皮铺于婚床之上,据说可以预防第二任新娘再度出轨。至于奸夫,要接受阉刑,更要把自己的阳具生吞下肚。人马兽对所有肉类都恶心至极,受此刑者绝无可能挨过来,此刑亦被称为"恶心至死刑"。虽然人马兽奉行严格的清规戒律,可就在我俩到村里的当晚,阿尔贝蒂娜还是被强奸了,村里所有的雄性都参与了这场暴行。想想看,他们那家伙是那么大,耐力又那么长,阿尔贝蒂娜被搞得死去活来,差点儿就丢了性命。至于我,所有雌性逐一把我强拥入怀中,又是抱又是摸。人马兽不知何为人性,却是精神至为高贵的生灵,他们比人类强壮得多,自然也不知道人为何物。人马兽的词语中没有羞耻一词,人类的一切对他们来说连陌生都算不上,因为他们与人类的一切根本就格格不入。

人马兽觉得,凭借自己属于马的那部分身体所排出的粪便,自己可以见到神灵的显映,因为这部分身体保存了马的纯粹本质。因此,马粪就成了人马兽崇拜的对象,就如同人类宗教中的长条面条和红葡萄酒。通灵仪式由几匹兽共同举行,包括领唱(他是福音诗的保护人和解释人)、文书、铁匠,还有文身师。整个仪式要进行四轮。

人马兽没有姓名,他们觉得,自己这个种族全都发源于统一的意志,因此无分彼此。故而,平时大家谈到那几位宗教首领时,都以他们职位的象征相称。领唱叫做"歌",不过当他的面可没人敢这么叫他;文身师叫做夜鹰、钻子,也有人叫他腾空的线条;铁匠叫做火红铁;文书叫做马尾笔。之所以会出现这几种称谓,倒并不是因为人马兽们需要个名字好叫得方便,而是因为他们所从事的工作极端重要，故而需要把他们与其他人马兽区分开来。因此，"歌"并不能说是枣红的名字，而仅仅是他所从事的职业的代号。人马兽并没有日常社交，雌兽们一起工作时不会叽叽喳喳唠嗑，不过歌倒是不离口。日常生活对他们来说毫无意义，他们所做的一切都遮蔽在神马的阴影之下，对神马源源不绝的热情包裹着一切，只有这部宇宙间的戏剧才是真实的。人马兽的词汇中没有怀疑这个词，他们也不会表达"死"这个概念。大限终至，生命走到尽头之时，他们会发出一种声音，可这种声音同时也表达"生"的意思。对人马兽来说，死是最大的仁慈，神马赐予他们死亡，也就是赐予他们永久的安宁，让他们回到神马身边。之后，他们的灵魂会在野马身上复活。

音乐是神马的声音，粪便表明，神马时刻与他们同在。人马兽的圣山简直就是座大粪堆，人马兽的肠胃每天完成两次循环运动，对人马兽而言，这种运动既是祈祷，同时也是与神马的心灵沟通。人马兽生活的方方面面无不浸染着浓厚的宗教情感，纵然是乳牙尚未长齐的小驹也可称得上是一位牧师，或者说，可以充当灵魂与神灵沟通的中介。不过，所有神秘知识都掌握在雄性手中，雌性只能做虔诚的信众。再说了，雌性要做的事还多得很，比如说，下地劳动，照看孩子，到仙人掌奶场去挤奶，用鲜奶做干酪，给玉米脱粒，修葺房舍，等等等等，哪还有闲工夫去承担宗教事务？最多就是做一下祈祷，与此同时断断续续地敲敲蹄子，发出一阵尖锐的嘶鸣，就相当于高呼"哈利路亚"。宗教仪式上，雌性一点儿地位都没有，被雄性呼来喝去，脸上刺着耻辱的文身，要拖整根树干修建房舍，家里的爷们儿却在做祷告。其实，雌人马兽比雄性更美丽，每一匹都是一位裸身贵妇和胯下坐骑的完美结合。奔跑时，只见各色鬃毛飞舞，好似夏季暴涨的洪流，马尾弓起，仿佛划过半空的一道彩虹，马尾根部露出肉红色的秘穴。要是有幸能看到两匹人马兽交配，那景象真是让人热血贲张，激动不已。

已是黄昏时分，这是阿尔贝蒂娜和我到达此地的第一个黄昏，渐渐西沉的落日投下最后一道玫瑰红，照亮我身边人马兽的前腿和肩胛，还有一个个侧影，如同希腊出土的古代花瓶上所绘的那样。我突然感到心底一阵战栗，就像先前身隔密林，听着虫声啾啾时那样，再一次，阿尔贝蒂娜和我为巨大、冷漠的形体所包围。我感到自己在缩小，没过多久，只觉得自己不过是一具时运不济的玩偶，笨拙地站在两根又粗又钝的大头钉上，勉强找到平衡。这两根钉子的设计实在是太糟了，作用也实在是有限，一阵风就能把我吹翻。我感到自己走路的样子要多笨拙有多笨拙，仿佛体内装的发条弹簧都已经生锈了，一运转起来就发出嘎吱嘎吱的声音，隔老远就能听得到。自己行动的速度也实在是太迟缓了，要是我蠢到想逃跑，人马兽眨眼间就能追上我，把我撂倒。我扭头看了看阿尔贝蒂娜，她美丽依旧，却也变成了一具玩偶，一具蜡塑的玩偶，下半身已化了一半。

枣红对我说了句什么，我先用自己的母语回答，接着又试了法语，又试了我差不多已忘了一半的河族语，接着结结巴巴试了英语，最后是德语，比英语更糟。枣红喉咙深处发出一连串低沉的声音，可能是对我表示赞赏，居然能制造出这么多种噪音。阿尔贝蒂娜也用许多种语言说了几句，许多我根本听不出是什么语言，不过至少听出了其中两种是汉语和阿拉伯语。可枣红只是耸耸肩，然后伸出强壮有力的大手把我紧紧捉住，细细检查起来，灰条纹则检查起阿尔贝蒂娜。

枣红和灰条纹一会儿就发现阿尔贝蒂娜和我身上的衣服不费力就能除下来，看着这层软塌塌的皮从我俩身上除下来，围观的群兽发出一阵大笑。对他们这个种族而言，唯一的服饰就是身上一针针刺出的图案，图案早已与皮肤融为一体，要想把图案除下来，除非把背上的皮像削苹果一样削下来。像马一样前腿跪地，枣红和灰条纹在我和阿尔贝蒂娜身上又是摸又是捏，又是捅又是戳，每一寸身体都没能逃脱他俩的摆弄。枣红和灰条纹尤其对我俩的下半身和叉开的细腿查看得最是仔细，看来他俩之前从未见过两足行走的动物。我俩的脚尤其引起他们的惊异，一边查看一边发出响亮的惊叹声，或许其中也包含不少猜测。一只未成年的小兽跑了过来，手里拿着一柄斧子，我猜枣红打算把我的脚砍下来，好拿到手里仔细研究一番，不由发出一声惊呼。有趣的是，这次枣红居然听懂了我的意思，明白我受了惊，是在抗议，于是挥了挥手，示意把斧子拿开。枣红的脸上浮起极其好奇的神情，连珠炮般向我问了好多问题，可惜我一个字也听不懂，更不知该如何回答，只能发出几声模糊的声音。那时候，我还不了解人马兽的语言，不明白他们的语言中根本没有词语。没过一会儿，枣红就彻底打消了和我交谈的念头，再度低下头，数起我的脚趾头，更对着我的脚趾甲发出一声惊呼，看来他颇为着迷。

天色越来越昏暗，别的人马兽取来铁制的火把，火把上燃着熊熊火光，把广场照亮。他们让阿尔贝蒂娜和我仰面躺在木台中央，然后枣红领着众兽做起了晚祷。整个晚祷包括吟诵经文和祷告两个部分。吟诵经文是整年都要进行的，直至隆冬中的一天，那天既是神马逝世的日子，也是神马复生的日子。那一天之后，要举行长达四十日的哀悼,再之后是为期三天的盛宴。这时,旧的一年就算走完了,新的一年重新开始。由于时间发生了逆转(混沌时间中,这是常有的事儿),阿尔贝蒂娜和我被带到此地之时,也正是人马兽一年一度的辞旧迎新节庆。时间已失去了尺度,这一节庆就显得至关重要,关系到人马兽的一切活动。正是在这一期间,神马大发慈悲,教会了他们文身的技艺。尽管人马兽的祖先犯下了不可饶恕的罪行,害得子孙后代不能完整地做一匹马,可凭借这门技艺,他们至少可以在自己不洁的躯体上让马的形象重生。因此,今天祈祷的内容是:**一号神圣技艺的传习**。其实,这一天同其他重大宗教节日相比,其分量未必就更高,当然也不会更低,对人马兽而言,任何宗教节日都是至关重要的,断不可分个高低上下。不过,想想阿尔贝蒂娜和我,在人马兽那儿受到的款待,再回过头想想这一天,还是颇有一些启发。人马兽的仪式绝非僵化教条,一成不变,它既可以改变,也可以拓展以容纳偶尔出现的新东西。之前,人马兽就承受了野马群的侵犯,包括性侵犯,将其化为自己所有;最终,他们也会更改自己的仪式,把阿尔贝蒂娜和我也融入到他们之中。那是后话了。

就其本质而言,**一号神圣技艺的传习**算是一种相对比较安静的仪式,没那么多舞蹈动作相伴,可目睹一场仪式依旧会给人留下深刻的印象,也会令人心生敬畏之感。首先,雌人马兽们聚在一起,用蹄子敲击出压抑的节奏。助手是一匹栗色未成年人马兽,他郑重其事地手捧一只木盘,走上木台,木盘中放着一把鞭子,一支画笔,一盏盛满黑色液体的碟子,还有其他一些物件,我实在说不出个所以然。助手手捧木盘,在枣红面前屈膝跪下。刚开始时,枣红看上去神色凝重,面无表情,紧抱双臂,一动不动,看样子仿佛是一尊雕塑。此时,鼓点响起,随着节奏越来越加快,枣红开始施展他那妙不可言的男低音,放声歌唱,围观的兽群也齐声响应,从鼻孔中喷出赞美之音,就像我们人类的信徒高呼"哈利路亚"。我和人马兽共处的那段日子里,这幅情景给我留下的印象最是深刻。一片赞美声中,人马兽迎来黎明,日日如此,绝无例外。每当回想起那一时刻,一股浓郁新鲜的马粪味就会由心头袭上鼻尖,避无可避。

围观群兽踢蹄的动作越来越迅速,枣红的歌声越来越高亢,神情也越来越亢奋。他要赎罪,他要鞭笞自己的身躯,时而低鸣,时而哀嚎,与自己争辩,最后他一手抬起鞭子,使劲抽在自己右侧的皮肉上,直到见血。一见到血,有些雌兽会莫名其妙地发狂,肉穴中喷出蓝色的气雾,人立而起,不停左右摆动着前腿,同时发出一阵阵撩动人春心的呻吟声。接下来,领唱扔掉手中的鞭子,整个身子倒在地上,双手掩面,做出全身心领受的样子。此时,周围的一切都静了下来,我看到,所有人马兽都在流泪,就连成年雄性也不例外。

第二个表演者此时登场,与枣红跳起双人舞。第二个表演者是雪白,随着他向前迈着步子,旁观兽群踢出华尔兹的节奏。雪白的歌声又尖又细,我只能根据其音调的变化大致猜测其含义,应该是表示宽恕之类吧,枣红低沉的歌声则苦苦哀求,让自己多受些痛苦。然而,雪白尖细的歌声传递着不可推卸的仁慈。最后,雪白从木盘中拿起画笔和一件铁制的东西,看上去像把凿子,把枣红背上的鬃毛分开,露出下面的皮肉,把画笔在碟子中饱蘸墨汁,在跪在眼前的枣红的皮肉上龙飞凤舞般地画上几笔。刹那间,枣红癫狂了,带动整个旁观的兽群跟他一起癫狂起来,有的号喃大哭,有的纵声狂笑,忘乎所以,处处可见喜极而迷乱的迹象。活动的最后,在场的所有人马兽不约而同喷出粪来,当然阿尔贝蒂娜和我是例外。

神灵降临后,雌兽们取来扫把和木筒,把满场的马粪扫成几堆,日后用来施肥。浪费可不是人马兽的传统。火光照耀下,雌兽们清洗着场地,领唱和文身师又注意起阿尔贝蒂娜和我。这会儿,他俩的手指不离我俩的私处,似乎觉得这部分形状倒是不陌生,可怎么会长在那么怪异的两条腿之间?雪白若有所思,然后并起三根手指,从阿尔贝蒂娜的私处捅了进去,聚精会神地听着阿尔贝蒂娜的惨叫,脑袋微微侧向一边。接着,雪白垂下头,把阿尔贝蒂娜浑身上上下下嗅了个遍,鼻子贴着阿尔贝蒂娜的肌肤缓缓移动,每一寸都不放过,时不时还伸出舌头舔一下,让自己的味蕾进一步确认嗅觉细胞收集到的证据。雪白嘴里呼出丝丝热气,舌头也是粗糙不平,搔得阿尔贝蒂娜大声笑了起来。雪白做完了,枣红又照样重复一遍,嗅完了阿尔贝蒂娜,又开始嗅我,搞得我也大声笑起来。其实,与其说我是在大笑,不如说是在发狂。

两位长者抬起头,窃窃私语一番,决定了阿尔贝蒂娜和我之后的遭遇。我俩被扛到枣红家的房舍里,一进门,枣红的妻子赶紧拿走放在餐桌上的盘盘碗碗,然后我俩被放到餐桌上。其他村民也都跟了进来,屋里聚满了雄性、雌性,成年、未成年,全村都到齐了,一个不落。我想挣扎着从橡木桌上翻身起来,到阿尔贝蒂娜身边保护她,可枣红只伸出一只手,就把我牢牢摁住,这家伙的力量实在是太大了。雪白掰开阿尔贝蒂娜的双腿,仔细研究起被迫露出的肉穴,显然,他在研究这方肉穴的尺寸,将其与自身的肉棒做一番对比。天哪,那玩意儿根本就是马的尺寸。可雪白还是拉着阿尔贝蒂娜的双腿,把她向下拖到桌子边,一番挣扎,居然进去了。

围观的群兽看呆了,发出轻声嘶鸣,蹄子缓缓踢着地面。就这样,一个接一个,所有雄性都上了阿尔贝蒂娜,阿尔贝蒂娜身上不一会儿就沾满了血迹。开始,她还凄声惨叫,可叫了一会儿就不叫了。我拼命挣扎,用牙咬枣红,可他就是不松手,低低声音自言自语着什么,仿佛见到同一物种的两个成员居然有如此强烈的情感纽带,令他始料未及。要知道,阿尔贝蒂娜和我在他眼中,必定属于比马族低劣许多的物种。暗红色的灯光笼罩着在场的每一匹人马兽,映亮他们背上的文身,跳动着恐怖之舞,可没有哪匹人马兽从自己的行为中获得一丝一毫的快感,个个面色凝重,仿佛这是他们不得不承担的义务。

我又能做什么呢?只能眼睁睁看着,与阿尔贝蒂娜一起承受痛苦,我自己也曾遭受此种凌辱,深知其痛苦之剧。这一次,人马兽放过了我,或许,因为我的后门对他们来说实在是太窄了;也或许,他们根本不知道这扇门也可进入。我的内心深处浮起一幅景象,一个小女孩被马活活踏死。何时?何地?都已模糊记不清了,只有那残忍的画面仍留在脑中,成为久久不肯褪去的记忆。画面中甚至似乎有一个声音响起,那是拉洋片儿的老家伙的声音,沙哑,粗糙,仿佛还冒着酒气。老家伙在说,小子,你就是这一切的罪魁祸首,虽然可能你自己也不知道。我内心的痛苦与不安早已超出了承受的边界。

雄兽们轮流侵犯着阿尔贝蒂娜,久久不停。枣红把雌兽们也组织了起来,排成一行,看来,在这场兽性游戏中,我最终也难以幸免。不过最后,我的遭遇远没有阿尔贝蒂娜那样可怕,毕竟,人马兽还是尊崇男尊女卑这项原则。于是乎，雌兽们排好队，一个接一个走到我跟前，用最温柔撩人的手臂把我拥入怀中，与其说这是在凌辱我，倒不如说是在羞辱这些雌兽。我不得不忍受二三十个雌性这样抱着我，有的甚至还低下头吻我。感受着那湿丝绒般的嘴唇，望着那一张张布满纹饰的面孔，我感到心跳加速，快慰之感油然而生。我也知道不该如此，可又怎能控制住自己？枣红一直把我死死摁住，我根本动弹不得，只有呻吟的份儿。这真是一种至为精妙的酷刑：一方面，让我沉浸于一系列最温柔的感官体验中；另一方面，就在同一张桌子上，我的爱人的身躯正在遭受最狂暴的摧残。马身上的气味，松木火把燃烧时的气味，雌人马兽身上、头上的香水气味、鲜血的气味、精液的气味，种种气味混合在一起，把我的鼻孔都塞住了，空气仿佛已凝结成一片血红。阿尔贝蒂娜正遭到轮奸，可雄人马兽们并不认为自己的行为是奸淫，脸上既看不出兴奋，也看不出满足，他们所做的一切只不过是一场仪式，是唤醒神马之灵的一种活动。

人马兽有着深深的自虐倾向，皮鞭可不是只有在宗教仪式中才出现的道具。平日里，他们一样时不时挥鞭自罚，也彼此挥鞭相向，只要找到哪怕是最微小的借口，犯了最不起眼的错，也无论错是真实存在，或是凭空想象，都会好好挥舞一通鞭子。大家都在比谁床上铺的稻草最薄，这已成为荣誉之争。人马兽还喜欢烧得火红的马蹄铁套上马蹄的感觉，神马传授给了他们铸铁术，要是哪天神马显灵，命令他们在笼套和马鞍的内面都装上尖刺，他们也一样会欣然受命。从人马兽身上，可以找到所谓"英勇"的所有优点和缺点。

枣红最后一个"伺候"阿尔贝蒂娜。通体雪白的文身师接替枣红,摁住我。所有雄人马兽中,枣红在凌辱阿尔贝蒂娜时表情显得最为冷漠和超然。最后,所有人马兽一声不发地走出厩棚,各自回到自己家中,只剩下枣红一家,还有阿尔贝蒂娜和我。

枣红的配偶是一匹毛色红里掺白的雌兽,她在一只大钩子上吊起一大锅水,下面生火,把水烧热。我不禁想,她是不是打算今晚就把阿尔贝蒂娜和我活煮了。枣红打了一声响鼻,抓上一把干草,把身子擦干净,从书架上取下一本封面有皮革包裹的书,坐下读了起来。枣红有三个孩子,老二是匹雄兽,按人类计算,今年十二岁了,还没有上马蹄铁;老大是匹雌兽,约摸十五岁,上半身看上去就像林中仙子一样美;最小的一个出生不久,四腿立地,走路还不太稳当。此刻,三个孩子在枣红面前排成一排,屈起前腿跪下,枣红开始向孩子们宣讲起教义。

最长的雌兽身上已完成了群马和葡萄的文身图案,看上去她仿佛藏身于葡萄藤间,探出一只头;小雄兽身上的文身才刚刚开始,只能看到最核心部分,一匹游荡的高头大马,且这个图案本身也没有全部完成,只能看到基本轮廓。每天早祷后,小伙子就到文身师那儿去,加上一点儿图案。就这样,阿尔贝蒂娜和我亲眼看到,图案越来越复杂,渐渐有了生命。要是我俩长期住下去,就能用小伙子身上逐渐延伸的线条来计算时间了。此时此刻,父亲提问,孩子们按照规定回答,他们仿佛忘了旁边还有阿尔贝蒂娜和我。我沿桌面爬过去,爬到阿尔贝蒂娜身边,她已完全失去了知觉,我抓住她的手,把脸深深埋入她零乱的长发之中。

相较于人马兽高大的身躯,厩棚也算不上特别宽敞,或许只比人类居住的房屋稍稍宽敞一点儿。不过,里面样样东西大得出奇,再加上我俩的主人(也可以说,我俩是他手上的俘虏)超人般的力量，还有他脸上一副肃穆的神情，我感到自己就像个无助的孩子。抓住我俩的也不是什么妖魔鬼怪，而是对我俩的行为迷惑不解的大人，甚至连轮奸也更像是一种惩罚，不仅令受暴者受伤，其实对施暴者的伤害更大。只不过，我也不明白他们为什么要惩罚阿尔贝蒂娜，难道仅仅因为她是他们前所未见的异性？枣红的妻子垂头照看着柴火，偶然间一抬头，看到我为自己的爱人悲痛异常，她脸上的神情并没有大的变化，但还是有一股慈母般的柔情流溢了出来。她站起身，走到阿尔贝蒂娜近前，看了看她的伤势，又向自己的丈夫枣红说了几句话，语音低柔，神情也很恭顺，但还是可以听出来，她是在责备自己的丈夫。说完，她伸出手，轻轻抚摸了阿尔贝蒂娜的脸庞，怜惜之情显而易见。我猜，她烧热水，打算把桌子好好洗刷一遍，此时桌面污秽不堪，而人马兽是很爱干净的。我猜错了，水烧热后，枣红妻子把大锅从钩子上搬下来，要我爬到锅里去，好好洗个澡，她则拾起一团干草，打湿，轻轻抹去阿尔贝蒂娜身上的血污和泥巴。人马兽的大锅给我做澡盆倒也正合适，我洗得惬意极了。洗完澡，枣红妻子又指了指火堆，叫我到火堆边把身子烤干，她则抱起阿尔贝蒂娜，把她放到一堆干草之上。我看到阿尔贝蒂娜的眼皮动了一下，立马冲到她身边。

　　枣红妻子又对枣红说了什么，又对我说了句什么，听语气好像是在问问题。我猜，她一定在问，阿尔贝蒂娜是不是我的伴侣，于是我模仿她刚才的语音重复了一遍，但把语调改为肯定。枣红妻子看上去吃惊极了，接着又露出极为温柔的笑容，让我躺在阿尔贝蒂娜身边，再在我俩身上盖上干草。屋里，教义问答仍未结束，不时传来单调、低沉的问答声。

那天夜里,枣红妻子肯定跟枣红说了什么。第二天一早,阿尔贝蒂娜和我还没起床,枣红就来到我俩跟前,态度甚是谦卑,还吻了吻我的脚,或许因为他觉得阿尔贝蒂娜是我的妻子,也就是我的财产,因此他必须为自己的所作所为向我道歉。枣红的眼中泛起泪花,为了我,他又鞭打了自己一通,然后就出门做早课去了。枣红出门后,我起身,跟他的家人一起吃早餐。枣红妻子为我找来一截圆木,让我坐在上面,至于他们自己,则蹲坐在地上,用手捧住木制的盘子,同森林精灵吃饭的样子倒是有几分相似。雄性先吃,雄性吃完后,雌性才可以吃。阿尔贝蒂娜还只能躺着,坐不起身,我给她端去仙人掌奶,可她只能勉强吸上一两口。

和乡下人一样,人马兽的饮食很是简单。雌兽把玉米粒在石舂中舂成粉,做成扁扁的圆饼,吃的时候浇上些野蜂蜜。除了佐食外,野蜂蜜也用来腌制果脯。有时,人马兽在炭火上烤玉米棒子。仙人掌奶早晚各挤一次,用木桶盛,鲜奶发酵之后,做成酸奶,很是酸,可很提神。奶也做成奶酪,色泽洁白,口味清甜,口感松脆。人马兽种有果园,除了水果外,也种植些蔬菜,主要是根类和茎类。他们从森林中采摘什锦野菜和菌类,尤其喜爱生食,只用少量的油和醋凉拌一下。他们会把浆果打成甜酱,不过神马并未传授给他们酿酒的秘密,故而他们纵有酒神信徒的狂热,却像斯巴达人一样滴酒不沾,种植的葡萄不是做成果酱,就是配水果沙拉,除此之外,再无其他用途。虽然吃的都是素的,人马兽却长着一身铁打般的肌肉,牙齿又齐又白,绝无龋齿。对人马兽而言,死亡的原因只有两种:事故与衰老。人马兽的寿命很长,对大多数而言,老死都是十分遥远的事儿。

人马兽的日子看似波澜不惊,可这仅是表面。日复一日,周复一周，年复一年，人马兽不停地在歌声中上演着同一部神圣剧，可以说，人马兽时时刻刻生活在神话戏剧之中。这倒也令雌兽多多少少获得了一点尊严，否则的话，她们连这点尊严也得不到。在家里，大大小小的活都是雌兽一手包办，拖地、担水，以至于理鬃毛马尾，捉虱子跳蚤。无论做什么，雌兽都仿佛身处神话剧中一样郑重其事，仿佛每一匹雌兽都成了剧中神马新娘的化身，仿佛自己正在清洁的也一样是在天国的厩棚。神马新娘犯下了罪，为之而忏悔，但她依旧是神马的新娘，是神马满腔热情的源泉和归宿。

年年月月，日日时时，所有人马兽，无分雌雄，都忙着做一件事，那就是编织出他们生活的华丽布料，再在上面绣出精美的图案。和传说中的彭尼洛佩一样，他们的工作永远也没个头，他们所有工作的全部意义也恰恰在于，工作永远不会做完。年尾时，他们会把已完成的锦缎折开，当太阳度过了一年中最短的一日，又开始越来越长时，他们又开始新一年的编织。圣山上的马树是人马兽世界的中心，马树就是神马留下的活生生的遗骸，时刻提醒着人马兽，苍穹之上有着什么样的神灵，不容丝毫怀疑。马树对自然的反应指挥着人马兽的一切行为。树叶零落殆尽之时，也就是神马长眠之时。马树神圣无比，可实际上，也就相当于一座有生命的植物钟，告诉人马兽，现在到了什么时候，又该齐声合唱哪首颂歌。我说过，人马兽的戏剧可以说无所不容，故而可塑性相当之高。要是真有那么一天，一颗天雷把马树炸焦，人马兽的宗教也只会暂时失去方向而混乱一阵子，过后，天雷炸树这个事件就会被人马兽的宗教所消化，形成新的神话。

对人马兽这个物种，以"神奇"形容之并不合适，他们根本就是"神秘"。有时候，我甚至有一种感觉，自己眼前的并不是什么人马兽，而是地地道道的人。只不过，这群人深信宇宙就是一匹马，对自己的信仰深信不疑，根本就看不到与此不符的证据，更无法想象非马的宇宙会是什么样子。

开始时，我觉得人马兽的语言很难懂，可实际上要简单得多，语言主要由辅音串构成，理解则主要靠直觉。虽然人马兽的语言同人类语言相去甚远，可要理解起来也不是什么难事。不到三个星期，阿尔贝蒂娜和我已经对人马兽的语言有了初步了解，能与我俩的主人做简单交谈，因此对自己的处境也有了更多的认识。我俩的到来打乱了人马兽的季节循环，给他们制造了不小的麻烦，眼下，他们仍在努力适应调整。人马兽已经把所有圣书都翻了一遍，依旧没有找到"招待"客人的先例，在他们传奇般的历史中，阿尔贝蒂娜和我是唯一出现过的外来人。等到我俩学会他们的语言说"早上好"，人马兽的惊恐更是爬上了新的高度，他们的语言中没有任何词汇可以界定像阿尔贝蒂娜和我这样的生物，身上看不出一丁半点马的影子，却拥有与人交谈的能力。

既然我俩是在圣山上被发现的，人马兽坚信，我俩的出现必定是上天发出的征兆，至于预兆着什么，人马兽也不大清楚。一方面，人马兽为这个问题想破了脑壳；另一方面，他们也采取了一些预防措施，不再允许我俩观看他们的晨祷和晚祷，无论什么时候，总会安排人马兽盯住我俩，以防在他们想到法子消化我俩之前，我俩先在他们中间宣扬了什么难以消化的奇迹。不过除此之外，人马兽对我俩还是不错的，枣红甚至允许我翻阅他书架上的藏书。于是，我重操旧业，玩起了猜字谜的游戏，一方面解决围绕着人马兽生活的种种谜团，一方面也让空虚的时日充实起来。

可怜的阿尔贝蒂娜！过了许久才痊愈。枣红妻子和我一起悉心照料着她，喂她喝加了蜜的奶，也喂她一种玉米粉熬的粥，营养可丰富了。阿尔贝蒂娜一切都要我俩照料，中间发了一次烧，三天才退，后来能起身了，可还不能走路，只能一点点挪步子，这样的日子持续了整整三十天。阿尔贝蒂娜英勇得很，不久，再看到枣红时，她就不再躲闪了。枣红的孩子们羞答答地为她送上各种好吃的，好看的，有时是新鲜树叶包着的野草莓，有时是几枝地里长的罂粟花和蜡菊。在孩子们眼中，阿尔贝蒂娜简直就是圣女。时常，我坐在阿尔贝蒂娜身边，手里捧着枣红的书，枣红妻子则在屋里收拾着，此时，阿尔贝蒂娜会向我谈起自己的童年，仿佛一个远离家乡、思乡心切的孩子。她谈起在霍夫曼城堡的童年，谈起她很久才能见上一面的父亲，在小阿尔贝蒂娜心目中，父亲永远是那样坚强；谈起她那体弱多病，两眼总是欲泪又止的母亲，阿尔贝蒂娜很小时，她母亲就去世了；谈起小兔、小鸟，还有其他各种玩物。她从不提起父亲的研究与战争，此刻，她似乎已心满意足，只想休息一阵，恢复体力。她求我注意空中有没有巡逻机出现，于是我每天早上都要上一趟圣山，瞭望一番天空，可除了流云和飞鸟，什么也没发现。阿尔贝蒂娜始终不死心，对我说："可能，就明天……"看我日日往圣山上跑，我的主人坚定了自己的看法：阿尔贝蒂娜和我绝对和他信奉的神有某种联系。

我在阿尔贝蒂娜身边的时间越长，对她的爱就越深。

最终，我对人马兽的宇宙万物观终于有了粗浅的认识。

《神马经》是用毛笔写的，就是文身仪式上出现的那种笔，写在一种树的树皮上，这种树的最大特点就是长着马尾巴一样的叶子。这也引得人马兽相信，万物皆有交感，构成一张至为精妙的生命网。《神马经》上的文字有点像楔形文字，其实就是以人马兽的蹄印为基础创立的。所有的雄性人马兽都能阅读，但书写却是一种神圣活动，垄断在文书手中。对人马兽而言，文字书写可是一种至为隐秘的知识，从来是传子不传女，传长不传幼。若是文书的妻未生儿子，而这门技艺的持续传承对人马兽又是如此重要，此时，文书可以遣走旧妻，另娶新妻，也只有在这种情况下，人马兽夫妻方可离异。其实，人马兽的文字再简单不过了，就是一系列大小不同的标记，以尺寸的大小表明语音的高低。枣红只给我上了几节课，我就能相当熟练地辨识阅读，着实把枣红惊得目瞪口呆。

人马兽称自己为"黑暗射手的不肖子孙"，不过这个名字太可怕了，决不能大声说出来，只是在长达三周之久的入门仪式中，一位歌手悄悄向他的门徒自语。一提到这个名字，人马兽就会想起近在眼前的堕落，从而激励他们以巨大热情投入到宗教虔诚之中。可以说"黑暗射手的不肖子孙"这个名字就像该隐的疤痕，永永远远刻在了人马兽的脊背之上。背负重担，伤痕累累，却依旧要尽己之所能活得灿烂多彩，这对人马兽而言是荣耀问题。也正因为如此，人马兽在崇拜自己的神灵时才显得那样情感充沛，流溢而出。没人挑明，可大家心里都有数。

剔除掉绚烂多彩的辞藻，再过滤掉一些次要人物的故事，剩下的就是人马兽神话的主要骨架。马新娘与神马结为夫妇，立马就怀上了神马的种。可肚子里还怀着小马驹，马新娘就背叛了自己的丈夫，与昔日里追求她的黑暗射手勾搭上了。黑暗射手心中的妒火越烧越旺，最后一箭射中了神马的眼睛。临死前，神马对黑暗射手说，他的子子孙孙都将受到诅咒，一出生便有着堕落退化的躯体。为了掩盖自己的罪行,黑暗射手和马新娘把神马煮熟,吃下了肚,可紧接着,土地一片荒芜。两个罪人忏悔了,使足力气鞭打着自己,足足打了三十九天。隆冬后,斋戒和鞭刑同时开始,场面定然十分壮观,只可惜阿尔贝蒂娜和我没能待那么久,没能亲眼目睹。第四十天,马新娘经历了巨大的痛苦之后,终于产下了小马,不是别的,正是神马。于是,还是小马驹的神马升入天国,在一年剩下的时间里向凡间赐予宽恕,传授各种技艺:歌唱的技艺,打制蹄铁的技艺,种植玉米的技艺,养殖仙人掌的技艺,酿造奶酪的技艺,书写的技艺,还有许多数不胜数的其他技艺,令人马兽的种群得以延续,从而世世代代为自己祖先犯下的罪赎罪。神马在天上长大成年,从天而降,再度娶马新娘为妻。

原来如此,怪不得人马兽那样鄙视雌性,又怪不得他们绝对不沾一丁点儿荤腥。还有,他们为什要在马树上挂一张破弓。现在,我终于明白了,人马兽并非以仪式织出华丽锦缎,好掩饰自己的过去;对他们而言,仪式更像是工具,用以托起世界的墙壁。

阿尔贝蒂娜对主人家生活特性的关心一点儿也不亚于我。我只是好奇,像孩子一样单纯,阿尔贝蒂娜就不一样了,她十分关心的是人马兽的真实状态,跟她谈得越多,她那毫不退让的经验主义就越发让我钦佩。尽管村里每一匹公兽都同她发生了关系,阿尔贝蒂娜依旧坚持,这些生物只不过是她自己的欲望投射出的幻影,它们从深不见底的无意识中被唤起,装扮成物质的存在。阿尔贝蒂娜对我说,根据她父亲的理论,在松散模糊的混沌时间中,我们所遇到的一切,无论是主体还是客体,都只有一个来源,那就是内心的欲望,可能是我的,可能是她的,也可能是伯爵的。开始时,伯爵的欲望尤其突出,因为他比我俩更接近自己的无意识。现如今，我俩的无意识可能已经独立了。

我记起一位德国哲人说过的话，转述道："'无意识中，没有什么可以治愈，也没有什么可以摧毁。'（西格蒙德·弗洛伊德，《释梦》）可咱俩亲眼看到伯爵被摧毁了，我更亲手宰了那个食人族酋长。"

"毁灭只不过是存在的另一方面。"阿尔贝蒂娜的话是如此玄奥，我也只能闭嘴了。

可不管怎么说，咱俩在人马兽家吃的是如假包换的面包，身上长的是如假包换的脂肪。我觉得，如果真的如阿尔贝蒂娜所讲的那样，这些人马兽只不过是欲望的幻影，这种幻影绝非轻飘飘，绝非无足轻重，而是有着自身的重量，接近于系统的现实。瞧！咱俩睡的是人马兽的干草铺，学的是人马兽的语言，这现实已经够复杂的了，还有人马兽点的柴火，吃的奶酪，奉行的复杂神学，书写的壮观文字，这个世界是如此的真实，如此具体，如此连贯。这个世界源于巨大的动力，是随机长成的产物，阿尔贝蒂娜的父亲，霍夫曼博士为它的成长准备好了营养丰富的土壤，而人马兽的世界就是土壤中长出的第一朵奇葩。至于博士究竟用了什么手段，阿尔贝蒂娜始终守口如瓶，提都不肯提，只是说这关系到欲望，关系到能量辐射，还关系到视线和坚持。此时此刻，我俩的存在所遵循的是综合性本真现象群的自律法则。

人马兽的语言中连"外来人"这个词都没有，更不用说客人了。最终，人马兽对阿尔贝蒂娜和我产生出一份惴惴不安的同类之情。然而，除非他们能扩大自己的礼拜仪式，把我俩完全接纳，否则我俩的存在对他们来说依旧无关紧要，至多给他们些许内心的不安与焦虑，令他们稍稍分分神，无法全身心投入盛大的宗教仪式之中。阿尔贝蒂娜和我不能带给人马兽任何知识,他们知道自己该知道的一切,我也曾试着对枣红说,这个世界上绝大多数的社会制度是由同我一样的两足生物建立起来的,可枣红明确回应我,你撒谎。因为人马兽也有"人"的特性,语言中有许多词可以描述欺骗,他们毕竟不是斯威夫特笔下的慧骃族。

　　渐渐地,阿尔贝蒂娜终于痊愈了,此时,人马兽的语言我俩也说得挺溜的了,人马兽开始派阿尔贝蒂娜到田里和其他雌兽一起干活。正是收获季节,雌兽们在田里收割玉米,扎成捆,驮在背上运回村庄。所有玉米运回来后,大家一起在村头的公共谷场打谷脱粒,边干活边唱一些带点世俗色彩的歌曲。没过多久,阿尔贝蒂娜浑身上下就晒成印第安女子一样的深棕色,她那蒙古人种皮肤中的黄色素跟阳光很是接近,一晒就全出来了。其实,我又何尝不是如此!夕阳中,她踏着金灿灿的落日余晖,向枣红的家走来,身上缠着一圈又一圈玉米棒子,简直就像是一位农牧民族的女神。阿尔贝蒂娜周身上下一丝不挂,一方面,人马兽没有把我俩的衣服还给我俩;另一方面,也没有穿衣服的必要,这里的气温总是十分和暖。阿尔贝蒂娜身上的伤已痊愈了,可她还是不让我碰她,又不肯向我解释,只是一直说,还不是时候。于是,我俩更像一对相亲相爱的兄妹,不过我心里对她还是有点儿又敬又畏。有时,她的双眼中突然闪过一丝暗沉沉的光芒,脸上的线条也霎时间坚固起来,简直就像是一座哲学家的塑像。每当此时,我总会感到她是那样高不可攀,几乎把我的心都烤焦了。阿尔贝蒂娜是博士王国的唯一继承人,那个王国可是整个世界。我有什么?一无所有!无论我与阿尔贝蒂娜有多熟,既不会减弱她的陌生感,更不会冲淡她对我的吸引力,日复一日,我觉得她越来越奇妙。有时，我目不转睛地盯着她，一盯就是好几个小时，仿佛看她的眼神就能充饥止渴。我记得，她也会盯着我，同样目不转睛。

可我俩毕竟是人马兽的囚徒，更不知道能不能等到恢复自由身的那一天，除非，博士的空中巡逻兵能发现我俩。

我也是雄性，所以人马兽不要我干活，任我在村里溜达，也不怎么约束。看着我埋头阅读他们的典籍，人马兽甚至有可能在想，或许将来可以让这小子在宗教仪式中派上点用场，例如捧个墨汁什么的。其实，人马兽有什么想法我也不知道，只知道他们肯定在为我俩订计划。每当歌唱家、文身师、铁匠还有文书一起交谈时，总是窃窃私语。近来，他们四个碰头越来越频繁，总是在相互咬着耳朵。此外，文书在晚上开始写一本新书，写书时，他身边会围着一个合唱团，一直颂唱着经文。

我去观看了文身，发现这种艺术实在是绚烂多姿，可手法也很残忍。首先，文身师从远古流传下的图集中选中一幅图案，用毛笔把图案画在皮肤之上。接下来，可就是痛苦了，用尖针扎对人马兽来说太舒服了。文身师在他神圣的箱子中放着两件工具，凿子和锥子，都是三角形的，锐利无比。文身用的颜料是文身师自己收集和研磨的，他带着自己的儿子，也是自己的传人，到森林里去搜寻原料，然后混合，有的原料来自矿石，有的原料来自植物，晾晒干燥后再打成粉。大多数颜料都有毒性，把皮肤烧得生疼，仿佛挨了鞭子一样，伴随着剧烈的瘙痒。人马兽的皮肤远比人类要结实得多，可还是常会看到背上只完成一半图案的年轻人马兽蹭着树干上的粗树皮，拼命蹭痒。文身时，文身师的厩棚既像间剧场，又像座小教堂，更准确地说，是介于两者之间。

文身师的妻子把桌子刷洗干净，在上面放上一小堆干草，充当枕头,接受文身的幼兽可以把头枕在上面,脸朝下,背朝上,等着师傅动手。文身师的三个儿子在一旁排成一行,嘴里念念有词,一个双手捧着锥子,一个双手捧着颜料,还有一个一只手端着一碗水,一只手拿着一块海绵。歌唱家立于桌头,开始歌唱,歌颂纹饰的魔力,凡将马的形象刻入皮肤者,也将获取马的美德。文身师提起毛笔,饱蘸墨汁,用手执起锥子或凿子,具体用哪个,取决于所刻画线条的宽度。他把工具的尖头在毛笔上擦了又擦,然后扎下去,把颜料送到皮肤下面。拿海绵的那个儿子赶快上来,用海绵把血擦拭干。每匹幼兽一次文身长达一小时,文身师则一天忙到晚。教会高层人员孩子身上的图案要更加复杂,往往要整年才能完成。雌兽受的痛苦更为剧烈,尤其是文到乳头周边的皮肤时,真是苦不堪言。接受文身的人马兽一边受着罪,一边听着歌声,宗教就是他们仅有的止痛剂。

枣红儿子身上的图案已差不多完成了,再挨上几个小时的苦,他就将成为一件宗教艺术品,威严而庄重,不过阿尔贝蒂娜和我没能等到这件作品完成的那一天。一天早上,刚吃完早饭,枣红对我俩说:

"她今天不用下地干活了。我做完早祷就回来,到时候你俩跟我一起上圣山。"

枣红笑了笑,但目光依旧严厉,却也流露出一丝温情。或许,更确切地说,是宽容。看看我自己,要是手脚一起着地,根本坐都坐不下来,可他居然也容忍我和他同桌进餐,没多说什么。还有阿尔贝蒂娜,此时同他的配偶和女儿待在一起,在一边等着轮到自己吃早餐。

上了圣山,会发生什么?阿尔贝蒂娜和我没有一丁点儿头绪。要知道，这里可是混沌时间。咱俩也只能帮枣红妻子收起碗碟，等着枣红回来。根据此前我对人马兽典籍的阅读，今天应该不是什么大日子，没有什么特别仪式。我们正处于**"二号神圣技艺传习期"**，主要和打造铁器有关。哦，我可真蠢，居然没起一点儿疑心。其实，人马兽看到阿尔贝蒂娜被他们伤得那么厉害，就已经知道我俩在构造上要远比他们脆弱，故而与我俩有身体接触时也更为小心。不过，我还是不认为人马兽会理解，我俩到底有多脆弱，他们根本不可能做到。而且，他们和大多数成年人一样，总是以为自己什么都懂，知道什么最好。

我朝门外望了望，看到门外聚集起了长长一队人，神情肃穆，不禁有了一丝不祥之感。队伍打头的正是枣红，唱着一首我从未听过的歌。

显而易见，这是个不寻常的日子，雌兽们都没有下地干活，就连文身师也放下了手中的活计，出现在队伍中一个显著的位置上，身后站着他三个儿子。通体黝黑的打铁匠离开了自己的作坊，他俩前面站着灰条纹的文书，他的儿子毕恭毕敬地捧着文书最近一直在写的新书。书中到底写了些什么？真是可疑。或许，今天是个假日什么的，所有雌兽都带着野餐篮子，可人马兽的语言中并没有"放假"这个词。枣红走上前来，一手拉着阿尔贝蒂娜，一手拉着我，向村外走去，一路唱着一首新歌，歌名叫《**为新发现的圣书献上祭品**》。

清晨，田野上悬浮着一层薄雾，只能看到四周成熟的玉米棒子在微风中卷起金黄色的浪涛，当我们穿过时，玉米叶擦着我们的身体。四下一片寂静，除了枣红那如红木般深沉的歌声外，就只能听到整队人马兽的蹄子落在泥地上的扑通扑通声。这里可是处于混沌时间之中,可以将其想象为一切时间之始,在一切时间之前,混沌时间就是时间之母。枣红拉着我,好像大人拉着孩子,看着他远比我高贵的躯体,感受到他那无比连贯、不容任何疑问的宇宙知识,我的自我也第一次摇曳起来。我曾有个名字叫德赛得里奥,生于某座城市,是某位母亲的孩子,某位女性的爱人,可那都已经是过去时了。现在呢?如果说,我曾是个人,那人又意味着什么?枣红倒是给出了一个合乎逻辑的定义:所谓人者,就是退化到了极端的马,直立行走,没有鬃毛,也没有尾巴。看看如今的我,一丝不挂,表情呆板,躯体又矮小又畸形,总有一天,我会忘了姓名为何物。再看看枣红另一只手牵着的那个棕黄色的生物,长着一双乳房,那就是我的伴侣。腰部往上,还过得去,当然也可以说丑陋,因为跟马没有一点共同点;可腰部往下,就彻头彻尾是邪恶了。此外,她还不完整,身上没有那些必不可少的疤痕。我已把人马兽当成自己的主人了,不过阿尔贝蒂娜一再警告我:"人马兽之所以如此坚定,全是由于混沌时间的压力之故。"或许,我一直在找一位主人,我的全部历险都可纳入一个标题之下:"**德赛得里奥寻找主人**。"我只想找到一位主人,管他是部长、伯爵,还是枣红,这样我就能靠在他身上,靠一会儿之后,就开始讥笑他。

　　要是阿尔贝蒂娜知道我内心其实如此阴暗不堪,恐怕再不会看我第二眼了。

　　终于到达圣山,人马兽们齐声嘶鸣,仿佛在高呼"哈利路亚",然后四下散开。上到山上,群兽把随身带来的干草铺在马树下,四周祷告声此起彼伏,没有片刻中断。文身师和领唱一个唱高音,一个唱低音,合起来没完没了。文身师的三个儿子立于一侧,手里捧着折磨人的刑具，脸上的表情和身边的马树一样，盲目而冷漠。

我聆听着人马兽的歌声，从歌词中，我终于知道了人马兽打算怎样对付阿尔贝蒂娜和我，而我居然还幻想认他们为主人。

在神马最初放下我俩的地方，也就是马树之下，阿尔贝蒂娜和我将被刺上文身。神马将我俩送到这个世界上，就是要让众人马兽亲眼瞧瞧，要是他们不能更严格地遵循教义，将会退化成怎样可怕的怪物。不过，神马毕竟慈悲为怀，决定再接我俩上天。身上将文上图案，为了更接近人马兽，脚上还将钉上火红的铁掌。之后，我俩将被驱入森林，交给精灵，也就是野马。我俩肯定会被野马群踩死。

钉掌师扬起脖子，高声嘶鸣，长长的鬃毛在脑后飘飞，每一个字我俩都听得一清二楚。我微微扭过头，看到阿尔贝蒂娜正在哭泣，我伸出手，把她的手握在手心。无论人马兽的真实状态如何，他们一样有能力彻底剥夺我俩的真实。毫无疑问，阿尔贝蒂娜和我会死在一起，就算能熬过第一轮酷刑，也熬不过第二轮，更不要说后面还有第三轮在等着我俩。我感到思绪从没有过的清醒，心情从没有过的镇定，对自己的命运，反正自己也无能为力了。要是我俩被自己莫可名状却又无法驾驭的欲望所害，那就让我俩一起迎接死亡吧。只要欲望仍在，我俩到头来还是躲不过自相残杀的命运。

对，这就是当时我的想法。

文身师跪了下来，拿起毛笔，阿尔贝蒂娜感到了马毛做的笔尖沿着脊背游走，湿凉湿凉，不禁打了个寒战。我把她的手握得更紧。四周群兽一起踱着马蹄，仿佛在敲鼓，歌唱家低吟浅唱，更兼手舞足蹈，我想，这首歌或许就叫《马毛笔舞曲》。不知过了多久，阿尔贝蒂娜背上的图案才画完，更不知道我背上图案画好时，时间已过了多久。群兽暂时中止了仪式，吃起了午饭，给我俩也喂了些奶和冷的大饼，但不允许我俩起身，因为背上的颜料还没有干。简短的午餐结束，阿尔贝蒂娜和我的苦难才真正开始。阿尔贝蒂娜浑身抖个不停，我又想起她扮成拉夫里尔时的样子。不过，她还是比我勇敢得多，我知道。

已近正午，日头甚是猛烈，薄雾早已蒸发，天空水晶般透澈，蓝得晃眼。阿尔贝蒂娜用肘子撑着地面，尽量把身子撑起来，再腾出一只手，遮在双眼之上，向远方极目眺望。这一刻，我又回想起拉夫里尔搜寻风暴时的样子，不过我知道，这一次阿尔贝蒂娜搜寻的是她父亲派出的巡逻机。我可不大相信会有什么巡逻机出现。阿尔贝蒂娜颤抖得越来越厉害，我看出来了，不是因为恐惧，而是因为希望，她的手紧紧抓着我的手，指甲掐到我掌心的肉里去了。突然间，我想起自己扮拉洋片儿的老家伙的侄子时，在口袋里发现的小纸条，上面写道："我的欲望，奉献给单——一点……"

我敢肯定，下面发生的一切纯属巧合，我绝对肯定，敢拿性命打赌。

"看！"阿尔贝蒂娜口中喷出胜利的呼声。

远方的天空中，一只铁鸟的双翼在阳光下熠熠生辉。

可那又有什么稀奇呢？仪式再度开始，领唱已开始癫狂，几乎就在我俩头顶上又唱又跳，我只能看见他的蹄子在自己身边起起落落，小肚子上已浸透了汗水。巅峰之时，领唱整个身子趴了下来，抽筋般地吻着自己的蹄子，四下一片寂静，远处的引擎轰鸣声越来越近,可群兽一点儿反应也没有。或许,他们已经太投入了,根本做不出反应;也或许,他们以为那不过是玉米地里某种巨型昆虫发出的噪音。马树腹中的液体还在蠕动,发出咕咕声。神圣的一刻终于到了,文身师一手举起毛笔,一手举起尖利的工具。下面发生的也绝对是巧合,就当文身师俯下身,准备刻下第一钻之时,咕咕作响的马树突然烧了起来。

"一切都为大火吞噬……"

有机会的话文书肯定会如此记上一笔,可事态已容不得他如此临时发挥了。再说了,他的书钉在了马树树干上,此刻也着了。马树四周的干粪更是一点就着,燃起一片火网,把枣红的尾巴烧着了。枣红左右拼命甩着这根熊熊燃烧的火炬,厉声嚎叫,粪便奔流而下,只不过这次不是祷告,而是恐惧。文身师全身都着了,熊熊火焰中,仿佛象牙雕刻而成。环绕着阿尔贝蒂娜和我的所有牧师,还有我俩身下垫着的干草,都着了,烧成一片。阿尔贝蒂娜和我却冲了出来,冲出火网,能跑多快跑多快,向停在玉米地里的直升机冲去,把一片混乱和哀嚎远远抛在身后。

第八章　城　堡

　　直升机在一片轰鸣中拔地而起，副驾驶拿着摄影机，向下方拍摄。我向下望去，人马兽居住的宽谷倏然展开，如同一把18世纪法国新古典风格的折扇，扇上描绘的风景看来出自某个普松传人的手笔。紧接着，扇子又倏然合拢，因为直升机飞得很低，机腹几乎擦着树顶飞过去。那么多个月中，阿尔贝蒂娜和我的自我都留在这片山谷之中，如今消失得无影无踪。我听到驾驶员叫阿尔贝蒂娜"长官"，后来又叫她"将军"。我把脸从舷窗移开，看到阿尔贝蒂娜已套上了一套橄榄绿色的备用战斗服，这会儿正在梳自己的黑发，囚居期间，她的头发已长到背际了。副驾驶放下手中的摄影机，从储物柜中翻出一套衣服递给我。看到阿尔贝蒂娜已经穿好了衣服，我自己却还赤身裸体，羞愧之感不由袭上心头。可当我的手指摆弄起已相当陌生的纽扣时，不禁显得手忙脚乱。

　　"将军，我是小卒子吗？"我问道。可阿尔贝蒂娜只是浅浅一笑，就研究起副驾驶递给她的地图。正副驾驶岁数都不大，话不多，皮肤黝黑，头上戴着黑色贝雷帽，嘴里叼着长长的黑雪茄。两人主要说一种法国地方方言，我总觉得，自己之前常常会见到与他俩一类的人，不过不是在现实中，而是在新闻片中。副驾驶提起保温瓶,给我倒了杯咖啡,又在拥挤零乱的机舱中挤出片地方让我坐下。我离开二十世纪已经太久了,此刻只感到天旋地转,不知所措。机舱里响起无线电的沙沙声,背景噪音中,一个人用我国的标准语传递着信息。我已经有许久没有听过自己的母语了,被人马兽囚居的那会儿,阿尔贝蒂娜和我用一种特别隐语互相交流,就像孩子们相互之间的暗号。此刻,我突然意识到,原来语言是大家共同拥有的财富,惊讶之色不禁溢于言表。咖啡很烫,很冲,副驾驶又剥开一个蜡纸包,里面包着一块火腿三明治。阿尔贝蒂娜心不在焉地编着头发,曾经笼罩着她的浪漫已一扫而光,脸上的肤色很黄,线条很硬,表情很是漠然。我啜了一小口咖啡,看着阿尔贝蒂娜对着无线电步话机喊话,却什么也听不清,飞机引擎声实在是太吵了。

阿尔贝蒂娜说完了,把话筒递给驾驶员,叹了口气,微微一笑,挪到我身边,蹲下。

“你可不是无名小卒,”阿尔贝蒂娜说道,“博士要亲自为你授衔,他刚才亲口告诉我的。”

“我可是另一边的人!”

“我去哪儿,你就会去哪儿。”阿尔贝蒂娜说道。语气是那样确定,我也只好保持沉默。我可是亲眼看到阿尔贝蒂娜用自己的情绪把树点燃,如今,我已经回到了真实世界中,可不想跟她一起燃烧。至少,这会儿还不想。这会儿,我只感到自己对她十分冷淡,可又说不出是为了啥。或许,此刻的她是另一个她,而这个她与我梦中的黑天鹅,我梦中燃烧着火焰的骷髅截然相反,毫无共同之处。此时此刻,她是个军人,说起话来干脆利落,绝不拖泥带水,心肠如钢铁般坚硬。她唯一尊敬的就是军衔。我感到,自己正在背叛阿尔贝蒂娜，因为我对军衔从来没有一丁点儿的好感。

"城里情况怎么样了？"我问道。驾驶员给我递上一根雪茄，我把雪茄叼在嘴上。

阿尔贝蒂娜皱了皱眉，低头看着塑料杯中的咖啡，然后开口说道：

"自打模型毁了以后，战争的进程就被极大地改变了。父亲开始改进发射装置，可就在此期间，部长也完成了计算机数据库的建设，开始运行一种他称之为'名称矫正系统'的程序。尽管部长本人并不情愿，可到头来还是免不了要用上哲学武器，部长本人倒更喜欢称之为意识形态武器。部长得出结论，只要能调整事物的名称，令名称与现实严格相符，就可以有效地控制现实。能理解吧，现如今，物和名之间没有灰色地带。部长假设，父亲就隐匿于想得到和想到了之间的灰色地带，只要能消除二者之间的差距，就能消灭父亲。你明白我的意思吗？"

"多多少少吧。"

"部长树立了新的口号'名正自明'。他这个人，智力真是没得说，就是少了些想象力。当然，也正因为他缺乏想象力，才能跟父亲对峙这么久。部长觉得只要名正了，就能恢复秩序，再往后，自然而然，就能实行他所信奉的孔老夫子的那套仁政了。于是，他解雇了所有的物理学家，以一群从国立大学哲学院淘来的逻辑实证分子取而代之，委之以重任，让他们给数据库中存储的每一个现象都定下确定无疑的名称，名称与现象要绝对吻合，不容许有丝毫含混歧义之处。混沌时间中，各种事物可以相互融合，区分也没那么多了，可这样一来，那群哲学家的工作反而容易了不少。是不是有点讽刺意味？"

说到这儿,阿尔贝蒂娜停了下来,机舱里泛着棕黄色的反光。

"瞧,飞机正在飞越沙漠,一切蜃景的源头。"阿尔贝蒂娜说道。

视野之中,森林消失了,只有漫无边际的流沙,在风中卷起一处处沙墙,打着转儿,四下游走。放眼望去,目力之所及,尽是一片荒凉。头顶上,天空也同样没有一丝儿生气。

"这就是那位部长的地方了。"阿尔贝蒂娜说道,"他的想象力实在是有限,根本就没有想到,一旦失去想象这种免疫能力,最可怕的病毒立马就会在土壤中蔓延开。"

我对阿尔贝蒂娜的爱可以说已超过世上其他一切,可那一刻,我想起了音乐,想起了莫扎特,对着暗夜女王喃喃道:"不会吧。"

阿尔贝蒂娜根本就没听到我说些什么,飞机引擎声和螺旋桨的旋转声实在太吵了。

"父亲的发射设备再度运转起来,可发出的信号撞上了部长修的高墙,弹了回来。父亲真是心急如焚,就在他最需要我的时候,我偏偏困在混沌时间中出不来。"

直升机低飞在这片精神死亡的大地之上,追随着自己的影子。

"现在我总算联系上他了,他正等着我俩回去,建立第二条战线。"阿尔贝蒂娜说道。

"等我俩?难道博士在等我?"

"没错。"阿尔贝蒂娜答道,目光投向我。我立马感到欲火中烧,呼吸困难,与阿尔贝蒂娜相拥而吻,整个机舱似乎都被烤化了。然而,内心深处,还有一个声音在说,从一开始我就摆明了是部长的人。虽然我貌似对一切漠不关心，总是一副冷冰冰的样子，可我依旧是理智的信徒，只要能找到理智女神的庙宇，我一样会对她顶礼膜拜。理智就像染色体一样，深深扎根于我的肌体之中，就算我爱上了一位情欲女祭司，依旧不能令理智磨灭。可不管怎么说，我和阿尔贝蒂娜还是吻在了一起，正副驾驶都不约而同用手遮住眼睛，仿佛我俩放出的光线太过耀眼，他们的眼睛受不了。

驾驶员在前方看到一座高墙围护的堡垒，堡垒旁有一座飞机场，上面停放着两架瘦长的军用运输机。直升机直接降落到堡垒里面，这座堡垒我应该也见过，在一部关于法国外籍军团的电影里。堡垒里驻扎着一队士兵，个个跟两名直升机驾驶员一样黑，也一样直截了当，嘴里没有一句多余的废话。士兵们个个管阿尔贝蒂娜叫"将军"。我俩冲了把澡，之前，我的头发已经长得不比阿尔贝蒂娜短多少了，这会儿倒好，直接推了个平头。晚餐很简单，按照军队配给定量，阿尔贝蒂娜虽然是将军，却不喜欢搞特殊化。睡觉的铁床硬邦邦，枕头很低，身上盖的灰军毯很粗糙，四周飘散着消毒药水的气味。我就是想跟阿尔贝蒂娜亲热一番也办不到，这儿可是军营，除了她跟我之外，旁边还睡了二十多个大小伙子。真实世界中有多少便利？我实在已经想不起来了。比如说，一拧标着"热水"的水龙头，冒着热气的热水怎么就会源源不断地流出来了呢？又比如说，要是能睡在松软的褥子上，上面再盖床松软的被子，那感觉会是怎么样呢？堡垒里没有钟，可对于该什么时候起床，所有士兵似乎早已达成了默契。于是乎，到了该起床的时候，所有士兵就不约而同都起了床，然后是早餐，有火腿、烤面包、茶和橘子酱，倒是颇令人回味起过去的旧时光。一切准备妥当后,堡垒指挥官在阿尔贝蒂娜的双颊上各吻一下,送我俩上了一架军用运输机,目送我俩乘坐的飞机飞上蓝天。飞机径直向霍夫曼博士的城堡飞去,飞了很长时间,一路平稳,看来肯定不是梦。整个旅途波澜不惊,没有任何意外来扰动事件平滑的表面,只是感到阿尔贝蒂娜的双眼一直在盯着我。

大海,森林,最后,是高山熟悉的背影,夜空中直插云霄。我想找到几分回家的感觉,却一点儿也找不到。突然间,我感到心微微一沉,那是飞机开始下降、盘旋。我觉得,或许现在我到哪儿都是陌生人。

飞机的下降航线煞是凶险,在群山间穿行,霍夫曼博士的机场隐藏在重重大山之中,一点儿也找不到城堡的痕迹,只有一眼望不到边的松海。一辆吉普车已在机场等候阿尔贝蒂娜和我,浓浓的夜色中,吉普车载着我俩行驶在高低不平的山路上。透过山岩,我看到,夜空中有四个月亮挂在神秘的山巅之上,闪闪发光。实际上,那是四部巨大的碟形金属天线,表面打磨得十分光滑,正对着城市的方向,不停旋转,仿佛一部巨大的风车。虽然我对技术问题知之甚少,但还是能看出来,这是发射装置的一部分。我光顾着看天线,城堡已近在眼前,自己居然都没有注意到。吉普车一个急刹车,阿尔贝蒂娜脸上泛起欢乐的笑容,说道:"差不多到家了。"

差不多到了,可还没真正到,前方还要穿越一道又宽又深的裂缝,上面只有一座小桥。桥又轻又窄,车肯定开不过去,只能步行,而且一次只能走一个人。吉普车司机说一种奇怪的语言,是法语和西班牙语的混合,身上穿了一套草绿色军衣。司机在阿尔贝蒂娜双颊上各吻了一下,然后加大油门,吉普车在轰鸣中向来的方向驶去,把阿尔贝蒂娜和我留了下来。我俩向桥上走去,裂缝有六十多英尺宽,从两边的悬崖向下望,下面黑咕隆咚,深不见底,我估摸至少有一千英尺深。桥那边有一座绿茵茵的小树林,占地约摸四公顷,四周都是陡峭的山岩,山岩顶上竖立着的就是发射天线。山岩如同勃起的阳具般直插云霄,可在山岩根部的小树林却如女阴般柔和湿润,植被繁茂。林中树上结满了果子,开满了硕大的花朵,如一支支大杯子,杯里飘出馥郁的芳香,仿佛所有花朵白天把自己的芳香都储藏了起来,直等到晚上某个时候,让芳香喷薄而出,然后花瓣就要闭上了。树枝上,色彩艳丽的小鸟在歌唱,松鼠一边荡来荡去,一边发出吱吱叫声;如茵的草地上,时有兔子穿过,发出沙沙声,马鹿在林木间悠闲地踱着步子,头上戴着沉重的鹿茸冠,可依旧骄傲地高昂着头颅,仿佛王子一样。似乎,冬天从来不会造访此地,阿尔贝蒂娜和我越走越近,桥上传来空洞的回声。记起来了,自己其实看过一幅画,描绘的不正是这座花园吗?是在拉洋片儿的老家伙那儿看到的,就是第一部机器中,女阴中的那座花园。我向小树林之后望去,就看到了城堡,跟在拉洋片儿的机器里看到的一模一样。

城堡背靠着峭壁,城堡上的雉堞令我想起霍夫曼博士的条顿祖先。博士为自己修建了一座瓦格纳式的城堡,简直就是用石头筑起浪漫的记忆。夜色中,城堡睁开许多只五彩斑斓的眼睛,城堡里所有的窗户上都镶着彩色玻璃。我清楚,这不是梦境,走过草地,草地上留下我俩的足迹。阿尔贝蒂娜顺手从树上摘下一只苹果,递给我,我擦去苹果皮上的霜,放到嘴里一大口咬下去,发出吭哧一声。头顶上,发射天线闪闪发光,耳中听到一阵飞机引擎的轰鸣声,可能是送我俩来的军用运输机飞走了,起飞的也可能是另一架。山里有一座机库，空军基地里有的东西那儿一应俱全。

"今年苹果长得可真好！"阿尔贝蒂娜感叹道，"瞧！个头多大！树枝都要碰到地了。我出发去隔离伯爵那阵子，苹果树刚开花，你肯定无法想象，苹果树开花有多美。"

我吃完苹果，扔掉核。看来，我的公主想当然地以为我对她的苹果花感兴趣。太武断了！或许，她应该委婉一些。听她那种主人的口吻，就知道她是这一切的主人，城堡、果园、群山、大地、天空，以至于大地之上、天空之下的一切的一切。我知道，我周遭这一切都不可能。或许，当时我是对的，可我现在已经太老了，对错已经记不起来了，也不在乎了。我已无力区分记忆和梦幻，二者对我来说都一样，都是思而不得。当时，或许我是个打着理智名号的恐怖分子，后来我常常这样想，好为自己开脱。每当我闭上双眼，还能看到阿尔贝蒂娜，正穿过果园向她父亲的城堡走去，身上穿着军装，又粗又黑的大辫子拖在脑后，一直垂到腰际。

城堡里没人出来迎我俩，可大门开着。几级台阶通向大门，台阶一点儿也不奢华，长满青苔，布满裂痕。其实，眼前竖立着的也不是真正的城堡，不过就是座乡村别墅，仿城堡的风格罢了。一进大门，是大厅，光线昏暗，天花板很低，空气中飘荡着百花香味，地板上放着雕花椅子，柜子里陈列着中国瓷器，墙上挂着波斯壁毯。我也不清楚自己期待遇上什么，可绝不是眼下的居家祥宁。这儿难道不是大魔法师自己的家吗？不过，发射天线高高在上，能量波从城堡上空飞过，下面的一切丝毫不会受到影响。这里，一切都是安全稳固，井井有条。

只有墙上挂的画像让我感到困惑。所有画都是十八世纪学院风格油画,画面花得很厉害,画中的风景与人物我都认得。小时候,住在修道院那会儿,每天吃完晚饭,修女们就会拿出旧画册给我看,有些是照片,也有些是世界名画的翻拍,都已经老旧褪色了。眼下的画像大多出自那些老画册,我读了读画框上的文字,一幅写着"列夫·托洛茨基正在创作《英雄交响曲》"。画中人物戴着金属框眼镜,一头希伯来式乱发,双眼中闪烁着火焰,迸发出灵感的光芒,一连串八分音符从鹅毛笔笔尖倾泻而下,聚积在沉重的胡桃木书桌的稿纸之上。画中人发狂般的创作,仿佛精灵在背后推着他,不让他停手。这幅画面太熟悉了。另一幅中,凡·高头上绑着绷带,正在创作《呼啸山庄》。其中一幅画幅巨大的油画尤其让我吃惊,画面中,双目失明的弥尔顿正在西斯廷教堂的墙壁上创作壁画。看到我迷惑不解的表情,阿尔贝蒂娜微微一笑,对我说:"等父亲重新书写历史后,人人会突然发现,原来这些才是真实。"

　　房子里到处可见到仆佣殷勤服务的痕迹,可偏偏一个人也见不到,只见到一条上了岁数的老狗,趴在毛毯上,毯子边生着一堆火。其实,生火倒不是为了取暖,而是为了有些光亮,也为了苹果木柴燃烧时散发的香味。看到我俩进来,老狗费力地从毛毯上站了起来,走到阿尔贝蒂娜身前,把温湿的鼻子往阿尔贝蒂娜手心里拱,一边发出欢快的低鸣。

　　"小时候,我常骑在它背上到处跑,"阿尔贝蒂娜说道,"现在,瞧,它的鼻子尖都白了。"

　　体型庞大的老丹麦犬呼哧呼哧喘着粗气,跟着阿尔贝蒂娜和我一起爬上楼梯,穿过挂满画的走廊,一直把我俩送到一间房间门口,没有跟进去。进到屋里,只见彩色玻璃把外面的山谷染成紫色和粉红色。屋里放着部看上去很是复杂精密的音响,正在播放着法国作曲家拉威尔的作品。长沙发椅上躺着一位女子,身材娇小,头发乌黑,身穿一袭黑色长裙,脸朝向另一边,我俩看不到。我一眼就认出了博士,只不过比照片上的他老多了,一只眼睛依旧戴着一只镜片,就跟拉洋片儿的老家伙说的一样。屋内熏香味很浓,可还是盖不住防腐药水的刺鼻气味。博士放下女子的手,手啪一声落到沙发椅上,看不出一丁点儿生机。一眼望去,这就是幢阔佬的乡间别墅,房间装饰奢华,唯一显得不和谐之处,就是博士把自己老婆的尸体做了防腐处理后,放在古色古香的法式高背扶手椅上。博士脸是灰色,头发是灰色,连眼珠都是灰色,身穿一套做工考究、剪裁合身的黑礼服,手指上的指甲修剪得很精致。无论博士昔日曾经如何,如今他给人的感觉就一个字——静,同他的女儿没有丝毫相近之处。

博士父女俩交谈用标准语,博士一见到女儿,说的第一句话就是:

"我明天到城里去,昨天到了。"

"当然,"阿尔贝蒂娜答道,"飞鸟之影不动。"

父女俩会心一笑,似乎很确定对方在说什么。

接着,博士吻了下女儿,就像吻自己手下的一名将军。

两人轻笑出声,我却感到头发都竖了起来。这房间像是城堡中的一个泡泡,静得出奇,里面住着稀奇古怪的一家子,我不禁感到毛骨悚然。或许,我面前的力量既是极端的非理性,却又有条不紊,纪律严明。博士看上去那样静,那样灰,那样安宁,说的话毫无意义,可语气偏又那样理智而平和,挑不出一点毛病。突然之间,我领悟到,在这里我们显得何等孤立而隔绝,身处重重大山之中，身边只有呼呼风声为伴。在这座堡垒里，眼前这个男人把梦幻变成现实。

博士抚摸了下死尸头上了无生气的头发，轻声说道："瞧，亲爱的，女儿回来了，我早跟你说过，她一定会回来。现在，你一定要先睡会儿，养足精神，我和女儿先吃饭去了。"

房间里响起一下钟声，不过吃饭前首先要梳洗一番，换身衣服。阿尔贝蒂娜把我领到宅子前部的一间房间，房间里布置简洁，一看就是供男性住的。房间有张窄窄的床，一把黑色皮扶手椅，到处放着烟灰缸，杂志架上摆放着最近几期《花花公子》《纽约客》和《新闻周刊》。梳妆台上放了把银背梳子，我打开衣橱门，里面是洗浴间，冲了把热气腾腾的热水澡，往身上抹了不知多少柠檬香皂。冲完澡，我裹着白色浴袍走了出来，看到换的衣服都已经在床上摆放好了，大至晚餐时穿的礼服，小至丝袜和插在礼服上的白亚麻手帕，从里到外一应俱全。穿戴好之后，我伸手到衣袋里摸了摸，摸到一只金质打火机，还有一只和打火机配成一套的烟盒，烟盒里盛着"巴尔干国会"牌俄罗斯烟卷。我在椭圆的镜子中照了照自己，发现自己变了样，时光和旅行已把我变得自己都认不出了。现如今，我看上去就跟阿尔贝蒂娜一样，只不过性别不同。直到现在，我还敢说自己年轻那会是个美男子，因为我还记得，自己长得跟阿尔贝蒂娜很像。

越过窗户，能看到屋外的苹果园，悬崖裂隙，还有一条小路，划过光秃秃的山体，一直通向山顶的军事设施。一切都是那样安静，空气中飘荡着秋天的气息，那是蘑菇成熟与落果发酵相混合的气息。钟声又响了一下，我走出房间，走下铺着厚地毯的楼梯，向挂着许多画像的走廊走去，博士父女俩正在那儿品着纯度很高的雪利酒。晚餐送到了又一间简洁、稳重的房间里,四壁的墙刷得雪白,放饭菜的餐桌是件十八世纪的古物,英国货。室内餐具柜的瓷瓶里摆放着日本插花,居然是罕见的超自然风格。瓷器、玻璃器皿、刀具,一切都出奇的雅致,几乎让人忘了它们的存在。菜肴很朴素,都是当下季节的时令菜,有鲑鱼,有烤兔脊肉,有蘑菇,有沙拉,还有水果和奶酪。酒与菜配得恰到好处,咖啡很浓,一系列饮料颇具异国风情。我们三人都抽起了价值不菲的雪茄。依旧见不到仆佣的影子,所有菜都由一部升降机由楼下的厨房送上来,再由阿尔贝蒂娜亲自端上桌。进餐时我们仨谁都不说话,只听到藏在墙上白瓷砖背后的音响播放着舒伯特的《冬天之旅》。

"你有没有注意到,"博士终于开了口,声音很轻柔,但语气依旧干脆锐利,"有时候,看不见的存在比看得见的更真实,对我们的影响也更大,更容易令我们大声叫出声。"

在我和霍夫曼博士相处的全部时间里,这是他说过的唯一一句带感情的话。晚餐在沉默中进行,逐渐,从博士那副沉默寡言、好静不好动的做派中,我感受到一种由意志支配的聚合力,如果好好加以利用,说不定真能支配整个世界。面对博士,我既感到几分惊异,又萌发出浓厚的兴趣。他就是静止,把自己提炼得纯而又纯,最后什么也没剩下。博士简直就像是个灰色幽灵,身上穿着条纹礼服,端坐在华丽的餐桌前。也可以说,他是一位普洛斯彼罗,莎士比亚的《暴风雨》中那位被人篡夺了王位,放逐上荒原的大公。普洛斯彼罗可是颇懂魔法的,博士也一样。可讽刺的是,在博士自己居住的城堡里,你却一点也感受不到他的魔法。在这里,他连我们喝的咖啡都改变不了分毫! 在这里,没什么奇幻,一股苦涩的幻灭感袭上心头。我曾经幻想,这座城堡理应是一切奇幻的大本营。

即便回到世俗层面,我一样感到失望。看得出,博士富可敌国,我却是个穷光蛋。像大多数穷光蛋一样,我觉得有钱就要显摆,要挥金如土,花钱如流水,不然怎么叫别人知道自己有钱?看着面前盘子里的烤兔肉,我心中不禁泛起一阵阵不满,暗自说,我要像他这么有钱,就晚晚烤只孔雀来吃。我鄙视博士高雅的生活品味,品味总会让我感到厌烦,再说了,这儿可是敌人的大本营。想到这儿,我对周遭景物原本已经松弛的兴趣又勃发了起来,不住在心底提醒自己,我可是另一方派来的特工。博士父女俩没把我当成敌人,可我把自己当成了他俩的敌人。

阿尔贝蒂娜穿了一袭白色长裙,就像维多利亚时期浪漫小说中女主人公穿的那种,长长的裙摆一直垂到脚面,脚一动就沙沙作响,薄薄的裙纱紧贴在她琥珀色的酥胸上,仿佛寒夜下的一层白霜。可我更喜欢她为霍夫曼博士做信使时那身男装,要么就干脆什么也别穿,只在头上戴上一束罂粟花,就像我俩囚居于人马兽山谷那会儿。我感到心中的幻灭感越来越浓厚,自己找到的根本就不是什么神奇幻境。实际上,自己走得更远,找到了神奇幻境的动力源,目中所睹皆是沉闷乏味的机械,耳中所听皆是齿轮撞击的咣当声。就算这里发自梦幻,可一旦有了血肉形质,成为看得见摸得着的真实,便也仅仅是真实了。没认识阿尔贝蒂娜之前,我觉得她高不可攀;认识她之后,我深深爱上了她。可这会儿,我一边用手中的银餐刀削着柿子,一边寻思着,拥有阿尔贝蒂娜的肉体会不会是最苦涩的幻灭。

人生最难摆脱的恶习就是牢骚满腹,尖酸刻薄。

喝完咖啡,博士告了个假,说要回书房,有些工作要完成。书房在城堡的尖塔上。走之前,博士给我和阿尔贝蒂娜一人又递上一根雪茄,说道,不妨到外面走上一走,在和暖的夜色中品味雪茄的醇香。于是,阿尔贝蒂娜和我走出到花园,我已记不起那是几月份了,但还能记得花园中的香味。是十月,肯定错不了。

"跟我来,"阿尔贝蒂娜对我说,"这边走。"

陡峭的山岩在阿尔贝蒂娜面前豁然而来,可我知道,这不是什么魔法,她肯定是不知在哪儿按了什么按钮。阿尔贝蒂娜在前面领路,白色的长裙上下飞舞,领着我爬上岩石间一道陡峭的窄缝。这是一条秘密通道,直达山顶,山顶上,一部发射天线如风车般缓缓旋转。阿尔贝蒂娜看都没看那部天线,领着我朝相反的方向走了好一会儿。头顶上,半轮明月当空,仿佛半只柠檬;我俩都穿着华丽的衣服,仿佛穿越时空,被投放到这原始的荒原之中,显得那样刺目,那样不协调。走了一段时间,前方岩石中挖出一个半圆形的空地,仿佛一座半圆形剧场,空地中伫立着许多黑影,一动不动,没有一点儿声响。黑影排列得很齐整,横成行,竖成列,仿佛在守卫着这个地方。

"这是座墓地,"阿尔贝蒂娜说道,"印第安人留下的,建造于欧洲人到来之前。欧洲人从来没有到过这个地方,后来印第安人都死了,大多数都死了,这儿就是他们留下的一切。"

半圆剧场的中心是一座长方形的古冢,我估摸,祖先的遗骨就长眠于此。古冢周围立着的塑像是要吓走盗墓贼,也吓走山上的动物,什么山狮啊,野狗啊,诸如此类,免得他们打扰了先人在地下的清梦。印第安人把没上釉的陶土烧成各种形状,有骑马持剑的男人,有手持弓箭的女人,有放声狂吠的烈犬,此外还有房子、家禽、炊事工具,仿佛要让那些泥胎军人在此安家落户,建起城镇。这些褐黄色的泥塑，历经风霜雪雨，时光冲刷，眼睛就是两个黑窟窿，看得出，里面是空的。我俩从有台阶的一边下去，穿过泥塑的军士和动物，阿尔贝蒂娜长长的裙摆拖在身后的地面上，一头长发自然披散，落在裸露的双肩上，仿佛一位德鲁伊特女祭司。黑暗中，月光下，阿尔贝蒂娜周身上下的颜色同周围的岩石，还有默然伫立的泥塑的颜色一模一样。

爱是梦幻与现实的混合；爱是母液孕育出一切不可思议、前所未有之事；爱是一棵大树，爱人在这棵树上发芽结蕾，绽放出玫瑰一样的花朵。一身纯白，脸上表情如圣女般贞洁，阿尔贝蒂娜向我长谈起爱，就在这阴气逼人的古墓之前，就在这寸草不生的山巅之上。而我呢，仿佛一位无畏的弄潮儿，埋头钻入潮水般起伏不定的裙摆，用自己的嘴掩住爱之入口处那自然茂密、未经过修剪的植被。这一次，我与阿尔贝蒂娜的接触最亲近了，而这一切就发生在我祖先的墓地中。

阿尔贝蒂娜找了块看上去是祭坛的大石头坐下，招呼我坐在她身边。我俩成了这里的中心，四周，数不清的泥胎雕塑瞪着没有眼珠的眼睛，注视着我俩。

"爱就如同惠施十事中的南方：南方无穷而有穷。陆德明如此注解道：惠施不过是以南方为例。时间有镜，亦有像，可像亦可生像。两面镜子相互反射，像亦可繁衍，直至无穷。德赛得里奥，咱俩的相遇可谓是绝无仅有，我俩就是两面播散影像的镜子。"

阿尔贝蒂娜的双眸就像两面镜子，我在里面看到了我的全部存在，裂成一块块碎片，在无限的时间中模仿着自己的样子。

"爱是无尽的旅程，却不穿过空间；爱是恒久的振动，却又一动不定。爱抹平一切时态，再创造出自己特有的时态。在某些方面,爱与永恒回归不无相似之处,因为两个爱人间的反射既没有尽头,更无法摧毁。可爱绝不是回归运动,爱似直线运动,既没有时间延绵,也没有空间位置,它最终的目的地就是狂纵中毁灭。"

面对我,面对古冢,还有墓地中的泥胎塑像,阿尔贝蒂娜侃侃而谈,真可谓风华绝代。要是我的注意力有所松动,那也是因为夜里山风刺骨寒,再不就是因为口袋里霍夫曼博士给我的那根雪茄在挑逗着我的神经,又想点上,又觉得此时此地,只怕有点儿不合适。此外,我的鼻翼间还萦绕着阿尔贝蒂娜肌肤的气味。阿尔贝蒂娜把一只手放到我的手腕上,霎时间,我仿佛遭了电击,一股热流传遍全身。

"父亲发现,我俩交互欲望所产生的磁场,没错,德赛得里奥,就是我俩的欲望,它所产生的磁场在强度上十分特殊。这种欲望定然是世间最强大的力量,如果可以提纯出来,就能成为一种强大无比的资源。不仅如此,欲望更是宇宙间一切辐射能的最强大的源泉。"

阿尔贝蒂娜超群的智力实在是令我咋舌,我只希望她别太认真了。霍夫曼博士那种半点幽默皆无的秉性完全被他这个女儿继承了下来。当初,拉洋片儿的老家伙就警告过我,博士没有幽默感。可话又说回来,我发现,阿尔贝蒂娜最严肃认真之时,也是她最楚楚动人之时。突然间,她看上去就仿佛是修道院的修女们装饰在圣诞树尖顶上的天使。阿尔贝蒂娜口才好极了,口若悬河,滔滔不绝,让我甚是心动,就如同听了莫扎特的音乐,又如当年见到古埃及人的壁画。

"理论上来说,一切皆可分解为一系列终极不可再分的基素。等到父亲把这一理论加以完善,大概再用个三到四年时间吧,他就会将其命名为霍夫曼原始基素法则。一旦父亲彻底理解了这条法则，他就会把世界上的一切还原为未经过加工的原料，整个世界就是由这些原料加工而来的。这样，父亲就能抹平当下这个世界，再创造出一个新世界。"

什么？那个戴单片镜、灰头灰脑的男人对人类之憎恶居然到如此程度？怪不得他眼里连个人的身影也容不下，又怪不得只有那个死得踏踏实实的老婆才能赢得他的温情。那个灰头灰脑的老家伙。阿尔贝蒂娜乌黑的长发扫过我的面颊，我伸手抚擦着她的双肩，触手之处如同锦缎般丝滑。

"知道吗，整个世界都是由基素构成的，世上所看到的一切不过是基素的组合，本身并没有什么必然性。基素有着自身特有的真实，不属于其他任何事物。德赛得里奥，最根本的基素，就是爱，是在四条腿的床上造出来的。"

这番话把我撩拨得欲火难耐，天真地以为阿尔贝蒂娜是在暗示我，于是我一手把她仰面摁倒在古冢的土堆上，另一只手径直向她波涛汹涌的裙摆里抄去，可阿尔贝蒂娜一直在挣扎，躲避技术娴熟无比。到头来，我也只能撸高她的裙摆，吻到她的爱之穴，可再想往下，就什么也做不了了。阿尔贝蒂娜大声笑起来。

"你怎么就看不出来？这会儿？没门儿。"阿尔贝蒂娜说道。"咱俩认识这么久了，可你一直上不了我。知道我为什么会七十二变吗？都是你的欲望赐予我力量。"

自己的肉欲在阿尔贝蒂娜的玄奥面前一而再、再而三地败下阵来，我不禁又是窘迫，又是恼怒，伸手在她的脸上重重抽了一巴掌。阿尔贝蒂娜的嘴唇渗出少许血迹，可她既没有后退，也没有斥责。

"快了，就快了。等咱俩一起去了实验室，你就能见到我的真身了。"

阿尔贝蒂娜的话，我真是一个字也听不懂。天空中的半轮残月发散出淡薄而丑陋的光芒，仿佛发了霉，带着胶片那种特有的黄褐色。月光之下，地上的一切都变了形，显得颓废而堕落。我心里惴惴不安，原来魔法师的城堡并非非理性的大本营，而是一所学校，传授着某种我根本理解不了的逻辑。这时，阿尔贝蒂娜说道，咱俩得回去了，她父亲想带我参观一下他的实验室。

博士的实验室位于高塔之上，阿尔贝蒂娜领我上了部电梯，悄无声息地上到顶层，把我领到实验室门前，吻了下我的面颊，又信誓旦旦道："就今晚，再过会儿。"说完，她退回到电梯之中，消失了。我看着阿尔贝蒂娜离开，心中隐隐有种不祥的预兆，却又说不出个所以然。嗨，我又怎会知道，等到我俩再度见面时，已别无选择，只能结果她的性命？

我敲了敲门，开门的是博士，换了一件白大褂，毕竟他是位科学家。可不管博士穿什么衣服，给我的印象都和刚见到他那会一样，都是那样不带活人的气息。那样冷漠，灰扑扑的，仿佛一个一眼望不到底的窟窿，反正不像个活人。我发觉，自己开始害怕起博士来了。

博士的书房也是他的私人工作室，他的心灵疗养所，他的巢穴，他的观星台。屋内有窗，透过窗户，可以观察到发射天线的运动。博士肯定也在这间房里夜观星象，墙上挂了一张古旧的星图。现在回想起来，记忆中那间屋子的装饰陈设只怕至少有一部分是我自己想象出来的，因为一切与我自己的想象太吻合了，反而令人生疑。不过，当初拉洋片儿的老家伙倒是确实提过，他的这位学生对各种伪科学是多么痴迷，无论是阿拉伯的、东方的，还是欧洲中世纪的。眼前这间屋子与弗里茨·朗在电影《大都会》中描绘的实验室颇有相近之处，却又令人想起卡里加里博士的小屋。不仅如此，这间屋子也颇似一间十七世纪末期的实验室，主人是位贵族，一个半吊子科学家，对自然哲学略有涉猎，却又摆弄着神巫邪术。木架上的瓶子里装的是带刺曼德拉草，空气中混合着木炭和硫磺的气味。

屋子里摆满了各式各样稀奇古怪的玩意儿，有鲸鱼的牙齿，独角鲸的独角，各种已灭绝动物的骨骼化石，乱七八糟的东一堆西一簇，上面落满灰尘，结着厚厚的蛛网。屋子正中央最显眼的位置摆着一只上了锁的黑色大木柜子，柜子右边摆放着蒸馏器、酒精炉、本灯，还有其他形形色色的化学实验器皿。除此之外，还有一罐又一罐的怪物标本，一堆又一堆的骨骼化石。要不是亲眼所见，我还真不敢相信，世上还有这些东西存在。大木柜子左边都是书架，放满了书，放书的隔板在重负之下中央微微下垂。大多数书都是古籍，有些是阿拉伯语，还有不少是汉语。博士藏书的大部分似乎都与各种巫术典籍有关，不过总体而言，涉猎极为广泛，可以说人类知识的任何分支在此已一网打尽。一张工作台上放着各种稀奇古怪的幻觉玩具，有幻影转盘，中国走马灯，还有其他几种，所有玩具的工作原理都是图像的连续运动。这些玩具上完全看不到灰尘，看来是博士最近兴趣之所在。我突然想起来，博士最近正忙着更换模型。

博士一只手撑在工作台上，说道："就在这张台子上，我亲手将收集到的宇宙间种种复杂现象筛选、分类、评级，然后才能改变宇宙万物。我的助手就只有我女儿，哦，对了，还有那个老家伙。

那老家伙眼睛虽然瞎了，手还挺巧。"

我的喉结动了一下，发出沉闷的声音。对博士，我真可谓佩服得五体投地了。博士掏出一圈钥匙，从中间挑出一把，打开锁着的横门。黑色的柜门豁然而开，露出三排长架子，被厚厚的文件塞得满满当当。

"这儿是我全部研究的分类档案。"

不过，我更感兴趣的是另外六条架子，上面放满各种原材料，以制造出拉洋片儿机中的各种影像。六条架子中，有两条放着一沓沓的玻璃幻灯片；两条上放满纸袋，纸袋上写着"负片"字样，里面放的肯定是生成影像的胶片；最后两条上放的都是模具，用以制作小的蜡像。各种模具分门别类，标牌上刻着用长线和短线组成的奇怪符号，例如☴，又如☶，又如☳，诸如此类。

博士说道："等造好模型，上好彩、塑好形，能动起来，我就能画出痛苦，就像画出一道红线那样容易；我能画出爱情，就像画一条直线那样确定；我也能画出恐惧，就像画出一条曲线那样简单。无论是极乐还是树木，无论是绝望还是石头，在我手里展现起来都是一个样。我能令你的五官感受到思想，对我而言，无论是直观还是思维，思想的这两种存在方式从现象本质上来说根本没有区别。万物相对而生，相生相克，可我的世界绝非一个非此即彼的世界。"

"我的世界即是＋也是的世界。"

"举世之内，唯有我才发现和理解了那个意义无穷的加号的钥匙。"

博士的声音既没有升高，也没有降低，始终保持着令人昏昏欲睡的语调，既听不出一丝热情，更不会激起惊异。他身上充斥着一股子腐朽的学究气,阿尔贝蒂娜身上也有,就是从博士那儿遗传来的。可阿尔贝蒂娜身上毕竟还有魅力,还能感受到思想的热力,多少冲淡了那股子腐朽的气味。可博士呢?什么都没有,只有那股子腐朽的气味。

"钥匙的本质是什么,博士?"

"性能,"博士毫无表情地答道,"我这儿有些东西,你可能会感兴趣。"

博士从柜子中取出一盘录音带,放到录音机中,摁下播放键。一阵吱喳噪音过后,我听到了部长的声音。隔了这么长时间,经历了这么大的变化,我再度听到部长的声音。这盘录音带肯定是当初围城期间,从政府的广播中截录下的。

"我们正受到灾祸的真实袭扰,我们的房子一幢接一幢被夷为平地,我们这些幸存下来的人像耗子一样,在废墟间钻进钻出。一段时间以来,我们的精神受到无休无止的折磨,虚幻的影像从我们内心最黑暗的地方蜂拥而出,非理性如野草般在街头蔓延。是的,事实如此,可即便事实如此,理性最终也必定、必然、必将恢复秩序。光明引领我们前进,除了理性之外,我们还剩下什么?日以继夜,夜以继日,我们忘我工作,解决眼前的难题。这场战争中,我们仅有一件武器,那就是理性,宁折不弯,永不退缩的理性。一旦我们把理性引入战争之中,所有的钟表都会达成一致,再次播报出一致的、坚定的时间……"

部长刚讲到这儿,磁带中传来轰然一声巨响,还伴着玻璃破碎的声音。再往后,就什么也没了,只剩下磁带转动的嘶嘶声。博士摁下终止键。

"理性写不出混乱的诗句。"博士毫无表情地总结道,"你那位部长大人以为我藏在事物和定义之间的灰色地带,他未免太小瞧我了。"

我沉默不语。部长的声音坚定、沉稳,听不出丝毫歇斯底里,不禁又让我回想起往日种种确定的感觉,虽然已经模糊,却依旧真实,甚至连某些早已沉没于记忆之下的和谐也再度浮现出来,令我为之感动,要多感动有多感动。

与博士面对面,我发现,他的这套科学既复杂又繁琐,实在是令我提不起兴致,而他那双冰冷的眼睛更是令我心惊。我知道,他永远不会成为我的主人。或许,我并不想要部长的世界,可我同样也不想要博士的世界。霎时间,我感到自己陷入了进退两难的泥潭,我面前有两种选择,可在我看来,博士肯定是错了,因为任何一项选择都不可能与另一项同时并存。博士或许知悉那个加号背后的无穷无尽的秘密,可他依旧是个极权主义者。此时此刻,我的处境是如此艰难,一面是安宁、和谐,但却贫瘠乏味,另一面是暴风雨,冲刷出丰富的养分,却又尖锐刺耳。全天下这么多人,却唯有我手中捏着关键一票,在二者间做出选择。

如今,大家都清楚当初我做了怎样的抉择。如今,城里再没有什么东西与自己的名称冲突了,城里所有的钟都准时准点,时间驾着四个轮子的车,载着三维的空间向前奔驰,就跟博士发起战争前一模一样。等我写完这一章,会有人为我端来一杯牛奶,再端上一盘牛油消化饼。等我的生命终结,人们会为我裹上尸布,把我的尸身抬到大教堂的地下室去。对了,大教堂已经重建起来了,岁数小点的都不敢相信,它曾被炸成一片废墟。我再也见不到阿尔贝蒂娜了,影子全都规规矩矩,再也不会不听使唤,乱变乱跑。广场上,人们为我立了一座塑像,栗子树的树叶在秋风中飘飘而下，落到塑像肩上。这座城市的金饭碗还没有被打破，人人都能从碗中掏到一羹汤，各取所需。需要可绝不是欲望。

老德问小德："当初，博士说给你一夜极乐，以换取一世纪的满足，你怎么可能会拒绝？"

当然，事情可没那么简单。我感觉，自己其实从来就没有满足过。当然，有人满足过，自然也不会是什么过分的满足，仅仅是温吞水般的满足。由于我的所作所为，人人都能相对得到满足，按照部长的理论，既然不知道欲望为何物，欲望也就不存在。总而言之，我所做的一切还是符合公众利益的吧，也正因如此，我成了英雄，尽管当时我实在不知道自己的所作所为同公众利益有什么干系。或许，我所做的一切全是出于冲动；或许，博士的报价还不够高；毕竟，博士仅仅承诺，给予我全身心的满足。

再说了，博士是个虚伪小人。

博士把欲望关进笼子，却大声说："瞧啊！我解放了欲望。"没错，他就是个虚伪小人，我也是个虚伪小人，不过不像博士那么会演戏。于是乎，我这个虚伪小人宰了另一个虚伪小人，是不是这样？

我又来了，又抢话头了。瞧！什么悬念都没了，高潮还没掀起，就消于无形之中。可话又说回来，你们需要高潮吗？我只不过跟着自己的回忆，把当年发生的事原原本本、一五一十地讲出来。再说了，谁不知道是我宰了霍夫曼博士？历史书里写得一清二楚，谁没读到过？连具体日期都知道得比我清楚，我自己反倒已淡忘了。再想一想，肯定是十月，空气中洋溢着浓浓的蘑菇味。

要不是我对博士的各种发明烦到死，或许我还不会那么厌恶他。

"性能取之不尽,用之不竭,正如我早年的同事和研究伙伴门多萨早已做出的假设那样。"

博士指了指窗外,岩顶上无声无息旋转着的天线,继续说道:

"过去五年中,驱动那部天线的就只有一种辐射能源,也就是性能。过去五年中,天线辐射出的能量波照射于城市之上,这些能量波包括:

a)综合性本真现象;

b)综合性本真现象的可变组合;

c)足够的辐射能,以便任何形象按照有效演化的定律,成为实体。"

"只要解放了无意识,我们也就解放了人类。从此以后,裸体的人进出于人类的感官。"

可博士自己却属于那种你无论如何也无法想象脱光了衣服是什么样子的人。博士突然一阵咳嗽,赶紧用一方雪白手帕捂住嘴,把剩下的咳嗽堵回喉中。

"正与负相伴而生,一旦欲望被赋予综合形式,其必然结果就是,思想和客体进入同一层次,这是基础知识……"

就是这个人的女儿,曾对部长说,别跟我谈什么抽象!我打断了博士的话。我有个问题。

"门多萨到底怎么了?"

"门多萨?"

博士取下一只玻璃罐,罐中的福尔马林药水浸泡着一具人类大脑。

"最后能抢救出来的就这么多了,门多萨烧伤得太严重了。不管他在时间机器中遇到了什么,反正他被烧得脱皮见骨,整个人都疯了。烧伤后,他又撑了五天,整日里满嘴胡言,最后才在一家慈善医院的公共病房里断了气。门多萨死之前好几年,他已经跟我不大对路了。他刚死,我设法搞来了他的大脑,对他的大脑我还是很好奇的。可不管那具大脑里过去有过些什么,早在五天之前,早在门多萨的肉体死亡之前,就已经不复存在了。那具大脑在结构上同别的大脑没什么不同。"

不知怎么,博士的这番话令我十分紧张。博士把罐子放回原处,冲我龇牙一笑,看得出,他已经尽己所能了。

"让我领你参观下我们的提纯中心和现实塑形机吧。我敢肯定,你会对现实塑形机极其感兴趣,这些机器在现象的综合体中承担一些前期准备性工作。"

看博士的样子,倒仿佛是在领着我参观巧克力工厂。我真不明白阿尔贝蒂娜怎么会深爱这样一位父亲。伯爵要远比眼前这位更吻合我心目中的普罗米修斯,虽然眼前这位才真正称得上是神火大盗。面对这位盗取神力的窃贼,他那股子陈腐的酸气不禁令我心生鄙夷,可时不时,又有一股恐怖战栗由心底发出,传遍全身。我不禁想到,自己对面这个人可是拥有着经过三重提纯的心智,物质对他来说不过是一场幻影游戏。可我怎么也想不明白,像博士这样的人怎么会这么钟情于解放人类,甚至根本想不明白,解放这种念头怎么能钻进他那个脑袋瓜子。我敢肯定,他所追求的不过是权力。

或许,我之所以杀了博士,就是因为不能理解他。

博士领着我进了另一部电梯,电梯向下运行了好一会儿才停下,从电梯中出来,我俩已到了城堡的地下层。我原本还以为城堡地下是地牢一类的地方,可下来一看,发现依旧是墙上铺着白瓷砖的长廊，地上铺着消音橡胶，隔一段就亮着长条形照明灯，把四周照得亮如白昼。四下没有一点声响，一切都淹没在一片高科技白色之中。博士不知在哪儿按了个按钮，一扇金属门悄无声息地滑开，里面满屋子的蒸馏提纯设备正忙得欢，可一个人影也见不到。玻璃试管和烧杯中装着乳白色的液体，正在上下翻滚，一边冒着泡，一边发出微弱的光线。

"这儿无需多做停留，不过我估计你还是想看上一眼。这儿就是间提纯中心，欲望满足后的喷射物在这儿加工提纯取精，以获取生殖细胞出现之前的原始精华。这种原始精华即使放到电子显微镜之下，也观察不到任何根或种的痕迹。实际上，它就是一种生化原汤，可以这么说，我们用自己的炖锅炖出了纯净、未分化的存在精髓。"

"提炼出原汤后，又要做什么呢？将其加速。来，这儿走。"

提纯中心的墙壁洞开，让博士和我穿过去，又合上。

"请允许我向你介绍，我们的现实塑形机，"博士说这番话时，脸上挂着一丝苍白的微笑。

机器正在运行中，十分安静，只是偶尔从内部发出一两声拔弦般的轻响，不知道的还以为是在制作电子音乐呢。目光所及是六部不锈钢制造的锥形鼓，在看不见的中轴上旋转，跟发射天线一样，旋转时也是那样无声无息，安静得吓人。这会儿，博士和我已深入地下，天线或许正在我俩头顶一英里的地方旋转。每部不锈钢鼓都有一个人那么高，周长约摸三英尺，底部有一扇百叶观察窗。一根塑料管子从铺着白瓷砖的墙上伸出，通到钢鼓顶部，伸入顶部的孔洞中，塑料管和孔洞的结合部用密封材料封得严严实实。每部钢鼓都有电缆引出，接入一部显示屏，屏幕上，可以看到中心一团火一般的东西，火的四周包裹着一团胶质样的东西，不停地在扩张，收缩，改变着形状。屏幕与电视屏有点像，总共有六部，在墙上一字排开，下方是一大块控制面板，面板上各种开关键钮，看上去很复杂的样子。

屋里灯光很亮，很明显正处于工作状态，可就是一个人影也见不到，只有一部饮水机，几把钢管椅和一张圆桌，桌面上放着数部弹簧板夹。真是个人气衰、鬼气旺的地方。

"机器工作的原理是客观偶然。我们可以以客观偶然来界定人世间一切偶发事件，它控制着个体的命运。和山顶的发射机一样，它们也是由性能驱动，因此机器的运转会受到门多萨效应的限制，也就是性能的时间副作用。"

"存在精髓在现实塑形机中加速。"

博士砰的一声拉开一部钢鼓底部的观察窗，一片黝黑扑面而来，其中卷起数点明亮的火星，仿佛大风之夜，夜空中间闪烁着几点星辰。博士随手又把观察窗迅速关上。

"加速过程中，存在精髓会自发形成无区别、无选择的胚胎分子结构，换句话说，也就是形成欲望客体的分子结构。"

博士稍作停顿，让我把他的话消化消化。任何一个人，当他向别人介绍这样一部足以打破人类意识的机器时，都或多或少会流露出几许骄傲和自豪吧。可我从霍夫曼博士脸上看到的只有正褪色的疲惫，还有就是令人压抑的厌倦。博士从饮水机中接了一杯水，倒入口中，然后把手中用过的纸杯捏瘪，口中长长吐出一口气。

"现实塑形机中的胚胎分子处于混沌未分的状态，受到刺激后，由于某种确定的内在倾向，分子相互结合，形成次序不同的分子群，我把它们统称为'变形群'。最终诞生的是一种多维度躯体，只服从于测不准原则。这种躯体能显示在电子屏幕上……瞧……那儿，显示为长短电子信号的复杂组合。要想弄明白它们的代码，确实要下番功夫，要长时间双眼盯住屏幕。不过，这些无形无质的信号却是有形有质的表象的胚胎，作为客体化的欲望，它们混沌未分，却可以被理解，一旦它们进入另一个客体，触发该客体做出反应，潜藏于该客体内部的欲望就会被激活，从而改变该客体所呈现出的表象。当然，欲望必须潜伏于客体之中，欲望不是总是将来时吗?"

原来，这就是博士的认知观! **我欲故我在**。可他自己在我眼中怎么看也不像是一个有欲望的人。

"如此一来，综合真实现象最终得以成形。我把这个国家的首都作为我首次试验的试验场，因为这个国家中，各种制度的存在结构松散，不稳定，根本无力去压制各种潜在的思想意识。要是换一个社会组织结构十分稳定的国家，效果就要大打折扣。比如说吧，要是我攻击的对象是北京，实验成功的概率就很低。当然，中国对我的研究的影响是很深远的。"

"我妻子实在是个才华出众的女人。"博士又添上一句。

我想到楼上沙发椅上的那具女尸，不禁激灵灵打个冷战。

"之所以会选中这个国家的首都，完全是因为它太适合我的试验了。可时势造英雄，偏偏冒出了个部长，建立起一整套防御系统，我当时还真有点知所措。我原以为在脱缰的无意识面前，那座城市根本没有防御能力。刚开始发射时，我根本就没想到过要采取军事行动，我可没把自己当成军阀，可实际上自己还是演变成了个军阀。"

说到这里，博士又意味深长地一停，我领会到，他想来点儿幽默，于是哈哈笑出一声，全显出客人配合主人的义务。

"我开始雇佣军人，而且出于必须，调配我的幽灵军团也会造成一些现实损耗。开始时，借助于那套模型，一定程度上还可以控制幽灵的进化，我那个瞎眼的老师也能帮上忙，他从我妻子那儿多少学了点灵幻术，能给我提些建议，指出事件有哪些可能的变幻方式。当然，他的建议大多数没什么效果。我一直在想，一旦有了证据，表明有形质的欲望可以自主发挥，自由决定自己的形式，我就会逐步退出。可一场意外把所有的模型都毁了，我的计算也随之出了错。混沌时间瞬间降临，而不是像我设计的那样，按照计划安排把时间一步步侵蚀掉。我也不知道，那些幻象能不能自主站立起来，用自己的两只脚行走，或许它们不止两只脚，管他呢！"

"每天，我的空中巡逻队都会带来报告，在哪儿发现了不可思议的植物，又在哪儿发现了难以从生物学角度加以分类的动物群落。当然，阿尔贝蒂娜已经向我详细描述了那段虚幻缥缈的非洲海岸和居住在那儿的原始部落，还有那些半人半马的怪兽，虽然其现实状态值为零，却又显得相当真实，甚至可以摄像留影。所有这些迹象都表明，幻象的发展良好。实际上，各种幻象都已足够物化，都深信自己的存在深深扎根于时间的想象性基质之中。"

博士似乎说得口都干了，又倒了一杯水，往水里投了两片药片，就着水一饮而尽。可也就是这个人，要建立起欲望的绝对统治。

"食人族酋长可是真得不能再真了！"我反驳道。

"食人族酋长是混沌时间的成功产品。之所以会出现他这么个人物,全是拜伯爵的自我毁灭欲望所赐。"博士一边解释,一边打了个哈欠。

"可我知道,酋长是真人,我亲手杀了他!"

"有什么证据?"博士反问道,脸上挂起一丝冰冷的微笑。霎时间,我自己也怀疑起来,自己到底有没有开枪杀了食人族酋长。那可是我这辈子做过的唯——桩英勇壮举了,可此刻回想起来,这样的行为与自己的个性简直格格不入。

"事物的存在就犹如一匹碎步小跑的马,"博士又解释起来,脸上依旧挂着那种屈尊降贵的微笑,让人看了感到浑身发凉。"并不存在什么一以贯之的发展轨迹,事物每时每刻都在变化,每时每刻都有所不同。我的成就可以说是完全建立于形上哲学本身的缺陷之上。之所以我可以成功,是因为一方面我以形上哲学为基石,建立起一套形上技术,另一方面又小心谨慎,不遗余力地遵循着经验研究的种种原则。其实,我的研究才刚刚起步,与未来将会取得的成就相比,目前所取得的简直不值一提。"

我只知道,博士用纯而又纯的智性之光把世界照了个遍,他所看到的世界结构与常人在理性之光的照耀下,凭感官所看到的截然不同。可看他那副气血衰竭的模样,简直就是比死人多了半口气。

"你在这儿也看得差不多了,"博士说道:"下面,咱们去看看欲望动力机。"

博士领着我走出房间,离开屋内跳动着的原始形体,还有那六部金属鼓,再度沿着铺着白瓷砖的走道走下去,似乎永远也走不到头,仿佛我俩步行在梦幻迷宫般的内脏中。就要抵达秘密核心了,可此时我却觉得,这一切并没有多少价值。是否我此生注定只能活在欲求不满和幻想破灭之中？是否此世上所有可主宰我命运之人，到头来都将脱去伪装，露出真身本相，要么是食人怪兽，要么是变色龙，仅此而已。博士满口欲望，似乎把欲望贬得一钱不值。然而，经验却告诉我，一旦解放出来，欲望要远比它的解放者强大得多，它所放射出的光芒比一千个太阳更加耀眼夺目。不过，我觉得，博士根本就不知道欲望为何物。走道终于到了尽头，前方是两扇滑门，门上写着一行汉字。

"出自拙妻之手，"博士介绍道，"她可是咱们家的诗人，翻译过来，这句中国话的大意是：阴阳交合，化生万物。说得真是太好了。"

屋里的所见所闻真是大大出乎我的预料。

屋内又有间大玻璃屋，有顶有墙，看不到一点儿接缝，欲望所产生出的电力给屋里的一切投上一层幽冷、魔幻般的光芒。一张钢制工作台前坐着一名工程师，专注地看着手中的卡通书，这是我进入博士的实验室以来见到的第一个工作人员。这名工程师是个阴阳人，长得真是漂亮，身上穿着紫色的晚裙，眼角上抹着不少银箔。

"我是男性与女性的和谐统一，所以博士让我全权负责动力机。"

工程师的嗓音很是性感，好像大提琴发出的声音。"想当年，格林威治村那么多异装癖，我可是最漂亮的一个。后来，博士把我变成了两性人，我代表着分歧、不和谐的内在和谐。"

博士走上前，深情地搂了搂两性人工程师的肩头，这位工程师腿上有残疾，只能坐在轮椅上，自己推着轮椅，带博士和我去参观爱巢。

所谓爱巢都位于一间弯弯曲曲的房间里,房间狭而长,足有好几百码,好像一只摆动着的触须,向大山深处钻去。房间墙壁上全部镶着镜子,镜子边放着三层的床铺,床铺顶上就是天花板了,再向上是一只只铜收集器,下面大,上面小,呈倒漏斗状,漏斗小的一端接到上一层的房间中,从那儿仿佛传来水流冲过的声音,那是许多看不见的机器一起运转发出的声音。可在这儿,机器声几乎被另一种声音完全吞没了,时而低吟,时而高鸣,时而撕心裂肺般呼号,时而又沉闷地咆哮。声音来自一具具活棺材般的床铺,每层床铺上都躺着一对情人,总共有五十多对,都是世间最般配的爱侣。此刻,每对爱侣都胸贴胸,腿缠腿,禁锢于世间能想得到的最热烈的拥抱中。

每对爱侣都很年轻,浑身上下一丝不挂,各种肤色都有,黄种人、黑种人、白种人,就我所见,每对爱侣按照肤色配对,眼前景象犹如一部五彩斑斓的性爱宝典。男女之间的事,但凡你能想到的,都在这一张六英尺长、三英尺宽的钢丝床上上演。放眼望去,到处是长腿扁腹,到处是丰乳肥臀,到处是乳头,到处是脐眼,一切都在动个不停。此情此景,立马让我回想起欲望杂耍团的人体分解表演,又想到死去的伯爵曾说过的一句话:"挑战死神的双人爱情筋头。"还记得说那句话时,伯爵一脸少有的肃然起敬之情。

我也不禁肃然起敬,可同时又感到胃里一个劲儿地翻着酸水。

"所有床铺都是由钢丝编制而成,布满网眼。他们能看到彼此,当然,那也要他们有空看才行;他们也能听到彼此的声音,当然,那也要他们有空去听。这样一来,每对爱侣都能不停地获得新鲜的视听刺激。"博士面无表情地向我介绍道。两性人工程师坐在轮椅上跟在博士和我身后,地板上也铺了镜子,轮椅的橡胶轮从上面滚过,不停地发出尖锐的吱吱声。四壁和地板上的镜子把爱侣们产生的性能反射加强,类似的情况我之前也见过,就是那个狂风暴雨之夜,在阿拉伯杂耍团的篷车中发生的一切。那晚,说不定就是那帮阿拉伯杂耍演员和我产生的性能无意间触发了泥石流。我们的脚步停了下来,身边床铺上是位英国姑娘,长着一头棕色卷发,脸蛋红扑扑、白嫩嫩,两腮两个小酒窝,身材丰满而匀称。英国姑娘的伴侣是个蒙古人,身材短小,可偏偏胯下那活儿大得惊人。博士伸手扯了扯英国姑娘,可姑娘头都没扭,看她摆出那架式,正准备迎受她那杏黄色皮肤爱侣的深深一击,然后张大口发出一声撕心裂肺的嚎叫。

"瞧!他俩多专注!根本就感觉不到我们。"

两性人工程师暧昧地吃吃笑起来。原来是她!用不着再这么花力气伪装了。其实,我早已起了疑心。毕竟,我已经见过她的那么多伪装,这次没有理由再认不出来。

"我们定期给他们注射荷尔蒙。"博士介绍道。

"每层床铺,也可以说是爱侣的动态套装下面有一个托盘,爱侣的分泌物都落到托盘之上,再用海绵收集,一天收集三次,一点都不会浪费。与此同时,爱侣们辐射出性能,全宇宙间最简单,却也是最强大的辐射能。性能就由这些大漏斗上升,进入上一层的发电室。"

哦!当初那帮摩洛哥杂耍艺人不过是做了个示范,如今这才真正叫欲望杂技。

博士又是一声叹息,塞两片阿司匹林到嘴里,这间屋里没有饮水机,就干嚼起来。

两性人工程师的眼睛就像是侧立的泪珠,眼珠的颜色就如同四周一浪接一浪的爱语。其实,床铺上既没有锁链,也没有铁栅栏之类的东西,只不过每对爱侣都紧紧相拥,永久地深陷在爱的拥抱之中,谁也脱不出身来。他们仿佛是麻木的朝圣者,相互缠绕的地平线,又像是象征着永恒运动的人偶。他们有目不能视,有耳不能听,只知道自己这段静止不动的旅途,最后一意孤行地奔向共同毁灭,拉都拉不回来。

"这些爱侣长生不老,"阿尔贝蒂娜说道,"他们已超越了生死。"

"经过无限长的混沌时间,"博士进一步解释道,"所有爱侣分解为两种最基本的物质:纯能量和纯性,也就是气和火。到时候,将引发一起大爆炸。"博士微微停顿,接着又说:"所有人都是自愿的。"

透过阿尔贝蒂娜身上的舞会长裙,和长裙下的胸腔,我看到了阿尔贝蒂娜的心脏,那是一团跳动着的火焰。我们三人、博士、阿尔贝蒂娜、我,还有我们三人在镜子中的映像一起向爱巢尾部走去,整整走了二十五分钟,才走到头。这儿,支着一张空的床铺。

只看了一眼,我就明白了,这就是为我准备的婚床。

时机终于成熟了,新娘正翘首以待,新娘的父亲已向新人奉上祝福。

"我明天到城里去,"博士说道,"时间将被彻底推翻……"

"所以,你将昨天到达。"阿尔贝蒂娜说道。父女俩一齐轻声笑起来。父女俩的话还是那样玄奥,可这次,我全听懂了。阿尔贝蒂娜与我的结合(拖得越久,欲望就越强烈)将会产生一股强大的能量流,把我俩间的无限扩散到整个世界。随之而来的存在虚空中，博士将从天而降，开始他的解放大业。

阿尔贝蒂娜抹去眼角的银箔，身上的长裙无声无息地滑落，我又见到了玉米地中的女神，可更狂野，更美丽，浑身上下，洋溢着胜利的光辉，我实难描述其万一。啊！这不就是我理想中的他者吗？这不就是我逃也逃不开、躲也躲不掉的毁灭吗？这不就是我有血有肉的梦幻吗？

"不！"我大叫，"将军，不！"

我的叫声实在是太大了，甚至惊扰了爱奴们的迷梦。我向门的方向跑去，只看见钢丝床上一对对的动作没那么激烈了，有几个虽然没有扭过头看我，眼珠却转动了，那是迷茫、空洞的眼，随着蒙在眼珠上的迷雾渐渐消散，肌肤上的汗珠也渐渐干涸。此时，室内的灯光开始闪烁起来，仿佛电力供应开始不稳定起来。

警笛发出刺耳的长鸣声，博士掏出一把手枪，向我射出一排子弹，可到处都是我的镜像，博士也不知道哪个才是真的我。子弹打到墙上又弹回来，射中钢丝床上的欲望运动员，顿时血光四溅。我拼命敲打不锈钢门，警报响起时，门肯定就已经自动锁上了。我转过身，赤手空拳面对自己的敌人，泪水几乎已把双眼淹没，只感到一切希望都已离我而去。

博士跳上一部轮椅，推着自己向我冲了过来，博士腿脚一向不大利索，坐在轮椅上动作更快。终于见到了，原来博士也并非一点情感都没有，只见他脸上五官扭曲，嘴里喷着燃烧着怒火的呓语，手中挥舞着左轮枪，可枪里子弹都打光了，拿在手里根本就是件废物。阿尔贝蒂娜看上去则像个怒火中烧的天使，她对我的爱可是一点儿都不假。只见她手里挥着一把硕大的利刃，在灯光下反射出摇曳不定的白光。钢丝床上有的已咽了气，有的只剩下半口气,年轻美丽的肉体上,殷红的鲜血绽放出一朵朵鲜花。剩下的爱侣们都已停止了做功,向不幸殉职的同伴哀悼。

哦!我伟大的爱情!结局竟是如此怪诞。当初,我在洋片机里可是一点儿也没看到,完全没有准备。

博士坐在轮椅上径直向我冲来,想把我撞倒,可我抓住轮椅把手,一把推翻了轮椅,博士就这么飞了出去,轻飘飘的,好像具玩偶,手脚分得开开的,啪一声摔到地板上,手中的左轮枪也飞出去老远,在玻璃地板上打了好几个转,撞到了墙上。博士摔到地上的时候,就那么巧,脖子和地面接触的角度刚刚好,一下子就折了,一丝鲜血从鼻孔里流出来,向下滴,地板上的镜子中,一丝血迹也正从博士的鼻孔中向上滴,最后两丝血迹汇到一处。不知怎么,阿尔贝蒂娜和我就爬到了博士的尸身上,抢夺着那把利刃。

就在博士松松垮垮的尸身上,阿尔贝蒂娜和我打得不可开交,争着要占有那把利刃,就如同争着要占有对方的肉体。

接着,我俩又在玻璃地板上滚来滚去,好像两条湿漉漉的鱼。阿尔贝蒂娜紧紧攥住刀把,就是不肯撒手,我则紧紧抓住她的手腕,不给她任何机会把刀捅入我的身体。阿尔贝蒂娜咬我,扯我的衣服,我也咬她,用拳头痛击她的脸,痛击她的胸,直到把她的双乳打得跟眼皮上的眼影一个颜色,可她还是不肯撒手。再接下来,我张口向阿尔贝蒂娜的喉咙咬去,仿佛自己变成了一只猛虎,而阿尔贝蒂娜是爪下的猎物,捕获于暗夜森林之中。可阿尔贝蒂娜就是不撒手,和我缠斗了很长时间,我感到,阿尔贝蒂娜的力气在一分分流逝,最后,我感到,阿尔贝蒂娜死在我怀中。

把这段写下来,对我来说实在是太难了。前面,我已经交代了自己怎么宰了博士,其实我并无杀他之心,完全是意外。你们不是早就知道了吗？我根本不配做英雄。那我又干吗要告诉大家自己是怎样杀死阿尔贝蒂娜的呢？我想自己之所以会杀了阿尔贝蒂娜，是因为我不杀她，她就要杀我。事情就是这样。我确定，事情就是这样。我差不多能确定。

阿尔贝蒂娜握住刀柄的手渐渐松开，我夺下刀，向她左乳下方捅了进去，也可能是肚子。不，还是左乳下方，我亲眼看到冰凉的刀尖刺中阿尔贝蒂娜胸中的火焰，那团火随之熄灭。临死之前，阿尔贝蒂娜张开口，向我说："我就知道，自己会为爱而亡。"说完，阿尔贝蒂娜的身子从刀刃上滑下，再没有气息。阿尔贝蒂娜肯定是把刀藏在她身上的紫色长裙里，可她为什么要这样做，我始终捉摸不透。刀只是普通的厨具刀，就是用来把肉块剁成肉末，做汉堡包的那种。阿尔贝蒂娜胸口的血肉分开，把插在里面的刀排了出来，她的眼睛依旧像是两粒卧倒的泪珠，已失去了光彩，再也不会说话了。

霍夫曼博士要真是个魔法师，眼下这一切，无论是地下实验室、城堡，还是整座巨石建成的建筑，以及建筑上的彩色玻璃，以及环绕着建筑的浓云薄雾，都会霎时间烟消云散。就应当晴空霹雳，狂风平地而起，把所有的机器、杠杆、阀门、秘籍，还有什么试管、烧杯，什么带刺曼德拉草，什么短吻鳄骨统统吹到乌有国去。我就应当发现自己独立山间，头顶一弯眠月，手中只剩下一场残梦的碎片。可并非如此！警铃在长鸣，有几对爱侣从爱之大梦中被枪击声粗暴惊醒，从无眠的栖居之所爬了出来，迈着晃晃悠悠的双腿，向躺在地板上的尸体走来。看他们走路那晃晃悠悠的样子，应该既没有意识，也没有感觉，只是遵从某种模糊的强迫指令，哪儿有死亡，他们就觅着死亡的气息而去。整间屋子只有一个出口，而且无情地紧闭着。要知道，我此刻已深入地底超过一英里，被紧紧锁在一间四壁贴着白瓷砖、到处是镜子的房间里。我从礼服胸袋里抽出早就插在那儿的白手绢，抹去顺着利刃向下滴的鲜血。此时，我感到，怎么说呢，我感到完美的自由，却又被这种自由感搞得惴惴不安。对，是自由，我终于摆脱了阿尔贝蒂娜，终于自由了！

可除了那扇紧闭的门，根本没有第二条路可以出去。再说了，只要我还在喘气，又怎么可能真正摆脱阿尔贝蒂娜？

警铃声肯定会把什么给招来，我的第一个念头就是——逃走；第二个念头就是，不可能逃走。爱侣们此刻都醒了，有的在为身边的死者而悲凄，也有的在为自己身上的伤口而哀号。剩下的无知无觉，走起路来摇摇摆摆，仿佛出生不久的小马驹。他们只知道，自己在做着世界上最重要的工作，可这工作是什么，该怎么做，又为什么做，他们一概不知。现在，这工作被突然打断了，有些脸被子弹打得血肉模糊，可还是抱着自己伴侣的手或脚，求他躺下来，再度工作。还有些站起了身，迈着蹒跚的步伐，被满屋的镜子搞得晕头转向，看到镜子中那个似乎伸出热情的嘴唇，于是也把嘴向镜子凑过去。可自始至终，谁都没有留意到手持利刃的我，更没有谁注意我如何残忍地背叛了自己的爱人。我躲在钢丝笼子后面，直到警铃声停了，门无声无息地滑开。

从门那头进来的并不是一整队手持武器的雇佣兵，只有一个穿着白大褂的工程师，似乎是一直到现在都隐匿不见的技术人员的全权代表，手里举着一只注射器，进来连门都没关。显然，警铃过去也响过，且只有一个意思，就是爱侣们的状态有些失常，只要打上一两针荷尔蒙，一切就万事大吉了。或许，警铃闪烁就一直代表荷尔蒙不足，又怎么会有人知道此次动乱的真相？想想看，那些爱侣们又能闹出什么乱子？不过，要说到我，我倒是准备好面对五十支对我瞄准的步枪。我想好好打上一场，像个英雄，以一场英勇博斗来证明自己谋杀行为的正义性。可到头来，我所做的只不过是从背后把利刃插进那个老实巴交的技术员脖子。面前摔得四分五裂的轮椅，伏尸当地的阿尔贝蒂娜，还有那些扭曲摇晃的爱之奴隶，这名技术员早已吓得目瞪口呆，从背后干掉他再容易不过了。就这样，我在身后留下三具渐渐僵硬的尸体，走出滑门，进入走道，按了下按钮，滑门在我身后无声无息地关上。

或许，你会觉得，这算哪门子高潮？可当时，我会有怎样的感受？

我手里还攥着杀死阿尔贝蒂娜的利刃，突然间又发觉，自己把蘸着阿尔贝蒂娜鲜血的手帕又插回晚礼服的胸袋中。这会儿，仿佛我胸口插着一朵玫瑰花。

城堡里的灯全熄灭了。我清楚，这城堡不管是由什么建造成的，马上就要警醒了。我明白，自己首先要摧毁现实塑形机，这个任务已经在我心中深深扎下根，仿佛只要能完成这个任务，我的一切行为就全然合理了。在历史学家眼中，也确实如此。我沿着冰冷、苍白的过道一路跑下去，找到实验室，破门而入，抬起工作台砸烂监视屏，把墙上的管线一根根扯下来，再用博士给的金质打火机把实验室里的纸张文件点燃。当下，这就是我要完成的工作。毁了实验室还不算完，我又冲进提纯中心，看见什么就砸什么。刚冲进提纯中心时，里面有名技术人员，被我吓呆了，没法子，只好把这小子也捅了。虽然我恶事做了一桩又一桩，警铃声却再也没有响过，根据博士的结构设计，骚乱是根本不可能发生的。可照明的灯光闪得越来越厉害，我明白，自己自由行动的时间已所剩无几，没时间去破坏塔楼中博士的实验室了。不过我琢磨，那儿藏的都是博士最隐晦的秘密，除了博士自己，就只有阿尔贝蒂娜才能进入那间房间了。事实证明，我的推断是正确的，自打博士死后，一切都停止了，爱奴团也散伙了，失去了性能，实体化的欲望难以维持。不过这些我一无所知，它们是故事沉闷的结局。我是不是该把散乱的故事情节串到一起？还是随它们去，该怎样就怎样？历史书的编排远比我的故事来得更紧凑，因为当时，我还身处地底一英里深处，手中攥着一把崩了四道缺口的利刃。电梯已经不运行了，可我还是没费多大力气就逃了出来。我找到了应急出口，就在电梯旁边，沿着螺旋上升的台阶，我爬得天旋地转，终于上到地面，出来就是城堡客厅，只见那只老迈的丹麦犬还趴在地上打着瞌睡，面前是一堆苹果木柴燃尽后剩下的灰烬。

老丹麦犬肯定是闻到了阿尔贝蒂娜的鲜血的气味，用尽浑身最后一分力气，向我扑了过来，我则把刀捅进了老丹麦犬的喉咙，看着刀和老丹麦犬的尸体一起倒了下去。这是我在博士城堡中残害的最后一条生命。

优美的花园中，鸟儿已入睡，恬静地把脑袋藏到翅膀下面；小鹿也睡了，一动不动，仿佛一尊尊雕塑。一只接一只，城堡闭上了彩色的眼睛，仿佛一只孔雀，缓缓收起盛开的尾屏。山顶上，四轮圆月般的天线转得越来越慢，边缘部分已明显黯淡了下去，仿佛暗夜将尽时的月亮。我身上还穿着赴晚宴的礼服，脖子上还套着条黑领带，礼服胸袋上还插着一方染血的手绢，仿佛一朵盛开的玫瑰。我穿过被露水打湿的草地，仿佛自己是个不请自来的客人，刚刚被人从一场盛大的晚宴上轰了出来。

我开始跑起来，木桥在我飞奔的脚下劈啪作响，仿佛机关枪在扫射。过了桥，我从悬崖边揪起一把干草，用打火机点着，扔到桥上，木桥顿时烧成夜空中的一条火链。桥烧了，现在，就算我想回到城堡去也回不去了。我只有把桥给烧了，这样就再也不会回去找阿尔贝蒂娜了。燃烧的火桥跌入无底深渊，不一会就被黑沉沉的大地吞没了。

突然间，天边出现无数直升机，仿佛一大群蝗虫，向奄奄一息的城堡飞去。开始，我以为，武装力量终于惊醒了，可最后才意识到，直升机是按照预先的安排，来接博士进城去的。

全天下只有我一个人知道，博士已经死了。

山里只有一条路，通向机场和军事基地，所以我干脆不走现成的路，再次向大山攀爬上去。我在山里约摸转悠了三天，时时藏身在巨石之后，望着嗡嗡作响的直升机在低空中盘旋，仿佛愤怒的苍蝇，边望边寻思，雇佣军会不会把博士为自己准备的王国据为己有呢？第三天，我相当意外地发现了一处印第安村落，我用从河族那儿学来的语言同村里的印第安人交流了起来。村民把我领进村，让我喝了几碗稀汤般的大麦粥，把我安顿在村里的公共屋里。我把博士给我的金打火机送给村里人，作为酬谢，村里人给了我一匹又老、又瘦，饿得皮包骨头的母马，让我骑着出山。不仅如此，村里人还派了个小子送我一程，那小子穿着肥大的白套头衫，腿上疤痕累累，一直把我送上下山的山路才回村。山路狭窄陡峭，盘旋而下，一路不知穿过多少残酷无情、冒着黄烟的裂缝，眼中的一切是那样单调，我只觉得自己昏沉沉的脑袋都要烤焦了。天空中直升机的活动越来越少，那些皮肤黝黑的军人毕竟只是雇佣军，想想看，军饷断了，他们肯定回去翻博士的秘籍，捣鼓博士的发电机和控制板，可同样肯定，他们什么也弄不明白。最后只好把城堡洗劫一空，呼啸而去，去寻找另一场战争。这世上永远有打不完的仗，不是吗？至于技术人员嘛，也只是技术人员……其实，对这场战争的最后阶段，也就是博士的王国垂死前的最后时刻，我也是一无所知，只知道空中直升机的活动越来越少，最后完全消失了。

再也没有变形了，因为阿尔贝蒂娜的双眼已永久闭上。

我一路向前，看四周的植被似乎已到了严冬，感受不到一点生命的气息了。我觉得自己闲云野鹤般摆脱了一切羁绊，我是个旅行者，却始终找不到自己的目的地。身边看不到一丝色彩。一路上我乞讨度日，向村民讨来的残羹剩饭吃到嘴里没有一点儿味道，既不香，也不臭。我知道，自己注定要在不满和失望中了此残生了。自己当年犯下什么样的罪行，到头来一桩桩、一件件都会报应到自己身上。

慢慢地，我回到了首都。其实这样做我既没有理由，更没有愿望，一切只是惯性，长期以来在我体内蛰伏，如今再度苏醒过来，凭着它那被动、悲哀，又无动于衷的力量，推着我回到了首都。在这座城市，我是，或者说，曾经是一名英雄，成为新宪政的缔造者之一，然而这一切荣耀都是由于惯性的消极推动。瞧，一旦我被推上高位，就不会允许自己再摔下来。我觉得，既然自己的所作所为凑巧有利于公众利益，那我收获些成果也不为过。我最典型的姿势就是耸耸肩，最擅长的表情就是冷冷一笑。如果说，阿尔贝蒂娜是火和气，那我就是水和土，是无运动的惰性物质的残余，从本质上说，既不可能燃烧，更不可能散发出热量，纵使自己努力也是白搭。我是一道阻挡索，我的冲动就是阻滞。于是，我卓有成效地发展成了一名政客，不是吗？英雄已经迟暮，广场上已经空无一人，纪念碑更已摇摇欲坠。

穿过冬日冷雾，慢慢地，我回来了。四周比冬雾更稠密的是时间，对于在时间中行动，我已很不适应，此刻感到自己仿佛在水下行走。时间重重地压在我的血管和耳膜之上，只感到头痛欲裂，双腿无力，恶心想吐。时间模糊了母马在地上留下的蹄印，最后，她也躺在我身边，死了。混沌时间已成为过去，我像虫子一样从标准时间的泥泞地中爬过，四周树的枝梢上没有一片树叶，四处尽是单调沉闷的色彩和景物，仿佛季节已永久停滞于十一月当中，再也不向前迈出一步了。可从现在开始，季节变化的轮轴又将转动起来，和往日一样，四季将再度循规蹈矩，界限分明。最后，我终于尝出了面包的味道。对于发生的一切，无论在过去，还是在将来，我心中不免有些许遗憾。你明白，不是后悔，仅仅是有点儿遗憾，那种既无法消除，又无法填满的缺憾，逼着我们承认，不可能毕竟是不可能。

走啊走，直走到臭袜的底也穿了，皮鞋的跟也掉了。倒下就睡，起身再走，瞧我最后成了副什么鬼样子！脏兮兮的稻草人，身上披了件烂成一条条的晚礼服，披肩的长发已纠结成硬块，胸口还别着一朵玫瑰，曾经的血红色已变成黑色。终于，一个月华如水的清晨，我见到了自己熟悉的城市，如今已是一片冒着烟的废墟。

我越走越近，看到了废墟上有人烟。

写到这儿，老德赛得里奥要放下手中的笔了。再过一会儿，就会有人给我送来热饮，接着服侍我上床。这些照料甚是令我欣慰，虽然它们本身没什么大不了的意义，可对于一个上了年纪的人来说，这就是人生的享受。

执笔时间太长了，我头疼了起来。我这本回忆录可真厚！当年那个年轻的德赛得里奥可是身材瘦削，身轻体健。如今，用这么厚的一本书做他的棺木，足够了。头疼了，我闭上双眼。

还没等我呼唤，阿尔贝蒂娜已向我款款走来。

图书在版编目(CIP)数据

霍夫曼博士的魔鬼欲望机器 /（英）卡特(Carter, A.)著；
叶肖译. 一南京：南京大学出版社，2015.1(2015.6 重印)
（精典文库）
书名原文：The Infernal Desire Machines of Doctor Hoffman
ISBN 978－7－305－14151－5

Ⅰ.①霍… Ⅱ.①卡… ②叶… Ⅲ.①长篇小说—英
国—现代 Ⅳ.①I561.45

中国版本图书馆 CIP 数据核字(2014)第 251161 号

Copyright © Angela Carter 1972
through Big Apple Tuttle-Mori Agency，Labuan，Malaysia.
Simplified Chinese edition copyright：
2015 Nanjing University Press
All rights reserved

江苏省版权局著作权合同登记 图字：10－2010－365 号

出版发行 南京大学出版社
社　　址 南京市汉口路 22 号　　　　邮　编 210093
出 版 人 金鑫荣
丛 书 名 精典文库
书　　名 霍夫曼博士的魔鬼欲望机器
著　　者 （英）安吉拉·卡特
译　　者 叶　肖
责任编辑 沈卫娟
照　　排 南京紫藤制版印务中心
印　　刷 江苏凤凰扬州鑫华印刷有限公司
开　　本 880×1230　1/32　印张 10.25　字数 215 千
版　　次 2015 年 1 月第 1 版　2015 年 6 月第 2 次印刷
ISBN　978－7－305－14151－5
定　　价 30.00 元

网　　址 http://www.njupco.com
官方微博 http://weibo.com/njupco
官方微信 njupress
销售热线 (025)83594756

＊ 版权所有，侵权必究
＊ 凡购买南大版图书，如有印装质量问题，请与所购
　图书销售部门联系调换